MW01127973

# LAS PIEZAS

## DEL *Cielo*

Delmi Anyó

Primera edición: febrero de 2015
Segunda edición: marzo de 2016
Tercera edición: septiembre de 2016

ISBN-13: 978-1537511740
ISBN-10: 1537511742

Diseño portada ©Alexia Jorques

http://www.delmianyo.com

*"Lo que sabemos es una gota de agua;
lo que ignoramos es el océano".*

*Isaac Newton*

# Parte I: La pérdida

## Capítulo 1

Nunca sabes cómo vas a despertar. Te acuestas un día, te duermes y a la mañana siguiente todo ha cambiado. Aquello a lo que te aferrabas, lo que considerabas seguro, se ha esfumado.

Aquel día me despertó el móvil. No sé durante cuánto tiempo sonó. Dicen que nuestro cuerpo tiene unos biorritmos definidos, y tal vez mi cerebro se negaba a escapar del plácido sopor del sueño, por lo que integré aquel molesto silbido en la borrosa escena de mi ensoñación; sin embargo, aquel ruido fue haciéndose progresivamente más agudo hasta que la vigilia se impuso abrumadora. Reaccioné y descubrí que al otro lado del teléfono sonaba la grave voz de Peter.

—Julia, ¿te he despertado?

—Sí —respondí gruñendo, mientras con la mano me sujetaba la cabeza llena de nieblas.

—Lo siento, pero es importante.

De ningún modo le disculpé. Me parecía imperdonable que alguien se atreviese a llamar tan temprano. Hizo un pequeño silencio, parecía muy nervioso.

—Ha ocurrido algo horrible.

—¿Cómo? ¿Qué ocurre? —pregunté asustada.

—Sí, Julia. Algo horrible. Se trata de James. James...

—¿James? ¿Qué le ha ocurrido a James? —respondí con una voz ahogada, sintiendo cómo mis piernas temblaban.

—Ha tenido un accidente —me pareció escuchar.

—¿Un accidente? —pregunté confusa. No entendía nada.

—Sí, Julia. Un accidente muy grave.

—¿Pero no estará...? —me atreví a preguntar, aterrada.

—Lo siento, Julia. Lo siento mucho.

Siguió hablando, dijo algo sobre un avión que lo traería de Madrid. Habló del funeral y me dijo que me tranquilizase. Que vendría a casa por la tarde. Creí escuchar una y otra vez que lo sentía mucho y no pude más. El teléfono cayó de mis manos.

Sentí un mazazo punzante que me golpeó el pecho. Estaba aturdida, sudada, temblando como un pájaro y tenía dificultades para respirar. Todo a mi alrededor se volvió borroso y experimenté una sensación tan hiriente y angustiosa como solo puede provocar el dolor.

Sin quererlo apareció ante mí la imagen de James, con sus ojos castaños y su pelo revuelto sobre la frente. Era imposible. No podía ser. No podía haberse ido así sin más. Esto no podía estar sucediendo. Fui corriendo al baño y vomité.

Llorando y aterrorizada me derrumbé en la cama. No me lo podía creer. Era demasiado horrible para ser verdad. James, mi James. ¿Cómo era posible? No podía haberse marchado así. Lo necesitaba demasiado. Necesitaba su sonrisa y sus caricias. Ahora él me estaba sonriendo. Ahora mismo me acariciaba y me decía que me calmase. ¿Pero cómo podía calmarme? ¡Ya nunca más sentiría su tacto! ¡Nunca más oiría su risa!

Con mi cuerpo hecho un ovillo, le añoré entre sollozos y espasmos de terror mientras me repetía que lo que estaba sucediendo no era real. Deseé que fuese solo un mal sueño, pero la realidad se impuso y evidenció que estaba despierta.

James y yo llegamos el mismo año a la Universidad de Columbia de Nueva York. Ambos pertenecíamos al departamento de Historia Moderna Europea. Compartíamos despacho, y Peter, nuestro jefe de departamento, contribuyó a que encontrásemos un punto en común. Nos ofreció trabajar en un proyecto que versaba sobre el desarrollo del arte y la ciencia en el Imperio Español en el siglo XVI. En la universidad, la viabilidad de un departamento se medía por su acción investigadora; cualquier hallazgo era motivo de engrandecimiento de la institución, que sin dudarlo se apropiaba de él y lo publicaba en las revistas científicas más relevantes con el fin de legitimar su prestigio. El mundo universitario se movía en una carrera vertiginosa por la notoriedad de los descubrimientos que realizaba, por eso gastaba una gran cantidad de su presupuesto financiando proyectos que en su mayoría no llegaban a obtener sus frutos; pero, cuando llegaban, significaba más reputación, más alumnos, más dinero al fin y al cabo, que era, en realidad, lo que importaba. Las universidades americanas eran tradicionalmente punteras en ciencias; sin embargo, en el campo de la historia moderna europea, cualquier universidad del viejo continente, por motivos obvios, nos daba cien vueltas. De ahí el interés desmesurado que mostró Peter para que iniciásemos esa investigación, ya que decía que, según el decano, no era admisible que el país con las mejores universidades del mundo fuese mediocre en esa parte del conocimiento. No repararía en gastos para que Nueva York fuese el nuevo centro de estudios avanzados sobre el tema.

El proyecto que nos ofreció Peter nos apasionó a ambos, tanto James como yo estábamos como dos niños con zapatos nuevos. Era una oportunidad fantástica para investigar uno de los períodos más fructíferos y enigmáticos de la historia moderna europea.

Estas circunstancias nos obligaron a pasar mucho tiempo juntos y pronto hicimos buenas migas. Al principio nos unía una relación de camaradería. Nuestra sintonía era evidente; pero un día, sin más, comenzamos a sentir una atracción que nos sorprendió e hizo que traspasásemos la línea de la amistad.

James era todo un embaucador. De ese tipo de personas que pasan por tu vida como un ciclón y remueven los cimientos de tu existencia. Junto a él cualquier pequeño hallazgo era una fiesta. Su pasión por la historia era tan desmesurada como su pasión por la vida y pronto me di cuenta de que su actitud tenía un efecto contagioso sobre mí. Pasé de estar hastiada por mi trabajo a entusiasmarme por lo que hacía. Ir cada mañana a la universidad y saber que estaba esperándome James era tan excitante para mí como para una niña ir a la feria. Sabía que un día tocaría subirnos a un plácido carrusel, otro al tren de la bruja o, tal vez a la montaña rusa. Era un loco imprevisible. Sin embargo, tenía una asombrosa capacidad para la observación, un olfato especial para detectar conexiones que a los humanos corrientes nos pasarían desapercibidas y, aunque sus métodos no eran muy ortodoxos, llevaba a cabo todas sus investigaciones con una asombrosa rigurosidad. Creo que fue eso lo que me fascinó de su personalidad. Pero la fiesta se atascó. Aunque nuestra relación iba viento en popa, el proyecto llegó a un punto muerto y necesitábamos investigar in situ. Debíamos corroborar nuestras hipótesis con documentación de primera mano. Lo que precisábamos para avanzar estaba en polvorientos archivos muy lejos de Nueva York, así que le pedimos a Peter que nos consiguiese financiación para trasladarnos a una universidad española y desde allí completar nuestro proyecto. Aquello era nuestro sueño. Un viaje a Europa juntos.

Fue idea mía, creo recordar; de hecho fui yo quien se lo pidió a Peter. Nuestro jefe inició las gestiones, y, aunque las promesas iniciales del decano fueron muy generosas, una vez iniciado el proyecto parecía que había recortes. Con el dinero que nos consiguió solo podría trasladarse uno de nosotros. Había soñado con hacer aquel viaje junto a James. Creí que lo deseábamos los dos, lo habíamos planeado juntos, lo habíamos hablado tantas veces. James y yo éramos un equipo, nos compenetrábamos: él ponía la pasión y yo la razón. Yo creía tener los pies en la tierra, y él la mirada en el cielo.

Siempre deseé vivir una temporada en Europa, incluso antes de conocer a James. Pero ahora no me creía capaz de estar durante meses sin tenerlo cerca; la investigación no sería lo mismo si estábamos los dos separados por un océano. Por eso insistí para que intentasen aumentar el presupuesto, incluso calculé que con una discreta ampliación podríamos vivir ambos en un apartamento de las afueras de la ciudad y continuar con nuestra tarea. Aquello por lo que luchábamos era nuestro, de los dos. Ambos habíamos gestado cada idea de la investigación y no concebía que la parte más importante de ella se desarrollase sin estar juntos.

Sin embargo, Peter decidió que solo uno de nosotros viajaría y el afortunado sería James. Yo debía quedarme en Nueva York haciendo tareas de apoyo e impartiendo mis clases en la universidad. James, para mi sorpresa, accedió de buen grado, incluso se mostró contento. Y así se zanjó el asunto, dándome un portazo en las narices a la primera de cambio.

La verdad es que sentí rabia e impotencia. Creo que Peter lo hizo a propósito. Sabía que yo no iría sin James; pero James sí sin mí. Estaba decepcionada. En este momento lamentaba con vergüenza recordar que por aquello odié un poquito a James. Pero ahora ya nada importaba.

Me levanté y fui a la ducha. Pretendí hacer con normalidad lo que todos los días realizaba. Intenté olvidarme de que hoy no era un día cualquiera. Sin embargo, aunque la ducha siempre había sido un recurso eficaz para disipar los problemas, en esta ocasión no funcionó.

Una y otra vez reaparecía en mi mente el rostro de James. Su sonrisa juvenil y sus vivaces ojos castaños regurgitaban increpantes en mi pensamiento.

Envuelta en la toalla me senté en la cama y llamé a la universidad. Suspendí todas las clases del día. No me sentía con fuerzas. Cuando colgué el teléfono, me eché en la cama y lloré tanto como pude.

# Capítulo 2

Eran las siete y el funeral estaba a punto de concluir. Peter parecía afectado. En realidad todos lo estábamos. Incluso el decano, que en los últimos tiempos se había convertido en una rémora para las investigaciones, siempre amenazando con recortar presupuesto y echar al garete todo nuestro trabajo, ahora parecía afligido de verdad.

Los funerales nunca me habían gustado. Solo asistía a los imprescindibles. De hecho, era el segundo al que asistía en mi vida: el de mi padre y ahora el de James.

Como intuía que era tradicional en estos casos, todos habían hablado maravillas de James en sus discursos de despedida. Peter había dicho algo que me hizo pensar: «Hoy enterramos a un amigo». Para mí James era más que un amigo.

Luego habló un primo de James, quien en nombre de su familia nos agradeció a los asistentes la compañía en aquellos duros momentos. Una mujer menuda, vestida de luto estricto, asentía a sus palabras inclinando la cabeza sin apartar los ojos del féretro. No fue difícil adivinar que era su madre. La misma que llenaba el frigorífico de James con deliciosas tartas de frambuesas y suculentos guisos y que él planeaba presentarme algún día, cuando ambos considerásemos que nuestra relación era lo suficientemente sólida como para implicar a nuestro círculo íntimo. No tuve fuerzas para acercarme a ella.

Continuaba sumida en una angustia que no habían aplacado los dos calmantes que Peter me hizo tragar al llegar a casa y encontrarme destrozada. James había muerto. ¡Lamentaba tanto lo que había pasado entre nosotros durante los últimos meses! Ya jamás podría decirle lo poco que me importaba la investigación si no estaba con él, ya nunca podría decirle cómo le quería y lo importante que era en mi vida. Ahora era demasiado tarde.

Una brisa fría cargada de olores húmedos hizo que los cipreses del cementerio de Greenwood se batiesen en un movimiento ondulante. Intenté guardar la compostura durante todo el funeral, aunque lo que me apetecía era salir corriendo y llorar en soledad.

El decano se dirigió hacia mí, acompañado de un elegante caballero de mediana edad. Me abrazó con una calidez que acogí fríamente y me presentó a su acompañante.

—Señor González, es la profesora Julia Robinson. Compartía las investigaciones con el profesor James. Es una eminencia en historia moderna europea.

Respondí con un gesto lánguido.

—El señor González es un ilustre benefactor de nuestra universidad. Gracias a él pronto tendremos el edificio que albergará la nueva biblioteca —dijo sin abandonar su habitual tono pomposo.

—Es un placer —respondí dándole la mano de manera automática.

No me importaba un comino nada de aquello ni tenía ganas de conocer a nadie. Pero no supe cómo escapar. Las drogas, que se manifestaban del todo inútiles para amortiguar el desesperante malestar, entorpecían en cambio mi capacidad de reacción.

—Es un placer conocerla. Siento mucho esta penosa pérdida —se lamentó el caballero—. Le he pedido a su decano que propicie una ocasión para hablar con tranquilidad sobre su trabajo. Siempre me ha fascinado la historia.

Miré a aquel caballero que se empeñaba en mantener sujeta mi mano entre la suya. Vestía un abrigo azul marino de cachemir y unos lustrosos zapatos hechos a medida. Su actitud me hacía sentir incómoda.

—La realidad en ocasiones puede ser tan espectacular como la fantasía. Pero no es el caso, créame. Mi trabajo es bastante aburrido —respondí dando por concluida la conversación y me alejé.

Me extrañó su interés por el proyecto, pero en aquel momento no me apetecía hablar del tema, ni siquiera pensar en él. Me recordaba demasiado a James.

# Capítulo 3

Peter se acercó y me pasó la mano por encima del hombro.

—¿Te apetece que comamos alguna cosa?

—Sí. Necesito tomar algo —me apresuré a decir. Tenía una extraña sensación en el estómago que, aunque sabía que no era hambre, se parecía bastante y pensé que tal vez desaparecería con un poco de alimento.

Caminamos por una senda hecha de grava que se abría a través de una pradera sembrada de lápidas grisáceas. Las hojas de los árboles titilaban. El flamante descapotable de Peter estaba aparcado a dos calles de la salida del campo santo, justo al lado de un bloque de casas bajas de ladrillo rojo con porches de tejado puntiagudo y un pequeño jardín delantero. Pensé que en alguna de ellas debió crecer James.

Subimos a su potente coche color rojo escandaloso y salimos pitando de allí. En mi opinión aquel automóvil no le iba nada, hubiese considerado más acorde a su personalidad un vehículo elegante, tal vez una berlina alemana; pero con Peter nunca se sabía.

Era un hombre atractivo. Una espesa mata de pelo oscuro jaspeado con pinceladas de mechones canos coronaba su cabeza, lo cual delataba que ya no era joven, pero no por ello dejaba de ser interesante. Tras unas discretas gafas sin montura destellaban unos pequeños ojos azulados. Entre sus alumnas despertaba verdaderas pasiones.

Condujo durante un rato en silencio. Salimos de Brooklyn y nos adentramos en Manhattan. El coche se detuvo enfrente de una cafetería, a dos manzanas de mi casa.

—¿Te parece bien aquí? —dijo sin mirarme.

—Está bien —respondí resignada.

Nos sentamos en una mesa cerca de la ventana, donde podía ver la calle iluminada por el reflejo amarillento de las farolas. El camarero, un chico de unos veinte años de aspecto estrafalario, tomó nota y nos sirvió unos sándwiches de los que no probé bocado. No era capaz de masticar.

—Sé que para ti ha sido un golpe muy fuerte. En realidad lo ha sido para todos. Pero debemos superarlo —dijo cogiéndome las manos.

Peter siempre había sido bueno conmigo, eso es más de lo que puedo decir de cualquier otro hombre exceptuando a mi padre y a James. Sus palabras, aunque no me consolaban, me arroparon con una calidez que necesitaba.

—Aún no me lo puedo creer —musité—. Ayer mismo esperaba un e-mail suyo, tenía que enviarme una documentación para que la estudiase. Decía que estaba muy cerca de descubrir algo importante y ahora...

—Nos puede ocurrir a cualquiera. No te atormentes más.

Peter tenía razón. A cualquiera le podía suceder una desgracia. Pensé que el azar es tan cruel como aleatorio. Vivimos pensando que nunca nos sucederá a nosotros, y cuando algo así golpea de frente te das cuenta de lo frágil que es el bienestar.

No me atreví a pedir detalles, pero Peter parecía dispuesto a ofrecérmelos.

—Fue un desgraciado accidente. Ya sabes cómo conducía James —dijo arrastrando la voz sin dejar de mirarme.

Le respondí con una mirada incrédula, pues en efecto conocía a la perfección cómo conducía. No en vano habíamos recorrido juntos medio país con su Ford, en busca de la información que el mismo Peter nos había encargado. James era un experto conductor.

—No se sabe cómo se salió de la carretera. Tal vez un despiste. Los agentes dicen que circulaba a mucha velocidad. Dio varias vueltas de campana y se incendió el motor. Cuando llegaron los servicios sanitarios ya no pudieron hacer nada por su vida. Su cuerpo estaba calcinado por completo.

Se me revolvió el estómago y la mirada incrédula se tornó en horror.

Estuvimos largo rato en silencio. Yo estaba sobrecogida. Quise desviar de mi mente la espantosa impresión que me produjo saber aquello y, aunque en aquel momento lo que menos me importaba era el proyecto, dije:

—Y ahora qué va a ser de la investigación. Era crucial el viaje para poder avanzar, y sin él...

—No pienses ahora en eso —interrumpió Peter—. Será mejor dejar pasar el tiempo. Tú no estás en condiciones para seguir adelante, y yo tampoco tengo fuerzas.

Pensé que tal vez era lo más juicioso, no debía de haber mencionado nada sobre aquel asunto.

—James tenía un poco de visionario, y nosotros le seguíamos el juego —añadió.

No me gustaba nada que Peter hablase así de James. Él nunca fue un visionario, era un riguroso especialista. El disgusto por sus palabras lo debió de reflejar mi expresión.

—Pero él decía que las investigaciones estaban a punto de revelar algo importante. No le hubiese gustado que abandonásemos —protesté sin mucho entusiasmo.

—James... pobre James... era tan optimista —ironizó—. Llevaba once meses en España y muchos miles de dólares invertidos y... nada. El decano y la junta universitaria ya están hartos de desviar fondos hacia un proyecto que no da el menor resultado; y yo no me siento con fuerzas para luchar más.

No me gustaba lo que estaba diciendo, pero estaba tan cansada y aturdida que simplemente esbocé una pequeña mueca de derrota.

—Déjalo ya —musitó Peter mientras me besaba las manos—. Si hemos continuado ha sido solo por no ceder a la obcecación de James. Ahora debemos cambiar de aires y buscar otra meta juntos.

No creí conveniente insistir. Estaba en desacuerdo con Peter, pero no me apetecía discutir. En realidad, no me apetecía hablar del tema, ni tan siquiera pensar en él. Un gran agujero en el estómago y una honda laceración en el pecho, que no me dejaba respirar, me impedían articular palabra. Entonces, sin más, me puse a llorar.

Peter trató de consolarme, pero cuanto más lo intentaba más pesar sentía.

—Date tu tiempo —dijo secándome las lágrimas—. Lo arreglaré todo para que descanses una semana. Pero no te doy ni un día más. Dentro de una semana te quiero de vuelta a la universidad.

Cuando llegamos a mi casa, Peter quiso pasar y acompañarme. No se lo permití. Necesitaba estar sola para desahogar mi dolor.

# Parte II: La desesperación

## Capítulo 4

Después de una semana, que en realidad fueron dos, sin ser capaz de ir por la universidad mi dolor no se había aplacado. Sentía una rabia infinita por aquello que había pasado. Mi mundo se había desmoronado y no paraba de atormentarme la idea de que tal vez, si las cosas hubiesen sido de otra manera, nada de esto habría sucedido.

Peter me visitó todas las tardes. Los primeros días me preparó sopa, otros me llevaba comida china o me preparaba sándwiches que yo no era capaz de deglutir. Algunas tardes permití que entrase a la cocina a llenar el frigorífico con su provisión de bebidas probióticas y sopas reconstituyentes, otras ni tan siquiera le dejé pasar de la puerta.

Las noches eran largas y muchas las pasaba en vela haciendo rutas desde la cama al baño. A veces me preparaba un té en la cocina. Un día me desmayé de puro agotamiento en el salón y me golpeé la cabeza. No sé durante cuánto tiempo estuve en el suelo. Solo sé que cuando desperté tenía sangre reseca en la frente y por primera vez, desde que ocurrió lo de James, me sentí descansada y serena, como narcotizada por un sueño afable. Ese día algo ocurrió en mi cabeza. Un clic.

A las ocho en punto de la mañana siguiente me desperté e hice todo como acostumbraba antes de la muerte de James.

Me sorprendí levantándome y caminando al baño. Dejé correr el agua caliente hasta que se formó una gran nube de vapor y me puse debajo de la ducha durante largo rato. Recordé que, antes, ese era el momento del día que más placer me proporcionaba, pero advertí que ahora solo sentía ira.

Nunca desayunaba en casa. Era incapaz de poner la cafetera al fuego a aquellas horas.

Me vestí y salí hacia la universidad con mi coche, un Plymouth Valiant azul que heredé de mi padre. Desde luego no el mejor coche para moverse por Nueva York.

Cuando llegué al campus estacioné el vehículo enfrente de la valla metálica de la sala de calderas, pese a que George, el nuevo vigilante, me había advertido numerosas veces que no lo hiciese. Pero hoy estaba decidida a luchar.

Después de cinco años investigando no estaba dispuesta a abandonar. James jamás me hubiese perdonado que tirase la toalla de aquella forma. Y yo tampoco me lo perdonaría.

Peter fue quien nos metió en el embrollo. Él nos sugirió el tema de la investigación y nos alentó a seguir y seguir, y ahora pretendía que abandonásemos.

No pensaba andar con remilgos, iría al grano. Pocas veces estaba convencida de algo. Pero ahora sí, ahora estaba convencida de que quería continuar con el proyecto, con Peter o sin él. Se lo debía a James, me lo debía a mí. Sabía que, si abandonaba, James moriría para siempre; y yo quería seguir sintiéndolo vivo dentro de mí.

Entré a la cafetería de la universidad y tomé un café con leche y dos tostadas. Era incapaz de pensar con coherencia si no me alimentaba, y últimamente no había comido de manera adecuada. El trasiego de estudiantes soñolientos pidiendo sus desayunos era notable; sin embargo aquella abarrotada cafetería me pareció desierta sin James.

Cuando llegué al departamento, Peter estaba sentado en la silla de James y parecía concentrado en la lectura de unos papeles. Por un instante le confundí con él.

—¡Julia, me sorprende verte por aquí! —exclamó mientras revolvía los papeles.

Sentí pesar y rabia ante la certidumbre de que no era James y que jamás le volvería a ver sentado allí.

—Necesito que me escuches —interrumpí enérgica—. Quiero continuar con la investigación. Quiero que convenzas al decano para que me traspase la dotación de James. Quiero ir a España. Estoy decidida.

Apenas había tardado diez segundos en pronunciar aquello y el corazón me palpitaba como si fuese a estallar en mi pecho.

Peter permaneció impávido, en un silencio largo, casi eterno. Yo le miraba desafiante desde el otro lado de la mesa, en la que había apoyado las manos. Él, al fin, abrió los labios.

—Pensaba que esto ya lo habíamos hablado —dijo con tono paciente.

—Sabes que estas últimas semanas no he estado en condiciones de hablar sobre nada —respondí exasperada.

Peter se levantó de la mesa con un movimiento felino. Se aseguró de que la puerta estuviera bien cerrada y me abrazó fuerte.

—Sé que estás sufriendo —susurró a mi oído.

Me desmoroné como una niña consentida y lloré en sus brazos, era todo tan injusto. Pero reaccioné. Me irritaba que utilizase aquella primitiva artimaña en aquellas circunstancias.

Peter siempre creía que sabía cómo hacerme cambiar de opinión.

—No pienso ceder —dije cabreada mientras le apartaba—. Son demasiados años y demasiado esfuerzo para nada.

Revolví en el bolso y saqué del fondo un kleenex arrugado con el que me sequé las lágrimas. Estaba apenada y rabiosa. Hubiese llorado un rato más, pero mi orgullo no me lo permitió.

—No voy a ceder —insistí.

Peter se alejó de mí y volvió a sentarse a la mesa. Hubo un silencio lleno de rabia.

—¿Lo has pensado bien? —preguntó—. ¿No te das cuenta de que hemos fracasado? ¿Crees que a mí no me importa? —hablaba cada vez más enfadado—. Hace ya tiempo que este proyecto está muerto. James lo único que ha hecho en España estos últimos meses ha sido dilapidar el dinero de la dotación en borracheras y juergas. La comisión económica hizo sus averiguaciones y me las trasladó. En su última llamada, al verse descubierto, no tuvo ni la delicadeza de mentirme.

—¿De qué estás hablando? ¡¿Cómo te atreves?! —dije dolida. Peter no podía ser más rastrero. Era consciente de cuánto me lastimaban aquellas palabras.

—¡James fracasó y con él nosotros! —gritó Peter con dureza. Me miraba con los ojos brillantes y podía ver cómo la sangre hacía que se le hinchasen las venas de su cuello —. ¡No hay solución, porque jamás hubo problema! ¡No hay nada nuevo que descubrir, como pensaba el loco de James!

—Quieres decir... —musité confundida.

—Quiero decir que hemos estado cinco años persiguiendo un fantasma que no existe. Un fantasma que nació de la imaginación de James —respondió contundente.

Hubo un largo silencio. Sentía una amargura tan grande que ni siquiera me salían las palabras.

—No vayas, Julia —continuó más calmado—. Somos historiadores, estudiosos serios, y sabemos cuándo un camino está agotado. Quédate conmigo.

Es cruel que muera un amigo y también que muera una ilusión. James me hacía sentir viva. Era un apasionado de su trabajo. Un tipo de esos que afronta la vida con alegría. Cuando estaba con él todo se volvía fácil. Tenía la asombrosa capacidad de transmitirme su entusiasmo y hacerme sentir que todo iría bien.

Nunca me gustó la historia. Ni siquiera sé por qué no me licencié mejor en derecho o en economía. Hoy, tal vez, sería una buena abogada como lo fue papá o una brillante mujer de negocios. Pero no, tuve que elegir; y elegir nunca fue lo mío.

Y ahora Peter quería convencerme de que había estado cinco años de profesora adjunta en el departamento de Historia Moderna, preparándome para hacer una tesina sobre un tema que no existe, junto a un loco que creí un genio.

Estaba confundida. No comprendía qué llevaba a Peter a formular tales afirmaciones.

Me miró con una expresión malhumorada. Revolvió entre los papeles y sacó un sobre. Eran fotos. En ellas aparecía James junto a una chica pelirroja y muy joven, en una actitud que excedía el simple afecto.

Mi rostro debió plasmar la sorpresa.

—No quería mostrártelas. Me las envió el decano antes del accidente. James no estaba cumpliendo los plazos y la comisión hizo sus averiguaciones. Parece ser que en estos últimos meses James no estaba dedicado precisamente a la investigación.

Di la vuelta y abandoné la habitación. No podía seguir escuchándole.

Salí derrapando del aparcamiento de la universidad. Siempre he sido una ingenua, aunque me esfuerce por no aparentarlo. La imagen de James abrazado a aquella chica hizo que estallase en mi cabeza un remolino de celos y tristeza; y, a pesar de saberme en parte responsable, no pude evitar sentirme decepcionada.

Necesitaba pensar, replantear de nuevo mi vida.

Deseé irme lejos. Necesitaba apartarme de tanto dolor. Tomarme unas vacaciones me pareció buena idea. Estaría bien pasar una temporada con mamá y mi hermana Katy en Tulsa, mi ciudad de Oklahoma. A mis sobrinos no los había visto desde las navidades y apenas estuve tres días con ellos. El pequeño Robert casi ni me reconoció cuando llegué a casa.

Estaba decidida. Hablaría con Peter, él lo comprendería. Debía marcharme una larga temporada.

# Parte III: El aviso

## Capítulo 5

Hablé con Peter. Él se mostró comprensivo y consiguió que el decano y la junta universitaria me concediesen un año sabático y una generosa compensación económica. Esos estirados de la junta me habían asignado una indemnización en efectivo equivalente a dos años de mi sueldo. Además del compromiso por parte de la universidad de ingresar, todos los meses en mi cuenta corriente, el salario que normalmente percibía. Es decir que este año recibiría el triple de mis ingresos, y todo eso por dejar de trabajar. ¿Alguien comprendía a aquella gente? El año anterior no quisieron concederme ni un solo centavo por trabajar junto a James en una investigación que podía dar notoriedad a la ya notoria Universidad de Columbia, y ahora me daban más de lo que necesitaba. Mi pretensión había sido solamente la de conservar la plaza, pero con esta gente nunca se sabía.

Peter solo me pidió a cambio que le visitase el próximo verano y que una vez transcurrido el año volviese al departamento junto a él. Se lo prometí. Él siempre había sido bueno conmigo. Como prenda le dejé el Plymouth Valiant que heredé de mi padre, él prometió guardarlo en el garaje de la universidad y airearlo de vez en cuando hasta mi regreso.

Nos despedimos con un beso.

Tulsa era mi refugio. Me apetecía volver a ver los atardeceres rosáceos sobre el mar amarillo de espigas de trigo, sentada en el balancín del porche. Volver a escuchar el murmullo lánguido del viento al chocar con las hojas de los árboles del jardín. Era lo mejor que podía hacer en aquella situación. Necesitaba su efecto balsámico para curar mis heridas. Estaba decidida.

No llamé a mamá. No me apetecía darle explicaciones precipitadas por teléfono sobre mi inesperado viaje a casa, ni contarle lo estúpida que me sentía. Ya se me ocurriría alguna explicación lógica cuando llegase. Ahora solo deseaba irme lejos de Nueva York y de la universidad. Olvidarme de todo por un tiempo.

Llegué a mi apartamento a las dos menos cuarto. Llamé a una agencia e hice una reserva para el vuelo del día siguiente, pues no quería demorar mucho el viaje, no fuese que me arrepintiese en el último momento.

Organicé mentalmente las tareas para preparar mi partida y las anoté en una hoja cuadriculada, que colgué en el frigorífico con uno de esos imanes con forma de fresa. Primero hablé con la casera y le comuniqué mi intención de salir de viaje una larga temporada. Seguiría pagándole el alquiler, no me apetecía perder aquel apartamento en Manhattan que tanto me había costado encontrar, y con la compensación podía permitírmelo. Le pedí que me recogiese el correo, que cuidase de mis plantas, un *ficus benjamina* en estado de inanición y una hortensia que me regaló mamá por navidades y que jamás había conseguido que floreciese. También le pedí que se hiciera cargo de Rouse, mi periquita turquesa. La señora accedió a todo de modo amable.

Después me enfrenté al armario. Solo quería llevarme lo imprescindible. Con la generosa compensación que me había conseguido Peter, podía permitirme el lujo de comprar modelitos nuevos en Tulsa. Necesitaba hacer cosas que me distrajesen, y salir de compras con mi hermana Katy sería un buen entretenimiento. ¡Hacía ya tanto tiempo que no hablábamos! Me encantaba estar con ella. Éramos diferentes en apariencia, pero iguales en el fondo. A ninguna de las dos se nos daba bien elegir. Ella también fue una buena estudiante, se licenció en Leyes en la Universidad de Oklahoma. Seguro que hubiese sido una brillante abogada si no hubiera abandonado su prometedora carrera en el bufete de los socios de papá para dedicarse de lleno a su familia. Ahora vivía de los suculentos ingresos de su marido Martin, un insípido odontólogo de provincias. Se divertía organizando actos benéficos y almorzando con sus amigas del club de campo. Desde mi punto de vista, era patético y lamentable que hubiese terminado así; pero, por otra parte, era sin duda una amena manera de pasar el tiempo y, al fin y al cabo, ella parecía feliz.

El baño fue más fácil, solamente mis enseres de aseo personal, pocos pero eficaces. Un neceser de tamaño mediano.

La cocina era todo un reto. Me encantaba comprar comida: galletitas saladas con forma de estrellas, galletas rellenas de chocolate, zumos de frutas tropicales, mermelada de frambuesa, confitura de naranja amarga, compota de manzana, bollitos de mantequilla, latitas de espárragos, alcachofas en conserva, crema de cacahuetes, refrescos de todos los sabores, tónica y ginebra inglesa. Mucha ginebra.

La verdad es que casi nunca comía en casa, pero me gustaba tener los armarios llenos de cajitas multicolores. Tal vez era fetichismo o simplemente consumismo; no sé, pocas veces me planteaba eso. Hice revisión de todos los productos y tiré algunos, los otros los puse en una caja de cartón para llevárselos a la casera. Ella sabría qué hacer con ellos. Dejé la ginebra para mi vuelta.

Lo más difícil fueron los libros. Inspeccioné la gran estantería repleta de volúmenes y archivadores, y la gran pila de papeles amontonados sobre la mesa de trabajo. Todo estaba organizado a la perfección, pese a lo caótico de su aspecto. Me dispuse a archivar los papeles del escritorio. Eran anotaciones sobre la lectura de un manuscrito árabe del siglo VIII que James decía haber encontrado en una biblioteca de España y me había remitido por correo electrónico unas semanas atrás. Aventuré que se trataba de un fragmento de una obra de Ŷabir ibn Hayyan o tal vez de los misioneros ismaelíes conocidos como los Hermanos de la Pureza, la verdad es que no supe identificarlo con exactitud. Tras la lectura deduje que se trataba de una receta alquímica que daba detalles sobre destilación del vinagre para obtener ácido acético. Su contenido no tenía ningún valor ni interés, sin embargo el manuscrito en sí era algo peculiar. Tenía en un extremo una extraña inscripción. Cuando abrí el documento anexo al correo, y saqué por la impresora la imagen escaneada del manuscrito no reparé en ella, pues la calidad de mi vieja Epson dejaba mucho que desear. Fue Peter el que se fijó en esos caracteres borrosos, que se hicieron totalmente nítidos cuando utilizamos la impresora fotográfica del departamento. Estuve algunas noches sin dormir intentando buscar el significado de aquella extraña serie. Eran, sin dudas, números babilónicos. Una serie numérica que me apresuré a traducir. Sin embargo, no supe qué significaban. Pero ahora ya nada importaba. Eran solo números sin ningún sentido, anotados en la esquina de una hoja raída por el tiempo. ¡Me sentía tan estúpida!

No me llevaría nada a Tulsa. Todo me recordaba demasiado a James. Solamente el iPad, del cual era incapaz de separarme y donde tenía almacenada gran parte de la información de la investigación; por si acaso me apetecía darle un vistazo, una vez hubiese pasado el triste nubarrón que oscurecía ahora mi vida.

Era mi última noche en Manhattan, sabía que tal vez no volvería y aunque lo hiciese jamás sería lo mismo. El recuerdo de James me pesaba en el pecho y decidí despedirme de él como él lo hubiese hecho conmigo: por todo lo alto.

Recordé la última noche juntos, antes de su partida. Esa noche tenía ganas de llorar, estaba rabiosa porque pensaba que él no había luchado lo suficiente para que nos diesen la beca a los dos, sentía tanta decepción que no pude decirle cuánto le quería, cuán importante era en mi vida, y cuánto iba a sufrir lejos de él. Tuvimos una fuerte discusión y en vez de eso dije cosas que jamás debía haber dicho y que en realidad no sentía. Por eso no disfruté del delicioso Cherry Lane que nos sirvieron en el Rooftop del Empire, ni del paseo por el embarcadero de Brooklyn. Desperdicié nuestra última noche juntos alejándolo de mí, cuando en realidad lo que deseaba era no separarme de él.

Me puse mi vestido negro y un taxi me llevó al Lounge Bar del Empire. Me senté en la misma mesa, y pedí el mismo cóctel. Brindé por los momentos que ya jamás podrían ser, bajo la silueta iluminada del Lincoln Center mientras una suave melodía de jazz dibujaba su espectro en mi mente. Después fui al embarcadero de Brooklyn, junto al River Café. Hacía frío, un viento gélido que chocaba en mi cara y casi me hacía llorar. Manhattan, James, mi vida... todo se había desmoronado, ya nada sería lo mismo. Volví a casa y me acosté derrotada.

# Capítulo 6

A las ocho en punto sonó el despertador. Me levanté de la cama de un salto, me vestí con un elegante vestido negro y con un blazer rojo, me calcé mis tacones y desenchufé todos los aparatos eléctricos tras cerciorarme de haber cerrado las ventanas.

Desde la acera y cargada con el equipaje intenté cazar un taxi, tarea casi imposible en Nueva York a aquellas horas. Abatida antes de empezar la aventura, me senté encima de mi maleta y llamé desde el móvil a la central de taxis, para que me enviasen un coche. Si James me hubiese visto seguro que se hubiera reído. Cinco años en Nueva York y aún parecía una provinciana.

El taxi tardó apenas cinco minutos en llegar y el taxista, amable, cargó la maleta en el portaequipajes. Estábamos a punto de salir cuando apareció gritando por la acera la señora Mari, la casera del edificio. Era una mujer gruesa y de carácter afable que debido a su volumen corría con dificultad, pero su potente voz se escuchaba con perfecta nitidez pese al ruido del tráfico.

—Señorita Julia, señorita Julia, no se vaya.

Alertada por sus gritos demoré la salida.

—Señorita Julia, esta mañana trajeron este correo para usted. Cójalo, puede ser importante —me dijo jadeando mientras me daba un fardo de cartas que tenían apariencia de facturas y promociones comerciales varias.

—Gracias, señora Mari —dije y guardé las cartas en mi bolso.

—Que tenga buen viaje, señorita.

Tardamos casi cuarenta y cinco minutos en llegar al aeropuerto. Eran casi las diez y media, y a las once y veinticinco salía el vuelo. Corrí al mostrador de la compañía aérea para recoger los billetes y allí me indicaron dónde debía facturar el equipaje. Después me dirigí hacia la puerta de embarque y tras pasar los exhaustivos controles de seguridad al fin llegué al avión.

Una amable azafata me acomodó en mi asiento. Al sentarme suspiré de alivio. Era incapaz de llegar al aeropuerto con las dos horas de antelación que recomendaban las compañías. En realidad, era incapaz de llegar con antelación a cualquier lugar.

No había desayunado, por lo tanto no podía pensar con nitidez. Así que me costó concentrarme en las extrañas indicaciones de la azafata sobre los pasos a seguir en el caso de un accidente aéreo. Confié en que esto no sucediera, ya que si así fuese no sabría dónde demonios encontrar el chaleco salvavidas.

El avión despegó, para dejar atrás Nueva York y mi vida.

Estaba triste. Me sentía como una fugitiva. Dando carpetazo a la investigación, a mi trabajo en la universidad, al recuerdo de James. Me sentía traicionada y a la vez una traidora. Sin embargo, sabía que ya no me quedaban fuerzas. No podía seguir sin él.

Al poco rato, la amable azafata me sirvió un café con leche de extraño sabor y unas tostadas que parecían de plástico. Yo las devoré con fruición, sin pensar.

Con el estómago relativamente lleno, me relajé en mi butaca y me esforcé por elaborar pensamientos positivos. Sería una gran sorpresa para mamá y para Katy mi visita. Y más cuando les dijese que me quedaría con ellas una larga temporada.

Mamá residía en una preciosa casa en Tulsa, en el estado de Oklahoma. Tulsa era una bella ciudad, famosa por la popular Ruta 66 y sus pozos petrolíferos. Mi familia había vivido allí desde la época de los colonos.

La casa de mis padres, donde Katy y yo nos habíamos criado, tenía un bonito jardín de geranios y hortensias azuladas. Ella vivía tres calles más abajo con su marido y sus dos hijos, Tom y Robert.

Aquella casa me traía viejos recuerdos. Mi madre aún conservaba mi habitación idéntica a cuando la dejé. La misma colcha de patchwork que hizo ella misma para mí. Mi querida muñeca Lasy, que todavía mantenía el pelo rizado color azabache y ese olor tan especial. Necesitaba justamente eso. Estabilidad. Agarrarme con fuerza a algo seguro. Resguardarme por un tiempo de todos los desequilibrios y abrigarme en las cosas durables. Quizá allí conseguiría apaciguar mi dolor.

Revolví mi bolso en busca de unos chicles. Estábamos llegando al aeropuerto internacional de Tulsa y me estaba empezando a poner nerviosa. No me gustaba nada volar, sobre todo odiaba el momento del aterrizaje.

Reparé en el manojo de cartas y me dispuse a abrirlas para entretenerme y olvidarme de aquella embarazosa situación. Desde niña me encantaba abrir cartas. Cuando lo hacía me embargaba una sensación en la que se entremezclaban esperanza y ansiedad. Tenía la secreta ilusión de que una de esas cartas algún día llevase en su interior un comunicado del tipo: «Ha sido usted la ganadora de un millón de dólares» o «Srta. Julia Robinson, le comunicamos que ha sido agraciada con un viaje con todos los gastos pagados a Honolulu»; acontecimiento poco probable, por otra parte, pues jamás en mi vida había participado en ningún concurso o asunto similar. Sin embargo, no podía evitar esa estúpida e irracional esperanza que me liberase de un plumazo de todos los problemas cotidianos.

Facturas y más facturas, resúmenes de mi cuenta bancaria, promociones comerciales y un sobre tamaño cuartilla que parecía contener algo pesado. Empecé por él. No llevaba remite y mi nombre estaba escrito con una letra frenética que no reconocí. Con una curiosidad infantil me dispuse a abrir aquel sobre, despegando uno de los extremos con cuidado.

Dentro había una libreta de tapas de cartón, como las que utilizábamos en la universidad. La abrí rápidamente y me quedé petrificada al comprobar que era el cuaderno de notas de James. Su letra, casi ininteligible, emborronaba todas las hojas formando corpúsculos desordenados. Me oprimió una inmensa angustia. ¿Qué significaba aquello? Quizá alguien quería hacerme una broma macabra o tal vez algún familiar de James, al recoger sus pertenencias, supuso que aquel cuaderno debía de tenerlo yo.

Estaba confundida. Ver de nuevo la caligrafía de James había despertado la herida que aún no estaba curada y ahora supuraba con fuerza.

Miré dentro del sobre buscando alguna carta o nota que me aclarara qué demonios sucedía; sin embargo, no había nada más que el cuaderno.

Estaba nerviosa. Aquello debía de tener algún sentido, ¿pero cuál? Pensando esto vi el matasellos, acuñado en Madrid el mismo día en que James sufrió el accidente, y todo empezó a descuadrarse.

¿Quién demonios me había enviado aquello desde Madrid el mismo día de la muerte de James?

Ojeé ansiosa la libreta intentando descifrar la letra de James y entonces deparé en la última hoja. Como una broma macabra, James, en una anotación hecha con rotulador rojo, me decía: «MIRA TU CORREO».

Ahora sí que empezaba a ponerme nerviosa. La desolación hizo que un cúmulo de pensamientos confusos empezara a agolparse en mi mente.

Intenté relajarme realizando las respiraciones profundas que me había enseñado mi profesor de yoga y probé a analizar con la cabeza fría la situación. Sin lugar a la más mínima duda, aquello era un mensaje de James para mí, que me daba instrucciones sobre algo que debía de hacer. Él quería que mirase mi correo.

Empecé a temblar. Si aquello era lo que imaginaba, las cosas no eran como me las habían contado.

Un ejército de sombras apareció en mis pensamientos.

De manera impulsiva cogí el manojo de cartas y rebusqué entre ellas la que James quería que encontrase. Pero no hallé nada extraño, solamente facturas: de unos grandes almacenes donde días atrás había realizado unas compras, de mi tarjeta de crédito y del teléfono, así como el resumen de mi cuenta corriente y promociones de colchones de látex y de una enciclopedia de bricolaje. Nada más. No había nada más en el correo o por lo menos la casera no me había entregado nada más.

Pensé consultar el correo electrónico, pero no me atreví a sacar el móvil ya que estábamos en pleno aterrizaje.

Era la una y media de la tarde y el aeropuerto bullía de gente que andaba cargada con maletas de aquí para allá. Pensé que no sería adecuado llegar a la hora de comer a casa sin haber avisado antes, así que me detuve en una cafetería para comer algo ligero antes de llamar a mamá y comunicarle mi inminente visita.

Me senté junto a la gran cristalera, que ofrecía una visión panorámica de la pista. Los aviones aterrizaban y despegaban en un goteo continuo.

Saqué mi iPad. Tenía el correo organizado por carpetas y todas parpadeaban. También la de James. Desde su muerte no había abierto el correo, por lo que tardó unos segundos en cargar los mensajes pendientes.

Ansiosa abrí el mensaje de James. Era como si otra vez estuviese vivo.

Era un mensaje que provenía de su cuenta de correo, enviada el mismo día de su muerte, con pocas palabras y un archivo adjunto. «Geber tiene la clave», leí y quedé atónita pues no comprendía nada. ¿Qué significaba aquello? ¿La clave de qué? Era Geber el que tenía la solución a nuestras investigaciones. Intenté abrir el archivo adjunto y apareció una pequeña ventana que me solicitaba un *password* para continuar. James me lo estaba poniendo difícil. Siempre había sido un intrigante.

Maquinalmente empecé a escribir nombres. Empecé por Geber, pero no funcionó y continué con James, Julia, Peter; pero nada, una y otra vez aparecía una ventana con el mensaje «password incorrecto».

Por unos instantes me quedé en blanco y no supe cómo continuar. Había probado con su nombre, con el mío, con el del departamento, con la fecha de su nacimiento, y ya no se me ocurría nada más. Pero al momento empecé a hacer conexiones. Geber no era otro que Ŷabir ibn Hayyan, el alquimista más famoso del islam; ni más ni menos que el presunto autor del manuscrito que semanas atrás me había enviado James por

36

correo electrónico, sin ninguna instrucción, como de costumbre. Y en ese manuscrito había una serie numérica que me trajo de cabeza varios días. Peter había intentado ayudarme a descifrarlo. Eran números babilónicos, pero no dimos con su significado. Se me ocurrió que esa serie numérica podía ser el password. Minimicé el mensaje y busqué el documento que me envió, lo abrí y allí estaba. Casi la podía recordar de memoria. Tecleé el número en la ventana y al fin se abrió el archivo adjunto.

Era una carta de James.

*«Querida Julia:*

*Sé que no te gustan nada los acertijos, pero todas las medidas de seguridad son pocas. Necesito asegurarme de que solo tú puedas leer estas líneas. Si estás leyéndolas significa que yo no estaré en buena situación, pero no te preocupes por mí. Ya sabes que esté donde esté siempre me adapto a las circunstancias.*

*Le ordené a un amigo que te hiciera llegar este mensaje y el cuaderno, que si todo ha ido como planeé, ya habrás recibido. Guárdalo bien, te será muy útil.*

*Debo pedirte que continúes la investigación donde yo la dejé. Estamos muy cerca de la meta, y si tú no continúas todo habrá sido en vano.*

*Debes venir a Madrid. En el cuaderno encontrarás la llave de mi apartamento. Una vez allí, hallarás la clave para seguir avanzando.*

*¿Recuerdas lo que te conté sobre la adorable mascota de mi vecino? Otro acertijo. Espero que ellos no lo hayan encontrado antes que tú.*

*Aquí hay gente que te ayudará, pero debes ser muy cuidadosa.*

*Hay personas muy poderosas detrás de todo esto. Tengo miedo por ti, pues es posible que acabes como lo he hecho yo. Lo he pensado mucho antes de escribir esta carta. He sopesado los riesgos, pero no tengo otro remedio que pedirte que lo hagas pues estoy seguro de que si alguien puede conseguirlo eres tú. Sin embargo, la decisión es tuya. Si accedes ten cuidado y sé cauta. Son más peligrosos de lo que jamás hubiese podido imaginar. Llevan semanas persiguiéndome. La verdad es que temo seriamente por mi vida, por eso he pensado en poner a buen recaudo todas mis investigaciones.*

*Solo confío en ti.*

*Buena suerte.*

*Te querré siempre.*

*James».*

Me quedé de una pieza. No pude ni llorar. Todo me parecía una locura.

Empecé a hacer conjeturas con rapidez. Los hechos apuntaban a que James había sido asesinado; pero si él sabía que iban a matarle y tenía problemas, por qué no me había mencionado nada o no había pedido ayuda a la policía. Hubiese sido lo lógico. Y según parecía, todo por nuestra maldita y aburrida investigación. Esa que Peter afirmaba que no existía. Si me fiaba de la carta, todo indicaba que James había dado con algo muy importante. ¿Qué podía ser aquello tan valioso para que fuese deseado por gente poderosa hasta el punto, incluso, de costarle la vida?

Las manos empezaron a sudarme. Debía decidir qué hacer. Podía ignorar totalmente aquel disparatado mensaje o seguirle el juego. Intenté pensar durante unos segundos.

En mi mente comenzó a tomar fuerza la conjetura del asesinato y tal pensamiento me ayudó a decidir. Debía ir a España cuanto antes y averiguar qué era exactamente lo que le había sucedido; si no lo hacía, jamás averiguaría la verdad. Jamás me lo perdonaría. James, pese a todo, merecía que su recuerdo permaneciese dentro de mí intacto. Se lo debía. Me lo debía.

Cargada con la maleta, que apenas veinte minutos antes había recogido en la cinta, me dirigí hacia un mostrador. Esa compañía no ofrecía vuelos directos a Madrid. Me ofrecieron un vuelo que salía hacia Miami a las tres de la tarde, solo faltaba una hora, y una vez allí haría transbordo para llegar a Madrid. Compré los billetes de ambos vuelos y facturé de nuevo el equipaje.

Me movía por el aeropuerto sin pensar en nada. No tenía tiempo para pensar. Debía llegar cuanto antes a Madrid.

# Parte IV: El viaje

## Capítulo 7

Amanecía cuando sobrevolábamos Madrid. Llevaba casi dieciocho horas de vuelo, tres aviones y pronto cuatro aeropuertos. Estaba agotada. Incluso habría sido capaz de localizar el chaleco salvavidas debajo de mi asiento.

No había llamado a Peter. Pensé que sería mejor hacerlo cuando llegase. Si lo hubiera hecho antes de tomar la serie de vuelos que me llevaron hasta Madrid, seguro que me hubiese disuadido de realizar aquel demencial viaje.

Estuve revisando el cuaderno de James. Tenía una caligrafía nefasta. Había encontrado una anotación sospechosamente legible que decía: «En el intersticio de la parte superior del marco». Supuse que se refería al escondrijo en el que me había dejado la llave de su apartamento. En esta ocasión James no había sido nada imaginativo. La verdad es que esperaba al menos un mensaje cifrado en algún código polialfabético.

Tras sobrevolar la ciudad, la esperada voz de la azafata nos indicó que nos abrochásemos los cinturones. El avión descendió suavemente hasta la pista y tras unos ligeros saltitos, que incluso me resultaron agradables, aterrizamos sin novedad en Barajas.

Ahora debía de empezar a actuar. Iría al apartamento de James, allí tal vez podría encontrar sus investigaciones o la forma de localizar a su amigo Francisco Navarro, quien se había convertido en su colaborador en Madrid y debía de estar al corriente de todo.

Pero antes pensé que ya era hora de hablar con Peter. Se llevaría una sorpresa. Me armé de valor y tecleé su número. Tras unos breves pitidos, respondió con su grave voz:

—Dígame.

—Peter, soy Julia.

—Hola, Julia. ¿Has llegado ya a Tulsa? ¿Qué tiempo hace por allí? —parecía alegrarse de oír mi voz.

—Verás, Peter, no estoy en Tulsa. Me ha sucedido algo increíble y he tenido que venir a Madrid.

—¿Cómo? ¿Qué demonios haces en Madrid? —dijo sorprendido.

—He recibido un extraño mensaje de James y su cuaderno de notas. Antes de morir lo planeó todo para que llegase hasta mí. En él me revela que está a punto de descubrir algo muy importante y que hay unas personas que le persiguen. Estaba convencido de que iban a matarle —le dije de carrerilla, casi sin respirar.

—¡Qué estás diciendo! Estás empezando a preocuparme —exclamó asombrado, y continuó molesto—: Escúchame, Julia, coge el primer avión y vuelve a casa. No me gusta nada lo que me estás contando. Seguro que es un ardid de ese fantasioso de James para embaucarte en su inacabada y fracasada investigación.

Peter parecía nervioso y, como de costumbre, iba a darme una gran reprimenda y a intentar disuadirme de mi decisión. Era totalmente comprensible, yo misma estaba desconcertada por los hechos. Pero lo interrumpí antes.

—Escúchame tú. En el mensaje, James decía que solo confiaba en mí. Tal vez se volvió loco. Tal vez sea todo, como tú dices, una fantasía. No lo sé. Lo único que sé es que debo averiguar qué pasó. Ayúdame, por favor —dije, casi suplicando.

—Pero, ¿cómo quieres que te ayude si estás en Madrid? ¿Te has vuelto rematadamente loca? ¿Así te vas a gastar la compensación que tanto me ha costado conseguirte?

Estaba realmente irritado y no parecía que tuviese la intención de ayudarme.

—Lo siento, Peter. No puedo obviar lo que acaba de pasar. ¿No entiendes que tal vez James pudo ser asesinado por culpa de nuestra investigación? —ahora era yo la enfadada. No podía comprender cómo a Peter no le resultaba la historia al menos sospechosa.

—Veo que no te voy a convencer para que vuelvas. Eres igual de tozuda que James —hubo un breve silencio y cambió de tono—. Ve con cuidado, princesa. Quién sabe en los líos en los que estaba metido ese loco. Llámame pronto.

—Te mantendré informado —respondí secamente.

Interrumpí la comunicación. Peter no había reaccionado bien, pero me consolé pensando en que podría haber sido peor.

Era la primera vez que estaba en Europa. Siempre había soñado con viajar al viejo continente y ver con mis propios ojos las obras de arte, tocar las piedras de las ruinas arqueológicas y pisar las catedrales que tantas veces había estudiado en los libros. Y ahora que estaba aquí no sentía ninguna satisfacción. Todo lo contrario. En todos mis sueños de aquel viaje, estaba James. James formaba parte de todo. Y ahora que no estaba conmigo me daba cuenta de que ya nada me interesaba ni me hacía gozar si no podía disfrutarlo junto a él.

Sentía un gran pesar; sin embargo, sabía que debía de vencer mi tristeza y hacer lo que James me pedía.

Cogí un taxi y con mi castellano de ligero acento mejicano aprendido de Lupita, la cocinera de mi familia, le indiqué al taxista la dirección del apartamento de James. Abandonamos el aeropuerto y tras algunos quilómetros por una transitada vía rápida que parecía rodear el casco urbano, nos adentramos en el centro de la ciudad. El denso tráfico hacía que avanzáramos con lentitud.

Desde el coche, Madrid me pareció una bella ciudad. Muy diferente a las ciudades americanas.

El taxi se detuvo enfrente de un edificio de fachada neoclásica con aspecto elegante.

Unas pesadas puertas de madera, de al menos tres metros de altura abiertas de par en par, daban paso a un amplio zaguán rebosado de mármol blanco mate. La escalera ascendía helicoidalmente alrededor de un antiguo ascensor de hierro forjado al que le habían incorporado una cabina moderna. Justo debajo del hueco de la escalera había una portezuela entreabierta, por la que se escurría el susurro de una televisión y el olor de un potente guiso.

No había nadie controlando el paso, así que fui hacia el ascensor con mi maleta.

Me planté delante de la puerta del apartamento y, efectivamente, la llave estaba en un orificio que había en la parte superior del marco, como indicaba con claridad la nota del cuaderno.

Cuando entré, advertí el desorden en los libros que Peter y yo le habíamos enviado a James desde Nueva York, para ayudarle en la investigación. Estaban ahora esparcidos por el suelo, algunos con las hojas sueltas.

Aquello era la confirmación. James no se había vuelto loco ni tampoco había muerto en un accidente. Alguien deseaba algo que tenía y tal vez no lo consiguió.

De pronto se escucharon unas sordas pisadas que se acercaban por el pasillo y me recorrió un escalofrío de pavor. Corrí hacia la cocina buscando un lugar para esconderme mientras el corazón me latía desbocado.

—¿Quién anda ahí? —increpó una potente voz femenina.

Miré por la rendija de la puerta y suspiré aliviada. Era una señora de mediana edad, de aspecto inofensivo y ataviada con un gran delantal floreado. Gritaba mientras se llevaba las manos a la cabeza.

—¡Qué desastre! —se quejó al ver los libros en el suelo—. ¿Quién ha hecho esto?

Salí de mi escondrijo como un ratón asustado.

—Soy una amiga de James. Soy americana —susurré tratando de tranquilizarla.

—¿Por qué ha hecho esto? —preguntó la señora poniendo las manos en jarras.

—Acabo de llegar, señora. Ya estaba así cuando entré —respondí apurada.

—¡Dios mío, qué desastre! ¿Quién ha podido hacer esto? —no paraba de lamentarse ante mi mirada de desconcierto—. ¿Y cómo ha entrado usted?

—Con la llave que me dejó James.

—¡Ah, ya! Es usted su novia americana —refunfuñó, dando por sentada nuestra relación.

—No, solo somos amigos.

La señora me miró de arriba a abajo con una expresión que no mostraba convencimiento.

—¿Dice usted que es amiga del señor James?

—Así es.

—¿Y sabe usted cuándo volverá?

—¿Cómo? —pregunté confusa. Parecía que la señora no se había enterado de la muerte de James.

—Sí, sí —dijo casi susurrando—. Me debe dos meses de alquiler. Se fue hace más de dos semanas con tres amigos suyos que vinieron a visitarle a altas horas de la noche. Yo misma les abrí el portal. Estuvieron un rato arriba y luego, cuando yo iba a sacar la basura, me los crucé a los cuatro en la escalera.

—¿Cuatro? —pregunté desconcertada. Aquello me estaba empezando a oler muy mal.

—Sí, sí —continuó con el mismo tono de voz con el que imagino que le contaba a las vecinas uno de los muchos cotilleos que debían darse en ese edificio—. Los tres amigos del señor James y él. Ya habían venido otra vez. Me dijo que estaría unos días fuera, que estuviese tranquila, que me pagaría cuando volviese. Me pareció extraño porque no llevaba nada de equipaje, ni tan siquiera ese maletín negro que lleva siempre —supuse que se refería a la bandolera en la que James transportaba el portátil que ahora yo no veía por ningún lugar—. Parecía que él y sus amigos tenían prisa por irse. Pero no ha vuelto aún. No es que no me fíe de él, ¿sabe? Es un hombre tan formal y tan limpio, aunque parece que últimamente está teniendo dificultades económicas. Me contó que esa universidad para la que trabaja estaba retrasándole los pagos.

Todo aquello me inquietó. Tal vez era verdad lo que contaba en su mensaje sobre hombres extraños que le perseguían. Además, me pregunté cómo era posible que James se hubiera pulido todo el dinero de la beca.

No me pareció conveniente decirle a aquella señora lo de su muerte. Serían demasiados sobresaltos para un solo día.

—Seguro que vuelve pronto —acerté a decir y, tratando de no demostrar extrañeza, agregué—: ¿Dice usted que vinieron unos amigos de James?

—Sí. Los amigos del señor James —afirmó, segura de que yo los conocía.

—¿Y no recordará sus nombres, verdad? ¿Alguno de ellos se llamaría Francisco?

Recordaba que James me había mencionado, en más de una ocasión, que el profesor de la Universidad Complutense que estaba colaborando con él en el proyecto era el doctor Francisco Navarro; aunque él solía llamarle Fran.

—No, no. El señor Francisco no vino con ellos —dijo convencida—. Conozco muy bien al señor Francisco. Viene por aquí mucho, es un señor muy agradable. Estos eran americanos.

—¡Americanos! —exclamé extrañada. No me constaba que James tuviese contacto en Madrid con americano alguno.

—Cuando les abrí solo dijeron que eran amigos del señor James. Ya les conocía porque vinieron en otra ocasión, así que les dejé pasar. ¡Qué hombres tan guapos tienen ustedes en América! Sobre todo el chico moreno grandote. Parece un jugador de baloncesto de esos que salen por la tele… —interrumpió su charla bruscamente. Vislumbré en sus ojos un destello de inquietud. Aunque mi compañía no le resultaba amenazadora, se dio cuenta de que aquel desorden era sospechoso. Hizo una mueca de desconcierto y elevó un poco la voz—: ¿Cree usted que deberíamos llamar a la policía? Esto parece obra de rateros.

—Sí, sería conveniente —respondí con pretendida serenidad mientras pensaba en cómo deshacerme de ella para poder buscar alguna pista entre aquel caos, antes de que se presentase la policía.

Una dulce melodía que me recordó a un famoso musical de Broadway sonó en el bolsillo del delantal de la señora. Con soltura respondió a la llamada y, tras cuchichear algunas palabras que no comprendí, cortó la comunicación.

—Es mi marido. El pobre está enfermo y no me deja vivir ni a sol ni a sombra —explicó y asentí cortés con una amable sonrisa—. Voy a bajar a la portería un momento y llamaré desde allí a la policía. No se vaya, dentro de un momento volveré —hizo una pausa y luego agregó—: Por cierto, vino también una chica pelirroja preguntando por el señor James. Hacía tiempo que no la veía por aquí, pero vino preguntando por él y me dijo que quería entrar en el piso porque se había dejado unas cosas. No le dejé. Me excusé diciéndole que no tenía la llave.

—¿Dice usted que vino una chica pelirroja? —pregunté sorprendida, recordando las fotos que Peter me había mostrado—. ¿Escuchó alguna vez su nombre?

—No sabría decirle. Alguna vez vino con el señor Francisco. Tal vez él pueda explicarle. Pero sabe qué... Entre usted y yo, no me gustaba nada —confesó con tono pícaro y zanjó diciendo—: Ahora vuelvo.

Al alejarse hacia las escaleras todavía se escuchaban sus lamentos.

—¡Qué disgusto se llevará el señor James cuando vuelva!

Cuando al fin me dejó sola, empecé la búsqueda. No sabía con exactitud lo que James quería que encontrase, ni si antes lo habían hallado ya los que produjeron el desorden. Debía ir con cuidado, no podía dejar huellas que me hicieran sospechosa para la policía.

Estaba aturdida, pero no lo suficiente como para olvidar lo que mencionaba James en su carta sobre la adorable mascota de su vecino.

James jamás había tenido un perro; les tenía pánico. Habíamos hablado muchas veces de su miedo irracional hacia ellos. Creía que ese trauma era causa directa de una experiencia negativa que tuvo en la infancia con el perro de su vecino. A él no le parecía, pero para mí era gracioso cuando contaba, con lujo de detalles, aquella historia de cómo un mastín de sesenta quilos se abalanzó sobre él para arrebatarle el helado de pistacho que su padre le había comprado. El salto del animal hizo que James cayese de espaldas sobre un charco de barro, y luego el perro se dispuso cómodamente a lamer el helado sobre su cara. Fue tal el ataque de pánico que jamás volvió a probar el helado de pistacho ni a acercarse a un perro.

¿Cómo explicar entonces la caja de comida para perros que había en la cocina?

Vacié con cuidado el contenido de la caja, pero no hallé nada. Cuando estaba dispuesta a convencerme de que James había superado su aprehensión, apareció lo que buscaba.

En la base interior de la caja había pegado un paquete plastificado. Lo desprendí con tiento, destapé el plástico y apareció un pergamino. Lo extendí sobre el suelo y observé sorprendida el grabado de unas extrañas figuras geométricas. No entendía su significado. Sin embargo, estaba claro que James quería que lo encontrase. Lo volví a enrollar con esmero para no dañarlo y lo metí en mi bolso.

A través de la ventana se coló el agudo sonido de una sirena, confundido con el ruido del tráfico. Me apresuré a salir del apartamento, pues no me apetecía nada ser interrogada por los agentes.

En el preciso instante en el que abrí la puerta del ascensor, el coche de la policía había aparcado en la acera de enfrente.

# Parte V: El destino

## Capítulo 8

Dudé cuando el taxista me preguntó a dónde deseaba que me llevase. Tenía pensado quedarme en el apartamento de James, pero ahora no lo creí conveniente.

—Necesito alojamiento, lléveme a algún hotel céntrico y decente.

El taxista sonrió mirándome por el espejo retrovisor y arrancó el taxi.

—Le voy a llevar a uno de los mejores hoteles de Madrid.

Tras esquivar algunos autobuses, maldecir a varios motoristas y hacer comentarios de mal gusto sobre las mujeres conductoras, detuvo el coche enfrente de un bonito hotel situado en una avenida de edificios modernistas.

—Aquí estará usted muy bien —dijo volviendo la cabeza desde su asiento—. Está cerca de los principales lugares turísticos de la ciudad y tiene un precio aceptable.

Me despedí del taxista y me registré en la recepción. Un chico, uniformado con una casaca azul marino de botones refulgentes, cargó con el equipaje y me acompañó a la habitación. Advertí que desde el balcón tenía una privilegiada vista de los jardines del Parque del Retiro.

No quería perder más tiempo, así que llamé a la Complutense. Debía de localizar cuanto antes al profesor Navarro.

Tras marcar el número de la Facultad de Historia hablé con una simpática señorita, que me informó que el profesor Francisco Navarro llevaba más o menos dos semanas sin aparecer por la universidad. Le pedí si podría avisarle de que lo buscaba. Le facilité mi teléfono y el nombre del hotel en el que me alojaba. Ella prometió que dejaría un aviso en su contestador, aunque no me dio muchas esperanzas de que pudiese responder.

Estaba agotada, me dejé caer en la cama y me quedé dormida. Cuando sonó el teléfono estaba ya anocheciendo.

—Señorita Julia Robinson, le llamo desde recepción. Aquí hay un señor que desea verle.

—¿Quién es? —gemí con voz cansada.

—Es el profesor Francisco Navarro.

Ya era hora, estaba perdiendo demasiado tiempo.

—Dígale, si es tan amable, que me espere en la cafetería. Bajaré dentro de unos minutos.

Me sentí liberada. Él tendría una explicación razonable que dotase de sentido a lo que sucedía.

Al llegar a la cafetería del hotel, en una mesa estaba sentado un hombre de unos cuarenta y pocos años, moreno y con el pelo muy corto. Cuando me vio llegar se levantó de la silla. De pie ganaba mucho.

—¿Señorita Julia Robinson?

—Sí, soy yo.

—Soy el profesor Francisco Navarro —dijo mientras me extendía la mano.

—Encantada de conocerle. James me ha hablado mucho de usted —la verdad es que en sus mensajes no había hecho justicia al profesor. Jamás lo imaginé tan atractivo.

—Espero que le hablara bien de mí —ironizó, mientras se dibujaba en su rostro una impecable sonrisa.

Nos sentamos y pedimos algo para beber. Él una cerveza, que allí llamaban caña, y yo un gin-tonic, que seguía llamándose así.

No sabía cómo empezar con todo aquello. No sabía hasta qué punto debía de contarle a aquel extraño los despropósitos que me estaban sucediendo últimamente. Creí conveniente que fuese él quien hablase primero. Así que comencé con lo más sencillo.

—Ha sido una desgracia lo de James —dije apenada.

—Sí, ha sido mala suerte —respondió escueto.

—Y ahora justamente —solté intrigante.

—Sí, ha sido una pena —respondió contundente.

—¿Erais amigos, verdad?

—Sí.

Aquello no estaba resultando tan sencillo como me imaginaba. Parecía que el atractivo profesor no iba a ponérmelo fácil.

—¿Y usted colaboraba con él en su investigación? —pregunté para dar pie a una conversación más extendida.

—Sí, éramos colaboradores —respondió sin añadir más comentarios.

Esto se estaba convirtiendo en un interrogatorio. Si ocurría algo raro él debía de saberlo; pero tal vez no quería revelarlo a la primera desconocida que apareciese y eso era comprensible. Así que empecé con el plan B, que consistía en mentir en parte.

—Sabrá que James y yo compartíamos la investigación en el departamento de Historia Moderna Europea de la Universidad de Columbia.

—Sí, claro. Él la mencionaba muy a menudo —asintió.

—Pues bien. El rector y la junta universitaria han decidido traspasarme la beca de James y me han encargado que continúe con la investigación.

—Enhorabuena —dijo impasible mientras tomaba un sorbo de cerveza.

—El problema es que no sé exactamente en el punto en el que se encontraba. James me enviaba multitud de documentación y, por las últimas informaciones que me hizo llegar, sospecho que se encontraba en un punto muerto. Por eso le he llamado. Necesito que me ayude.

Ahora la que tomaba un sorbo de gin-tonic era yo.

El profesor permaneció en silencio mientras me dirigía una mirada gélida.

—Señorita, será mejor que deje las cosas como están —dijo. Parecía un trozo de hielo. Un gran trozo de hielo.

—¿Cómo? No le entiendo —respondí haciéndome la sorprendida.

—James había llegado a un punto muerto como usted dice. No vale la pena continuar.

Aquello parecía una negativa a la solicitud de ayuda que acababa de proponerle. Ahora estaba realmente convencida de que nada de aquello era normal y me puse a la defensiva.

—¿Y echar por la borda tantos años de investigación?

Tomó otro sorbo de cerveza y no me respondió.

Miré sus gélidos ojos castaños y comprendí que era hora de pasar al plan C, pues era una chica con recursos: contarle parte de la verdad.

—Sabe. James estaba raro últimamente. Éramos muy amigos y yo notaba que las cosas no le iban bien. Me tenía preocupada, pero jamás supuse que terminase así.

Ahora el profesor me miraba diferente, con ojos casi cálidos, y eso me animó a proseguir.

—¡Él estaba tan obsesionado con la investigación! Cuando conocí la noticia de su muerte me vine abajo. Pensé que lo mejor sería dejarlo todo. Cambiar de aires. Estaba convencida de que sería lo mejor. Pero cuando recibí por correo el cuaderno de notas de James, todo cambió.

—¿Tiene usted el cuaderno? —interrumpió sorprendido.

Ahora el profesor me miraba de verdad, parecía que empezaba a interesarle la conversación.

Sentí terror, hasta el momento supuse que el profesor Navarro había sido el encargado de enviármelo, pero por lo que podía deducir no había sido así. Tal vez había errado al contarle que tenía el cuaderno, pero ahora ya era demasiado tarde.

—Así es. Está en un lugar seguro —dije echándome un farol y recordando que lo había dejado en el interior de mi bolso de mano.

—¿Quién se lo hizo llegar?

—Eso ahora no es lo importante —mentí como una bellaca, tratando de ocultarle mi ignorancia, y añadí—: Leí su cuaderno y me di cuenta de que valía la pena continuar. Dejarlo todo sería traicionar a un amigo. James confiaba en mí, por eso insistí a la junta universitaria para que me concediese la beca. Ellos accedieron y aquí estoy.

El profesor se había acabado la cerveza, pero aún sujetaba el vaso entre sus dedos. Yo continuaba dando pequeños sorbos a mi gin-tonic.

—¿Y sabe qué me he encontrado nada más llegar a Madrid? —dije sin apartar la mirada de sus ojos, pero el profesor no me respondió. Parecía absorto en sus pensamientos—. Su apartamento totalmente destrozado.

El profesor reaccionó. Su rostro se tensó por unos instantes y sus ojos dieron una mínima muestra de asombro.

—¿Me va a ayudar en esto? —le pregunté con tono impertinente.

En ese momento sucedió el milagro y aquel trozo de hielo al fin se tornó carne.

—Esto es más grave de lo que jamás ha podido imaginar —dijo mientras se pasaba la mano por el cabello y un escalofrío recorrió mi cuerpo. Al escucharle tuve la certeza de que nada era normal—. No sé si es conveniente que se inmiscuya. James fue un inconsciente al mezclarla en todo esto.

—Pero James y yo éramos colaboradores. Estábamos juntos en la investigación —protesté.

—Le recomiendo que vuelva a su país a la mayor brevedad posible y se olvide de todo para siempre —dijo mientras se levantaba y dejaba sobre la mesa un billete azulado—. Hágame caso, señorita, váyase.

El profesor había decidido suspender la conversación. Por unos instantes me quedé observando cómo se alejaba de la mesa y atravesaba la cafetería. Reaccioné y fui tras él antes de que abandonase la recepción.

—Profesor, espere, tengo que decirle algo —le dije y se detuvo. Luego volvió los ojos hacia mí—. Solo quería advertirle que ni sueñe con que me marche. Seguiré la investigación, con o sin su ayuda. Buenas tardes —dije y me alejé, para devolverle el desaire.

Me encerré en mi habitación para pensar en lo sucedido. El profesor Navarro me había negado su ayuda, pero era obvio que algo grave estaba aconteciendo y James, antes de morir, decidió alertarme.

¿Qué sucedía exactamente? Tal vez había sido una inconsciente al venir a Madrid. Algo debía de haber pasado por alto.

Fue entonces cuando tuve una iluminación y, por primera vez, sentí un profundo temor.

# Parte VI: Estupor (el indicio)

## Capítulo 9

James. Lo necesitaba tanto. Lo nuestro fue una historia sin sobresaltos. Fue lineal, natural, hecha de pequeñas cosas y de muchos momentos. Me hacía sentir feliz, una felicidad serena, llena de momentos apacibles y, lo más importante, me hacía reír. Junto a él me sentía viva. Poco a poco nos enamoramos. Él me quería, lo sé. Y yo también, no lo supe hasta que vi cómo se iba. Entonces fue cuando me di cuenta de que una gran llaga se abría en mi pecho.

La última noche que pasamos juntos le dije cosas tan fuertes que aún me dolían. Estaba enfadada por las circunstancias y lo pagué con él. Discutimos y le dije que mientras estuviésemos separados quería que nuestra relación quedase detenida. Necesitaba aclarar si lo que sentía por él era amor o simplemente admiración y dependencia.

Él no me comprendió. Se enfadó. No se explicaba cómo podía tratar de racionalizar lo que era por naturaleza irracional. Los meses siguientes no mejoraron para nosotros. Me obstiné en mantener una relación estrictamente profesional, y aunque en los e-mails de las primeras semanas había guiños por su parte para que arreglásemos las cosas, estaba tan dolida que no le correspondí.

Cuando me di cuenta de que estaba alejándolo de mí, no puse remedio. Creí que sería mejor aclararlo todo cuando él volviese de Madrid. Era evidente que yo estaba sufriendo, pero no quise demostrárselo. No sé si fue por orgullo o por obcecación. El caso es que dejé pasar los meses alimentando en mi cabeza la expectativa de su vuelta y la confianza en que, con ella, el sufrimiento al fin se aplacaría. Pero ahora, con la certeza de que James jamás iba a volver, ya no había esperanza.

Los hombres nunca habían sido mi fuerte. De hecho no había mantenido ninguna relación duradera. Todas se basaban en el disfrute del momento, en la necesidad de templar mis deseos. Durante los cinco años que viví en Nueva York mantuve idilios sentimentales, entiéndase con ello estrictamente sexuales, con dos o tres docenas de hombres. Ninguno se extendía más allá de dos o tres citas, pues me tenía prohibido implicarme. No tenía tiempo para nadie que no fuese yo misma y mi trabajo. Pero lo de James fue diferente, algo más que un instinto físico. ¡Lo que sentía por él estaba tan lejos del deseo y tan intensamente cerca a la vez!

Por eso, el miedo que sentía ahora era furioso. Ese miedo que se siente ante la evidencia de la nada.

James había sido asesinado. La idea del accidente se tornaba cada vez más inverosímil. Si deseaba llegar a la verdad debía averiguar quiénes lo habían matado y para ello solo había un camino: buscar la razón. De lo contrario solo quedaría la opción que sugería el profesor Navarro: volver por donde había venido y olvidarme de todo para siempre.

Analicé la situación de manera concienzuda, como era propio de mí, y tras reflexionarlo el tiempo necesario, exactamente tres segundos, descarté la segunda opción. No pensaba irme hasta que averiguase la verdad, con o sin la ayuda del profesor Navarro.

Me di cuenta de que contaba con cinco valiosas pistas: el cuaderno de notas de James, el pergamino que había encontrado en el apartamento, los tres hombres con los que la portera lo vio partir aquella noche, el profesor Navarro y, por supuesto, la pelirroja de aquellas malditas fotos que no se me quitaban de la cabeza.

Si tomaba al pie de la letra las palabras de Navarro, resultaba obvio que él tenía conocimiento de lo que estaba sucediendo. Lo que no comprendía era por qué se mostraba reacio a ayudarme.

Estaba claro que el cuaderno de James, esa maraña ininteligible de anotaciones desordenadas, tenían la clave de todo aquello; pero comprender sus anotaciones era tan difícil como descifrar los propios jeroglíficos. Sin embargo, con un poco de paciencia y dada mi experiencia en traducir e interpretar al Gran James, estaba segura de que no me resultaría imposible.

Empecé por el principio, que aunque usualmente es por donde se debe empezar, no era por donde siempre comenzaba James; sin embargo, me aventuré. Tras dos horas de intensa lectura, empecé a vislumbrar el esbozo de aquel caos.

James había estado tomando notas de personajes tan dispares como Felipe II, Newton, Einstein o Catalina de Médici.

Como bien había supuesto Peter, todo parecía indicar que James se había alejado de la investigación. De hecho, todas aquellas anotaciones poseían poca o ninguna relación con el objeto de nuestra tesina, a la que teóricamente estaban destinados los fondos de la beca que le concedieron.

Entonces fue cuando establecí la conexión con el pergamino que había encontrado en el apartamento de James.

El pergamino representaba unas figuras geométricas. Sin embargo, si se confirmaba lo que sospechaba, tal vez estuviera ante el móvil por el cual James había podido ser asesinado. Mi cabeza empezó a ponerse en marcha y comencé a encontrar concordancias.

# Capítulo 10

Recuerdo con nitidez aquella tarde de mediados de abril. James y yo paseábamos por Harlem Meer. Llevábamos todo el día trabajando duro, preparando unas conferencias relacionadas con el inicio de la modernidad en Europa, pues Peter leería una ponencia sobre nuestras investigaciones. No nos apetecía encerrarnos en un café, así que compramos unos deliciosos sándwiches de pastrami para James y de ternera con queso de cabra y cebolla caramelizada para mí.

Trabajar tan cerca de Central Park era un bálsamo. Apenas en quince minutos, a buen paso, nos adentramos en plena naturaleza. Nos sentamos en la hierba, desde allí se veían el lago y el Dana Discovery Center. Junto a la orilla había varios hombres pescando y multitud de patos Mallard y de otras especies que jugueteaban en el agua. Era bonito el panorama. Los cerezos de Yoshino y de Kwanzan estaban en plena floración, su color rosáceo se reflejaba en el agua y le confería una apariencia romántica que rayaba en lo sensiblero.

Comimos en silencio, algo inusual en James, que tal vez contagiado por la contemplación de la espectacular eclosión de la naturaleza se había quedado sin palabras.

Yo también comí en silencio, distraída por el paisaje y sus componentes hechos de árboles, flores, patos y varios cisnes.

El sol empezaba a calentar. Así que después de devorar mi sándwich, sentada como estaba, apoyé mis brazos en la hierba, estiré la cabeza hacia atrás, cerré los ojos y me dispuse a recibir el primer baño de sol de aquella estación. Estaba casi dormida cuando escuché hablar a James.

—Vamos, se nos hace tarde. Hemos quedado con Peter a las cuatro, y son las tres y cuarto —dijo James.

—¡Oh! —protesté.

—Te invitaré a un café en el Ámsterdam, a ver si así se te quita ese sueño.

Estaba erguido frente a mí, con las manos en los bolsillos. El sol salpicaba sus ojos de motas verdosas.

—Mejor si se hace realidad —sugerí con guasa.

En el rostro de James se dibujó una sonrisa amplia. Me tendió una mano y me ayudó a levantarme. Por un momento casi choco contra su pecho. Caminamos el uno junto al otro, hasta dejar atrás el lago, los patos y los cerezos en flor.

—¿Sabes? Tengo una teoría acerca de los sueños, creo que todos tenemos uno. Nadie se libra de eso —dijo levantando ligeramente una ceja y con su habitual tono proverbial.

Lo miré divertida.

—Desde pequeño soñaba con ser un gran historiador que descubriese secretos desconocidos para la humanidad y que viviese mil aventuras.

—¿Un Indiana Jones? —apostillé con maldad.

Me miró sonriendo, adoraba cuando me sonreía. Una ráfaga de luz iluminó sus ojos y un gracioso hoyuelo se dibujó en su mejilla.

—Eso mismo —afirmó con solemnidad y yo me eché a reír. Con su musculoso brazo me rodeó por la cintura para acercarme a él.

—No creas que son historias tan descabelladas. Tienen su fondo científico.

Me mordí el labio para dejar de reír. Era una de las pocas personas adultas que conocía con ese entusiasmo infantil capaz de conmoverme. Su mirada se cubrió de una pátina chispeante. Entonces comprendí que le había abierto la veda, y temí que estuviese narrándome historias el resto de la tarde. Pero bueno, era mi amigo, y el resto de la tarde se limitaba a la media hora que faltaba para que llegasen las cuatro, la hora en la que Peter me rescataría.

—Existen miles de enigmas aún por resolver. Te voy a contar algo que prueba que no todo está descubierto. ¿Conoces la leyenda de la piedra filosofal?

—Claro, he visto Harry Potter —respondí, sin abandonar el tono jocoso que yo insistía en mantener durante nuestra conversación.

James me miró sonriendo, sin desanimarse.

—Los orígenes de la ciencia alquímica se remontan al principio de los tiempos. De hecho, la magia, el ritual y el mito se han dado de manera continua a lo largo de la historia de la humanidad en cada una de las culturas conocidas.

—¿Y? —pregunté impertinente.

—La alquimia, como antecesora de la actual química, tenía por objeto principal hallar la piedra filosofal, con la que se podrían transmutar los metales en oro, curar la enfermedad para evitar la muerte y transformar al hombre caído en criatura perfecta.

—Hasta ahí llego. Hay muchas obras y leyendas escritas al respecto.

—En Harvard, hace unos años, unos científicos consiguieron transmutar una cantidad de mercurio en oro.

—¿De verdad?

James tenía la capacidad de sorprenderme. Con un gesto de satisfacción en la comisura de sus labios por comprobar que pese a la inicial resistencia había conseguido captar mi atención, siguió con su perorata.

—Si alguna vez te has detenido a observar la tabla periódica te darás cuenta de que el mercurio y el oro son elementos que solo difieren en un electrón, un protón y tres neutrones.

—Es cierto —reconocí.

—Si pudiésemos eliminar esas partículas que hacen que un elemento sea diferente al otro, seríamos capaces de transmutar elementos.

Le miré con un gesto de incredulidad.

—Era lo que soñaban los alquimistas —agregó—, y eso es lo que la ciencia actual permite utilizando un gran acelerador de partículas. Y la noticia es que ya lo han hecho. Como ya te he dicho, en Harvard, bombardeando núcleos de mercurio, lograron obtener oro.

—¡Eso es fantástico! No tenía ni idea de que había ocurrido algo así.

—Ves, Julia, hasta una incrédula como tú se alegra de que una leyenda pueda hacerse realidad. Y siendo un acontecimiento tan importante, ¿no te extraña que apenas le diesen publicidad?

—Tal vez no sea del todo cierto —acerté a responder, pues no entendía a dónde quería ir a parar.

—Sí lo es, Julia. La ciencia se excusó diciendo que no era un hallazgo importante, ya que habían conseguido una muestra de oro mínima comparada con la colosal cantidad de energía que se empleó. Dijeron que no era rentable.

—¡Una lástima!

—¿Una lástima? ¿Es lo único que se te ocurre decir? —preguntó, indignado—. Eres historiadora, Julia, no te dejes engañar por lo que te han querido contar.

—¿Qué quieres decir?

—Quiero decir que este hecho, por más que la ciencia ortodoxa ha querido restarle importancia, prueba de manera irrefutable que los alquimistas no perseguían una quimera. La materia se puede transmutar. Así que no desvariaban tanto, como los que han escrito la historia nos han hecho creer.

—Puede que tengas razón —respondí sin mucho entusiasmo.

—Nunca has pensado qué ocurriría si existiese un procedimiento más sencillo que el de bombardear núcleos para poder transmutar los metales, o qué pasaría si encontrásemos un elixir que fuese capaz de frenar el envejecimiento del cuerpo.

James hablaba con tono atropellado, y podía vislumbrar cómo la sangre le bombeaba en las sienes.

—Sí, sería maravilloso. Pero no existe y creo que estamos lejos de encontrar algo parecido.

—Julia, piensa un poco. ¿No te parece extraño que hayan existido a lo largo de los siglos tantos y tantos sabios consagrados a esta búsqueda? ¿No te hace pensar que puede que haya algo de verdad detrás de todo?

—Me hace pensar que han existido muchos locos ociosos a lo largo de la historia.

—¿De verdad consideras simples locos ociosos a hombres de la talla de Bacon, Newton, Galileo o Einstein?

Mis intentos por mantener la serenidad que el lugar inspiraba estaban siendo en vano. James se mostraba ansioso y no quería ceder en la conversación. Levanté los hombros y él continuó hablando con tono apasionado.

—Seguro que existieron miles de charlatanes que se aprovecharon de la alquimia para vender brebajes milagrosos con el fin de enriquecerse, pero te aseguro que detrás de todo esto hay algo de verdad.

—Y si es verdad, ¿por qué no se ha revelado nunca? Si existe un brebaje que es capaz de sanar al enfermo, de rejuvenecer al anciano y de convertir el metal en oro, ¿por qué ocultarlo? ¿Por qué tantos siglos de enfermedad, pobreza y muerte? —objeté un poco harta de lo que creía paparruchas.

James, por un momento, se quedó sin habla. Me miró desarmado, como un chiquillo al que has pillado en una travesura.

—Puede que estés en lo cierto —creí que iba a reconocer al fin—. Sin embargo, me inquieta la idea de conocer la razón por la que tantos reyes cristianos tuvieron en sus cortes alquimistas trabajando a su servicio.

Estaba claro que James nunca se rendía. Así que intenté darle una salida digna a todo aquello.

—Puede que tuviesen la esperanza de encontrar una manera fácil de enriquecerse. Eso probaría que la avaricia ha existido siempre en la naturaleza humana.

—¿Enriquecerse? No olvides que ya eran ricos. Hay algo más, estoy convencido.

—O tal vez perseguían la quimera de la inmortalidad —dije.

James sonrió. Ya me había cazado.

—Los reyes cristianos tenían asegurado el paraíso en el cielo. No debía de preocuparles la muerte. Su mesías volvió de ella para anunciar la vida eterna.

—Creo que estás desvariando —dije, ya un poco harta de tanto dislate.

—Todos los textos alquímicos están escritos en un lenguaje hermético solo comprensible para los iniciados. Solo los elegidos son capaces de descifrar su significado. Se representa con símbolos, y su soporte es tan variado como constante en todo tipo de vestigios del ingenio humano: catedrales, libros, pinturas... ¿por qué tanto esfuerzo para ocultar el mensaje?

—¡Dios! —exclamé fingiendo la afección más profunda, pero sin hacer la mínima mella en el ánimo de James, que siguió hablando sin perturbarse.

—El saber alquímico solo está al alcance de los hombres más perfectos, aquellos que sean capaces de discernir la auténtica verdad.

—¡Ya! —respondí haciéndome la loca, aunque firmemente convencida de que el loco era James.

—Existe una leyenda...

—¿Otra leyenda? —protesté con la esperanza de crispar su ánimo, pero James hizo una mueca de aflicción que me conmovió—. Perdona. Creía que todo lo que me estabas contando era ya una leyenda.

Pese a mi cara de aburrimiento y mis impertinencias, James no se amedrentó y continuó narrándome sus locuras. Así era él, un serio y riguroso historiador siempre, y un fantasioso embaucador, a veces.

—Existe una leyenda que cuenta que, en algún lugar, se ocultan unas piezas que representan los elementos y que guardan un secreto tan grande que podría poner patas arriba todo el sistema.

—¡Oh! ¡Impresionante! —exclamé haciendo mofa de sus palabras, para ver si conseguía que parase con todo aquello—. ¿Se podría saber de qué sistema hablas? ¿Del sistema solar? ¿Del sistema económico? —pregunté en tono hastiado.

James levantó los hombros y me miró con dulzura. Le encantaba verme cabreada.

—No sé. Se dice que en algún lugar hay escondido un secreto que podría derrumbarlo todo —dijo.

—Una leyenda muy interesante. Espero que tarden en desvelarlo. No me apetece vivir en un mundo derrumbado —acerté a decir y me apresuré a caminar pues James estaba consiguiendo alcanzar el límite de mi paciencia.

—Es más que eso, Julia —exclamó totalmente ajeno a mi incredulidad y desinterés manifiesto, y continuó como si nada—: Ese secreto podría tener la clave que desvelase la razón de ese interés por la alquimia. Dicen que hubo un rey que, consciente de su poder, las arrebató a sus custodios y las repartió por sus posesiones, para que nunca se hallasen.

—Y esas piezas que dices, ¿crees que existen de verdad o me tomas el pelo como de costumbre? —le pregunté en tono grave.

Él sonrió.

—Existen y algún día las encontraré.

—Me parece muy bien —le respondí tajante, intentando dar por concluida la conversación; sin embargo, James no abandonó su empeño.

—¿Sabes? Después de la segunda guerra mundial, con el auge de la energía atómica, está documentado que la CIA se paseó por toda Europa comprando a precio de oro todos los textos y obras sobre alquimia que cayeron en sus manos. En esa época, en pleno desarrollo del proyecto Manhattan y la eclosión de la energía atómica, es obvio que la inteligencia americana encontró una conexión entre esta ciencia emergente y la antigua alquimia.

—¡Ya! Es posible. Sin embargo...

—¿No entiendes, Julia? Ellos vieron la conexión porque existe —me interrumpió James.

—Centrémonos. ¿Posees alguna prueba sobre la autenticidad de esa leyenda? —pregunté, tratando de poner razón en lo irracional.

—Aún no. Pero sé que existen —aseguró, y un sibilino destello le incendió la mirada.

Peter nos esperaba en el despacho ojeando un portafolio lleno de papeles. Cuando nos vio entrar, desplazó sus gafas hasta la misma punta de la nariz.

—Ya era hora. Creía que no vendríais nunca —dijo a modo de reprimenda.

Estuvimos el resto de la tarde trabajando, pero la leyenda que James me había contado permaneció todo el tiempo rondando en mi cabeza.

Y ahora volvía a aparecer, lo veía claro. James, el loco de James, había estado todo este tiempo en España tratando de descubrir los retales de aquel quimérico sueño. Y según parecían señalar todos los indicios, algo había encontrado. ¿Pero qué? ¿Era algo tan valioso como para costarle la vida?

# Parte VII: Terra

## Capítulo 11

El domingo amaneció claro, y mi cabeza también.

Acababa de salir de la ducha cuando escuché unos golpecitos en la puerta de mi habitación. Pregunté quién era y se escuchó una voz.

—¿Señorita Julia Robinson? Soy el botones. ¿Podría abrir, por favor?

Un joven de unos veinte años, de piel pálida y enfundado en una aparatosa casaca azul con botones dorados esperaba detrás de la puerta. Lo atendí con mi singular atuendo: una toalla blanca con un gran logo del hotel bordado. Hacíamos una pareja peculiar.

—Señorita, llevo una nota para usted —dijo mientras extendía una bandeja con un sobre.

Leí cuidadosamente la nota. Decía que el señor González me invitaba a almorzar dentro de una hora, en el restaurante de un afamado hotel de la ciudad.

—Señorita Robinson, un chófer espera en el hall para llevarla —añadió el chico.

Me sorprendió la invitación, pues no conocía al tal señor González ni sospechaba quién podía estar al corriente de mi estancia en Madrid, al margen del doctor Navarro. Aquello me produjo inquietud.

El muchacho estaba plantado frente a mí esperando una respuesta. Intenté racionalizar aquello con rapidez, aunque sentía una desconfianza bastante aproximada al miedo. Pese a mi evidente estado de desconcierto, concluí que si deseaba encontrar algo de luz en todo aquel embrollo no tenía más remedio que acceder.

En apenas cuarenta y cinco minutos, todo un récord para mí, estaba hecha un pincel en el hall del hotel, donde un hombretón de lo más voluminoso me esperaba para trasladarme a la cita en un impresionante Maybach negro, dotado con mejores prestaciones en su interior que el salón de mi casa.

Lejos de proporcionarme placer, el recorrido en aquel lujoso coche fue un suplicio. El conductor miraba continuamente a través del espejo retrovisor. Me inquietaba la idea de que se desviase de la ruta y, en vez de llevarme al restaurante acordado, me condujese a un sórdido lugar con el fin de infringirme perversas torturas.

Mis temores se disiparon cuando el Maybach se detuvo ante las puertas de un hotel.

El restaurante estaba ubicado en uno de los hoteles de más solera de la ciudad, el Ritz. Un gran palacio blanco de estilo barroco situado en una elegante plaza ajardinada, a unos pasos del Retiro y del Museo del Prado.

De inmediato, un joven vestido con un sublime traje gris me abrió la puerta. Por un momento me asombré al verme a mí misma sintiéndome una princesa, y lo que era peor, aquella sensación de fémina divina adorada por un regimiento de corpulentos chóferes y guapos botones empezaba a gustarme. Sin embargo, aquello duró poco, ya que mi férreo raciocinio no permitió que mi imaginación continuase por esos derroteros.

Atravesé el impresionante hall circular. Un recepcionista de guantes blancos me indicó la entrada al restaurante.

El maître, cuyo porte y vestuario estaba del todo integrado en el decorado de aquel salón decimonónico, me condujo a través de una profusión de lámparas de vidrio, terciopelos color crema y cortinajes ocres que cubrían los grandes ventanales, por los que entraba a raudales la luz, revuelta de reflejos verdes procedentes del jardín.

Mientras le seguía volvió el sentimiento de aprensión. Iba al encuentro de un desconocido. Tal vez no había sido muy inteligente al acceder a aquella invitación. Intenté eludir el impulso que me empujaba a dar media vuelta y salir corriendo, incluso hice el ademán; pero fue entonces cuando reparé en los especímenes que poblaban las mesas que íbamos sorteando a un ritmo vertiginoso: señores de generosas mejillas y cabezas relucientes acompañados de esbeltas señoritas, señoras de cutis apergaminado acompañadas de más señoras de inexpresivos rostros de porcelana , señoras de aparente alta alcurnia acompañadas de caballeros atractivos y musculosos, señores de cabellos canos y trajes de buen corte acompañados de señoras elegantes... Sin duda, la flor y nata de la fauna pobladora de aquella ciudad. Traté de pensar racionalmente y supuse que no debía temer, dado que aquel era el lugar menos adecuado en todo Madrid para cometer un crimen. Entonces, por arte de magia, los ánimos se apaciguaron, el miedo se amortiguó y la sensatez de la idea me devolvió la seguridad en mí misma.

El maître siguió avanzando hasta llegar a unas puertas que daban acceso a un jardín donde se extendía un enjambre de mesas de mármol, rodeadas de sillones de mimbre blanco. En el centro, un cuarteto de cuerda interpretaba una suave melodía que, aunque ya la había escuchado antes, no supe identificar.

Bajamos por una de las dos escaleras que bordeaban una fuente y me dispuse a escrutar entre las mesas alguna cara conocida, pero no. No reconocí a nadie.

Al fin nos detuvimos en una mesa situada en un umbrío rincón de la terraza.

Un señor de mediana edad, con pelo cano y vestido con una americana azul marino, se levantó al verme.

—Señorita Julia Robinson, un placer volver a verla —dijo de manera educada tendiéndome una mano.

Le miré y caí en la cuenta al instante.

—Señor González, un placer —respondí sorprendida, sin poder disimular mi alivio.

Aquel nombre se me había despistado por completo. Tal vez mi mente quiso borrar todo lo acaecido el fatídico día del funeral de James, y como una ráfaga volvió a mi mente aquel rostro y con él las tristes sensaciones de aquel día.

—Se acuerda de mí, ¿verdad? Nos presentó el decano de su universidad el día del funeral de su amigo James —dijo mientras mi mano temblaba entre la suya, como si todo el dolor hubiera vuelto de golpe a mi pecho y me hiciera tiritar.

—¡Por supuesto, cómo olvidarle! —respondí, intentando liberar mi mano.

—Siéntese, por favor —me solicitó amable.

Intenté recomponer el semblante y no mostrar la angustia que me había provocado el recuerdo.

El maître estaba a mi lado, sujetando el sillón de mimbre esperando a que me sentase. Tanto protocolo me pareció cargante; sin embargo, dado mi estado, acepté ser mimada.

—¿Los señores querrán empezar con un cóctel? —preguntó estirado.

—Sería buena idea. ¿No le parece, señorita Robinson? —dijo el señor González.

—Sí. El mío, si es posible, sin alcohol.

Aunque mi cuerpo me pedía embriagar el dolor que sentía en el pecho, no creí conveniente turbar mis sentidos ante aquel señor al que solo conocía de vista.

—Permítame que le recomiende entonces nuestro cóctel especial. Su fórmula es un secreto, pero le puedo desvelar sus propiedades reconstituyentes. Lleva té frío con menta y un delicioso toque de canela. Seguro que le encanta.

Quedé subyugada ante tan atractiva oferta, por lo que accedí sumisa a su alteza, el rey de los maîtres.

—Para mí un Bloody Mary con menta —dijo el señor González.

—Excelente elección —respondió el maître y luego, al fin, se fue.

Todo lo que sabía del señor González se resumía en que era un acaudalado benefactor de la universidad. No conocía más.

—El brunch de los domingos del Ritz es uno de los más afamados de la ciudad. Siempre que paso por Madrid no me resisto a deleitarme con sus exquisiteces. ¿Ha probado usted alguna vez las cocochas?

—No, jamás —respondí con firme convicción.

—Es un plato típico del norte de España. Exactamente es la parte inferior de la barbilla de la merluza. Aquí las cocina un chef vasco que ha recibido varios premios. Es una delicia que no debería perderse.

Pensar en la pobre merluza descuartizada me produjo malestar. Me recompuse y le miré interrogante. Estaba deseando saber qué quería de mí el señor González.

—Disculpe que le haya citado con tanta premura, pero solo estoy de paso por la ciudad. Vuelo esta misma tarde hacia Berlín. Ya sabe, los negocios.

—Pues usted dirá —acerté a decir.

—Verá, le he citado aquí a petición de su jefe, Peter. Parece ser que está preocupado por usted. Me da la impresión de que la aprecia de verdad.

—¿Peter? —pregunté sorprendida.

—Él quiere que la convenza para que abandone cuanto antes aquello que la ha traído hasta aquí y vuelva a Nueva York lo más pronto posible.

Aquello me pareció asombroso. Peter encargando a un desconocido que me trajese de vuelta a casa. Pero, ¿qué se había creído? Estaba crispada.

Mientras hablaba, una brizna de sol se posó en su rostro e iluminó una mirada clara. Me hablaba con un tono amigable, casi paternal.

En ese momento apareció en la mesa un guapo camarero, cargado con nuestros cócteles.

Bebí de la copa entelada de frío y un refrescante cosquilleo recorrió mi lengua hasta calmar levemente mi angustia, que ahora se estaba volviendo confusión.

—No sé cuál es el objetivo de Peter, ni sé si su relación es puramente profesional o de otra naturaleza —comentó el desconocido—. Lo único que sé es que me insistió mucho en que hiciese todo lo posible para que esta misma tarde estuviese usted de vuelta.

—Eso no va a ser posible —le respondí con la mayor vehemencia posible.

No entendía a qué venía aquello y con gusto hubiese abandonado en ese preciso momento la mesa. Me parecía increíble que Peter hubiese sido capaz de involucrar a alguien en su patético proteccionismo. Su reacción rayaba la ofensa.

—Señorita Julia, debe entrar en razón. Peter cree que se equivoca estando aquí. Debe dejar las cosas como están y volver a Nueva York.

Aquel tipo tenía algo en los ojos, una especie de destello insolente que me incomodaba. Me miraba como si tratase de analizar cada uno de mis gestos. Sus palabras sonaban ahora amenazantes y tuve que volver a negarme.

—No comprendo su interés. Dígale a Peter que volveré cuando lo crea conveniente y pídale de mi parte que deje ya de intentar protegerme.

El señor González, sin embargo, no se rindió.

—Conozco poco del tema, señorita Julia. Simplemente lo que Peter me ha revelado y, según parece, he deducido que su amigo James estaba envuelto en un asunto un tanto turbio en el que no le conviene inmiscuirse.

—¿Y le ha contado Peter la naturaleza de ese asunto tan turbio?

—No —respondió tajante.

Una mirada sibilina se hundía ahora en su rostro anguloso. Estaba segura de que estaba mintiendo. Es más, a estas alturas estaba más convencida que nunca de lo sospechoso del asunto en el que tal vez el mismo Peter estuviera envuelto.

—Siento decirle, señor González, que está usted perdiendo el tiempo. No pienso irme de aquí hasta que averigüe qué fue exactamente lo que le sucedió a James.

El hombre me miraba con atención. Parecía no estar acostumbrado a las negativas.

—¿Esa es su última palabra? —preguntó en tono perverso.

—Así es.

En un movimiento pausado metió la mano en su americana.

75

Mis ojos se abrieron como platos y las piernas me empezaron a temblar de forma totalmente descontrolada. Mi mente interpretó que este era el momento preciso, según los usuales cánones de la filmografía negra americana, en el que el gánster saca la pistola de plata y cose a balazos a la intrépida pero molesta investigadora.

Estaba a punto de mearme, literalmente, de miedo. Pero advertí aliviada que aquello que sacaba de su americana no era metálico ni tenía forma de pistola.

—Aquí tiene usted. Es un billete de vuelta a Nueva York. Le recomiendo que reflexione y lo utilice —dijo y dejó unos papeles encima de la mesa.

—Siento mucho no poder aceptarlo —respondí rápidamente.

La intensa mirada del señor González se tornó oscura y con un movimiento lento, impregnado de una elegancia felina, recogió los papeles de la mesa y los volvió a introducir en el bolsillo interior de su americana. Un silencio gélido se impuso entre los dos.

—Permítame al menos invitarle a almorzar —dijo con tono conciliador.

Aunque no tenía ni pizca de apetito y un gran nudo en el estómago me pedía a gritos salir corriendo de allí, hice un esfuerzo por no parecer descortés.

El maître volvió a escena y nos recomendó una selección de exquisiteces que enseguida comenzaron a desfilar ante nuestros ojos.

—Me gustan las mujeres con carácter —dijo mientras engullía una de las cocochas de merluza, aderezadas con una salsa verdosa.

No le respondí. En verdad jamás supe cómo reaccionar ante los cumplidos y no era aquella la situación propicia para iniciarme; pero el señor González insistió en seguir por esos caminos.

—Veo que es usted una persona con mucha determinación y me siento intrigado por saber qué es lo que le impide volver a Nueva York, como le pide Peter.

Aquello había pasado de sorprenderme a importunarme. No entendía por qué Peter deseaba que abandonase y no entendía el papel del señor González en todo aquello.

—Pues tal vez le decepcione, simplemente es cuestión de lealtad hacia un amigo.

El señor González no parecía convencido.

—Es entonces, según usted, cuestión de lealtad. Pero plantéese de verdad, ¿lealtad hacia quién, señorita Robinson?

—Lealtad hacia un amigo —repetí desconcertada.

—¿Un amigo muerto en un accidente? —preguntó con un molesto tono de sorna.

—Sí.

—Entonces no lo hace por él. Lo hace por usted. Por su conciencia. No lo olvide —sentenció.

El destello insolente de sus ojos crecía. Me miraba como si tratase de analizar cada uno de mis gestos.

—¿Y es malo eso? —pregunté molesta.

—No, si tiene claro su objetivo.

—¿Qué quiere decir?

El señor González se recostó en su silla. Torció el borde de la servilleta y se limpió la comisura de los labios.

—Hay personas que se pierden en los bosques de la duda movidas por la desazón que provocan los sentimientos de culpa o los remordimientos por no haber actuado de una determinada forma. Tanto la culpa como el remordimiento son lastres que la mayoría de las veces nos llevan a hundirnos en mares profundos y oscuros; y es usted demasiado bella para perderse en ese lodazal.

—¿Culpa? ¿Remordimiento? No siento eso. Solo lealtad hacia mi amigo —dije con resolución.

No entendía qué buscaba el señor González. Todo aquello cada vez me hacía recelar más.

—Señorita Robinson, es usted muy joven y la vida es lo suficientemente corta y bonita como para desperdiciar un solo segundo de ella en empresas iniciadas por otros y que no van a llenar nuestra existencia. Solamente debemos utilizar nuestras energías persiguiendo aquella meta que, una vez alcanzada, nos enriquezca tanto en el plano material como espiritual. Solo se merece nuestro esfuerzo aquello que nos ayude a vivir más plenamente.

Aquella verborrea estaba acabando con mi paciencia.

—Veo que usted entiende de eso —respondí hiriente.

El señor González me miró con flema y se deslizó entre nosotros un plácido silencio; pero duró poco.

—Como me cae usted bien, señorita Robinson, voy a insistir una vez más en que abandone su vago e indefinido propósito y vuelva a Nueva York. Allí podrá reconducir su vida. Tal vez encuentre un nuevo amigo al que prometerle lealtad.

Las palabras del hombre me producían una profunda exasperación.

—Lo siento, dudo que eso ocurra si no termino lo que he venido a hacer.

—Muy bien, no insistiré más. Solo me queda entonces desearle suerte en su hazaña. Ojalá que en el camino encuentre su verdadera razón de vivir.

—No lo dude —rematé.

Y entonces, dando por concluida la conversación, me despedí. Me alejé de la mesa contoneando triunfalmente mis caderas sobre unos vertiginosos tacones de aguja.

En la misma puerta del hotel cogí un taxi. Fuera esperaba el Maybach negro y, junto a él, el corpulento chófer, que hablaba en tono apasionado con otros dos hombres. Parecían amigos. Uno de ellos era moreno y muy alto, podría confundirse con un jugador de la NBA. Noté cómo los tres me taladraban con su mirada mientras a uno de ellos le sonaba el móvil.

Salí pitando de allí.

# Capítulo 12

Cuando llegué a mi hotel, el doctor Navarro estaba esperándome.

—¡Señorita Robinson, ya está bien! —exclamó furioso al verme—. Ha entrado usted a Madrid como un elefante en una cacharrería y se ha metido en la boca del lobo en un tiempo récord.

—¿Cómo? No entiendo la expresión —dije con cara de póker.

—¿No entiende? —preguntó airado—. Pues se lo voy a explicar. La portera de James me ha llamado para avisarme de que la policía anda buscándola y quiere interrogarla por el robo en el apartamento; y por si no fuera poco, usted se entrevista esta mañana, ante medio Madrid, con el que sospecho que hizo desaparecer a James. ¿Podía usted haberlo hecho peor?

—Sigo sin entender. ¿Quiere decir que el señor González...?

—¿El señor González? —interrumpió con vehemencia—. Vamos, señorita Robinson, no hay tiempo que perder. Recoja sus cosas. Mientras saldaré la cuenta en recepción —dijo mientras me sujetaba con firmeza de ambos brazos. Se le veía enfadado—. Le explicaré más tarde. Ahora haga lo que le he dicho. En diez minutos nos vemos aquí mismo.

Le obedecí sin rechistar, no me atreví a contrariarle. Subí a la habitación y rápidamente recogí mis cosas. Guardé el diario de James en el lugar más seguro que se me ocurrió: mi bolso. Las mujeres estamos entrenadas desde tierna edad para defender nuestros bolsos con nuestra propia vida, si fuera necesario.

En ocho minutos y medio ya había recogido mis cosas y retocado mis labios y mi peinado. Salí al encuentro del doctor Navarro, pero cuando el ascensor se abrió en el hall el doctor me bloqueó el paso.

—Ahí tiene a los gorilas de su señor González, le recomiendo que vuelva a entrar al ascensor.

Sin embargo, mi naturaleza curiosa no se resistió a asomar la nariz para verificar lo que me advertía el guapo profesor; y efectivamente, no me mentía, allí estaban los dos hombres que había visto charlando con el chófer a las puertas del Ritz.

El gorila más moreno se cruzó con mi mirada y, tras golpear levemente al otro con su codo, se dirigió hacia nosotros con paso decidido. Por segunda vez en aquella mañana temblé de miedo.

El doctor Navarro me empujó hacia el ascensor, que se cerró justo cuando los gorilas estaban a unos pasos.

—Pero, ¿qué ocurre? —pregunté confundida, mientras subíamos hasta la sexta planta.

—Luego se lo cuento. Salgamos de aquí, rápido —dijo cogiéndome del brazo. Había adoptado un aire de héroe del lejano oeste al rescate de la chica.

—Intentaremos escapar por las escaleras —me informó mientras avanzábamos de manera apresurada por un pasillo largo y sinuoso.

—¿Escapar? ¿Para qué? ¿De quién? —protesté confundida.

Sin obtener otra respuesta que una mirada a lo Clint Eastwood bajamos un par de pisos, que antes habíamos subido con el ascensor. La trolley tropezaba en cada escalón y mis elevados tacones se enredaban con la alfombra que cubría los peldaños.

De pronto escuchamos las pisadas de los dos hombres que subían por la escalera.

—Por aquí —dijo el doctor Navarro empujándome repentinamente y haciéndome casi caer.

—¿Podría usted ser un poco menos brusco, por favor? —le dije deteniéndome enfadada.

—¿Y podría usted ser un poco más rápida? —me respondió áspero.

En ese momento los dos hombres, cuya actitud distaba mucho de ser amigable, aparecieron tras nosotros. El doctor Navarro al fin se decidió a cargar con la trolley y empezamos a correr de verdad. Los hombres nos perseguían por un pasillo que parecía no tener salida.

Al girar, la puerta de una de las habitaciones se abrió inesperadamente. Una encantadora ancianita, cargada con un perrito de pelo ensortijado, salió de la habitación.

El doctor Navarro la abordó.

—Perdone, señora, tiene usted balcón, verdad, ¿nos permite? —dijo mientras allanaba la morada de la adorable señora.

—¿Pero qué hacen? —acertó a preguntar la ancianita, que observaba estupefacta cómo nos metíamos en su habitación. Bonita, por cierto, e incluso tenía balcón como había adivinado el doctor Navarro.

Los dos gorilas avanzaban sin tregua, la anciana gritaba asustada y el doctor Navarro, sin más, lanzó mi trolley por el balcón.

Le miré sorprendida.

—¿Pero qué pretende? —grité estupefacta.

Lejos de responderme se arrodilló ante mí, hizo que me quitase los tacones y repitió con ellos la misma operación que segundos antes había efectuado con mi trolley.

—¿Se ha vuelto loco?

Con una sonrisa plácida, me cogió de la mano y me sacó al balcón. Los dos hombres estaban ya en la puerta. Uno de ellos se metió la mano en la americana y sacó una pistola.

—*Game over* —dijo el hombre más moreno que, tras la carrera, estaba empapado de sudor.

Aquello me sonó a película policíaca. Jamás en mi vida había visto una pistola de verdad y ahora me estaban encañonando con una.

Mis piernas comenzaron a temblar, el corazón se me salía del pecho y fui consciente de que no había escapatoria.

—¿Qué es lo que quieren? —grité desesperada.

—El señor González quiere que nos acompañe. Si hace lo que le decimos no sufrirá el menor daño —dijo el otro gorila, que también nos encañonaba con una pistola.

El doctor Navarro me rodeó por la cintura.

—Siéntese en la barandilla y cójase fuerte de mí —dijo susurrando.

—¿No pensará usted...? —pregunté aterrorizada.

—Confíe en mí —respondió con una voz que distaba mucho de inspirar confianza.

Y, sin darme tiempo a reaccionar, me empujó hacia atrás y nos precipitamos al vacío.

Mi corazón latía desbocado mientras veía cómo una ventana tras otra se sucedían ante mis ojos. En mi mente desfilaban pensamientos de rabia e impotencia. Escuchaba cómo mi garganta, incapaz de expresarlos, emitía una potente voz que cualquier cantante de ópera hubiese deseado. Sentía cómo el cielo estaba cada vez más lejos y el suelo cada vez más cerca. Pensé que era el final, así que cerré los ojos en un acto de iracunda resignación.

Segundos después, percibidos por mi consciencia como infinitos, sentí cómo mi espalda se estrellaba en una superficie laxa, que me devolvió al cielo para volver a lanzarme al suelo; un suelo mullido que varias veces me meció de modo apacible. Sin duda alguna mi mente había fabricado aquel sueño para evitar la percepción del dolor de la muerte. Y sentí paz y pensé que no era tan malo morirse si aquella era la sensación.

—Ya está, señorita Robinson —escuché en mi sueño—. Abra los ojos, ya está —repitió insistente la voz.

Obedecí y observé desconcertada el rostro del doctor Navarro. Me alegró verle.

Y al fin discerní que habíamos aterrizado sobre el dosel de lona que cubría la puerta principal del hotel, rebotando varias veces.

—¡Cabrón! —exclamé con el terror instalado en mi garganta, aunque muy acertada.

—Tiene usted toda la razón —respondió con una actitud de premura y resignación mientras me extendía la mano para ayudar a que me incorporase.

Miré su mano con recelo. Apenas unos segundos antes esa misma mano me había lanzado desde un balcón, y mi cerebro aún no estaba preparado para volver a confiar en ella. Sin embargo vencí mis escrúpulos racionales y, tras una breve vacilación, dejé que me ayudase.

El corazón me galopaba, sentía en las sienes unas pulsaciones que bombardeaban mi cabeza, me faltaba la respiración y todo mi cuerpo temblaba.

Me ayudó a saltar a la acera donde nos esperaban mi trolley, bastante abollada por cierto, y uno de mis zapatos.

—¡Mi zapato, no encuentro mi otro zapato! —exclamé buscando a mi alrededor.

—Ya se comprará unos nuevos —dijo el hombre mientras me empujaba hacia uno de los taxis que esperaban a la puerta del hotel.

Intenté resistirme. Había comprado aquellos zapatos en una exclusiva tienda de la Quinta Avenida y dudaba que pudiese encontrar unos iguales en Madrid; sin embargo, el doctor Navarro me hizo desistir con un empujón, pues debíamos escapar definitivamente del gorila que, asomado al balcón hacía ademán de tirarse tras nosotros, sin atreverse. Tenía aún la pistola en la mano y temí que nos disparase.

El taxista lo había presenciado todo y se mostró sorprendido.

—¡Vaya caña! ¿Son ustedes del Circo del Sol o qué? Cuando se lo cuente a mi señora va a alucinar.

El Maybach negro estaba aparcado frente al hotel. El chófer nos miraba con cara asombrada.

—Llévenos a esta dirección y rápido —dijo el doctor Navarro extendiéndole una tarjeta al taxista.

—Marchando un carrerón para los saltimbanquis del Circo del Sol —respondió el taxista, insistiendo en ser gracioso mientras hacía rugir el motor.

Aún pude divisar cómo los dos hombres del señor González salían apresuradamente por la puerta del hotel y se dirigían al coche. Segundos después teníamos al Maybach pisándonos los talones.

—Disculpe, señor —dijo con una tranquilidad pasmosa el doctor Navarro, dirigiéndose al taxista—. ¿Le importaría ir un poco más deprisa? El coche que va detrás nos sigue y, si fuera posible, desearíamos despistarles.

Todo aquello era una locura. Hacía unos minutos unos matones me habían encañonado con una pistola, el tipo que tenía a mi lado me había tirado desde un balcón para salvarme la vida y casi me mata, y ahora nos perseguían como en una película. Tenía ganas de gritar.

—¿No será un asunto de drogas, verdad? Porque no me gustaría perder la licencia —objetó el taxista.

—No, no es eso.

—¿Entonces? —replicó el taxista sin acabar de fiarse de aquella situación.

—Unos mafiosos que quieren secuestrar a la chica —dijo el doctor Navarro como si aquello que acababa de afirmar fuese lo más natural del mundo.

—¿Mafiosos? Seguro que son de una banda organizada de trata de mujeres —dio por sentado el taxista—. Es que no puede ser... hay mucha gentuza últimamente por Madrid.

Mientras el taxista hacía sus conjeturas apasionadas, el Maybach seguía estrechando las distancias.

—¿Es ese coche negro, verdad? —dijo el taxista mirando por el retrovisor.

—Sí, ese es —asintió el doctor Navarro, que empezaba ya a ponerse nervioso.

—Pues se van a enterar esos mafiosos de lo que es un taxista madrileño.

Y sin más, el taxista aceleró bruscamente y empezó a abrirse paso en zigzag a lo largo del denso tráfico. Semáforos en rojo, señales de prohibido el paso... nada parecía detenerlo. El Maybach trataba de seguirnos; pero aquel conductor resultó ser un virtuoso del volante y tras atravesar unas pocas manzanas nos libró de nuestros perseguidores.

El resto del viaje lo hicimos en silencio. El episodio del balcón me había dejado sin aliento. Jamás me había ocurrido algo así.

—¿Acostumbra usted a tirar por el balcón a todas las chicas que conoce? —dije rompiendo el incómodo silencio.

—No, en realidad solo lo hago con las americanas —respondió el doctor Navarro con media sonrisa.

Aquello me enfureció, sin embargo respiré. Al fin y al cabo parecía que me había liberado de las garras de los matones del señor González, que a todas luces tenían una apariencia más ruin.

—Gracias por haberme librado de esos dos tipos.

—No hay de qué —respondió sin tan siquiera mirarme.

Eso me molestó aún más. De hecho, hizo que se desatase todo el repertorio de sentimientos que en ese momento albergaba mi estómago.

—Pero tenga presente que, aunque le agradezco que me salvase la vida, lo de cabrón no lo retiro —sentencié resolutiva.

Él me miró con unos ojos llenos de confusión y sonreí satisfecha.

# Capítulo 13

Eran alrededor de las cuatro de la tarde cuando el taxi se detuvo enfrente de un edificio de fachada de cemento. Un sol radiante hundía sus rayos sobre los cristales de las ventanas, que adoptaban tonos entre anaranjados y plomizos. La estética de aquel barrio no tenía nada que ver con la zona del centro.

—Aquí estaremos seguros. La casa es de una buena amiga que ahora está fuera de Madrid. Me deja la llave para que le riegue las plantas en su ausencia —dijo el doctor luchando contra la herrumbrosa cerradura del apartamento.

Un pequeño vestíbulo daba acceso a un salón luminoso que se comunicaba con una minúscula cocina, un baño y un único dormitorio. Olía a algo como vainilla y azúcar quemado.

—Puede dejar sus cosas en el dormitorio —me indicó.

—No, no es necesario que me instale. Solo voy a abrir la maleta para sacar unos zapatos y me voy de aquí. Debo hablar con la policía, lo que está sucediendo es demasiado grave como para quedarme de brazos cruzados —dije decidida.

Francisco Navarro me miró alarmado.

—¡No! No creo que eso sea buena idea. Llamé esta mañana y les expliqué que usted no tuvo nada que ver con el estropicio en el apartamento de James. Acudir a ellos para pedirles ayuda puede que no sea del todo seguro. No sabemos quiénes están detrás, pero sospecho que sus tentáculos lleguen más lejos de lo que imaginamos.

—¿Entonces?

Un silencio mínimo se hizo entre los dos.

—Tal vez le deba una explicación —dijo resignado.

—Lo más probable —respondí severa.

El doctor Navarro se sentó en un sillón forrado con una tela parecida al terciopelo, de color rojo oscuro.

Me miró con unos ojos negrísimos enmarcados por unas cejas rotundas que le daban un aire duro y elegante. Tenía la mandíbula apretada, como si se le hubiesen quedado las palabras sujetas en los molares. Se levantó las perneras del pantalón y dejó al descubierto unos calcetines blancos sobre unos mocasines marrones de ante. Dejó caer los antebrazos sobre sus rodillas.

Me invitó a que me sentara en un sofá del mismo material. Entre los dos se interponía una mesita de cristal mate cubierta por una pátina de polvo y también más de un recelo.

—Verá, señorita Robinson, cuando James vino aquí, hace más de seis meses, el decanato me encargó que le ayudase en todo lo que precisara para desarrollar su investigación. Mi universidad recibe cada año la visita de cientos de estudiantes y profesores de todo el mundo, y tenemos establecida una red de acogida bastante funcional. El departamento de Relaciones Internacionales estudia los intereses de los visitantes y designa un profesor o alumno que hace las funciones de acogedor. Este es escogido a medida para cada uno de ellos. Cuando me nombraron acogedor de James, pensé que me había tocado pagar el pato. Tenía un montón de trabajo, así que intenté escaquearme. Pero cuando conocí a James y me contó su proyecto me pareció interesante, así que cambié de opinión.

—Sí, hasta ahí estaba al corriente —aunque no tenía claro qué tenía que ver con todo aquello un pato.

—No sé cómo explicarle esto. James era un gran investigador. Sus métodos eran rigurosos y exactos. Estudiaba la historia con una precisión científica que me admiraba de veras. No se aventuraba a hacer conjeturas sin antes haber comprobado minuciosamente las fuentes. ¿Opina lo mismo?

Levantó la vista buscando sediento mis palabras, que no eran sino la confirmación de las suyas.

—Efectivamente —corroboré.

—Pues por esa misma razón me sorprendí sobremanera cuando empezó a hablarme acerca de una leyenda que le rondaba por la cabeza. Decía tener pruebas de su autenticidad y afirmaba que, de estar en lo cierto, la humanidad conocería un secreto que le había sido negado por los siglos de los siglos. Hablaba de alquimia, de lenguajes herméticos y de religión. En un principio creí que se había vuelto rematadamente loco.

—Era eso... me lo imaginaba. La maldita leyenda —pensé en voz alta.

Noté como a Navarro le cambiaba la expresión.

—¿Le habló de ello? —me preguntó sorprendido.

—Me lo mencionó alguna vez, pero nunca le hice mucho caso. No creo en esas paparruchas —afirmé quitándole importancia. No estaba dispuesta a ser yo la que diese información, necesitaba que al fin Navarro soltase la lengua.

—Eso mismo pensé yo. Creí que todo eran necedades. De hecho nunca supuse en serio que James pudiese perder el tiempo en ese asunto. Sin embargo, un día James vino a mi casa, estaba como loco. Me reveló que había encontrado al fin las piezas.

—¡Las piezas! —dije sorprendida.

—Unas piezas que habían sido custodiadas durante siglos y que encerraban un gran secreto.

Escuché aquello con ojos atónitos. Respiré hondo tratando de tranquilizarme.

—¿Está seguro?

—Sí, estoy seguro. Parece que encontró algo que desvelaba cuál era su ubicación.

Entonces comprendí. El pergamino que había encontrado en el apartamento de James era sin duda la representación de esas piezas y ahora lo tenía yo custodiado dentro de mi bolso. Un escalofrío me recorrió la espalda.

—Según parece, James estuvo estudiando algunas cartas. Pero no sé qué fue exactamente lo que encontró. Algo comprometido, sin duda.

—¿Algo relacionado con la alquimia? —pregunté intentando aventurar una hipótesis sobre aquel descabellado asunto.

—No sé. Algo que, según decía James, es un secreto de tales dimensiones que si viera la luz deslumbraría a toda la humanidad.

—¿Usted cree en eso?

Francisco Navarro torció el gesto.

—No sé, ahora ya no estoy seguro de nada. James hablaba de las piezas continuamente. Decía que representaban los elementos y eran necesarias para abrir el secreto.

—¿Eso le contó?

Estaba alucinada. James detrás de unas piezas que desvelaban un secreto. Aquello me sonaba cada vez más a película de fantasía.

—Como ya le he dicho, estaba como loco. Creía haber encontrado la clave para resolver lo que él llamaba el mayor secreto del mundo occidental y yo no le hice el menor caso —dijo abatido.

—No se mortifique —traté de consolarlo.

Todo aquello cada vez era más incomprensible.

—James encontró algo. Algún documento que probaba la existencia de esas piezas y las pistas de su ubicación exacta.

—¿Quiere decir que todas esas paparruchas de unas piezas y un secreto puede tener algo de verdad? —estaba atónita. No podía creer que James estuviese involucrado en una trama tan disparatada y me hubiese endosado el galimatías a mí.

—No sé. Solo son conjeturas.

Miré a Navarro. Parecía tan confundido y perdido como yo. Retiró con la mano un mechón de pelo y dejó escapar un suspiro.

—¿Y cree usted que puede haber una relación entre el señor González, las piezas y la muerte de James?

Mi pregunta parecía que le había dejado en silencio por unos segundos, como si buscara las palabras adecuadas.

—Todo parece señalar que así es; sin embargo, creo firmemente que hay más gente detrás de esto —afirmó seguro, tanto que me escandalizó.

—Entonces, ¿qué esperamos para hablar con la policía? —proferí con violencia.

Aquello que me estaba contando confirmaba mis sospechas. La muerte de James no había sido un accidente.

—No vaya tan deprisa. El señor González, como usted le llama, es un hombre poderoso, pero según creo es solo la punta de un enorme iceberg. No creo que sea el único responsable de la desaparición de James, ni tan siquiera creo que esté al corriente de todo.

—¿Qué quiere decir?

—Todo empezó a complicarse. Alguien se enteró y se puso en contacto con él. Según me contó le ofrecieron mucho dinero, pero James rechazó la oferta.

No me extrañaba. James pocas veces daba el brazo a torcer cuando creía tener la razón.

—¿Pero le contó exactamente qué secreto encierran las piezas y cuál es su ubicación?

—No. Solo decía que todo el dinero del mundo no era suficiente para poder acallar aquel secreto que durante tantos siglos había permanecido injustamente oculto a la humanidad

—¡Perdió la cabeza! —exclamé pensando en voz alta y el doctor me lanzó una mirada incisiva.

—¿La cabeza? No solo eso, señorita, no olvide que perdió la vida —apuntilló severo.

—¿Y por una leyenda? —pregunté extrañada.

—Señorita Robinson, no soy el más indicado para darle lecciones; pero me temo que detrás de todo esto hay más que una leyenda.

—¿Qué más puede haber? —pregunté desconcertada.

—Tal vez poder, dinero. Deduzco que lo que James descubrió es objeto de codicia de gente muy poderosa.

No alcanzaba a comprender qué secreto tan codiciado podía ser. De lo que estaba segura era de que James, fuese lo que fuese, murió por su causa.

—¿Y qué pinto yo en todo esto? —pregunté desconcertada.

El doctor Navarro me miró, resignado.

—No sé. Esperaba que usted me lo dijese. James, durante los últimos días, estuvo muy intranquilo. Su aspecto había desmejorado de modo notable. Se veía a la legua que algo le producía una inquietud que ni siquiera le permitía dormir. La noche de antes de su desaparición vino a verme. No lo esperaba. Estuvo toda la noche contándome lo que le he dicho. Parecía aterrorizado, estaba convencido de que algo grave iba a sucederle.

—¿Y no buscaron ayuda? —todo aquello cada vez me producía más malestar. ¡Pensar en James amenazado y luego asesinado era algo tan siniestro!

—Estaba obsesionado en llevar aquel asunto solo. No se fiaba de nadie, sospecho que ni tan siquiera de mí. Si me lo contó fue por algo. Tal vez había diseñado para mí un papel en todo esto.

—Un papel...

—No sé, es solo una impresión mía —dijo y le miré estupefacta. Tal vez tuviese la razón y James había diseñado un plan antes de morir para continuar con su absurda lucha—. Al verle tan aterrorizado me percaté de lo peligroso del asunto. Le dije que debía deshacerse de lo que había encontrado y olvidarse de todo. Intenté convencerle de que no valía la pena perseguirlo. Debía dejarlo correr.

—¿Habla en serio? ¿De verdad le dijo eso a James?

—Sí, por supuesto, y aún estoy convencido de que es lo mejor.

—Veo que le conocía poco. Él jamás abandonaría una investigación, y menos una de este calibre —le dije desviando mi vista de sus ojos, que me recordaban demasiado a los de James.

—Ya me di cuenta. Era un obstinado y su obstinación le costó la vida. Por eso le pido a usted que se olvide de todo este asunto y vuelva a su país. No sé lo que se esconde detrás de todo esto, pero sin duda es peligroso —se lamentó.

El doctor Navarro buscaba ahora mis ojos, que no se atrevían a mirarle. Tras un largo silencio le respondí.

—Tal vez lo mejor sería dejarlo todo e irme de aquí, pero no puedo. James era mi amigo y debo averiguar qué fue lo que le pasó.

Se hizo un silencio escueto, y al fin el hombre me respondió, sin mucho convencimiento.

—¿Está segura?

Asentí con la cabeza.

—Usted verá —respondió suspirando, mientras se levantaba en busca de un vaso de agua.

Esperé a que volviese. Todo aquello era abrumador. Aquella rocambolesca historia me hacía sentir una inquietud tangible.

El doctor Navarro volvió con dos vasos de agua. Bebí para intentar aclarar mi mente.

—Sabe, doctor, cuando recibí el cuaderno de notas de James creí que usted me lo había enviado.

—¿Y qué le hizo pensar a usted eso?

—No sé. Pensé que James se lo había encargado —dije recelosa.

—No, no fui yo. De hecho la última noche que le vi se marchó antes del alba, y no tuve ya noticias suyas hasta lo del accidente.

—Es muy extraño —advertí.

—Y no solo eso es extraño. Tengo que confesarle que el mismo día de su muerte recibí un e-mail.

—¡Un e-mail! —exclamé sorprendida.

—Sí, lo extraño es que ese e-mail era de James —dijo levantándose y dirigiéndose a una mesa de escritorio que estaba junto a las estanterías. Una vez allí, abrió un cajón y extrajo cuidadosamente un papel.

—Lo imprimí para poder estudiarlo mejor, es para usted...

«Para Julia», empezaba claramente el escrito.

—¿Esto es para mí? —pregunté sorprendida.

—Eso parece.

Me temblaban las manos. James había estado muy ocupado el día de su muerte, y cada vez que encontraba una señal de su actividad un tremendo pesar se apoderaba de mí.

# Capítulo 14

Leí sin comprender, nublada por una profunda tristeza. Eran frases extrañas a las que no encontraba sentido. Sin duda, un acertijo de James.

«*Para Julia:*

*Estas son las reglas que junto a las primeras claves del siguiente paso suponen el primer envío de un total del mismo número que elementos existen en el conjunto.*

*Reglas del juego:*

*Cada uno aporta al conjunto su individualidad, que no tiene utilidad sin el conjunto; ese uno lleva al dos que a su vez lleva al tres y así sucesivamente hasta el cinco que son las partes que componen el todo; cada uno conoce aquello que ha de conocer, no más. Todo tiene un orden, aunque posea la apariencia de un caos. Has de buscar el siguiente paso pues él te abrirá la siguiente puerta que te llevará al logro.*

*Claves:*

*1ªP———6, 9, 15, 16*

*5ªP———1, 5, 8*

*9ªP———3, 7, 10*

*7ºP———2, 4, 11*».

Tras leerlo me di cuenta de que aquello, sin dudas, llevaba la rúbrica de James. Él era un apasionado de los acertijos y le divertía plantearme retos de este tipo en nuestro trabajo cotidiano, por lo que me convencí de que aquel rompecabezas había sido meticulosamente diseñado por él para embaucarme en lo que de seguro fue su última aventura.

Una profunda tristeza me asaltó. No sabía en qué estaba metido James. Sin embargo, fuese lo que fuese le había costado muy caro.

—Además —el doctor Navarro interrumpió mis pensamientos— contenía un archivo adjunto que no he conseguido abrir.

—¿Un archivo adjunto?

—Sí. Pero necesita una clave para abrirlo.

Me reenvió el mensaje a mi iPhone. Efectivamente era un mensaje enviado el día de la muerte de James desde su correo, que contenía un adjunto que precisaba una clave.

Aquello era bastante sórdido. Según las evidencias, James sabía que iba a morir y por eso lo preparó todo para que su descubrimiento llegase a mí. Tuve ganas de llorar.

James había diseñado aquel galimatías para que solo yo pudiese desvelarlo. Había sido una macabra ocurrencia de James. Incluso después de muerto haría que me devanase los sesos.

—¿Y cuándo pensaba dármelo? —le pregunté enfadada al doctor Navarro.

—No pensaba entregárselo. Creo que seguirle el juego a James es una locura, y considero que no es lo más recomendable, a la vista de cómo ha terminado él —respondió con temple.

Tal vez tuviese razón. Me quedé pensativa.

—¿Y qué es lo que le ha hecho cambiar de idea?

El doctor Navarro me miró compasivo.

—Me he dado cuenta de que es usted tan cabezota como James. Así que no tengo otra alternativa que facilitarle el camino. Se lo debo a James, y parece ser que eso es lo que él quería. Le ayudaré en todo lo que pueda.

—Eso estaría bien —dije satisfecha, aunque triste. No era muy atractivo jugar aquel partido sin la estrella en el campo.

El doctor Navarro advirtió mi tristeza.

—Sí, estaría bien; pero antes vamos a comer un poco. Se ha hecho muy tarde y debe estar cansada y hambrienta.

Había sido un día muy largo, y aunque mi estómago seguramente no toleraría ningún alimento accedí a la invitación.

El doctor Navarro se dirigió a la cocina. Yo seguía dándole vueltas a la nota de James y a todo lo que estaba sucediendo. Los hombres del señor González habían intentado matarnos, y Peter, nuestro jefe, tenía algo que ver. Estaba realmente confundida.

—Mientras preparo algo para comer, si quiere puede usted darse una ducha y ponerse cómoda. En el baño hay toallas limpias.

Me pareció que sería lo mejor. Estaba realmente cansada. Así que cogí mi maleta, la abrí encima de la cama y saqué una muda limpia y un vestido ligero.

Cuando entré en el baño marqué el teléfono de Peter. Debía aclarar cuanto antes cuál era su papel en todo aquello; sin embargo no me respondió. Eran las nueve de la noche en España, por lo tanto serían alrededor de las cuatro de la tarde en Nueva York. Le dejé un mensaje en el contestador para que se pusiese en contacto conmigo cuanto antes.

La ducha me relajó, aunque no pudo borrar de mi mente todo lo que había sucedido aquel día y en todos esos pensamientos siempre estaba James. Entonces sentí frío.

En el salón sonaba la voz de Michael Bublé a través de los altavoces de un pequeño y ultramoderno aparato.

El doctor Navarro, ataviado con un delantal, había preparado la mesa de manera esmerada y de la cocina surgía un apetitoso aroma. Pretendí ayudarle, pero no me lo permitió.

—¿Qué es? —pregunté husmeando entre las sartenes mientras él batía de forma enérgica unos huevos con un tenedor.

—Estoy friendo patatas y cebolla con aceite de oliva. Cuando esté dorada la patata y la cebolla se caramelice, le añadiré los huevos y podrá probar mi tortilla española especial para americanas.

—Tiene buena pinta —observé.

—Sí. Y mejor sabor, ya verá.

El doctor Navarro se movía con agilidad entre los cacharros y en tan solo quince minutos preparó todo un festín. Sin duda era un buen partido, aparte de atractivo era un hacha en la cocina. Si no fuera por su afición a lanzar americanas por las ventanas sería cautivador.

Sacó una botella de vino y me sirvió una copa. Era denso y tenía un agradable regusto a madera.

Una ensalada con tomates y aceitunas y un plato de virutas de jamón y queso acompañaban en la mesa a una reluciente tortilla española, que como una luna iluminaba con reflejos amarillos el banquete.

Con un cuchillo ancho cortó la tortilla y me la sirvió en un plato. La probé, y aunque no tenía hambre me pareció deliciosa.

—Es usted un excelente cocinero —le dije y él me miró de soslayo.

—Gracias, ¿pero no le parece que ya es hora de que empecemos a tutearnos? ¿Qué tal si me llama Fran y yo a usted Julia?

—Está bien —dije, sin mucho convencimiento.

Durante largo rato comimos en silencio. La imposición del cambio de tratamiento parecía habernos dejado mudos. Ninguno de los dos se decidía a iniciar el tuteo y por mi cabeza pasaban demasiadas cosas para hacer aquel esfuerzo.

Terminamos la cena y nos sentamos en el sofá. El doctor trajo un gin-tonic y el correo de James.

—¿Estás preparada? —preguntó extendiendo sobre la mesita baja la hoja.

—Preparada —dije enfundándome las gafas y disponiéndome a leer otra vez el críptico contenido del e-mail de James.

—No tan deprisa —interrumpió—. Antes vamos a brindar.

—¿A brindar? —pregunté sorprendida.

—Sí. Brindemos por James y por nosotros —dijo levantando la copa de gin-tonic.

—Por James y por nosotros —dije haciendo chocar los vidrios nublados por el hielo mientras una punzada de dolor atravesaba mi pecho.

Leí en voz alta el contenido ante la atenta mirada del doctor Francisco Navarro, que ahora se empeñaba en que le llamase Fran. Me invadió una extraña sensación. Los acertijos de James eran un juego que parecía divertirle. Yo me acostumbré, no tuve más remedio; pero siempre supe que, si después de darle muchas vueltas no encontraba la solución, James estaría ahí para abrirme los ojos. Ahora era diferente. James ya no estaba.

Empezamos por el primer párrafo:

*«Estas son las reglas que junto a las primeras claves del siguiente paso suponen el primer envío de un total del mismo número que elementos existen en el conjunto».*

—Este párrafo está claro —afirmé sobrada.

—¿Claro? —preguntó haciendo una mueca.

—James me propone un juego que tiene sus reglas y sus claves.

—Hasta ahí sí —afirmó.

—Dice que este es el primer envío, por lo que es de suponer que realizó varios, tantos como elementos tiene el conjunto.

—¿El conjunto?

—Eso dice.

—¿Y dónde están el resto de envíos? ¿Qué es el conjunto? ¿Y sus elementos? —preguntó el doctor tomando un largo sorbo de su copa.

—Sigamos leyendo —dije resuelta. Empezaba a no tenerlo claro.

«*Reglas del juego:*

*Cada uno aporta al conjunto su individualidad, que no tiene utilidad sin el conjunto. Ese uno lleva al dos que a su vez lleva al tres y así sucesivamente hasta el cinco, que son las partes que componen el todo. Cada uno conoce aquello que ha de conocer, no más. Todo tiene un orden, aunque posea la apariencia de un caos. Has de buscar el siguiente paso pues él te abrirá la siguiente puerta que te llevará al logro*».

—Está claro —dije otra vez sobrada.

—¿Qué está claro? —volvió a preguntar con cara de asombro.

—¿De qué te habló a ti y de qué me habló a mí? A los dos nos habló de una leyenda, y debemos interpretarlo en ese contexto. Él intentó asegurarse de que nadie más entendiese esto.

—La leyenda de las piezas. Un secreto que para ser desvelado precisa de unas piezas que representan los elementos. Los mismos elementos que forman el mundo.

—Eso es. Por eso cada elemento aporta al conjunto su individualidad y solo tienen utilidad cuando encontremos el secreto —interpreté.

Francisco Navarro me miraba con atención y me sentí a gusto.

—¿Y la segunda frase?

—Está clara también —afirmé.

Él se rio.

—Lo tienes todo muy claro.

—Sí —dije mientras mi cabeza procesaba—. Ese uno se refiere al primer elemento. Quiere decir que el primer elemento nos llevará al segundo y este hasta el tercero, hasta llegar al quinto que parece ser que es el número total de elementos.

—¿Cinco? —preguntó—. Pero no cuadra, según las ideas griegas eran cuatro los elementos. El tetraedro que representa el fuego; el octaedro el aire; el icosaedro, el agua; y el cubo, la tierra.

—Cinco —corregí—. No te olvides del Timeo. Platón afirmó que el dodecaedro pentagonal fue la quinta forma que utilizó el Demiurgo para servir de límite al mundo.

Eran los elementos que estaban representados en el pergamino que tenía en mi poder. Sin dudas, en él se hallaba la clave.

Bublé cantaba *Cry Me a River*. Algo no me cuadraba, y entonces sentí esa punzada en el pecho que ya se me había hecho familiar. «James, ¿dónde estás?», me pregunté. Ahora era el momento justo en el que James me decía eso de «Pero no lo ves... lo tienes delante de tus narices». Mas no, ahora no estaba él y la voz arrastrada de Bublé me lo recordaba en cada acorde.

—Sigamos leyendo. Dice que uno conoce aquello que ha de conocer, no más. ¿Qué significa? ¿Lo entiendes? —dijo el guapo doctor alejando la melancolía que amenazaba mi pecho.

—No sé. Tal vez se refiere a los custodios. Cada custodio conoce dónde está la pieza que custodia, pero no la ubicación de las otras.

—Sí, es lo lógico —respondió sonriendo. Cada vez que sonreía se le iluminaba la mirada, parecía que aquello le resultaba por momentos divertido.

Bublé cambió de registro y empezó a cantar *All I do is dream of you*, y Fran empezó a seguir la música chasqueando los dedos. Tenía ritmo.

—Todo tiene un orden, aunque posea la apariencia de un caos —leí.

—Sí. Eso lo entiendo —dijo riéndose—. Se está definiendo él mismo. James parecía caótico, sin embargo era el tío más metódico que he conocido. Cuando lo vi por primera vez pensé: ¡Vaya marrón que me ha caído!

—¿Por qué marrón? ¿No es marrón un color? —pregunté sorprendida.

—Es una expresión. Significa que me había tocado un problema. Fue la primera impresión que me dio. Como hablaba por los codos y como se reía de todo. No sé. Me dio la impresión de que venía a España a pasárselo bien. Tenía una imagen bastante rígida de los americanos. Os creía gente prepotente.

—¿Prepotente?

—Sí. Es la imagen que dais en las películas. Orgullosos de vuestro país: América, donde los sueños se hacen realidad.

—¡Qué tonterías dices! —al atractivo doctor se le había subido el gin-tonic a la cabeza.

—No te molestes. Los españoles en el fondo os admiramos. No en balde los productores de cine y televisión americanos han invadido nuestra cultura con vuestra manera de ver el mundo.

—¿Ah, sí? —pregunté sin mucho convencimiento.

—No, si nos gusta. Nos habéis ofrecido una manera de ver la vida más fresca, más hedonista. A la gente de aquí le hacía falta. Después de una guerra y una dictadura, qué mejor que hacernos creer que al fin cada uno de nosotros podría hacer realidad su sueño.

—¿Tú lo has conseguido? —pregunté malévola.

—¿Mi sueño? —me miró con una sonrisa encantadora y rellenó las copas—. Estoy en ello —dijo y luego chocó su copa contra la mía.

James parecía caótico. Es cierto. Solo con mirar sus notas te dabas cuenta. Sin embargo, si las estudiabas con profundidad todo tenía un sentido.

Me acordé de su cuaderno de notas. Era especialmente desconcertante. Ni yo misma, su mejor intérprete, había sido capaz de descifrarlo. Entonces me di cuenta. James me había enviado a mí el cuaderno. Pero solo podría interpretarlo con su ayuda, que me prestaba con aquellas notas.

Leí en silencio. Francisco se había levantado un momento a la cocina por más hielo.

*«Todo tiene un orden, aunque posea la apariencia de un caos. Has de buscar el siguiente paso pues él nos abre la siguiente puerta que te llevará al logro.*

*Claves:*

*1ªP———6, 9, 15, 16,*

*5ªP———1, 5, 8*

*9ªP———3, 7, 10*

*7ºP———2, 4, 11».*

Y de repente todo empezó a tomar sentido. Todas las notas recogidas en su cuaderno tenían un orden, aunque parecieran un caos. Fui a mi bolso y saqué el cuaderno. Leí la primera línea y después la segunda. No tenía sentido. El primer renglón no continuaba en el segundo. De hecho, ni tan siquiera empezaba por mayúscula. No era un discurso lógico. Y probé.

Primera página, línea 6; después línea 9; después línea 15... Ahí estaba. Si unía la primera letra de cada palabra indicada se formaba una curiosa frase: SUPREMUM NUMEN.

Introduje las dos palabras en el password y eureka: se abrió el mensaje adjunto.

Leí. Por primera vez pude entender.

*«Querida Julia:*

*Perdona por haberte metido en este embrollo. Si estás leyendo esto significa que has decidido seguir con la investigación. Te lo agradezco. No esperaba menos de ti.*

*Te voy a contar todo desde el principio.*

*Sabes que existe una leyenda sobre unas piezas que son las llaves que abren un secreto. Sé que todo te parecerá una locura, pero es real. Encontré unas cartas de un rey español y un pergamino que cambiaron mi vida.*

*Las cartas son parte de la correspondencia privada de Carlos V, emperador del Sacro Imperio Romano Germánico. Él sabía de la existencia de las piezas y del secreto, esas piezas estaban custodiadas en Roma desde tiempos antiguos; las cartas así lo demuestran.*

*En 1527 Carlos V ordenó el saqueo de Roma, centro de la cristiandad. Eran tiempos convulsos para su reino. El papa Clemente VII, con la intención de liberarse de la dominación imperial, dio su apoyo a Francia. Carlos V interpretó esto como una prueba de fuerza y temió por la unidad y poder de su imperio. Sabía que el Papado había sido tradicionalmente el legítimo custodio de las piezas y de su secreto desde los tiempos de la fundación de la Iglesia. Dice Carlos V textualmente en sus cartas que el mismo Jesús le entregó a Pedro "las llaves del reino de los cielos" y se refirió a él como la roca sobre la cual fundaría su iglesia.*

*Pero el emperador, sabedor del poder que encerraba su secreto, no confió en el Papa, que tenía tentaciones de hombre, y se las arrebató para convertirse así en el nuevo custodio.*

*Antes de su muerte encargó a su hijo la tarea de preservarlas y diseminarlas, pues según sus mismas palabras "no hay hombre que merezca tener tanto poder como estas otorgan".*

*La primera pieza se encuentra en algún lugar de España. Según las cartas, representa el Dios Supremo, y para custodiarla ordenó a su hijo construir un templo tan bello como el de Salomón y fundar una hermandad que la salvaguardase por los siglos de los siglos.*

*Sé que podrás dar con ella. Serás capaz, sin embargo ten cuidado. Ellos saben que tengo el pergamino. Yo se lo robé.*

*Cuando encuentres la pieza guárdala hasta el final y si encuentras el pergamino consérvalo también a buen recaudo, pues me temo que él tiene la clave para encontrar el secreto.*

*Si lo consigues ve al siguiente paso, no sin antes contemplar el todo en la obra que pendió sobre la cabeza de Felipe II hasta el día de su muerte.*

*Tunc step:*
*RBME. 13-V-42*
*$3^aP$- $5^aL$-$4^ap$*
*$17^aP$-$8^aL$-$9^ap$*
*$45^aP$-$13^aL$-$11^ap$».*

Leer aquello supuso para mí volver a escuchar a James. No pude evitar que una lágrima recorriese mi rostro. Hubiese deseado estar sola para acurrucarme y llorar, sin embargo me armé de valor y me tragué mi amargura.

Fran puso un trozo de hielo en mi copa.

—Creo que lo tengo —le revelé.

—¿Lo tienes? —preguntó sorprendido sentándose junto a mí.

Le expliqué mi hallazgo, y leí textualmente la carta de James.

Fran tenía los ojos encendidos de emoción.

—Un templo tan bello como el de Salomón. ¿Te suena?

—Creo que sí. Tengo una ligera idea —dijo levantándose del sofá como lanzado por un resorte.

—¿Sabes cuál es el templo?

—¡El Escorial! —exclamó lleno de alegría.

# Capítulo 15

Aquella noche casi no pegué ojo, ni Fran tampoco. Se pasó la noche junto al ordenador buscando información. Por la mañana muy temprano salimos con un polvoriento Ford Mondeo.

Fran parecía entusiasmado.

—¿Dónde vamos? —pregunté.

—Al Escorial, por supuesto.

Fran, de camino, me contó una historia:

—Felipe II era hijo del emperador Carlos V y la bella Isabel de Portugal. Cuando tenía doce años murió su madre y su padre sintió tanto dolor que no se encontró con fuerzas para trasladar el cadáver de su querida esposa a Granada, donde debía tomar sepultura. Los consejeros dispusieron que fuese Felipe junto a Francisco de Borja, amigo personal de la emperatriz, los que dirigieran la comitiva fúnebre.

—Un niño de doce años acompañando el cuerpo de su madre hacia la sepultura. Me parece muy cruel —observé sobrecogida.

Fran continuó:

—Cuando llegaron a Granada, entregaron el féretro a los monjes de la Capilla Real y, para asegurarse de que el cuerpo que había en él era el de la emperatriz, abrieron el ataúd. Debido al calor primaveral y el largo trayecto, el cadáver estaba ya en avanzado estado de descomposición.

—Horrible —observé.

—Francisco de Borja, impresionado por la rápida corrupción que ejerció la muerte sobre un cuerpo tan bello como el de su íntima amiga la emperatriz, pronunció las famosas palabras: «Ya no más servir a señores que en gusanos se conviertan». Se dice que desde ese momento ya no quiso ocuparse nunca más de asuntos terrenales y consagró su vida a más elevados menesteres. Lo dejó todo, familia, hacienda y títulos, e ingresó en la Compañía de Jesús.

—¿Y Felipe?

—Imagínate el impacto que este hecho provocó en él.

Me pareció una historia horrenda.

—Tengo la convicción de que Felipe empezó a interesarse por temas esotéricos en ese justo momento. Toda su vida trató con boticarios, alquimistas, destiladores y metalúrgicos.

—¿Crees que fue por eso?

—Tal vez necesitaba tratar de vencer a aquella que se llevó a su madre.

—Es posible —respondí sobrecogida.

—Cuando su padre abdicó en su nombre, Felipe ordenó construir un monasterio según los principios salomónicos y en él congregó a un círculo de sabios que practicaban la alquimia siguiendo los conocimientos que Llull había obtenido de los Hermanos de la Pureza.

Creí que toda aquella historia podía cuadrar con los datos que James me aportaba en su carta.

El paisaje industrial de las afueras de Madrid había dado paso a una zona residencial. La carretera navegaba entre un mar amarillo, que conforme avanzábamos fue ensuciándose de briznas verdes hasta convertirse en una maraña de oscura vegetación.

—Pero aún no entiendo para qué vamos a El Escorial —dije.

—Según los principios salomónicos, el templo que construyó Felipe II es El Escorial. Allí había trabajado con alquimistas. Estoy convencido de que ahí se encuentra la pieza.

—Y puede que James hallase allí también el pergamino —añadí.

—¿Cómo? —preguntó sorprendido dando un volantazo.

Dudé por un momento. Él sabía que tenía el cuaderno, de hecho yo misma se lo dije en nuestro primer encuentro, pero ignoraba que también poseía un pergamino.

—Encontré un pergamino. James lo tenía escondido en su apartamento —revelé.

—¿Y cuándo pensabas decírmelo? —preguntó furioso mientras detenía el coche en el andén.

No sabía si había hecho bien revelándole aquello. Si, como todo parecía indicar, aquel maldito pergamino había sido el responsable de que James hubiera muerto, debía de decidirme si confiar o no confiar en él. Como siempre, tras una profunda reflexión que había durado aproximadamente unos tres segundos, había decidido que Fran era de fiar.

—Había pensado decírtelo exactamente ahora —ironicé.

No me pareció que a Fran le hiciese mucha gracia mi tono jocoso.

—¿Cómo has podido ocultarme algo tan importante? Debes de elegir si estamos juntos en esto o no —me reprochó.

—Ya he elegido —respondí sonriendo de manera angelical.

—No entiendes que este asunto es muy arriesgado. Sospecho que hay mucha gente detrás de todo esto. Y James perdió la vida —protestó enfadado.

Permanecí en silencio aguantando la regañina, aunque hubiese podido alegar los numerosos motivos por los que hasta aquel preciso momento no me fiaba de él, por ejemplo: que él mismo en nuestro primer encuentro me negó de manera bastante antipática su ayuda; en segundo lugar: que en realidad no le conocía de nada; y en tercer y último lugar y lo que más pesaba en su contra: que el muy imbécil me había lanzado por un balcón.

Sin embargo, tomando en consideración su estado enardecido creí que lo más oportuno sería tener la boca cerrada hasta que poco a poco fuera calmándose.

—Todo esto cambia la situación —dijo al rato, más tranquilo.

—¿Por qué?

—Creí que esos hombres le habían arrebatado el pergamino, que parece ser la clave, y después lo habían matado. Sin embargo, si eso no fue así, si no consiguieron lo que se proponían, no entiendo por qué le mataron sin conseguirlo antes.

—¿Qué quieres decir?

—Si le mataron es porque antes obtuvieron de él la información que necesitaban.

Lo que acababa de decir Fran tenía sentido, sin embargo para mí no era nada alentador. Si aquellos hombres sospechaban que yo era ahora la que poseía el pergamino y las pistas para encontrar las piezas, me había convertido en su blanco y todo aquel que me ayudase a encontrarlas corría el mismo peligro que yo.

—¿Cuál es el contenido exacto del pergamino? —preguntó.

—No es más que la ilustración de unos cuerpos geométricos, pero creo que debe ser importante, si no James no se hubiese molestado en esconderlo tan bien.

—¿Lo tendrás guardado en lugar seguro?

—¿El qué?

—El pergamino, por supuesto —dijo irritado.

—Sí, claro. Está en lugar seguro —afirmé en tono convincente, recordando que lo llevaba en mi bolso junto al cuaderno.

Fran volvió a arrancar el coche.

—¿Seguimos hacia El Escorial? —pregunté al ver que no variaba la dirección.

—Sí, sin duda encontró las cartas y el pergamino allí, y seguro que también está allí la primera pieza. No te olvides del siguiente paso.

—¿Lo has descifrado?

Fran apartó por un momento los ojos de la carretera para mirarme.

—Si estoy en lo cierto RBME 13-V-42 es la referencia de una obra que se encuentra en la Real Biblioteca del Monasterio de El Escorial.

—Pero si, como tú dices, James halló el pergamino y las pistas allí podría ser peligroso. Sería como meterse en la boca del lobo.

—Es posible. Sin embargo, ¿se te ocurre otro modo de encontrar luz sobre este asunto? —zanjó.

Callé resignada.

Cruzamos por un puente sobre lo que parecía un lago. La carretera se hizo más angosta y al fondo se divisaba una corona de montañas verdes.

—El paisaje es bonito —dije.

—El padre de Felipe, Carlos V, antes de morir en Yuste cambió su testamento y le pidió que construyese un edificio para su tumba. No quería descansar eternamente en Granada. Quería que se trasladasen allí los restos de la emperatriz y se convirtiese en panteón familiar. Cuando el rey encargó el proyecto de su construcción, designó una comisión que estudiase la ubicación más idónea. Estamos en la Sierra de Guadarrama, el centro geográfico de la Península Ibérica —aprovechó para explicar Fran.

—¿Y tiene eso algún significado?

—Se dice que Felipe II buscaba, para que reposasen los restos de sus padres y de las siguientes generaciones, un centro. Lo curioso es que todas las iglesias cristianas del mundo han sido construidas cerca de antiguos pozos, cuevas sagradas, templos o escuelas místericas. Hay una teoría pseudocientífica que aboga por considerar estos espacios como ventanas para los espíritus, aberturas en la malla del continuo espacio-tiempo.

—Muy interesante —dije sin mucho entusiasmo.

—Está documentado cómo esa comisión de sabios, después de muchos estudios, eligió unos terrenos próximos a una fuente llamada de Blasco Sancho, donde había una antigua mina de hierro que se decía que era una boca del infierno. Es de suponer que cerca de la mina habría cierta actividad metalúrgica, y por lo tanto habría herreros que trabajarían el hierro candente. Escoria es como se llaman los restos de materia que suelta el hierro al ser golpeado cuando está incandescente. Tal vez de ahí su nombre. Se dice que para su elección se tuvieron en cuenta tanto aspectos prácticos como la disponibilidad en las cercanías de canteras de granito y pizarra, la abundancia de agua, caza y leña; como aspectos cabalísticos.

—¿Cabalísticos? ¿La boca del infierno? —aquello me sonaba a fantasía.

—No te olvides que se construyó en pleno Renacimiento. Los fenómenos astronómicos regían todos y cada uno de los quehaceres del gobierno. Según la leyenda existen en el mundo siete lugares donde confluyen las fuerzas de Lucifer con las terrenales. Este es uno de esos lugares.

—¿Y qué tiene que ver todo esto?

—Muchos estudiosos creen que Felipe II tenía la intención de construir el edificio perfecto y por eso tomó como modelo el Templo de Salomón, que según la Biblia fue encargado por Dios y albergaba el arca del pacto de Jehová. Era el ónfalo de la antigüedad, el símbolo del centro cósmico en el que, según la tradición griega, se creaba el vínculo entre el mundo de los hombres, el mundo de los muertos y el de los dioses. Buen lugar a imitar si lo que pretendes es construir un lugar donde descansar el resto de la eternidad, ¿no crees?

—Eso parece. ¿Pero crees que esto tiene alguna relación con el descubrimiento de James?

—Es evidente. Creo que el círculo hermético de El Escorial, presidido por Felipe II, fue el depositario del gran secreto encarnado por la pieza que James buscaba.

—Bien —admití—. Pero aunque eso sea cierto hace casi cuatrocientos cincuenta años de ello. No comprendo qué interés puede despertar ahora una pieza arqueológica.

—Julia, no olvides su significado. Si la leyenda es cierta, puede que el círculo hermético del Escorial custodiase ese secreto.

—Paparruchas —exclamé.

Todo aquello me parecía demencial.

—Es posible. Sin embargo, lo más probable es que ellos no lo consideren así.

—¿Qué quieres decir?

—Que la boca del infierno ahora se ha quedado abierta y el secreto que debe de permanecer oculto por los siglos de los siglos puede ser desvelado.

—¿Quieres decir?

—Quiero decir que el círculo hermético puede que aún exista y es posible que tenga como misión custodiar la pieza.

—No digas tonterías. Estamos en el siglo XXI. Hay internet, Coca-Cola, podemos viajar a la luna. ¿Cómo pueden haber chalados que se crean esa palabrería?

—Puede que tengas razón. Pero no olvides la suerte que ha corrido James.

# Capítulo 16

Quedé sobrecogida ante la grandiosidad de El Escorial, una austera mole de granito rematada por un tejado de pizarra se levantaba poderosa ante nosotros.

Intentamos acceder por la entrada principal, sin embargo un señor nos avisó que el acceso para los turistas se encontraba en una entrada lateral situado en la fachada norte.

Al comprar las entradas nos facilitaron un plano del edificio. No había ni un alma, así que nos dirigimos hacia la biblioteca, que se encontraba situada sobre el zaguán de entrada del patio de los reyes.

Aún no habíamos franqueado la puerta cuando me sonó el móvil. Uno de los vigilantes me miró severo. El escandaloso sonido que salía de mi bolso había profanado el sepulcral silencio del recinto. En la pantalla pude ver que era Peter, tan oportuno como siempre. Así que retrocedí unos pasos y en una esquina me dispuse a responder.

No hice nada más que presionar la tecla para aceptar la llamada cuando una oleada de vapuleos se escucharon al otro lado del auricular.

—¿Aún estás en España? —preguntó encolerizado.

—Sí —le respondí tímidamente.

—¿No entiendes que ahí no hay nada que hacer? Debes de volver cuanto antes.

—No entiendo tu insistencia ni tu interés en que vuelva —manifesté con acritud.

—¿No entiendes? —preguntó furioso.

No comprendía cómo se atrevía a hablarme así después de todo lo que me había sucedido por su culpa.

—No. Y tampoco entiendo por qué me has enviado a unos matones para secuestrarme —le respondí rivalizando en furia.

—¿Cómo? Yo jamás haría eso —alegó.

—Entonces cómo me explicas que tu amigo el señor González me citase en un hotel para convencerme, por tu encargo, de que volviese a Nueva York. Y que tras negarme me enviase a dos de sus hombres armados con pistolas. Estoy convencida de que el señor González está mezclado en el accidente de James. Y creo que tú también sabes más de lo que dices —protesté enfurecida.

—¿Cómo? Estás desvariando. No conozco a ningún señor González y jamás he enviado a nadie para convencerte de que vuelvas. James murió en un accidente. Nadie lo asesinó, Julia.

Una chispa de miedo recorrió mi espina dorsal. Si Peter decía la verdad y él no había enviado al señor González cómo sabía este que estaba en Madrid. No cuadraba.

—Sí lo conoces —rebatí—. Estaba en el funeral de James, me lo presentó el decano. Es un benefactor de la universidad y él me dijo que tú le enviabas.

—Lo siento, Julia. No sé de lo que me estás hablando, pero no me gusta nada. Debes volver. Debes de aceptar que James ya no está y por mucho que te empeñes en seguir su fracasada investigación eso no va a devolverle la vida.

117

Tras unos segundos de reflexión le creí. Peter nunca haría nada que me hiciese daño. Tal vez su insistencia era solo fruto de su afán por protegerme. Él sabía que James y yo teníamos una relación muy fuerte; tan fuerte como para hacer que me doliese el pecho solo con pensar en él. Peter, aunque anduvo por mi cama estos últimos meses, era consciente de que James era el único dueño de mis pensamientos. Por eso parecía justificado que se preocupase por mí. Su muerte había abierto una llaga en mis pulmones que no paraba de supurar melancolía y él lo sabía. Lo había presenciado. Pero si esto era así, si Peter quería que volviese para protegerme del recuerdo de James y de mí misma, entonces me quedaba la duda de quién era en realidad aquel hombre que me había citado y cuál era su propósito.

—Peter, escúchame bien. Voy a quedarme. Aunque te parezca increíble James descubrió algo que tal vez sea muy valioso. Debo de seguirle la pista. Tienes que comprenderlo.

Por un momento hubo un silencio en el teléfono.

—Julia, no entiendo nada. Quiero que vuelvas —me pidió.

—No puedo, Peter. James no murió en un accidente. Lo asesinaron y debo averiguar por qué —dije rota por el dolor.

Peter permaneció en silencio.

Nos despedimos con un tono conciliador. Peter siempre se preocupaba por mí. Velaba por mi bienestar. Me cuidaba. Estaba segura de que el enfado de Peter era fruto del sufrimiento por ver cómo me había ido tras el rastro de un fantasma.

Colgué el teléfono dando por terminada la conversación y una sensación confusa, en la que la liberación que provocaba que al fin mi mente pudiese justificar la actitud de Peter, se mezcló con el áspero sabor de la inquietud.

Cuando al fin accedí a la biblioteca, Fran estaba ya conversando con un anciano señor. Sus dos siluetas parecían minúsculas en medio de esa gran sala rectangular, de techo abovedado y suelo de mármol, forrada de estanterías de maderas nobles.

Estaba extasiada, contemplando aquella espléndida estancia en la que las pinturas de la bóveda parecían vivas, cuando Fran me hizo una señal para que me acercase.

—Te presento a Fray Bartolomé. Pertenece a la Orden de los Agustinos y es bibliotecario del Escorial desde hace más de tres décadas.

El rostro de aquel señor delataba que no debía de tener más de sesenta años, sin embargo el hábito negro ceñido con una tosca correa le envejecía notablemente.

—¿Le gustan los frescos de la bóveda?

—Por supuesto —afirmé maravillada.

—Fueron pintados por Peregrino Tibaldi, representan las siete artes liberales.

—Son preciosos.

—Preciosos y simbólicos —puntualizó el anciano—. El del centro muestra el fresco de Salomón y la reina de Saba. En él Salomón muestra a la reina su sabiduría. Muchos estudiosos han formulado teorías verdaderamente inquietantes sobre este fresco. Incluso algunos se atreven a proyectar paralelismos entre Salomón y Felipe II. Todo muy misterioso.

En apariencia así lo sugerían.

—Si mira con atención podrá ver una inscripción en la falda de la mesa. Está escrita en hebreo, el lenguaje de los judíos. Si tenemos en cuenta la época en que fue creada la obra, nos daremos cuenta que el artista cometió un acto temerario. La inquisición perseguía ferozmente toda práctica judaizante. Era uno de los delitos más graves que se podía cometer.

—¿Y exactamente qué mensaje tan importante quiso legar el artista que mereciese correr un riesgo tan grave? —pregunté.

Fray Bartolomé sonrió.

—El mensaje como usted misma puede leer es "Todo según el número, el peso y la medida". Pero no creo que el artista se arriesgase en absoluto. Creo mejor que alguien con mucho poder le sugirió que lo incluyese y le garantizó su seguridad.

—¿Y quién tenía tanto poder como para burlar a la propia Inquisición?

El anciano sonrió.

— Solo conozco una persona.

—¿Insinúa usted que el propio rey le instó a que incluyese este mensaje? —pregunté sorprendida.

—No lo sé con seguridad. Pero muchos estudiosos así lo afirman.

—¿Sospecha usted con qué fin?

El hombre me miró con satisfacción.

—Ya le he dicho que en El Escorial hay mucho misterio y simbología. Algunos estudiosos apuntan a que la frase es del Levítico y significa "Todo tiene su peso, número y está guardado".

—¿Y qué dicen los estudiosos que puede ser eso que tiene peso, número y está guardado? —pregunté.

El bibliotecario sonrió nuevamente.

—No hay unanimidad en las teorías. Unos dicen que unos papeles importantes, otros apuntan a documentos alquímicos. Incluso hay quienes formulan arriesgadas teorías sobre un secreto universal. Como ya le he dicho todo muy misterioso.

Aquello me sorprendió. Tal vez en aquella inscripción se estaba revelando el verdadero sentido de aquello que íbamos a buscar.

El enlutado bibliotecario decidió de manera unilateral cambiar de tercio.

—¿Es usted americana? —preguntó el enlutado bibliotecario.

—Sí, así es —le revelé.

—Cuando era más joven estuve viviendo en Filadelfia una larga temporada. Nuestra orden regenta allí la Universidad Villanova y me encargaron enseñar Paleografía a los jóvenes estudiantes. Fueron años inspiradores —dijo el anciano.

Pensé que sin duda así debería haber sido. No podía imaginarme cómo un señor con semejantes pintas se podía plantar enfrente del feroz auditorio estudiantil con el objeto de enseñarles, ni nada más ni nada menos que Paleografía. Él mismo parecía un pergamino andante.

Mi rostro debió de reflejar mis pensamientos.

—Pero eso eran otros tiempos. Ahora que vivo en el monasterio debo de vestir con hábito y cumplir los votos. Y dígame usted, señorita, su amigo el doctor Navarro me ha contado que está usted realizando un estudio sobre la relación de Felipe II con la alquimia en su departamento de la Universidad Complutense. Presumo que es un trabajo de doctorado.

—Sí, así es —le mentí.

—Sabe, ese asunto está ya muy manido. No hace más que unas semanas otro americano vino al monasterio buscando información sobre el tema. Debería usted plantearse una tesina más original —sugirió.

—¿Otro americano? —pregunté sorprendida.

—Sí. Me hizo varias visitas. De hecho, quiso inspeccionar el mismo documento al que hace referencia la reseña que me ha pedido su amigo.

—¿Y dice usted que era americano? —volví a preguntar.

—Sí, de Nueva York. Un joven muy simpático, aunque un poco loco. Me habló de una leyenda un tanto extraña. Me pidió algunos documentos y estuvo unos días estudiándolos. Y después vinieron otros.

—¿Otros? —pregunté.

—Sí. Vinieron tres hombres más. Parecían también americanos, sin embargo no tenían la pinta de historiadores.

—¿Y qué querían?

—No sé. Tal vez curiosear. No les facilité ningún documento. Las obras que guardamos aquí son demasiado valiosas para que las manoseen gente no instruida. No te puedes fiar, hay demasiados desaprensivos que se dedican a expoliar obras de arte.

Sin duda se trataba de James, y puede que los otros fuesen los gorilas del señor González. Pensé que Fran estaba en lo cierto y andábamos tras una buena pista.

Fray Bartolomé nos pidió que le siguiésemos. Se plantó delante de una pesada puerta de madera de caoba que parecía cerrada con llave.

El monje metió la mano en el bolsillo de su hábito y sacó una tarjeta electrónica. El dispositivo electrónico estaba camuflado en el pomo de la puerta y tras insertar la llave se abrió una gran sala, sin decoración alguna, forrada de estanterías de madera oscura repletas de libros y documentos.

—Aquí están las verdaderas joyas. La mayoría de ellos son incunables y manuscritos. Originariamente estaban en el salón alto, pero fueron trasladados aquí hace más de dos siglos. Es la antigua ropería del convento.

La gran sala estaba vigilada con cámaras de seguridad y acondicionada con una atmósfera controlada.

Nos proporcionó unos guantes de látex y unas mascarillas. Parecía que iba a facilitarnos el documento original.

—La obra a que hace referencia la reseña es de Ŷabir ibn Hayyan. Se trata de un tratado del siglo VIII. Su estado de conservación requiere el máximo cuidado.

Estaba extasiada, pero a pesar del meticuloso atuendo con que nos había ataviado no consintió que pusiéramos un dedo sobre el ejemplar.

—Es extremadamente delicado, un fortuito arañazo podría destruirlo.

—Pero necesitamos examinarlo. ¿Podríamos hacerle unas fotografías? —supliqué.

—La luz intensa puede originarle tanto daño como un arañazo. Sin embargo pueden hacer las fotografías sin flash.

Recordé de memoria las claves del siguiente paso e intuí que si James había seguido el mismo patrón, los primeros números se referirían al número de página. Así que le pedí que me mostrara las páginas tres, diecisiete y cuarenta y cinco para poder fotografiarlas, a lo que Fray Bartolomé accedió a regañadientes.

Seguí el patrón y como una revelación todo empezó a tomar forma.

Abandonamos la sala y Fray Bartolomé nos señaló el camino para llegar a la basílica. Una joya, según aquel anciano paleógrafo.

Accedimos a un patio rectangular, al fondo del cual se alzaba la fachada de la basílica flanqueada por dos torres cuadradas rematadas por sendos pináculos. La presidían seis estatuas de mármol con coronas de oro.

—Son los reyes de Judá que participaron en la construcción del Templo de Salomón. Los del centro son el propio Salomón y su padre David. Hay una teoría que dice que David es Carlos V, que no pudo construir el Templo por tener las manos manchadas de sangre, y Salomón es Felipe II, a quien se le encarga construir el Templo para albergar el arca de la alianza. Fíjate a dónde señalan sus báculos —dijo Fran.

Dirigí mi mirada hacia ellos, se encontraban en el centro de la fachada y comprobé que señalaban hacia dentro de la basílica.

Cuando entramos Fran sacó de su bolsillo su móvil y me mostró una imagen.

—Es el plano del Templo de Salomón dibujado, según las indicaciones de la Biblia, por el mismo Newton —dijo—. Si hiciésemos coincidir el plano de este edificio con el del Templo de Salomón, mira qué ocurriría.

Miré detenidamente, pero no vi nada. Fran me explicó.

—Si dibujamos sobre su planta un rectángulo y sobre él un círculo que abarcase los cuatro vértices, veríamos que la cuerda de este coincide con los dos vértices de la basílica. Y entonces podemos ver cómo el centro del círculo, y por lo tanto de todo el palacio del Escorial, está justamente aquí —dijo y mantuvo el dedo señalando el punto justo en el que nos encontrábamos.

—¿Aquí? —dije extrañada al comprobar que nos encontrábamos justo en la entrada de la basílica.

—Sí. Según mis cálculos este es el centro del palacio, y no olvides que lo que Felipe II buscaba al construirlo era un centro.

—Entonces este es el centro —dije extrañada.

—Efectivamente. El centro de un palacio ubicado en el centro de la península. Evocador, ¿verdad?

—¿No pensarás que este lugar es ese que dijiste que llamaban la boca del infierno? Más bien me parece que quiere emular el cielo —observé contemplando los frescos de la bóveda.

—Construir un cielo para poder cegar la puerta del infierno —dijo adoptando un tono tenebroso.

Rompí en una silenciosa carcajada, el cariz esotérico que estaba tomando el asunto me pareció algo más que ridículo.

—Sin embargo, no comprendo. La parte más importante de un templo es el altar. Donde se custodia el cuerpo de Cristo —dije.

Fran sonrió. Tenía una sonrisa realmente encantadora.

—Y no veo por aquí señal alguna que indique que este es el lugar —continué severa mientras Fran me hacía avanzar por la nave central de la basílica—. Tal vez tus cálculos no sean exactos.

—Mira ahí arriba —me dijo elevando delicadamente mi barbilla.

Y entonces realmente me quedé pasmada.

# Capítulo 17

Un hombre joven, vestido con el atuendo característico de la Orden de los Agustinos, avanzaba hacia nosotros a paso rápido por la nave de la basílica.

—¿Tienen ustedes entrada para la visita guiada?

—No.

—Si no la tienen pueden pasar por la taquilla y adquirirla. La visita empieza dentro de veinte minutos.

—No, gracias. No tenemos tanto tiempo. En realidad solo queríamos dar un vistazo —respondió Fran.

El joven nos miró apático.

—La visita pierde mucho si no se conoce el significado del monumento. Les recomiendo que lo piensen. Vale la pena —aseguró y se alejó.

Fran sonrió al ver que yo en ningún momento había bajado la vista de allí arriba.

—¿Ves lo que te decía?

—Sí. Pero no entiendo cuál es su significado.

—Ese es el lugar. Es el centro, justo el lugar donde el rey Salomón y David señalan desde la fachada con sus cetros.

Exactamente encima del lugar que Fran había señalado se encontraba el coro, cubierto por una bóveda de cañón iluminada por un llamativo fresco.

—Es la *Gloria*.

—¿Cómo? —dije sin poder apartar la mirada de aquello.

—El tema del fresco es la Gloria. En lo más alto está la Santísima Trinidad; Dios Padre, Dios hijo, debajo la Virgen y ordenado rigurosamente por jerarquías los apóstoles, los papas, sacerdotes, nobles, santos, militares y ángeles.

—Pero en el centro... todos parecen adorar al centro —dije maravillada.

—Sí, así es. En el centro, a los pies de Dios Padre y Dios Hijo, está la figura cúbica.

Aquello era increíble. En la bóveda de aquella iglesia, justo en el lugar en el que Fran había señalado el centro del palacio, rodeada por el mismo Dios y mil personajes de rostros extraños y diversos atuendos, estaba representada la forma geométrica perfecta de un cubo. La representación del elemento de la tierra según las ideas platónicas.

—¿Y quiénes son todos esos individuos? —pregunté.

—Es evidente que son sus custodios —afirmó convencido.

—¿Quieres decir...?

—Quiero decir que, presumiblemente, esos personajes representan el círculo hermético que custodia el secreto.

—Es todo muy extraño. Sin embargo, todo lo que me estás contando son conjeturas. Eso es solo una pintura, como hay miles en todas las iglesias. Y sí, debo de admitir que representa un cubo muy bien resguardado por todo un séquito de poderosos personajes. Pero eso no demuestra que este sea el lugar.

Fran no pareció desanimarse por mis palabras.

—¿Has pensado lo que simboliza el cubo? —preguntó desafiante.

—Así, de pronto, te podría decir que el cubo o hexaedro regular, según escribió Platón en el Timeo, es uno de los cinco sólidos regulares y representa la tierra. Los masones consideran que el cubo es la representación de la ciudad perfecta, la Jerusalén celeste y la logia. Según los antiguos egipcios era un símbolo de poder, dominio y estabilidad, se han encontrado estatuas-cubo que representaban la efigie de Senenmut y su hija. La tradición cristiana lo considera símbolo de estabilidad, fortaleza y poder creador. En el islam el cubo se traduce exactamente por la Kaaba, que es precisamente el santuario principal del islam, ubicado en el patio interior de la Gran Mezquita, la casa de Dios. Los budistas creen que el cubo cuadrado o harmika clama la sabiduría del discernimiento —dije sin despeinarme y sin casi respirar.

—No se olvide que también simboliza un jeroglífico del Dios Supremo —interrumpió una voz que hizo que me sobresaltara, y de pronto recordé nítidamente que justamente James, en su carta, indicaba que la primera pieza representaba el Dios Supremo. Y entonces me di cuenta de que Fran tenía razón, sin duda aquel era el lugar.

Una oscura figura surgió de una de las capillas laterales y me quedé sin palabras.

—Perdonen, pero no he podido evitar escucharles. Permítanme que me presente, me llamo Roberto Hermida y soy guía oficial. Veo que están ustedes muy interesados en el fresco.

Era un señor gordo y calvo, además de entrometido, y sin duda me había dado un susto de muerte.

—Así es —respondió Fran ante mi sobrevenido mutismo—. De hecho estábamos discutiendo sobre la figura que está representada en el centro.

128

—El cubo —apuntó el guía fisgón.

—Sí, el cubo.

—El mismo Herrera, uno de los arquitectos de este complejo, escribió un discurso de esa figura inspirado por las opiniones de Llull. La obra se conserva en la biblioteca, si quieren consultarla —aclaró el intruso.

—¿Llull? —pregunté recuperando súbitamente el habla.

—Sí, Ramón Llull, mallorquín, nacido en el siglo XIII y muerto a principios del XIV, filósofo, poeta y místico —dijo de carrerilla.

Toda la información que acababa de darme yo ya la conocía.

—¿Y qué pinta un místico poeta filosofando sobre una forma geométrica? —hostigué.

—Era todo un sabio, misionero y viajero; inspirador y guía para muchos en el camino de la gran obra.

—¿La gran obra? —pregunté oliéndome el humo alquímico.

—La gran obra de evangelización, por supuesto —puntualizó—. Viajó a Compostela, París, Viena, Génova, Pisa, Roma, Nápoles, Chipre, Túnez, Jerusalén...

—Muy interesante —interrumpí.

—Si quieren profundizar más sobre su vida y milagros, tengo un grupo de treinta personas esperando en la entrada. En diez minutos comienzo la ruta, dura aproximadamente cincuenta minutos y esta será la última parada. Si están interesados pueden unirse a nosotros, no tienen nada más que acompañarme para adquirir el ticket —nos ofreció con un afable aire mercantil.

—Sería un placer. Sin embargo, no tenemos tanto tiempo —respondió Fran.

—Una pena, podríamos charlar cuando terminase la visita —dijo y luego la oronda figura comenzó a disiparse entre las sombras de la basílica—. No olviden visitar la cripta. Es el Panteón de los Reyes —dijo antes de desaparecer.

—¡Vaya un personaje! ¿Roberto Hermequé? Hermefisgón —susurré sin poder contener mi fastidio.

—¿Cómo has dicho? ¡Eso es! —exclamó Fran como si hubiese tenido una revelación y sacó su móvil otra vez.

—¿Ves?

—¿El qué? —pregunté desorientada.

—El Panteón de los Reyes, Hermes...

—¿Qué dices? —temí seriamente por la salud mental de Fran.

—¿Conoces los preceptos de la Tabla Esmeraldina de Hermes?

—¿Hermes Trimegisto? —pregunté en tono retórico. Ahora sí que olía nítidamente a chamusquina hermética. El rey de la alquimia había irrumpido en el escenario.

—Hermes Trimegisto, también conocido como el dios Tot egipcio, el Abraham bíblico... Se le atribuye la Tabla de Esmeralda, donde está condensado todo el arte de la Gran Obra.

—Ya. Alquimia —dije sin mucha emoción.

—¿No me digas que no la has leído? Si la tenéis traducida al inglés ni más ni menos que por Newton —protestó Fran.

Eso era imposible trabajando con James tantos años. Por supuesto que la había leído. Leído, releído, estudiado, memorizado...

—Si no recuerdo mal dice: «Lo que está más abajo es como lo que está arriba, y lo que está arriba es como lo que está abajo» —dijo Fran.

—Más o menos, sí, eso dice. Pero no puede ser, la Cripta Real está debajo del altar, a muchos metros de lo que tú has señalado como el centro. Según tus propias conjeturas es imposible que ahí estuviese el cubo —advertí.

—Sígueme —dijo haciendo caso omiso a mis observaciones.

# Capítulo 18

Fran avanzaba por la nave a grandes zancadas. Sus pasos crepitaban en el silencio de la basílica. Se dirigió hacia las estrechas escaleras que conducían a la cripta y yo me quedé en la entrada, pero él se volvió:

—Baja conmigo.

No estaba dispuesta. Odiaba los recintos subterráneos, me producían claustrofobia. No tenía ganas de experimentar la ya conocida sensación de sequedad en la boca y sudoración, seguida de una opresión agobiante en el pecho acompañada de palpitaciones, que conducía a una hiperventilación de mis pulmones y el aturdimiento y que, irremediablemente, desencadenaba en un ataque de pánico.

—No importa, yo me quedo aquí. Das un vistazo y me lo cuentas. Me fío de ti —argumenté.

—Baja, tienes que ver esto.

Me percaté de que no me iba a librar, así que respiré hondo y decidí acortar la agonía. Cada peldaño que bajaba era todo un suplicio; sin embargo, consciente como era de que aquella desagradable sensación era producto de mi cerebro, intenté no pensar en que me encontraba en aquel angosto, reducido y asfixiante lugar. Aunque no lo conseguí del todo.

Estábamos a medio camino y Fran se detuvo en el primer descanso de la escalera.

—¿Estás bien? —preguntó al ver cómo resoplaba.

—Sí, son los ejercicios de relajación que me ha recomendado mi profesor de yoga —dije sin parar de resoplar.

—Mira esto —dijo señalando una puerta.

—¿Qué es? —pregunté y lancé un nada elegante bufido.

—Si este plano no se equivoca es el acceso al pudridero.

—¿Al pudridero? —«Dios mío, qué nombre más sugestivo», pensé.

—El pudridero es la sala donde se depositan los cuerpos de los miembros de la familia real que serán enterrados en el panteón. Los tienen aquí cubiertos de cal durante veinticinco o treinta años, hasta que culmina el proceso biológico de reducción natural.

—Vaya, ¡qué interesante! —dije conteniendo las náuseas.

—Está cerrado al público. Solo tienen acceso a él unos pocos miembros de la comunidad agustina.

—¡Qué mala suerte! Entonces ya podemos subir, ¿no? —dije intentando dar por zanjada aquella macabra excursión.

—Espera, creo que tengo una forma —dijo mientras sacaba una pequeña navaja de explorador.

—¿No querrás...?

¡Cuánto odiaba a los exploradores! Antes de que acabase de pronunciar mi frase, Fran ya había abierto la puerta y me había empujado dentro. Al volverla a cerrar nos quedamos a oscuras y mis resoplidos aumentaron en frecuencia.

Escuché un pequeño crujido y de pronto se hizo la luz.

—¿Dónde llevabas esa linterna? —pregunté al prevenido explorador.

—Siempre la llevo conmigo, en realidad es un bolígrafo multiusos.

La luz que emitía no era muy potente, pero lo suficiente para ver que nos encontrábamos en un estrecho pasadizo que nos condujo a una sala circular de techo abovedado. Las paredes de piedra estaban plagadas de nichos tapiados y un fuerte olor a humedad me dificultaba aún más la respiración.

—¿No habrá nadie en estos nichos, verdad? —me atreví a preguntar.

Fran me miró con piedad.

—Me temo que al menos tres están ocupados —respondió mientras dirigía el haz de luz a cada uno de ellos.

Intenté tranquilizarme ante el inminente estado de shock que me acechaba. Pensando racionalmente, aquella habitación no era más pequeña que la cocina de mi casa y también estaba rodeada de armarios; la diferencia estaba en su contenido.

Fran enfocó uno de los nichos y según las inscripciones... bingo, tenía morador; y luego otro, y otro... Según parecía media realeza española estaba pudriéndose realmente en aquel lugar. La idea me provocó un ligero sofoco, exactamente lo que necesitaba para sentir que ya no me quedaba aire para respirar.

Hice ademán de volverme, pero la negrura del pasadizo que acabábamos de recorrer me disuadió. Estaba atrapada.

—Mira esto —exclamó Fran iluminando uno de los nichos.

Me resistía a mirar; sin embargo pensé que ya que estaba allí algo debía de hacer para intentar salir lo más rápido posible.

—Precioso. Le hacemos una foto y nos vamos —sugerí a la desesperada.

Fran, sin embargo, se resistió a mis dotes de convicción.

—¿Qué te recuerda? —preguntó.

—Un reloj, un medallón, un sello, una insignia... —sugerí sin casi mirarlo. Mi cerebro no tenía bastante oxígeno para ordenar a mi cuerpo mirar, pensar, hablar y respirar a la vez.

—Fíjate bien —me ordenó Fran obviando el estado en el que me encontraba.

Veía que aquello iba para largo, así que me ordené a mí misma tranquilizarme. Solo estaba encerrada en una catacumba prohibida situada a varios metros por debajo del nivel del suelo, acompañada por un historiador obstinado, pero atractivo, y varios cuerpos putrefactos, pero de alta alcurnia. Todo un privilegio. ¿Qué más podía pedir?

—¿Ves lo que yo veo? —preguntó Fran.

En realidad no veía nada. En uno de los nichos había inscrito un círculo hecho de caracteres y en el centro una figura en relieve. Fijándome bien, como había ordenado Fran, pude distinguir que se trataba de un triángulo invertido de mármol blanco con un trazo rectilíneo cerca de su vértice.

—¿Es un reloj? —sugerí.

—Fíjate en los caracteres —dijo Fran acercándose con la linterna.

—¿Son letras?

—Y latinas además. Es el alfabeto latino.

Sí, así era, como un reloj. En el lugar donde se debía de encontrar un número doce estaba la letra A, a la que le seguía la B, hasta completar a lo largo de la circunferencia todo el alfabeto latino. Cada letra estaba unida al centro por una línea labrada en la piedra, para formar una especie de sol.

—¡Pasapalabra! —exclamé.

—¿Qué dices? —preguntó Fran sorprendido.

135

—Es el panel que utilizan en un programa de televisión —lo había visto la noche anterior en la habitación del hotel de Madrid y me había parecido entretenido.

Fran rompió a reír y me contagió. La verdad es que la falta de oxígeno me empujaba a decir tonterías. Me sentí más relajada y mi cerebro comenzó a oxigenarse.

—Fíjate en el centro.

Entonces me fijé en aquel triángulo y lo reconocí al momento.

—Es el símbolo de la tierra —dije.

—Así es —dijo Fran—. Es el símbolo que utilizaban los antiguos alquimistas para designar uno de los cinco elementos: la tierra.

—Y el cubo que buscamos según las ideas platónicas es también una representación de la tierra como elemento —añadí.

—Veo que ya empiezas a pensar con normalidad.

—¿Y las letras? No expresan ningún mensaje. Normalmente los medallones, sellos o insignias, están envueltos por una inscripción, un mensaje. Esto solo es el alfabeto. ¿Crees que puede estar por aquí la pieza? —pregunté intrigada.

—Creo que estamos en el camino. Tal vez detrás de ese nicho haya algo.

Entonces se me ocurrió una idea.

—Tal vez nosotros debamos componer el mensaje.

Me acerqué y tomé el triángulo entre mis manos. Podía hacerlo girar a voluntad.

—Creo que lo tengo —dije.

Fran arqueó las cejas sorprendido.

—Si no me equivoco, sospecho que esto en realidad es una puerta y debe funcionar con el mismo mecanismo que una caja fuerte. Si giramos el triángulo y orientamos su vértice superior a cada una de las letras podremos componer la combinación.

—Puede ser —dijo Fran.

—Ahora solo queda averiguarla.

Los dos nos miramos interrogantes.

—En su cuaderno, James decía que el cubo era la clave... ¡Dios Supremo! —exclamé en un ataque de inspiración y precipitadamente empecé a hacer girar el triángulo. Primero hacia la D, I... hasta completar la presunta combinación.

Fran me miraba extasiado, pero aquello no pareció funcionar.

—No es la combinación —dije con fastidio.

Entonces Fran tomó mi mano y me susurró al oído:

—*Supremun numen.*

Exacto, ¿cómo no se me había ocurrido antes? Supremum numen era la traducción en latín de Dios Supremo, curiosamente las mismas palabras detrás de las cuales se escondía la carta de James. Su mano me guio suavemente a través de aquellas letras y por arte del ingenio se abrió aquel nicho.

Sentí ganas de abrazarlo.

Un oscuro pasadizo se abría ante nosotros. Fran enfocó la linterna y descubrí que aquello no era nada esperanzador. Parecía no tener fin.

—Debe conducir al centro que te he señalado antes —dijo y me hizo avanzar por aquella tenebrosa angostura junto a él.

Yo tenía el pulso acelerado; sin embargo, percibir el cuerpo de Fran tan cerca del mío me hizo sentir más segura.

El olor a humedad era cada vez más intenso y aquella oscuridad parecía no tener fin, pero de pronto una gran estancia se abrió ante nosotros.

—Estamos justo en el centro subterráneo de El Escorial —dijo Fran y con su linterna enfocó a nuestro alrededor. Era una sala totalmente circular.

—Esto es terrorífico —aseguré intentando que mi respiración volviese a la normalidad, pero advertí que mi voz retronó distorsionada.

Fran se alejó con aquella minúscula linterna que emitía una débil ráfaga de luz. Conforme se separaba, la oscuridad se cernía rotunda a nuestro alrededor.

—No somos los únicos que hemos visitado hace poco este lugar —dijo, y de pronto una luz cegadora asaltó la estancia.

Por unos segundos aquella repentina claridad me deslumbró. Cuando pude recobrar la visión, observé que aquella sala era mucho más grande de lo que parecía entre sombras.

—Este lugar está perfectamente acondicionado. Parece que lo utilizan con frecuencia —dijo Fran, aún junto al interruptor que acababa de accionar.

Aquella enorme galería tenía las paredes cubiertas de piedra y el suelo de granito. En el centro, bajo una cúpula hecha de alabastro desde donde se colaba un haz de luz eléctrica, parecía haber un pequeño altar.

Adosados a la pared se disponían varios cajones de madera oscura, parecidos a bancos o escaños. Sobre cada uno había doblada una tela roja. Fran desplegó una; eran túnicas en las que había bordada una estrella de seis puntas en el centro.

—Ese disfraz lleva la insignia de la Estrella de David, también conocida como el Sello de Salomón —dije sorprendida.

—Es sin duda el traje ceremonial de los custodios.

Conté los bancos y los disfraces. Al menos había medio centenar.

Todo estaba impoluto, sin restos de polvo ni telarañas. Aquello era lo menos parecido a la típica misteriosa catacumba que una podía imaginar; parecía una sala de reuniones construida en el interior de un búnker.

Instintivamente, los dos nos dirigimos hacia el altar. Sobre él había un pedestal con forma de mesa forjado en un material que brillaba al emitir reflejos metálicos. A su alrededor había tres cenefas de perlas. Parecía muy antiguo. Encima de la mesa descansaba una vasija metálica, sostenida por el cuerpo de una docena de toros esculpidos en el mismo metal.

Fran me enseñó una foto en su móvil, mostraba los grabados de una biblia en latín del siglo XVI. Tanto la vasija como la mesa eran exactas a los dibujos que me mostraba.

Miré a mi acompañante.

—¿Crees que es la auténtica mesa del rey Salomón? —pregunté con una sonrisa irónica.

—Hay muchas leyendas, tanto musulmanas como cristianas, sobre el paradero del tesoro del rey Salomón; todas coinciden en que está en algún lugar entre Barcelona y Toledo. Muchos han dicho que la Mesa sería la misma Tabla de Esmeralda, de Hermes. Y no cabe duda de que bien podría ser este el lugar. Sin embargo, si es la auténtica significa que el fin del mundo está próximo.

Miré al doctor con espanto.

—No te preocupes. Es solo una leyenda —añadió divertido.

Fran cogió la vasija entre las manos y la dejó en el suelo. Dijo que, según la leyenda, representaba la fortaleza del mar.

En la tapa de la mesa estaba labrado el Sello de Salomón.

—Dicen que Felipe II invirtió muchos esfuerzos en buscarla. Si no es esta, puede que hiciera que se fabricase una reproducción exacta para albergar aquí su secreto.

—¿Pero dónde?

El doctor esbozó una sonrisa pícara.

—El Sello de Salomón es la expresión del cielo que se refleja en la tierra. Nosotros buscamos la tierra.

Cogió la vasija y la volteó. Su base estaba hecha de un metal tan brillante como un espejo.

—Aquí lo tienes. ¿Qué mejor que un espejo para reflejar?

Yo le miré estupefacta. No entendía nada. Él rodó la base de la vasija y se abrió un falso doble fondo. Luego metió la mano y sacó un trozo de piedra del tamaño de un puño, perfectamente tallado en forma de cubo.

El corazón me palpitaba a un ritmo peligroso. Intenté mostrar frialdad y miré la piedra con indiferencia. Si todo era como parecía, aquella piedra era objeto de veneración por a saber qué tropa de chiflados.

Parecía que habíamos encontrado la primera pieza.

—Este es el lugar donde, según la leyenda, se custodia una de las piezas que abren el secreto —dijo Fran, solemne.

—Se custodiaba hasta que nosotros la encontramos —añadí irónica mientras se la arrebataba de la mano y la escondía en mi bolso.

Fran sonrió.

—¿Qué tipo de gente puede ser esa que venera un cuerpo geométrico disfrazada de papanatas? —pregunté sin esperar respuesta, pero Fran contestó.

—Tal vez gente que conoce el inmenso poder del verdadero camino de la Gran Obra —dijo y sus palabras retronaron en la estancia. Por un momento creí vislumbrar un fulgor extraño en su mirada.

Aquello estaba tomando tintes inverosímiles. Todos los indicios señalaban que era evidente la existencia de grupos y logias que realizaban cónclaves secretos. Los masones eran los más conocidos y a su alrededor se había creado todo un corpus de leyendas en las que sonaban demasiado las palabras «conspiración», «enseñanzas secretas» y «control del mundo». Otro ejemplo últimamente muy de moda era el llamado Club Bilderberg: un grupo selecto de millonarios que efectuaban encuentros periódicos con el presumible fin de trazar las directrices del destino de la humanidad. La rumorología se había encargado de teñir de misterio sus cónclaves; pero llamaba la atención la diversidad de logias secretas existentes, donde presumiblemente se realizaban extrañas ceremonias y existía un oscuro y oculto fin común: resguardar un conocimiento secreto dotado de poderes indescriptibles, reservado para una élite y que, de ser conocido, cambiaría el curso de la historia de la humanidad.

Pensé que, efectivamente, habíamos encontrado la guarida de uno de esos grupos de chalados y empecé a temer seriamente por nuestra integridad.

—Salgamos de aquí —le pedí a Fran.

# Capítulo 19

El camino de vuelta fue infinitamente más cómodo. El oscuro e inquietante pasadizo que conducía al pudridero real se había convertido, por arte de la electricidad, en un limpio pasillo que recorrimos en un santiamén.

Salvamos el pudridero y cuando al fin llegamos a las escaleras un nutrido grupo de turistas, capitaneado por el orondo y entrometido guía con el que habíamos hablado hacía un rato, bajaba por ellas en tropel.

—¿Les ha gustado la cripta? —preguntó el hombre cuando nos cruzamos con él.

—Preciosa —respondí un tanto mordaz sin parar de subir las escaleras.

Estábamos a punto de escapar de aquella estrechez cuando escuchamos un grito.

—¡Deténganse! ¡Vuelvan aquí! —dijo encolerizado el guía.

Seguimos avanzando como si aquello no fuera con nosotros. Parecía que el orondo señor se había percatado de que habíamos forzado la puerta del pudridero. Lugar prohibido entre los prohibidos.

Conforme avanzábamos por la nave los gritos aumentaron en intensidad y furia, por lo que nuestro paso rápido se convirtió en carrera desesperada hasta acercarnos al coche. Pero todo nuestro esfuerzo por escaquearnos se vino abajo cuando los dos fornidos matones que nos habían acosado en Madrid nos cortaron el paso.

Mi pecho dio un vuelco.

Los dos matones nos invitaron a acompañarles hacia el ostentoso Maybach, que esperaba apenas a cincuenta pasos de nosotros. El mundo se me vino abajo.

Fran caminaba junto a mí. Estábamos perdidos. Sin duda el señor González nos había seguido hasta allí y nos había atrapado como a ratones. Me inquietaban los acontecimientos que seguirían a aquello, pues tenía la firme intención de no entregarles nada por las buenas. Temí que tal vez fuera el final.

De pronto un tropel de turistas japoneses nos abordó. El guía de ojos rasgados agitaba con energía una banderita multicolor a la que su rebaño seguía dócilmente. En unos segundos nos encontramos rodeados de un centenar de personas. Fran tiró de mi brazo con fuerza e hizo que corriésemos entre la multitud. Durante un breve instante los dos matones se quedaron boquiabiertos ante nuestra repentina carrera.

Fran y yo escapamos sorteando a cada uno de los japoneses mientras los dos hombres nos seguían, apartando violentamente a los turistas.

Una señora mayor, a la que uno de los matones había dado un soberano empujón, empezó a gritar y desenfundando un paraguas color naranja comenzó a golpearlos con furia. Los demás miembros del grupo se sumaron al ataque y los dos quedaron atrapados entre una multitud colérica, armada con poderosos bolsos y sombrillas. No pudieron evitar que una terrible lluvia de cachiporrazos arreciara sobre ellos.

Fran y yo no paramos de correr hasta alcanzar el Ford.

Al subir al coche vimos como el Maybach negro recogía los restos maltrechos de los dos hombres, que ahora cojeaban y maldecían a los japoneses mientras se dirigía hacia nosotros a gran velocidad.

Fran aceleró.

—Es una lástima que no podamos detenernos a degustar los deliciosos espárragos que cocina mi amigo Martín en su restaurante junto a la casita del Príncipe —bromeó, pero no pude sonreír pues tenía demasiado miedo.

Nuestro Ford parecía comerse la angosta carretera bordeada de espesa vegetación, sin embargo no lográbamos deshacernos del coche del señor González, que cada vez se acercaba más, aunque sus dimensiones hacían que se moviese con más lentitud.

Fran miraba preocupado por el espejo retrovisor.

Tras una curva muy pronunciada, Fran frenó en seco. Mi cuerpo se abalanzó hacia delante con violencia y, de no ser por el cinturón de seguridad, me como el salpicadero.

—Lo siento —dijo Fran apurado, mientras giraba el volante con brusquedad.

El vehículo se internó en uno de los numerosos caminos de tierra que cruzaban la carretera. Esperamos durante unos segundos, agazapados entre la espesa vegetación, y en un instante vimos pasar el Maybach a toda velocidad, sin percatarse de que nos habíamos detenido.

Fran contó hasta quince mirándome y dando graciosos golpecitos al volante. Cuando el Maybach se encontraba lo suficientemente lejos, según su original criterio, nuestro coche se incorporó a la carretera en dirección contraria.

—Que nos busquen en Ávila. Nosotros vamos a Madrid, ¿no? —dijo y se echó a reír.

En media hora estábamos en la ciudad. Dejamos el coche en el garaje del apartamento y, sin tan siquiera subir, llamamos a un taxi.

—¿Dónde vamos? —le pregunté desconcertada.

Fran me rodeó por los hombros y me susurró al oído:

—Supongo que esto compensará lo del balcón.

Le miré a los ojos y me hizo sonreír.

—Sí, supongo que sí —respondí. Era evidente que sin su ayuda estaría ahora en manos del señor González.

—Pues confía en mí.

Por un momento creí estar escuchando en su voz a James y, sin querer, se volvió a instalar en mi pecho la ya conocida sensación de melancolía.

# Capítulo 20

El taxi se detuvo enfrente del gigantesco pórtico dórico de El Prado. La estatua negra de Velázquez nos recibió con un guiño, y por un momento quedé petrificada observando la monumentalidad del edificio.

—Tienes que ver esto —dijo Fran arrastrándome a través del jardín hacia la entrada del museo.

Recorríamos las salas frenéticamente. Yo intentaba retener en mis retinas todas esas obras que tantas veces había visto en los libros y en internet; sin embargo Fran no me lo permitía. Avanzaba a pasos rápidos y me empujaba del brazo con un entusiasmo infantil.

—Mira —dijo al fin y se detuvo enfrente de un cuadro.

—¡*El jardín de las delicias*!

—El mismo que tenía colgado Felipe II en su dormitorio de El Escorial hasta el día de su muerte —señaló con solemnidad Fran.

Entonces recordé la carta de James. «Si lo consigues ve al siguiente paso, no sin antes contemplar el todo en la obra que pendió sobre la cabeza de Felipe II hasta el día de su muerte». Fran se había empleado a fondo. Era un hacha.

Era un cuadro maravilloso. Pese a que El Bosco lo había pintado hacía más de cinco siglos, continuaba conservando intacto el misterio de su significado. Miles y miles de estudiosos a lo largo del tiempo habían examinado sus trazos, figuras y símbolos. Cada uno lo interpretaba de un modo y a cada uno le sugería un significado; pero nadie, excepto su creador, conocía el verdadero mensaje que ocultaba.

—Es una de las obras más enigmáticas de la historia del arte —dijo Fran mientras yo, extasiada, contemplaba aquel abigarrado cúmulo de figuras imposibles en actitudes nada ortodoxas.

—Las tres tablas representan la creación —dije.

Fran sacó su iPhone.

—Así es. Y si se cierra el tríptico está representado en grisalla el mundo el tercer día de la creación, justo cuando Dios ordenó que se creara la vegetación; dentro de una esfera de cristal para representar, tal vez, la fragilidad de lo creado. Por eso cuando se abre se puede ver todo el colorido que la creación encierra. A la izquierda, el paraíso; en el centro, el jardín de las delicias; y a la derecha, el infierno.

—Pareces muy enterado —dije ante el alarde de sapiencia que estaba desplegando mi amigo Fran.

—Ventajas de la tecnología.

Pensé que era cierto. La especie humana jamás había estado tan cerca de la sabiduría global. El ideal renacentista parecía ahora materializarse.

—Creo que James quiso que viniéramos hasta aquí para ver algo que a primera vista se pasa por alto —dijo.

—Con esta obra, muchas cosas se pueden pasar por alto —respondí convencida, pues aquella obra era tan colosal como difícil de interpretar.

Según la información que me facilitó Fran, los estudiosos consideraban que era una obra con intención moralizante y exponía en imágenes el declive de la humanidad. Como tres viñetas de un cómic, mostraba en la tabla derecha el mundo ideal, donde Dios obsequia al hombre primigenio y a su compañera de andanzas un lugar paradisíaco. Un pequeño pozo en primer plano del que surgen todo tipo de animales, en el centro una caprichosa fuente de cuatro caños que asegura calmar la sed, tras ellos un huerto de frutales que asegura aplacar el hambre, multitud de bellos animales y dos árboles muy significativos: a la izquierda de las figuras, en su mismo plano, el que los expertos han identificado como el árbol de la vida, y a la derecha, en un plano posterior, el árbol de la ciencia, alrededor del tronco del cual la serpiente retuerce su cuerpo.

En la segunda viñeta, la tabla central. Su anchura es el doble que cada una de las laterales y representa la humanidad, que ha caído en el pecado de la lujuria, origen de los demás pecados según la moral medieval. Clasificar aquella pintura de erótica pudiera parecer demasiado suave; era de una desgarradora pornografía tan atrevidamente escandalosa que costaba trabajo pensar que había sido concebida en una de las épocas más puritanas de la historia. Un enjambre de cuerpos desnudos retozando, amando y gozando entre frutas de madroños y vegetales de formas excéntricas; personas desnudas, pieles blancas y negras, sugiriendo un arcaico estilo Tunick, entrelazadas en una fantasía imposible. En el centro una fuente vivificadora.

Y en la tercera, el infierno; oscuro, terrible y sangriento. Plagado de monstruos depredadores y defecadores de hombres, instrumentos musicales convertidos en artefactos de tortura, fuego, hielo y atrocidad.

En aquella sala ocre pavimentada de mármol solo un ligero cordón nos separaba de la pintura. Fran me miró:

—¿Qué crees que puede ser?

Me encontraba extasiada, observándola con detenimiento. Había tantos detalles que mareaba querer fijarte en todos.

Levanté los hombros.

—No sé si esto nos lleva a algún sitio —le respondí, aún absorta en los detalles de la obra.

—Tiene que haber alguna relación. James señalaba en su carta el monasterio, el manuscrito y la pintura. Debe existir una relación entre los tres. Algo que nos dé la pista del siguiente paso.

Fran se sentó en el banco situado enfrente de la pintura. La sala estaba vacía. Solo nosotros dos y los trazos de El Bosco. Estuvimos en silencio largo rato.

—Creo que lo entiendo —anunció, precavido, Fran.

—¿Lo entiendes?

—Fíjate bien, lo tenemos delante. Es más sencillo de lo que parece. La esfera es la figura geométrica más repetida en el cuadro. Tal vez tenga algún significado.

—Creía que, según la leyenda, las piezas eran sólidos platónicos. La esfera no es un sólido platónico —objeté.

—Todo encaja. El Bosco representó en las cubiertas del tríptico a la tierra el tercer día de la creación. Tres días, tres cuadros y la inscripción del salmo 33, dos veces 3: *Ipse dixit, et facta sunt, ipse mandavit, et creata sunt*.

«Él lo dijo y todo existió, él lo mandó y todo fue creado», traduje mentalmente.

—¿En qué estás pensando? —le pregunté.

—Aristóteles decía que lo corpóreo no tenía cabida sino dentro del número 3, todo es determinado por la trinidad, ya que el principio, el medio y el fin son el número del todo: del tres. Es el número perfecto, la imagen sensible de la divinidad. Y la divinidad tradicionalmente se representa como la esfera. Lo dijeron Jenófanes, Parménides... el propio Platón en el

Timeo decía que la esfera era la figura geométrica más perfecta, porque todos sus puntos equidistan del centro.

—Sí, pero...

—Es la forma omnipresente en el mundo físico, es la figura que presenta una superficie externa menor para igual volumen. Las gotas de lluvia, los frutos, las pompas de jabón...

Fran estaba desvariando. Parecía que un cúmulo de ideas tan intrincadas como las propias imágenes del cuadro se había apoderado de él.

—La escuadra y el compás, los instrumentos del gran geómetra —exclamó pomposo.

—¿Qué quieres decir? —pregunté alzando la voz, desesperada ante aquel acopio de despropósitos.

—Julia. Lo tenemos. El Bosco representó la esfera, el huevo hermético, el símbolo de la coniunctio, las bodas sagradas del sol y la luna, del azufre y del mercurio, que deben parir el oro de los filósofos.

—¿Es posible que el cuadro sea la clave? —pregunté desconcertada.

—Lo es. No tengo ninguna duda. James lo vio, se dio cuenta de que Felipe II, el rey alquimista, sabía que en ese cuadro estaba la clave para seguir la búsqueda del puzle cuya pieza custodió hasta su muerte. Por eso su obsesión por el pintor. Sabía que él le mostraba que su propósito no era quimérico, no era un loco aislado que custodiaba en soledad una pieza sagrada que representaba la búsqueda de la verdad, había más piezas, más lugares, más locos...

—¿Pero dónde buscarla? ¿Dónde están las otras? Debe de haber algo más.

Permanecimos en silencio observando aquel cuadro. Fran tenía razón, la obra de El Bosco era toda una enciclopedia de símbolos alquímicos: esferas transparentes donde seres desnudos se abandonan a los placeres carnales, símbolo de la unión del azufre y el mercurio; un hombre que separa enérgicamente sus piernas en forma de Y griega, simbolizando el nacimiento de la piedra filosofal, el andrógino; el agua mercurial, donde las figuras realizan el coito; el huevo como atanor donde se realiza la Gran Obra; el fuego, que representa la fuerza erótica que debe ser excitada y dominada; el alambique de la fuente de la juventud; figuras blancas y negras, representaciones de las operaciones alquímicas de putrefacción y purificación... todo allí delante de nosotros, todo a la vista, pero bien custodiado.

Salimos de El Prado con una sensación agridulce. Habíamos averiguado algo muy importante: en aquella pintura estaban representadas todas la operaciones alquímicas, todos los elementos: tierra, fuego, agua, aire y el mismo universo. Todas las piezas estaban allí; sin embargo, dónde debíamos de buscarlas era aún un misterio.

—Nos merecemos un descanso —dijo Fran mientras caminábamos de vuelta. Luego paró un taxi y dio al taxista una orden muy clara—: A la Plaza Mayor.

—¿Vamos a buscar allí una pista? —pregunté.

—No, solo alimento —dijo sonriendo.

# Capítulo 21

Una gran jarra de cerveza y un rebosante plato de lo que dijo Fran que se llamaban callos a la madrileña, y que me ordenó que mojase con pan, hicieron volver a mis mejillas los colores.

Llevábamos todo el santo día de aquí para allá, un sobresalto tras otro, una revelación tras otra... y ahora, tras terminarme la segunda jarra de cerveza, empezaba a preguntarme qué pintaba yo en aquel embrollo. Nunca me gustaron los misterios ni los enigmas, James lo sabía. Le había dicho que creía firmemente en la ciencia, y todo aquello estaba alejado de mis principios. James era un embaucador, veía conexiones fantásticas donde yo solo veía nexos lógicos. Deducción, inducción, los dos únicos principios lógicos del pensamiento; y James me hablaba de transmutación, de paradigmas alquímicos trasnochados y quimeras del pasado salidas de la ignorancia.

James lo sabía. No me gustaban los misterios, solo me gustaba él y ahora, tras la tercera cerveza, le echaba de menos más que nunca.

Me levanté del sillón de aquella terraza de una taberna de la Plaza Mayor, donde había ingerido los callos y las tres jarras de cerveza. Necesitaba ir al baño con urgencia y cogí mi bolso.

—¿Dónde vas? —dijo Fran.

—Al servicio.

—¿Con tu bolso? —preguntó, divertido al ver cómo me tambaleaba.

—Las mujeres nunca nos desprendemos de nuestro más preciado tesoro —le dije mostrándole el pequeño neceser que tenía en su interior mi maquillaje.

Fran se rio y su mirada volvió a iluminarse. Una mirada muy seductora sin lugar a dudas.

No nos atrevimos a volver al apartamento. Teníamos miedo de que el señor González hubiese descubierto nuestro escondrijo. Lo lamenté. Toda mi ropa se encontraba allí. No sé qué haría sin ella.

Fran me llevó a un aparthotel situado en la zona financiera de la ciudad. Antes pasamos por unos grandes almacenes y me compré algo de ropa.

Nos dieron un estudio y cuando entramos Fran me invitó a pasar primero al baño. Se lo agradecí, necesitaba una ducha con urgencia. El agua caliente terminó de liberar mi mente. Debía de haber algo que había pasado por alto. James tenía algo más que decirme; sin embargo, ¡estaba tan cansada!

Salí del baño ataviada con un camisón de algodón que había comprado minutos antes. En el iPhone de Fran sonaba Bublé. Sin duda era un fanático del cantante.

Fran sonrió al verme y pasó al baño.

—Cuando salga me cuentas dónde tienes escondido el pergamino —me dijo en un tono travieso.

El apartamento constaba de dos estancias separadas por unas puertas correderas y un baño. En la habitación más grande había una mesa con dos sillas, una pequeña pero funcional cocina y un sofá. Los muebles eran sencillos y modernos.

Me senté en el sofá y saqué mi teléfono, ahí estaban las fotos del manuscrito de El Escorial.

Y, una vez más, me sorprendí... En las líneas del manuscrito que James me había señalado en su carta había una retahíla de números: 2535231134341543311541321542.

Esa era la nueva clave, la que debía de descifrar si quería saber dónde buscar. Los observé con detenimiento y empecé a hacer conjeturas. Se trataba de un número de cifras par, que comprendían del 1 al 5. James me lo había puesto sencillo aquella vez, él mismo me había entrenado para descifrar cualquier tipo de código, y para el examen me ponía la pregunta fácil. Reconocí al instante que se trataba de coordenadas del código de Polibio, un código monoalfabético inventado en Grecia.

Se trataba de dibujar un cuadrado de cinco por cinco e ir escribiendo el alfabeto latino por orden. Había truco, la K y la Q ocupaban el mismo lugar. Una vez dibujado el cuadrado y colocadas las letras, descifrarlo era solo cosa de niños. Cada par de cifras eran las coordenadas de la posición de una letra. Allí había un nombre:

25: J
35: O
23: H
11: A
34: N
34: N
15: E
43: S

31: K

15: E

41: P

32: L

15: E

42: R

¿Kepler, el astrónomo? Me sorprendí, y al momento apareció en mi mente la imagen de su modelo planetario. Lo había visto hacía poco, justo dibujado en el cuaderno de James. Frenéticamente busqué entre sus páginas, y allí estaba: una gran esfera en la que estaban insertados los planetas, representados como sólidos platónicos. Ese era el nexo, sin duda. Su modelo quería probar que las distancias de los planetas al sol venían dadas por esferas en el interior de poliedros perfectos. Y entonces lo vi claro.

Las puertas del baño se abrieron de pronto y Fran irrumpió en el salón con una toalla de baño liada a la cintura. Me sobresalté por un momento al verlo con el torso desnudo, y me pareció que estaba realmente sexi. Pese a lo atractivo que era, no creí que fuese prudente aún desvelarle lo que había descubierto; de hecho, si seguía las reglas de James tal vez no debería decirle nada. A aquellas alturas, ni tan siquiera estaba segura de querer seguir con el juego que había diseñado James.

Fran, ajeno a mis pensamientos, empezó a vestirse con un pijama también recién estrenado. Yo aproveché para guardar las cosas.

En el iPhone de Fran, Bublé cantaba «At this Moment» y él se sentó muy cerca de mí.

—¿Me vas a contar ya dónde tienes el pergamino?

—¿Quieres que te lo cuente ahora? —respondí con una pregunta intentando escabullirme de la respuesta.

—¿No crees que sea este un buen momento?

—No. No es eso. ¿Para qué quieres saberlo?

—No sé. Creía que estábamos juntos en esto —dijo.

—¿Crees que vale la pena continuar?

Fran me miró sorprendido.

—¿Por qué preguntas eso?

—Ya ves cómo terminó James. Ese pergamino absurdo ha sido su perdición. No sé si vale la pena.

No me respondió.

—Es triste que se muera un amigo. Una sensación de vacío te invade las entrañas y una punzante quemazón se te instala en los pulmones —dije con amarga sinceridad.

Era lo que sentía todo el tiempo. Cuando miraba a Fran, cuando hablábamos, cuando respiraba.

—Es triste, sí. Pero debemos aprender a perder. Nacemos solos y morimos solos. Debemos aprender a vivir con eso.

Hice una mueca de tristeza, aquellas palabras no eran nada reconfortantes; sin embargo encerraban toda la verdad.

—Seguro que James se sentía afortunado por haber encontrado un amigo como tú —dije mirándole con ternura.

—Sí. Y también como tú —aseguró. Luego, tras acariciarme la mejilla, me besó y sus labios me recordaron a James.

Sonaba Hold On, yo estaba desconcertada, sus manos rozaban mis senos y dejé que mi melancolía se ahogara en un beso hondo. Sus labios me buscaban una y otra vez. Recordé a James y una de sus manos se deslizó por debajo de mi camisón. Me gustaba cómo me tocaba. Sus dedos fluían entre mis muslos; pero de pronto se encendió en mi cabeza una chispa de alarma y lo aparté con brusquedad. Por mucho que quisiera no era James.

Me puse tensa y a punto estuve de decirle algo desagradable. Fran se limitó a sonreír de manera tímida, un poco avergonzado.

—Lo siento, no estoy preparada —dije levantándome del sofá y apartándome el pelo de las sienes con ambas manos.

Por un momento, en los brazos de Fran, había experimentado un ciclón de deseo que me había hecho sentir una quemazón húmeda. El corazón me galopaba a cien, notaba mis pezones erectos y una perturbadora opresión en la parte inferior del abdomen. Mi mente estaba nublada, había confundido sus caricias con las de James y eso dolía.

—Más lo siento yo. No debí... —dijo agachando la cabeza con una mirada de contrariedad.

Se produjo un silencio incómodo.

Me dirigí hacia la habitación para escapar de aquel trance, pero Fran se levantó del sofá y me siguió.

—Siento mucho lo que ha pasado. Lo de James es aún muy reciente y comprendo que no estés preparada. Pero creía que lo vuestro ya había acabado hace tiempo.

—¿Por qué dices eso? —dije girándome de manera violenta.

Con una mirada desarmada levantó los hombros y salió de la habitación.

Me senté en la cama y hundí la cabeza entre los codos. Fran había dicho aquello porque sabía que James me había olvidado. Las fotos que Peter me enseñó junto a aquella atractiva pelirroja, la confirmación por parte de la casera de sus visitas... Todo este tiempo había estado evitando el momento. No podía culpar a James de que buscase otro camino, porque era consciente de que yo misma lo propicié. Sin embargo tenía la ilusión de que todo fuese un malentendido, pues aún resonaba en mi mente su despedida en el primer e-mail: «Solo confío en ti. Te querré siempre». No podía recordarle en los brazos de otra chica. No era lógico y me mortificaba la idea. La verdad es que él me quería tanto como yo a él. Esa era la única verdad que yo toleraría, y consciente de eso noté cómo las lágrimas humedecían mis antebrazos.

Fran volvió a entrar en la habitación.

—Creo que estás enganchada a James. Estás priorizando sus intereses a los tuyos. Debes de liberarte de él. Nunca serás feliz si no lo haces.

Su voz sonaba grave. Sus ojos negrísimos me miraban con rigidez.

—¿Tú crees? He visto unas fotos de esa chica pelirroja tan atractiva que estaba con James. La portera me confirmó que lo había visitado varias veces y en algunas ocasiones contigo —dije con mirada desafiante.

Hubo un largo silencio.

Fran se sentó a mi lado y me cogió de las manos.

—James te quería a ti. De eso no debes de tener ninguna duda. Compartimos muchas copas y un día bebió más de la cuenta y se sinceró. Me contó lo que había pasado entre vosotros. Decía que te había traicionado, estaba muy arrepentido por no haber luchado para que vinieses con él. Me dijo que se dejó llevar por su pasión por el trabajo y no supo priorizar. Tenía la esperanza de que tú lo perdonaras.

Le lancé una mirada huidiza. Lo que me estaba contando me hacía daño.

—Esa chica pelirroja se llama Clara. Es mi hermana. No tuvieron nada importante. Debes de creerme.

—¿Tu hermana?

—Medio hermana en realidad. Mi madre murió cuando yo tenía quince años. Mi padre es militar. Una persona muy estricta y con un sentido del deber muy férreo. No habían pasado aún cuatro meses de la muerte de mi madre cuando metió en mi casa otra mujer. Debes de imaginarte cómo me sentó. Tenía diseñado para mí un futuro castrense que le llenara de orgullo y trofeos. Me declaré antimilitarista y nada más cumplí los dieciocho me largué de casa. Clara tenía apenas dos años. El contacto que tengo con mi padre se limita a la cena de Navidad. Viven en Bilbao y hace un par de años me mandó a Clara para que la vigilase mientras estudia aquí en la Complutense. Ha salido incluso más díscola que yo. Creo que el viejo no puede dormir por la noches pensando en ella, y bien merecido que lo tiene. Es lo que suele pasar cuando aplicas procedimientos marciales con la gente a la que tienes que querer. Suelen montarte una rebelión.

Sonreí al escucharlo hablar así de su familia.

—Ella vive en el apartamento en el que estuvimos anoche. Tiene la costumbre de aparecer por mi casa o por mi despacho de la universidad cuando le apetece y flirtear con mis amigos. Creo que lo hace para fastidiarme. Debes creerme, ella y James apenas estuvieron saliendo un par de semanas. Ella es muy joven y James te quería a ti. Esa relación no podía fructificar.

Me derrumbé y lloré.

—Debes superar la muerte de James. Él te quería y murió con la esperanza de que le perdonases. Clara no debe de enturbiar el recuerdo que tienes de él.

—Es difícil —dije secándome las lágrimas.

—Pero debes hacerlo. Él estaba metido en algo peligroso que le costó la vida. Debes valorar si vale la pena continuar o pasar página. Por mucho que sufras James jamás volverá.

Fran me abrazó y sentí, como si me desgarraran por dentro, una melancolía tan corrosiva que no me permitía respirar.

—Si decides abandonar lo que sea que James lleva entre manos, si quieres puedes quedarte una temporada aquí en Madrid. Tal vez eso te ayude a olvidar —dijo mientras me besaba la sien y por un momento deseé que así fuera.

No sé cuánto tiempo estuve abrazada a Fran, pero antes de que amaneciese me encontré sola en la cama. Había sido un día agotador seguido de una noche también agotadora y tenía sed.

Fui en busca de mi bolso, necesitaba un pitillo. Solo fumaba en ocasiones especiales, y aquella noche se cumplían las expectativas.

El cuerpo de Fran yacía abandonado de manera insolente sobre el sofá.

Al abrir el bolso me di cuenta de que mi móvil emitía unos destellos intermitentes. Miré el reloj, eran las cuatro de la madrugada. Alguien, en plena noche, me había enviado un mensaje y para leerlo necesitaba de un password.

Por un momento dudé si introducir el código y seguirle el juego a James o destruir el mensaje y renunciar a aquella locura.

Tras una breve, pero profunda, reflexión me decidí. Jamás me perdonaría no cumplir los últimos deseos de James. ¡Le había querido tanto! Era consciente de que aún no había digerido su muerte, me parecía que en cualquier momento aparecería ante mí y me acariciaría el rostro con su mano.

Sin pensarlo más introduje el código y, por arte de la criptología moderna, apareció ante mí aquello.

Una vez más, James se había lucido.

En silencio recogí mis cosas y abandoné de inmediato el apartamento.

# Parte VIII: Ignis

## Capítulo 22

Madrid a aquellas horas empezaba a despertar. Cogí el metro y me dirigí hacia el aeropuerto. No tenía nada más que hacer en aquella ciudad.

En el mensaje que abrí en plena madrugada había una entrada para un concierto, ese mismo día a los ocho de la tarde. No sabía muy bien qué me esperaba allí, sin embargo estaba decidida a asistir.

Volé con una compañía checa y en apenas tres horas aterrizamos en Ruzyne. Durante el vuelo pensé en Fran. Tenía que haberme despedido, pero tenía miedo. Él mismo se dio cuenta, me enganchaba muy pronto a las personas y cuando eso ocurría priorizaba sus intereses y no los míos. Si no hubiese salido sin despedirme, tal vez me habría quedado con él para siempre; y para siempre, dado mi estado de ánimo, era demasiado tiempo.

Un taxi me llevó a la ciudad en treinta minutos. A mediodía ya estaba instalada en un moderno hotel cerca de la

Plaza de la Ciudad Vieja de Praga, y nada más dejar mi escueto equipaje en la habitación salí a tomar un bocado. Tenía tres llamadas de Fran. No le contesté. Había decidido no despedirme de él.

Me senté en la terraza de un pintoresco restaurante situado en los soportales de la plaza, que curiosamente llevaba nombre español. El restaurante estaba justo enfrente del reloj de la torre. Me sirvieron una gran jarra de cerveza checa, aceitunas aliñadas, unas tostas con queso manchego y jamón ibérico. Estaba aún aclimatándome al cambio geográfico y me pareció divertido seguir con mi dieta de comida española.

Lucía un tímido sol y hacía frío. Un camarero me acercó una estufa al ver cómo tiritaba. Se lo agradecí.

La vista desde la terraza era impresionante. A la derecha, tras una fila de coloridas fachadas asomaba la Iglesia de Nuestra Señora de Týn. Los tejados puntiagudos de los dos campanarios simétricos que parecían sacados de un cuento infantil se elevaban sublimes hacia el cielo. A la izquierda, a tan solo unos pocos metros de mí, la torre de piedra del Ayuntamiento con el reloj astronómico más famoso del mundo. Dos esferas que marcaban el ritmo de aquella ciudad.

Faltaban apenas cinco minutos para que fuesen las cuatro de la tarde. El camarero me sirvió un caliente y reconfortante café, y una manada de turistas ataviados con innovadoras cámaras de fotografiar se agolparon enfrente del reloj tutelados por un guía que hablaba perfectamente el inglés.

Tomé el café a pequeños sorbos, y el reloj sonó tal y como el guía estaba explicando al nutrido grupo de turistas:

La muerte, representada por una calavera, tiró de una cuerda con la mano derecha, en la que llevaba una campanilla, mientras que con la mano izquierda hacía girar un reloj de arena y movía la cabeza de arriba abajo. Se abrieron dos ventanas situadas en la parte superior y comenzó el desfile de los doce apóstoles, encabezado por san Pedro.

A la derecha de la muerte estaba representado el Turco, símbolo de la lujuria, que también movía la cabeza mientras tocaba una especie de laúd; al otro lado de la esfera, una figura que representaba la vanidad se afanaba en mirarse al espejo junto a un anciano usurero, símbolo de la codicia. Cuando terminó el desfile de apóstoles se cerraron las ventanas, el gallo cantó y el reloj marcó las cuatro.

El guía había explicado que, según la leyenda, los concejales que encargaron aquel reloj, allá por el siglo XV, dejaron ciego al maestro relojero para que no pudiese diseñar otro igual en ninguna parte del mundo.

«Sacrificios de la exclusividad», pensé cruelmente.

Pagué y tras dar un pequeño paseo por las callejuelas de la ciudad vieja volví al hotel.

Me tendí sobre la cama. Revisé el móvil y comprobé que durante la mañana Fran me había llamado otras tres veces y me había dejado un par de mensajes de texto que no abrí. Pensé en Fran, en el señor González... y en James. Todo sería más fácil si él estuviese aquí. Sin duda algo muy importante le había llevado a enrolarme en aquel juego que aún no era capaz de entender.

Según todos los indicios, la alquimia había sorbido sus sesos, y no era el único loco detrás de aquella quimera. Los misteriosos custodios de El Escorial, el señor González, incluso Fran, todos parecían saber que James había descubierto algo muy valioso. Pero a mí, pese a todo, me parecía absurdo. No entendía cómo una leyenda podía ser tan cara, hasta tal punto que costase la vida. Estaba rabiosa y agotada, y me quedé dormida.

Cuando desperté eran las seis y media de la tarde y llovía. Me vestí para ir al concierto. James había encargado a

163

alguien que me enviase precisamente eso: una localidad para asistir a un concierto. Ese era el siguiente paso.

James era así y yo estaba decidida a seguirle.

# Capítulo 23

En Praga conducían como locos. Los peatones corrían por los pasos de cebra cuando el semáforo les permitía cruzar a ritmo de perturbadores pitidos intermitentes, mientras los conductores acechaban calentando los motores de sus coches de gran cilindrada para acelerar al microsegundo de cambiar el color del semáforo. Existía un gran contraste entre la serenidad casi contemplativa de los paseos por las zonas peatonales de la ciudad vieja y la violenta circulación de las grandes avenidas. No quise imaginar cuántos atropellos de peatones se producirían al día en aquella ciudad.

El taxista que me llevaba, un hombretón de cara cuadrada y pelo claro, no era una excepción. Los furiosos acelerones hacían que me tambalease de un lado al otro en el asiento trasero.

Por suerte llegamos pronto a un entramado de calles estrechas, al otro lado del Moldava, que le impidió seguir con su frenética carrera.

Me apeé enfrente de dos sólidas torres cuadradas de piedra que enmarcaban dos esbeltas puertas ojivales culminadas con sendos pináculos; y al centro una pequeña hornacina que albergaba la imagen de la Virgen abrazando al Niño, coronada por la cruz de los caballeros de Malta. Ni rastro de cadenas, pese a que la iglesia llevaba por nombre Nuestra Señora de la Cadena.

Nada más poner los pies en la calle advertí que, aunque había parado de llover, no había sido buena elección calzarme con mis tacones. El empedrado de las calles, pese a mi pericia, hacía imposible andar con elegancia. De todos modos ya era demasiado tarde.

Crucé las puertas de la fortaleza y accedí a un pequeño patio rectangular por donde discurría un sendero que se abría paso entre una cuidada vegetación.

Un grupo de personas, de aspecto heterogéneo, aguardaban a que empezase el concierto.

«Atalanta Fugiens» de Michael Maier se anunciaba con un gran cartel ilustrado con una sugestiva imaginería.

—Esto promete —pensé mientras me acomodaba en uno de los bancos de la iglesia.

Y así fue. Aunque la organización había hecho un meritorio esfuerzo, un cuarteto de viola de gamba, clave, flauta barroca y violín interpretaba el canon de cincuenta fugas a contrapunto y un trío de voces entonaban sus versos en latín escritos a modo de epigramas mientras en el altar se proyectaban los emblemas con los que se ilustraban cada una de ellas, no pude evitar echar una cabezadita.

Hora y media de tostón barroco aderezado con ilustraciones fantásticas donde aparecían dragones que se mordían la cola, ángeles que sostenían vasos de vidrio, hermafroditas, figuras humanas con cabezas de sol y de luna, leones plumados, un hombre a punto de partir un huevo con una espada... todo ello me provocó un sopor tan profundo que se confundía con extrema facilidad con el sueño. Me sentí un poco culpable al pensar que si con todo aquello James pretendía lanzarme un mensaje, andaba lista.

Al fin terminó el concierto, del que pude sacar en claro que tenía como telón de fondo la mítica fuga de Atalanta, que simbolizaba la rebelión de una mujer más atraída por la caza que por el amor y que accede casarse con quien le gane una carrera, mientras que el pretendiente que no logre vencerle pagará su derrota con la muerte. Hipómenes, que desea casarse con Atalanta por su belleza pero teme por su vida, pide ayuda a Venus, y esta le obsequia con tres manzanas de oro. En plena carrera Hipómenes deja caer una a una las manzanas de oro, y Atalanta cae en la trampa agachándose a recogerlas, por lo que Hipómenes toma ventaja y sale vencedor. Los dos amantes entran en el templo de la diosa Cibeles para entregarse. Esta, al verlos, siente envidia y los convierte en león y leona para tirar del coche en el que ella se pasea.

En el programa que nos facilitaron en la entrada explicaba un resumen de la obra de Maier. Decía que la compuso a principios del siglo XVII y en ella se conjugaban a la vez los tres sentidos más espirituales: la vista, el oído y la inteligencia misma.

Lo dicho, un magistral tostón de casi hora y media; y mi cara parecía delatar aquella perversa pero personal apreciación.

—¿No le ha gustado? —preguntó una voz masculina con un inglés teñido de un fuerte acento checo.

Me giré sobresaltada. No esperaba que nadie se fijase en mi cara de aburrimiento.

—Perdone, ¿nos conocemos? —le dije cortante a aquel estirado entrometido vestido de gala.

—Disculpe, me llamo Karel. Soy el violinista del cuarteto, y no he podido evitar observarla mientras dormía.

Aquellas palabras habían sido un duro revés para mi pretendida erudición.

—No. De ningún modo. Me ha encantado, pero he llegado hoy mismo a la ciudad y el cansancio me ha jugado una mala pasada —dije avergonzada.

Karel se rio.

—No se preocupe. No es necesario que se disculpe. No es la primera vez que alguien se duerme escuchándonos.

Y, aunque no me extrañaba, me resultó un tanto embarazoso.

—¿Es usted americana?

—Sí —afirmé aún ruborizada.

—¿No se llamará usted Julia Robinson?

—Así es, pero ¿cómo sabe mi nombre? —dije desconcertada.

—Estaba esperándola. James me encargó que le enviase unas entradas para el concierto, y dijo que vendría hoy.

—¿James? ¿A usted? —pregunté sin salir aún de mi asombro.

—Si espera a que me cambie le invitaré a una cerveza y se lo explicaré todo.

Otra vez James. El día de su muerte parecía que había estado muy ocupado.

Vestido de paisano, Karel no me pareció tan estirado. Era alto, joven, guapo y de cejas tan claras que parecían transparentes.

Estábamos solo a unos pasos de la Isla de Kampa. Pasamos por enfrente del muro donde miles de seguidores de John Lennon habían dejado grabados sus nombres y cruzamos un pequeño puente junto al cual giraba una rueda de molino.

Nos sentamos en una terraza y nos sirvieron unas enormes jarras de cerveza tan doradas como los cabellos del violinista. Tras tomar unos sorbos abordé, sin más rodeos, a mi interlocutor:

—¿Me puede explicar de qué conocía a James?

—¿Conocía? —preguntó extrañado.

—Sí, ¿de qué le conocía?

—No entiendo. James está estudiando una especie de jeroglífico y me pidió ayuda a través de la universidad. Doy clases de Armonía en el conservatorio de música y estoy realizando una investigación sobre la relación entre la música y las ciencias matemáticas durante la historia.

—¿Y exactamente qué ayuda le prestó?

—¿Por qué quiere saberlo? ¿Ocurre algo? Él me facilita las filmografías de algunos manuscritos de matemáticos árabes que se conservan en España y aún no están colgados en la red; los necesito para mi investigación. De igual manera, yo le he proporcionado a él información muy variada: lugares, obras de alquimia, incluso me ha pedido opinión sobre algunas partituras musicales. Nada ilegal, se lo prometo.

El violinista hizo un gracioso ademán levantando las palmas de sus manos en señal de rendición.

—Tenían ustedes una especie de acuerdo simbiótico —bromeé; sin embargo Karel no pareció pillar la gracia.

—Algo así. Parece ser que estaba intentando desvelar el significado de una especie de jeroglífico relacionado con una leyenda.

—Sí, así era, James estaba estudiando un jeroglífico —afirmé.

—¿Ya no lo estudia? —preguntó desconcertado.

—No —respondí lo más tajante que pude.

—¿Por qué? Me dijo que había resuelto el enigma y estaba muy cerca de encontrar unas piezas que le conducirían a revelar algo muy importante.

Según parecía James había embaucado a más de uno en su inquietante juego. Aquel violinista checo de pelo rizado y con cara de efebo había sido sin duda otro de sus peones.

169

—Ahora ya no podrá —dije.

—No entiendo —dijo desconcertado.

—Ha muerto —anuncié con rotundidad y mientras hablaba un hálito amargo recorrió mi garganta.

Aquello me estaba resultando demasiado difícil. Ir tras su pista hacía que reviviese su amarga pérdida una vez tras otra. Sin embargo no podía dejarlo. Era demasiado grave lo que estaba sucediendo.

—Lo siento, ¿cómo ha sido? —preguntó impresionado abriendo unos enormes ojos azules.

—Dicen que fue un accidente, pero no estoy segura —dije afectada.

—¿No está segura de que fuese un accidente? ¿Y entonces? —preguntó confundido y yo bajé la mirada pues no podía responder. Él agregó, sorprendido—: No querrá decir que alguien pudo haberlo asesinado.

—Puede —aseveré.

Karel me miraba asombrado, y yo sentía un pesar excesivo.

—¿Y por qué? ¿Por qué cree que lo asesinaron?

—No sé. Tal vez por su investigación.

—¿Por su investigación?

—Es solo una conjetura. Ha sido todo tan precipitado y tan triste.

—Lo siento. De verdad. No nos conocíamos personalmente, pero era tanta la frecuencia con la que nos intercambiábamos correos que me era del todo familiar.

Bebí un poco más de cerveza. Necesitaba recuperarme si no quería romper a llorar.

Se hizo un breve silencio empapado de desengaño tras el cual el violinista retomó la charla. Era evidente que aquella situación lo había incomodado.

—Como le dije antes, hace días me envió un mensaje. Me pidió que le enviase una entrada para el concierto. Sería la forma en la que podríamos encontrarnos. Me pidió que cuando llegase a Praga le entregase un correo electrónico dirigido a usted y que le ayudase en todo lo que pudiese. Le respondí, preguntándole a qué venía todo aquello, pero no me contestó. Ahora entiendo por qué —dijo apenado.

El móvil sonó otra vez. Comprobé que era Fran de nuevo.

—Su móvil suena. ¿No piensa contestar?

—No, no es importante. ¿Tiene usted el mensaje aquí? —dije intentando mantener la compostura.

—Sí, lo llevo en mi iPhone. Se lo reenviaré de inmediato. De todos modos, todo esto me parece muy extraño. Es mucha casualidad que me enviase un correo justo antes de morir.

—¿Entiende ahora por qué sospecho que su muerte no fue un accidente?

El violinista me miró con los ojos llenos de duda, comenzó a trastear con su iPhone y en cuestión de microsegundos sonó el mío.

Abrí el mensaje y en él había una sola frase: *Emblema XXI*. También tenía un archivo adjunto que precisaba de una clave. «Perfecto», pensé incómoda, pues me lo habían mostrado en el concierto pero me había dormido. Así que pedí ayuda a Karel. Él era el indicado para despejarme las dudas.

—¿De qué trata el Emblema XXI en la obra que acaba de representar? —pregunté al experto.

—¿Ahora está interesada en la obra que hemos representado? Creía que le había parecido un poco aburrida —preguntó en tono simpático.

—Parece que James no está de acuerdo con mi apreciación —respondí, derrotada.

171

—Venga conmigo y se la mostraré. Vivo muy cerca de aquí —dijo mientras se levantaba para pagar las bebidas.

# Capítulo 24

Eran casi las diez de la noche y me llevó a su casa. Un pequeño apartamento situado en la parte alta de una casita de fachada verde situada en Malá Strana.

Karel me mostró el libro de Maier. Era un precioso facsímil, según me explicó, copia idéntica de la edición de 1617 de Bry, un famoso editor belga y destacado miembro de la Orden Rosacruz, en la que se reproducían los grabados originales de un tal Merian, que a la vez era yerno de Bry.

Busqué el Emblema XXI y encontré una curiosa ilustración en la que un matemático trazaba un círculo con un compás gigante sobre un muro. Me enfundé las gafas y observé con detenimiento cómo dentro del círculo había dibujado un triángulo, a su vez dentro de este un cuadrado, y dentro de este, otro círculo en el que había dibujadas dos figuras: un hombre y una mujer desnudos. En el suelo del grabado se representaban instrumentos matemáticos: una escuadra y lo que me pareció un rudimentario transportador. Detrás del matemático una hoja con apuntes de varias figuras geométricas: un cuadrado, un polígono regular de nueve lados y una estrella de seis puntas inscrita en un círculo.

*«Haced un círculo con el macho y la hembra, luego un cuadrado, después un triángulo, y haced finalmente un círculo y obtendréis la piedra filosofal»*, rezaba en latín y el epigrama continuaba: *«Que el macho y la hembra os hagan un círculo del que surja un cuadrado del mismo tamaño. Haced de este un triángulo, que a su vez forme una esfera tocando con su curva todos los vértices: entonces nacerá la Piedra. Si no comprendéis con facilidad y rapidez una cosa tan sencilla, tan grande, lo sabréis cuando comprendáis las enseñanzas de la geometría».*

Aquello me resultó muy extraño.

Al otro lado de la hoja los pentagramas y las notas musicales de la Fuga XXI.

—Tengo la grabación de la interpretación. ¿Deseas escucharla?

Y antes de que pudiese responder ya estaba sonando otra vez aquella música que, según Karel, era básica para poder interpretar el verdadero sentido de la obra de Maier.

Mientras intentaba explicarme el significado del emblema me invitó a cenar una pizza checa congelada. Aunque la pinta de aquello no me entusiasmó, accedí dejando a un lado los remilgos alimenticios.

Me sirvió un vino muy dulce y afrutado, pero muy fuerte.

—No solo de cerveza vivimos en Praga —dijo solemne.

Mientras peleábamos con aquella pizza de plástico, me contó cómo Michael Maier, médico y alquimista alemán, fue llamado a la corte de Rodolfo II de Praga. Según parece, el rey fue uno de los mecenas más grandes de su época y tenía a su servicio las mentes más preclaras del momento: Tycho Brahe, Keppler, Arcimboldo e incluso el mismísimo John Dee estuvieron a su servicio. Tal era el interés que despertaban en él las artes y las ciencias, y particularmente la alquimia, que llegó a fundar la Academia Alquimista Praguense en su castillo.

Maier, del que se dice que llegó a ser gran maestre rosacruz, tuvo contactos con Fludd y Bacon; escribió varias obras sobre alquimia y recopiló las enseñanzas de los antiguos alquimistas.

Era tanta la estima que le tenía el Emperador Rodolfo II que le nombró médico personal, secretario privado y le otorgó el título de conde.

—Todo un personaje —sentencié.

—Y un sabio —añadió Karel—. Atalanta Fugiens es considerada por los estudiosos todo un manual para elaborar la piedra filosofal, por lo que es de suponer que conocía a la perfección la gestación de la Gran Obra alquímica.

—¿Y la música? ¿Por qué es tan esencial para poder interpretarla?

—Él mismo lo dice en la introducción de la obra —dijo y me mostró el texto en el libro.

Leí en voz alta traduciendo simultáneamente desde el latín:

—«*Esto es para vuestros oídos, y hay algunos emblemas para que los tengáis ante los ojos, pero de ahí ha de sacar la razón las señales arcanas. Estos objetos son llevados a los sentidos para que, utilizados como reclamos, el intelecto recoja las preciosidades recogidas en ellos. La superficie de la tierra tiene toda clase de riquezas, y la medicina posee la de la salud: el león doble puede proporcionarlo todo en abundancia*».

Karel me miraba con los ojos muy abiertos.

—Muy esclarecedor, sin duda —dije con ironía y él rio.

—La música tiene algo de místico. Estudios científicos recientes han probado que estimula ciertas zonas de la corteza cerebral que despiertan respuestas emotivas ligadas a los estados creativos, y los alquimistas lo sabían. Era un instrumento más a su disposición.

—¿Quieres decir que alguien puede llegar a ser capaz de interpretar las señales de la obra a través de la música? —pregunté incrédula.

—Eso es lo que pretendía Maier, inducir a un estado de contemplación tal que fuese posible que los símbolos arcanos penetrasen en nuestro cerebro hasta hacerse inteligibles.

Aquello era absurdo.

—¿Me estás hablando de una especie de revelación dada por un estado de iluminación mística? —pregunté mordaz.

Karel captó mi tono.

—¡No es una locura! Las revelaciones espirituales originadas tras un estado de meditación, de rezo o como quieras llamarle es una constante en todas las tradiciones religiosas.

Levanté los hombros con resignación y le respondí sin mucho entusiasmo.

—Puede que tengas razón.

Estaba cansada, sin embargo aquella obra era tan bella y su contenido tan enigmático que me tenía atada a la silla.

—¿No tendrás otra copia? Me gustaría llevármela para estudiarla —le pedí.

Karel sonrió.

—Sabía que me lo pedirías.

Se dirigió hacia una de las estanterías que cubrían la habitación y sacó un librito.

—Esta copia la tengo para casos de urgencia. Por si acaso alguien me pide mi joya —bromeó—. Un buen amigo que conoce más que nadie en Praga el mundo de la alquimia hizo esta edición. Si quieres puedes llevártelo y devolvérmelo cuando lo acabes de examinar, también puedo pasarte la música a tu móvil, por si deseas que la magia alquímica te ilumine.

Lo ojeé con curiosidad y pensé que me valdría. En él estaban representados los cincuenta emblemas con sus correspondientes epigramas y las partituras de las fugas.

Había dejado de llover y Karel propuso acompañarme dando un paseo hasta el hotel, a lo que accedí.

Era ya tarde cuando cruzamos el puente de Carlos. Haces de luz desdibujados se ahogaban en el Moldava. Dejamos la silueta fantasmagórica del castillo tras nosotros, y nos adentramos en las callejuelas de la Ciudad Vieja. Praga de noche se llenaba de sombras espectrales que hacía que se te sobrecogiera el cuerpo.

Antes de despedirse, Karel me dijo que vendría a buscarme temprano. Quería presentarme a un amigo suyo.

Antes de subir a mi habitación pasé por el bar del hotel donde un piano y un saxo interpretaban algunas piezas de jazz. Tomé una infusión y me marché. Estaba muy cansada.

Antes de dormirme ojeé la obra y el cuaderno de James. Sin duda, entre aquella obra y las notas del cuaderno había alguna conexión y James me había conducido hasta allí porque estaba seguro de que la encontraría; sin embargo, antes de que pudiese averiguarlo me venció el sueño.

# Capítulo 25

Karel vino temprano, como me prometió. Tan temprano que ni siquiera me había dado tiempo a desayunar. Le invité a comer algo conmigo en el buffet del hotel. Yo tomé algo de fruta, un zumo, unas tostadas y un café con leche. Karel solo café.

Una pesada neblina lamía los tejados de las casas y el frío se colaba entre la ropa hasta llegar a los huesos.

Karel me llevó a casa de su amigo. Apenas con un paseo de diez minutos nos situamos frente a una fachada de piedra oscura, de la cual nacían hilos de verdín.

Una señora de mediana edad nos abrió la puerta y nos condujo a una habitación repleta de libros, en la que chisporroteaba un espléndido fuego cuya calidez agradecí. Allí nos recibió, aún en bata, un anciano. Sin duda le habíamos sorprendido al llegar tan temprano, pero lejos de molestarse nos invitó amablemente a sentarnos junto a él.

Karel nos presentó. El anciano, que se llamaba Josef, tenía el pelo cano y sus ojos de topo irradiaban una mirada inteligente que se escondía tras los gruesos cristales de unas gafas de montura de pasta.

La señora de mediana edad irrumpió en la habitación cargada de una bandeja con café, infusiones y pasteles.

Karel le explicó a Josef mi interés por conocer los secretos de la alquimia, a lo que el anciano respondió con una estruendosa carcajada.

—Muchos han sido los llamados, pero pocos los elegidos —ironizó.

Josef resultó ser un excelente narrador, hablaba un inglés perfecto. Permanecimos en aquella habitación durante toda la mañana como hipnotizados ante su relato.

Toda una galería de personajes comenzó a desfilar ante nosotros. Josef comenzó hablándonos de Rodolfo II, el rey alquimista, quien pasó su juventud entre los muros de El Escorial y que, cuando al fin fue rey, reunió a su alrededor un sugestivo elenco de pintores, científicos, sabios y músicos.

—¿En El Escorial? Eso está en España —dije sorprendida.

—Por supuesto. Rodolfo II pasó su juventud en la corte de su tío Felipe II, hermano de su madre.

—¿Entonces, les unían lazos de sangre? —pregunté.

—Por supuesto, y por partida doble. En esa época eran muy habituales los matrimonios entre primos e incluso hermanos. Rodolfo era hijo de Maximiliano y María de Austria. Maximiliano era hijo del hermano de Carlos V, por lo tanto su sobrino; y al casarse con María, hija de Carlos V, se convirtió también en su yerno. Así, Felipe II era tío de Rodolfo II al ser hermano de su madre y además primo de su padre —dijo Josef.

—¿Entonces el matrimonio de los padres de Rodolfo fue entre tío y sobrina?

—Así es. Y ahí no acaba la historia, pues posteriormente una hermana de Rodolfo, Ana de Austria, se desposó con Felipe II. Incluso el Papa, acostumbrado a esos enmarañados lazos, puso el grito en el cielo. Ahora nos parece una aberración, pero era una práctica usual en la época. Los matrimonios eran un instrumento para crear vínculos entre estirpes y mantener el poder.

—Puede entonces que la afición por la alquimia la adquiriese Rodolfo en la corte de su tío. También en El Escorial reunió Felipe a gran cantidad de alquimistas —dije intentando establecer una conexión lógica.

—Así pudo haber sido —dijo Josef—. Pero otros de su familia se dedicaron también a estos menesteres. Sin ir más lejos su otro tío, hermano de su padre Maximiliano, el archiduque Fernando II de Austria, que gobernó Bohemia desde esta ciudad, fue un conocido benefactor de las artes y un devoto practicante de las ideas neoplatónicas. Incluso el mismo Emperador Carlos V, hermano de su padre y progenitor de su madre, también fue conocido por sus vinculaciones con las artes.

—Era una familia dada a las artes alquímicas y a los matrimonios entre parientes —dije con un toque de frivolidad, sin acabar de aclarar del todo esa maraña de consanguinidades que rozaban el incesto.

Josef siguió hablando con tono pausado. Nos contó cómo Rodolfo II se ensimismó tanto en sus estudios científicos que descuidó los asuntos de Estado, hasta el punto de dejarlos en manos de delegados y consejeros que al final le buscaron la ruina.

—¿Y qué cree usted que buscaba con tanto ahínco que incluso le hizo renunciar a reinar?

—Es obvio que buscaba algo muy valioso. Si no, no hubiese invertido su vida en ello ni sacrificado su reino —respondió el anciano lanzándome una mirada misteriosa.

—¿Cree que buscaba la piedra filosofal?

El anciano se revolvió en su sillón.

—Es un tema muy controvertido. Kepler, Ticho Brahe, Arcimboldo, Maier... todos vinieron a Praga con un objetivo. Todos tenían una misión.

—¿Y cuál era la misión?

Josef se levantó del sillón con un movimiento lento, casi arrastrado. Caminó deslizando sus babuchas de fieltro por el suelo de madera oscura y tras agacharse trabajosamente empuñó el atizador y golpeó uno de los troncos hasta hacerle saltar chispas rojizas.

—Supongo que buscaban conocimiento. Eran todos unos chiflados. En realidad todos lo somos un poco, ¿no cree?

Pensé que así era. Todos estábamos un poco chiflados. Todos de algún modo buscábamos algo valioso, algo que diese sentido a nuestra existencia y completase nuestra misión.

—Un buen amigo me contó una leyenda —revelé al anciano, mientras este mojaba una galleta de mantequilla en el té.

—¿Una leyenda? —preguntó levantando la vista con interés.

—Me contó algo de unas piezas con la forma de los sólidos platónicos, que están custodiadas en diferentes lugares y juntas tienen la facultad de hacer de llave para abrir un secreto.

—¡Oh, la leyenda! ¡La vieja leyenda! —se lamentó el anciano.

—¿La conoce?

—¿Una leyenda? —preguntó Karel lleno de curiosidad.

El anciano nos miró con sus ojos de topo y suspiró hondo.

—Habéis venido por eso. Por la leyenda. ¿No es así? Ahora lo veo claro.

Su voz sonaba apesadumbrada.

—Necesitamos información. El amigo del que te ha hablado Julia me pidió que le ayudase a resolver un enigma, y creí que tú nos podrías echar una mano. ¿Hay algo de malo en ello? —protestó Karel desorientado.

El anciano se quitó las gafas y con dos dedos largos de piel traslúcida se frotó el tabique nasal. Sus ojos, sin la protección de los vidrios, parecían aún más minúsculos si cabía. Volvió a enfundarse las gafas y tensó el torso desafiante. Su mirada era ahora dura.

—Karel, escúchame bien. Esa leyenda ha sido la perdición de muchos. Si se rebusca en el lodo, tal vez puedes encontrar oro; pero el precio es alto, inevitablemente quedarás perdido de suciedad —dijo con firmeza.

Karel lo miraba con ojos confundidos. Me dio la impresión de que no alcanzaba a comprender.

—No entiendo qué quieres decir. ¿Qué hay de malo en rebuscar entre los rastros de una leyenda?

—Es mucho más que eso. Tú no lo puedes entender. Esas piezas juntas tienen el poder de desvelar un secreto tan valioso como comprometido. Según mis investigaciones la familia de la que te acabo de hablar tiene la clave. Ellos, concretamente uno de ellos, arrebató las piezas de su lugar original. Conocía muy bien cuál era su poder e hizo todo lo que estuvo en su mano para ocultar el secreto.

—Hablas como si supieses cuál es el secreto —observó Karel.

El anciano se rio.

—Nadie sabe a ciencia cierta cuál es el contenido del secreto, pero está claro que se trata de algo comprometedor.

—¿Entonces?

—Es un misterio, y como tal ha permanecido oculto por los siglos de los siglos. Cuentan que un emperador, que según mis deducciones fue el nieto de los reyes que arrebataron a los árabes parte de sus tierras, conoció la leyenda por un viejo alfaquí convertido al cristianismo después de la derrota de los suyos. Los antiguos reyes de al-Ándalus poseían una de las bibliotecas más extensas de la época y los sabios más renombrados trabajaban allí. Cuentan cómo el emperador, de niño, supo por el alfaquí de la existencia de las piezas y su gran poder. Cuentan cómo las localizó en un lugar de Roma, en cuyas entrañas se encuentra el secreto. Desde el principio estaban custodiadas por los padres de la Iglesia. Solo ellos conocían el secreto, y para que este jamás viese la luz, hizo que sus soldados las robasen —sentenció el anciano.

—¿Está usted hablando de Carlos V? ¿Es ese el emperador?

—Así es. Y me temo que las robó durante el saqueo que su ejército perpetró en Roma.

Todo lo que me estaba contando coincidía con la carta que me envió James. Parecía ser que aquella leyenda era muy popular.

—¿Y qué hizo con ellas?

El anciano hizo silencio.

—No se sabe con seguridad. Es una leyenda —afirmó luego.

—Una leyenda que usted se ha molestado en investigar —observé.

El anciano se rio entre dientes.

—Le estoy contando solo conjeturas, señorita. No me he molestado en comprobar su veracidad. Pero según opino, una de las piezas que robó en Roma debe estar en esta ciudad. Puede que se la legase a su hermano, quien a su vez podría haberla legado a sus hijos.

—¿Y las otras?

—Lo lógico es que las otras se las legase a su hijo primogénito y que le encargase que las diseminara por sus reinos.

—Eso lo explicaría todo —dije eufórica.

—¿Usted cree? —dijo sorprendido el anciano.

—Sería también lógico que le encargase a cada uno de ellos que, con el fin de proteger cada una de las piezas, organizasen un grupo de custodios que se ocuparan de mantenerlas a buen recaudo.

—Es posible —dijo el anciano con un tono poco entusiasta.

—Es seguro —afirmé rotunda.

El anciano bajó la mirada y suspiró.

—Pues si está tan segura entenderá ahora por qué es tan peligroso intentar averiguar el paradero de las piezas.

Saqué de mi bolso el pequeño librito que Karel me había dejado, busqué el Emblema XXI, al que hacía referencia el correo de James, y se lo mostré al anciano Josef.

—¿Qué le sugiere? —le pregunté.

El anciano se sentó en su sillón y tras examinarlo detenidamente sentenció, irónico:

—¡Bonita edición!

Sonreí. Karel me dijo que el mismo Josef había sido el editor.

—Sin duda lo es —respondí.

—Invertí algunas joyas de la familia para pagar esta edición. Creo firmemente que las cosas bellas deben ver la luz —dijo.

—Pues entonces ayúdenos a comprender. Mi amigo en su mensaje hizo referencia a este emblema. Necesitamos saber cuál puede ser su significado para poder avanzar.

El anciano me miró resignado.

—Está bien. Tal vez me queden ya pocas oportunidades para sentir emoción por algo. Os ayudaré, pero tenéis que abrir la mente. Todo está en el papel. Maier lo escribió así, porque él lo vio.

—Sin embargo, aunque esté en papel, aunque Maier dice que es una cosa sencilla, no alcanzo a comprender.

Josef sonrió y leyó en voz alta el pasaje que casi me sabía ya de memoria.

—«*Haced un círculo con el macho y la hembra, luego un cuadrado, después un triángulo, y haced finalmente un círculo y obtendréis la piedra filosofal. Que el macho y la hembra os hagan un círculo del que surja un cuadrado del mismo tamaño. Haced de este un triángulo, que a su vez forme una esfera que toque con su curva todos los vértices: entonces nacerá la Piedra. Si no comprendéis con facilidad y rapidez una cosa tan sencilla, tan grande, lo sabréis cuando comprendáis las enseñanzas de la geometría*».

Su voz sonaba nítida, clara, desprovista de toda la reverberación del anciano que hablaba.

—¿Qué es lo que no entiende? —preguntó malévolo.

—No entiendo nada —confesé abatida.

—Tal vez para entenderlo deba usted seguir las instrucciones de Maier e intentar comprender las enseñanzas de la geometría.

—¿La geometría?

—Sí, eso dice Maier, la geometría.

—Pero...

—¿Sabe? No hay peor ciego que el que no quiere ver. Este emblema desvela el misterio arcano que tantas y tantas elevadas mentes se han jactado de descubrir, y el bueno de Maier nos lo muestra en imágenes, en sonidos y en palabras; y pese a todo hay espíritus que siguen sin verlo.

Me dio la impresión de que estaba mofándose de manera descarada de mí.

Karel rompió a reír. Una franca carcajada resonó en la habitación.

—¡Vamos, Josef! No seas cruel y cuéntanos qué significa.

Josef se rio con él.

—Lo tenéis todo en la obra. Si leéis la introducción, descubriréis que Atalanta Fugiens no es ni más ni menos que la receta para la elaboración de la piedra filosofal. Maier nos muestra a Atalanta, la hembra que huye, como el volátil Mercurio vencida por Hipómenes, la virtud del azufre. Hay que buscar las raíces del misterio en los viejos mitos órficos, en el Egipto ancestral. Tú, que estudias la música y las matemáticas, podrás ayudarla mejor que yo —dijo el anciano cogiendo las delicadas manos de Karel.

Karel le abrazó y el anciano le susurró algo en checo que no alcancé a comprender. Luego se giró hacia mí y me miró con unos ojos llenos de luz.

Cuando salimos de la casa del anciano, Karel parecía transformado. Parecía más alto, más fuerte, más viril...

—¿Puedo preguntarte qué te ha dicho? —le pedí.

—*Hudba nebeský.*

—¿Hudba nebeský? ¿Qué significa? —pregunté confundida.

—Música celestial —respondió Karel con los ojos encendidos.

# Capítulo 26

Volví al hotel. Karel tenía trabajo en el conservatorio. Me dijo que volvería por la tarde a buscarme. Comí en el bar del hotel y me encerré en mi habitación con el objetivo de descansar. Sin embargo no pude.

Todo el tiempo tenía una sensación de opresión en el pecho que me ocasionaba angustia y el pensamiento recurrente de James. Sus manos, sus gestos, su voz... añoraba cada momento que habíamos pasado juntos y sentía una desesperación próxima a la locura.

Estos meses atrás, cuando James estaba lejos pero vivo, sentí en un primer momento ira por su marcha. Yo jamás me hubiera ido sin él y él lo hizo. Sentí una rabia profunda, un estado de enfado oscuro que destruía mis entrañas y que solo se vio aplacado por sus cartas, sus llamadas y sus correos. No me pidió disculpas de manera explícita, no lo necesitaba; sabía por el tono de sus mensajes que seguía sintiendo por mí más que amistad. Así lo quería saber. Le perdoné, y aunque el estado de añoranza no se disipó en mí, sí la rabia y el enfado. Entonces empecé a alimentar la esperanza. Cada vez que James me contaba lo cerca que estaba de concluir la investigación, cada vez que me escribía contándome sus avances, yo alimentaba la esperanza de su vuelta. Sabía que cada vez su vuelta estaba más cerca y al fin, cuando retornara, todo volvería a ser como antes; volvería a estar junto a él, podría escucharle reír, podría tocarle y olerle. Y, sin embargo, aquella mañana fatídica esa convicción se truncó; ya nunca jamás podría estar con él y esa certeza me producía la más profunda tristeza. Pensaba en él a todas horas y su imagen me producía un violento dolor.

A través de los cristales de la ventana de la habitación se podía ver una ligera bruma cenicienta que cubría de una pátina plateada la calle.

Revisé el cuaderno de James. ¡Era todo tan extraño! Sus correos, sus mensajes... Sin duda él temía que su fin estaba próximo y por eso diseñó todo aquello para no dejar perder algo que consideraba muy importante.

Averiguar quién lo mató y por qué era mi tarea. Debía de esclarecerlo si al fin quería tener paz.

«Emblema XXI», así rezaba el escueto mensaje que le había dejado a Karel. Miré el cuaderno y pensé que con seguridad ese mensaje contenía la explicación para interpretar su cuaderno. Recordé sus primeras instrucciones, que hablaban de claves y coordenadas; sin embargo, ahora no le encontraba sentido. Entonces tuve una revelación.

Tanto Karel como Josef mencionaron la importancia de la música en la obra de Maier. Maier había concebido aquella empresa como un todo: imágenes, texto y música. Ahí estaba la solución, ante mis ojos: la partitura de la fuga XXI tenía la clave.

Eran más de las seis cuando Karel vino a buscarme al hotel.

—La música es la clave —le dije con una emoción encendida.

—¿Tú también lo has visto? He estado toda la tarde dándole vueltas, y creo que lo tengo. La música celestial a la que se refirió Josef es la música del universo; la que sintió Kepler y tantos otros antes y después que él.

—¿Cómo? Yo me refería a la partitura de Maier —dije confundida.

—Sí. Yo hablo de lo mismo: de Maier, de Kepler, de la armonía del mundo... Todo es música —dijo emocionado.

Yo no entendía nada de lo que decía.

—Creo que estás desvariando —le solté displicente.

—¡No! ¡He visto la relación!

Sus ojos brillaban intensos, pero yo no alcanzaba a comprender.

—¿De qué me hablas?

—¿Sabes? Einstein pasó más de dos años aquí en Praga. Vino a enseñar física teórica en la Universidad de Kart-Ferdinand y se prodigó entre la élite intelectual de la ciudad. Era un asiduo a las veladas de los jueves del salón de la señora Berta Fanta en la Casa del Unicornio. ¿Y sabes qué hacía allí con Kafka, con el escritor Max Brod, el filósofo y teosofista Rudlof Steiner o con el matemático Kowalewsky?

—Con tantas mentes brillantes reunidas supongo que hablaría a todos de su ciencia. Les explicaría sus teorías —conjeturé.

Karel me cogió de las manos con firmeza y como si estuviese a punto de revelarme algo trascendental exclamó, abriendo desmesuradamente sus ojos azulados:

—¡Tocaba el violín!

—¿Tocaba el violín? —pregunté sorprendida.

—Einstein era un enamorado de Mozart. Le encantaba interpretar sus partituras. Para él, su música era la expresión de la belleza esencial de la naturaleza. Decía que para que una pieza fuese bella era necesario que poseyese una unidad interna, una arquitectura.

—¿Y eso qué significa?

—Creía que la música de Mozart había existido siempre en el universo esperando a ser descubierta. Lo mismo que sus teorías. Para él hacer ciencia requería los mismos procesos mentales que hacer música. Todas las leyes de la naturaleza poseían una estructura armónica y para descubrirlas solo había que emplear el pensamiento puro. Las asimetrías en la física que él conoció ocultaban la belleza esencial de la naturaleza. Creía firmemente en la música de las esferas, en la armonía preestablecida y la belleza del cosmos que esperaba a un oído atento.

—Es una idea muy poética —dije liberando mis manos de entre las suyas.

Karel tenía una expresión de alegría desbocada. Parecía que había encontrado el tesoro de Tutankamon.

—Sin duda lo es. Es poética, pero real. Concuerda con todas mis investigaciones. Todo proceso creativo tiene la misma raíz. Y la investigación científica es un proceso creativo más; asocia elementos remotos y los une con significado. Lo mismo que la composición musical —explicó con tanta pasión que sus palabras me parecieron inspiradoras—. Ahora quiero mostrarte algo.

Salimos apresuradamente del hotel. Camino a la Plaza Vieja nos topamos con varios coches tirados por caballos y un precioso Rolls-Royce de época de color bermellón, en el que se paseaban unos turistas. En la puerta de la iglesia de san Nicolás un simpático anciano de barba blanca, ataviado con bombín y chaleco negro, tocaba con el saxofón una pieza de jazz.

La luz azulada del atardecer se mezclaba con los reflejos dorados de las farolas que empezaban a encenderse y yo seguía a trompicones a mi guía, que tiraba de mi muñeca con fuerza.

190

Nos detuvimos frente a la fachada de la casa que daba la entrada a la iglesia de Týn.

—¿Qué ves? —preguntó Karel excitado.

—Una casa —le respondí sin saber por dónde iban los tiros.

—La casa que da la entrada a la iglesia de Nuestra Señora de Týn. ¿Sabes qué significa Týn?

—Ni idea —confesé.

—Týn viene de una antigua palabra checa: «otýn ný», que significa acorralado.

—¿Acorralado?

—Sí, como lo está la iglesia. Acorralada entre casas. Fue construida en el patio de una casa.

—Muy curioso —acerté a decir.

—Fíjate en las torres —espetó Karel.

Detrás de las fachadas de las casas se imponía la rotunda silueta de la iglesia, flanqueada por dos robustas torres de techumbre puntiaguda.

—No son iguales —dije.

—¿No son iguales?

—Tal vez sea la luz, pero me da la sensación de que la de la derecha es más robusta.

—No es un efecto visual. Es así. ¿Y sabes por qué?

—No sé, un error de construcción tal vez.

—Representan el lado masculino y femenino del universo. Representan la dualidad de aquello que nos rodea: la nada y el todo, la noche y el día, lo activo y lo pasivo, la vida y la muerte.

—Sigues concibiendo ideas muy poéticas —apunté divertida.

—Será que estoy inspirado —respondió y dio un gracioso respingo.

Karel era encantador.

Entramos en la iglesia y me condujo hasta una lápida de piedra oscura situada cerca del altar mayor.

—Aquí está enterrado Tycho Brahe. Fue uno de los más grandes astrónomos que ha dado la historia.

En una columna se apoyaba una lápida de mármol en la que se representaba la figura del astrónomo.

—Tycho fue ante todo un ingeniero. Manejaba la más alta tecnología de la época. Tenía dinero y el favor del rey Rodolfo II, lo que le permitió construir los instrumentos más avanzados. Con ellos realizó exactas mediciones de los movimientos de los planetas. Las más precisas de la época. Tenía a su servicio todos los recursos materiales que podría desear un científico.

Observé los ojos de Karel. Estaba entusiasmado contándome todo aquello.

—Hace poco exhumaron su cadáver —agregó.

—¿Y eso?

—Las circunstancias de su muerte no están claras. La versión oficial dijo que había muerto por una infección de orina; sin embargo se sospechaba que podía haber sido asesinado. De hecho no es la primera vez que lo han sacado de su tumba.

—¿Cómo? —pregunté alarmada y Karel se rio al observar mi reacción.

—A principios del siglo XX lo exhumaron. Le hicieron una autopsia y encontraron altas concentraciones de mercurio.

—¿Mercurio? ¿Lo manejaba con frecuencia o fue envenenado con él?

—No se sabe aún. Aparte de la astronomía, Tycho tenía otra gran pasión: la alquimia.

—¿Era un astrónomo alquimista?

—Era un genio y era rico; la alquimia prometía grandes logros y Tycho no se privó de hacer sus estudios. Sin embargo la cantidad de mercurio encontrado sugiere que más bien pudo ser un envenenamiento.

—¿Se sospecha de alguien?

—De varios. Unos dicen que fue envenenado por orden del rey de Dinamarca, Christian IV.

—¿Un rey detrás de un crimen?

—Tycho fue un hombre original. Llevó una vida extravagante. Era excesivo en todo, en su afán de trabajo y en su afán de vivir. Las malas lenguas decían que tuvo un affaire con Sofía, madre de Christian IV.

—¿Con una reina?

—Una reina muy bella y muy sabia. Era una apasionada de la alquimia y de la astronomía. Estaba encaprichada con Tycho y, según algunos, su hijo debió de enterarse de la relación y lo hizo matar.

—¡Vaya! Las grandes pasiones siempre generan envidias —observé divertida y Karel se rio.

—También se sospecha de Kepler.

—¿De Kepler? ¿Qué tiene que ver Kepler con esto? —pregunté recordando el pergamino en el que estaban representadas las figuras geométricas.

—Kepler vino a la corte del rey Rodolfo II invitado por él. Tycho había recopilado muchos datos astronómicos, sin embargo no acababa de dotarlos de forma. Kepler había concebido un modelo astronómico y necesitaba confirmarlo matemáticamente.

—Parece que ambos se necesitaban —dije.

—Uno más que otro. Kepler vino con las expectativas de que Tycho le facilitaría esos datos que necesitaba; sin embargo, Tycho no acababa de fiarse de él. Era reacio a compartir sus investigaciones con un posible competidor.

—¿Y crees que Kepler lo mató?

—No sé. Es posible. Lo cierto es que Kepler solo pudo obtener sus datos cuando este falleció. Y solo con esos datos pudo comprobar sus teorías.

—Todo lo que me estás contando es muy interesante. ¿Pero crees que Kepler tiene que ver algo con nuestro asunto?

—Creo que sí, creo que tiene la clave de todo. Él confirmó matemáticamente el modelo heliocéntrico de Copérnico; él dio con la armonía del mundo.

—¿Qué quieres decir?

—*Harmonices Mundi*, él lo escribió —afirmó trastornado y advertí con mayor fuerza que Karel tenía tantas ideas en su cabeza que me era difícil seguirle—. Harmonices Mundi es la obra en la que Kepler enuncia su tercera ley. Según esta, cuánto más lejos se movía un planeta del sol más lento era su movimiento. Descubrió una relación matemática entre el tamaño de la órbita de los planetas y su distancia del sol. Creía que existía una fuerza que unía los planetas al sol y explicaba cómo cada planeta producía un tono musical durante su movimiento. Esa música dependía de las proporciones aritméticas de sus órbitas, de la misma forma que los tonos en una lira vienen determinados por la longitud de sus cuerdas.

—¡La música celestial! —exclamé recordando las palabras de Josef.

—Eso es. La armonía de la que hablaba Einstein, la armonía que rige la naturaleza.

Me pareció muy interesante, sin embargo no alcanzaba a comprender qué relación había con el Emblema XXI de Maier.

—¿Crees que James vio esa relación? —pregunté desconcertada a Karel.

—Es evidente que sí. James vio la relación entre el Emblema de Maier y el modelo planetario originario de Kepler. Ven, te lo mostraré —dijo y me llevó fuera de la iglesia.

Aquello me parecía increíble. Si de verdad había relación entre ese maldito emblema y el modelo planetario de Kepler, James tenía la mente más enrevesada de lo que me imaginaba. La mía, sin lugar a duda mucho más simple, jamás hubiese podido dilucidar esa relación sin la ayuda de un músico loco por las matemáticas. Tal vez por eso lo puso en mi camino.

# Capítulo 27

Cruzamos la Plaza Vieja, llena de tenderetes donde asaban salchichas y servían cerveza. Esquivamos el tropel de turistas que se agolpaban frente al reloj que estaba a punto de marcar las ocho y nos adentramos por la calle Karlova sorteando las joyerías de cristal de Bohemia y granates y las tradicionales tiendas de marionetas que convivían con las más variopintas tiendas de souvenirs.

Aquella ciudad era increíble. Hacía un frío terrible y sin embargo a la gente no parecía importarle lo más mínimo. Todos estaban en la calle.

Tras pasar por una casa que tenía en su fachada una virgen enmarcada por una estrella dorada, Karel se detuvo frente a una puerta de un edificio más bien tosco.

—Esto es el Clementinum, la universidad más antigua de Praga. Al final de esta calle, casi enfrente de la Torre del puente de Carlos, vivió Kepler cuando estuvo en Praga. Aquí se encuentran todas sus obras.

En la entrada dos grandes carteles anunciaban un concierto.

—Esta tarde actúa aquí una amiga mía —dijo.

Franqueamos la entrada y me di cuenta de que aquella fachada encerraba un complejo de edificios conectados entre sí. Habíamos accedido por una entrada lateral y esta conducía a un patio, que a su vez se abría por unos soportales a otro contiguo.

Nos dirigimos al lugar donde se representaba el concierto. Cuando entramos sonaba al piano «Rhapsody in Blue» de Gershwin, y aunque me encontraba en una capilla barroca, repleta de espejos y ángeles blancos con alas doradas, aquella familiar melodía me transportó a Nueva York. La pianista, una mujer joven, deslizaba sus manos sobre las teclas con una maestría notable. Una armónica emoción invadió mi pecho, por un momento me apeteció sonreír, pero irremediablemente aquella música me recordó a James y no pude sentir más que una triste añoranza y entonces lloré.

—Te has emocionado —observó Karel con su peculiar acento checo y me tendió un pañuelo cuando la pianista al fin arrancó la última nota y el público rompió en un aplauso.

Permanecimos sentados mientras el público abandonaba la sala. Luego Karel se acercó a la pianista.

—Te presento a mi amiga Zdenka, una de las mejores pianistas de Praga.

Zdenka sonrió y tras besar efusivamente a Karel me extendió la mano.

—Ella es Julia Robinson, es americana. Querría enseñarle la sala Matemática. ¿Puedes utilizar tus influencias? —dijo Karel con socarronería.

—No sé. A estas horas va a ser difícil —respondió la pianista, con cara de apuro.

—¿Difícil? —protestó Karel.

La pianista se rio.

—Para ti nada es difícil, ¿verdad? Esperad a que me cambie de ropa y lo intentaré —dijo resuelta.

Zdenka desapareció por una de las puertas de la capilla.

—Es muy guapa —le dije a Karel.

—Lo es, y también muy lista —dijo sonriendo.

La pianista volvió vestida con unos vaqueros y un suéter de lana de cuello ancho, y siguió pareciéndome muy guapa.

—Seguidme. Creo que sé quién puede ayudarnos.

Zdenka caminaba con elegancia, y Karel y yo la seguíamos.

—Esto es enorme —observé.

—Enorme y misterioso —dijo Karel en tono sibilino—. Dicen que entre sus muros se esconde un tesoro que los jesuitas escondieron antes de su expulsión.

—Esperad aquí —dijo Zdenka y entró en una especie de garita donde se apostaba un vigilante.

Al cabo de unos minutos salió y con ella el vigilante.

—Es amigo mío. A su mujer le gusta cómo toco el piano y a veces le regalo entradas para mis conciertos. Nos abrirá la sala —explicó Zdenka, con su inglés teñido de checo.

Pasamos por unos pasillos largos pintados de ocre y de aspecto austero, pero cuando al fin nos abrió la sala toda estela de ascetismo se disipó.

—Este era uno de los gabinetes de curiosidades de los jesuitas que fundaron el Clementinum. Aquí reunieron gran cantidad de objetos raros que trajeron de sus misiones y otros que se utilizaban en las enseñanzas de la universidad. Los cuatro frescos pintados en el techo exponen los sistemas planetarios de Ptolomeo, Copérnico, Tycho Brahe y Giovanni Batista Riccoli —explicó Karel.

Zdenka lo escuchaba con extrañeza.

—Mira eso —dijo Karel mostrándome una maqueta del modelo planetario de Kepler.

Media esfera hueca contenía el armazón de un cubo, que a su vez contenía media esfera hueca que incluía un tetraedro, que a su vez contenía media esfera hueca y en su interior un dodecaedro con otra media esfera hueca y un icosaedro, que a su vez contenía otra esfera hueca y en su interior un octaedro. Allí estaban los cinco sólidos platónicos y las esferas.

—Es lo que trataba de explicarnos Josef. Kepler creía que existían seis planetas, cuyas órbitas representó por esferas que contenían los cinco sólidos platónicos. Pensó que la distancia entre las órbitas de los planetas venía dada por la relación entre las distancias inscritas en estos sólidos. Creía que la geometría existió antes que la creación, creía que era eterna como Dios y proporcionó un modelo para la creación, que no es ni más ni menos que la expresión de la armonía divina.

—Ya veo, pero estaba equivocado —dije intentando aguarle la especulativa fiesta que se había montado Karel, pero él no se dejó.

—Y se dio cuenta y rectificó sustituyendo las órbitas circulares por las elípticas, y su modelo sigue estando vigente hoy.

—Pero Maier...

—El Emblema XXI contiene unas figuras geométricas; un círculo en el que hay inscrito un triángulo, sobre el que se inscribe un cuadrado y otro círculo. Es el secreto de la naturaleza. Maier está representando al arquitecto del mundo, el gran matemático, la mano de Dios. Maier, como Kepler y Einstein, creía que existía una armonía entre nuestra forma de pensar y la forma en que funciona el mundo.

—No sé —dije, no del todo convencida.

—El secreto del universo, ¿no lo ves?

—No sé a qué te refieres —dije confundida.

—El secreto del universo es la obra en la que Kepler expone su principal teoría. Él mismo en la obra cuenta como un día, de manera casual, dibujó un triángulo inscrito en un círculo y dibujó otro círculo de menor radio circunscrito dentro del triángulo. Se dio cuenta de que la proporción entre ambos círculos coincidían con la que existía entre las órbitas de Saturno y Júpiter.

—¿Y? —pregunté escéptica.

—A partir de ahí elaboró toda su teoría. Y, al final, en su obra *Harmonices Mundi* logró explicar a través de la música el porqué de las excentricidades de las órbitas planetarias.

Zdenka interrumpió.

—Nos vamos ya. El tiempo se ha terminado. Mi amigo debe volver a su garita, si no, le llamarán la atención.

Salimos de la sala y volvimos a deshacer el camino andado a lo largo de infinitos pasillos. Cuando al fin salimos al exterior un gélido hálito me cortó la cara.

—¿Vendréis a tomar unas cervezas? Hemos quedado con unos amigos a los que les gustará que nos acompañéis —dijo Zdenka.

La verdad es que no me apetecía mucho, sin embargo a Karel le pareció buena idea.

—Iremos. ¿Te apetece, verdad?

No tuve más remedio que acceder.

# Capítulo 28

Caminamos hacia Malá Strana. Cruzamos el puente de Carlos, que como siempre estaba atiborrado de gente, y entramos a una cervecería cerca del museo de Kafka.

Zdenka me presentó a su marido, Novak; aunque atractivo, era mucho mayor que ella.

—Novak es director de orquesta. Es un prodigioso y un personaje bastante carismático —me aclaró Karel.

Cuatro personas más nos acompañaban. Un violonchelista muy joven, una flauta, un trompeta y un fagot. Eran todos músicos, amigos y checos; yo era la nota discordante de aquella reunión por lo que me convertí, sin quererlo, en la atracción de la noche y blanco de sus bromas.

El violonchelista, que tenía el pelo largo, una perilla y un piercing que resaltaba sus ojos claros, no paraba de hablar. Según parecía estaba realizando un curso de inglés y conmigo vio la oportunidad de practicar la conversación.

El chico, que fácilmente podría confundirse con uno de mis alumnos de la universidad, se afanaba por mantener un diálogo coherente; pero sus incorrecciones gramaticales eran continuas y su acento pésimo, por lo que tenía que corregirle continuamente y a veces me daba risa.

Karel mantenía una animada charla con Novak y Zdenka. Hablaban en checo, por lo que no les podía entender.

Tomamos cerveza rubia, primero; negra, después; y una roja con sabor a miel, al final, que acompañamos con unas curiosas rosquillas trenzadas, salchichas y buñuelos de patatas.

El trompeta, que fumaba de forma compulsiva, se unió a aquella improvisada clase magistral de conversación. Su nivel de inglés era más elevado; incluso, entre risas, me ayudaba a corregir al violonchelista.

La flauta y el fagot se unieron y también Novak, que al ver nuestras risas se acercó y quiso participar. Pero él era un maestro, todo un director, así que desempeñó a la perfección su papel y con vehemencia reprendió los errores lingüísticos del violonchelista. Todo aquello estaba resultando divertido, pero empezaba ya a marearme.

Busqué con desesperación la mirada de Karel, que seguía enfrascado en una animada conversación con Zdenka; pero él solo tenía ojos para aquella arrebatadora pianista.

Me escapé del grupo de practicantes de inglés y me acerqué a Karel, que al fin me vio.

—¿Sabes cuál es el texto alquímico más antiguo que se ha encontrado? —preguntó Karel.

Sus ojos parecían más claros, tal vez por el alcohol.

—Ni idea —respondí.

—Es un papiro del siglo III cuyo autor es Zósimo de Panópolis. Es una receta de cerveza.

La cervecería era bonita. El techo abovedado de ladrillos rojos, la cuba de cobre, los fermentadores y los grandes alambiques me hizo pensar que tal vez en un lugar parecido al que estábamos podía haber trabajado uno de los primeros alquimistas.

—Vamos al Reduta, hoy actúan unos amigos. ¿Queréis venir? —dijo Zdenka.

—Es un plan tentador, pero no sé si le apetecerá a Julia —respondió Karel.

—Por mí no hay problema —empezaba a animarme y lo que no me apetecía era volver al hotel.

El Reduta era el local en el que cada noche se reunían músicos, artistas y demás especímenes similares. Bebimos gin-tonic y escuchamos a un cuarteto de jazz. Los músicos invitaron a Zdenka a tocar el piano y Karel no paró ni un momento de mirarla. Era una intérprete prodigiosa. Después Novak y el trompeta tocaron «Nigth Life» y Zdenka bailó con Karel. Sus movimientos eran cadenciosos y sensuales.

Todos estábamos riendo y pasándolo bien.

De pronto Zdenka y Novak se pusieron a discutir acaloradamente, apartados del grupo.

—¿Qué les pasa? —pregunté a Karel mirando a Zdenka y Novak.

—Nada. Siempre es así. Acaban discutiendo por cualquier cosa —dijo intentando quitarle importancia al asunto.

Zdenka se dio cuenta de que les miraba.

Sonaba «Please Release Me» y Karel y yo bailamos. También sonó «Sweet Dreams». Entonces fue cuando fui al tocador. Zdenka estaba allí, fumando, y parecía que había llorado.

Me invitó a fumar. Acepté, aunque hacía más de dos meses que lo había dejado, pero después de la muerte de James parecía que se estaba convirtiendo en un recurso cómodo. El humo me mareó.

—¿Te ocurre algo? —preguntó.

—Nada. No te preocupes. Es que hacía tiempo que no fumaba y me he mareado —le dije.

Zdenka se rio y yo con ella. Sus ojos llorosos se iluminaron.

—¿Estabas llorando? —le pregunté.

—Es Novak. Es un imbécil. Nunca está de buen humor, siempre protesta por todo. Cada vez lo comprendo menos.

—Las relaciones a veces son complicadas —acerté a responder.

—Antes él no era así. Me casé muy joven con él, y lo amaba. Pero ahora...

—¿Ya no lo amas?

—Todo es muy complicado. Pero no importa. Ya se me pasará. Siempre pasa.

Salí del baño y tras de mí Zdenka. Novak esperaba muy serio. Zdenka recogió su bolso:

—Tenemos que irnos. Novak está cansado. Mañana tiene concierto.

—¿Tan pronto? —protestó Karel.

Novak y Zdenka se despidieron.

—Si quieres podemos irnos nosotros también —le sugerí a Karel.

—No. Mejor tomamos otra copa.

No soy consciente de si tomamos otra copa o más. Sé que cuando llegué al hotel estaba mareada, tanto que Karel tuvo que acompañarme a la habitación.

Cuando desperté a la mañana siguiente, Karel se vestía en silencio y creyendo que aún dormía abandonó la habitación. La música de jazz aún sonaba en mis oídos.

Estuve en la cama hasta tarde, intentando recordar lo que había ocurrido entre Karel y yo aquella noche y entonces sonó mi teléfono. Era Peter.

—¿Dónde demonios estás? —me gritó al otro lado del auricular.

Estaba claro que ni aunque nos separase todo un océano me podía librar de las reprimendas de Peter.

Me contó que Fran había llamado a la Universidad de Columbia para localizarme. Como no lo había conseguido se puso en contacto con él. Le contó algo de las piezas, de la persecución, le dijo que yo había desaparecido en mitad de la noche de su apartamento y que no respondía a sus llamadas; por lo visto estaba muy preocupado. Peter trató de sonsacarme dónde estaba, por qué me había marchado de Madrid y qué significaba aquello de la persecución.

Intenté despacharlo con respuestas lacónicas; sin embargo, su insistencia siempre había logrado grandes efectos en mí, así que acabé confesándole que me encontraba en Praga y le pedí que tranquilizase a Fran, pero que de ningún modo le revelase mi paradero.

—¿Ha ocurrido algo entre vosotros? —preguntó Peter.

—Algo así —le respondí.

Peter pretendía por todos los medios que volviese a New York. Según él, mi viaje a Europa no tenía sentido y probablemente me acarrearía problemas. Mi lugar, según él, estaba en New York o en Tulsa, no en Europa. Tras casi quince minutos de insistentes preguntas, hizo que le prometiese que le llamaría cada dos días y le tendría al corriente de todos mis movimientos. Se lo prometí, aunque no pensaba cumplirlo en serio. Solo así conseguí que Peter me dejara en paz; se ponía verdaderamente pesado cuando no se salía con la suya.

Colgué el teléfono y pensé en Fran. La verdad es que no me había portado bien con él. Debía haberme despedido y haber respondido a sus llamadas. Pero era mejor así.

# Capítulo 29

Karel no apareció en toda la mañana. Yo aproveché para revisar el cuaderno de notas de James y entonces me di cuenta de algo en lo que no había reparado.

Emblema XXI era el mensaje que James me había dejado; y concretamente en la página veintiuno del cuaderno de James había dibujada una enigmática figura con la forma de una estrella de seis puntas, formada por dos triángulos. Era sin duda la estrella de David. Y un apunte con la letra de James que decía: «La música tiene la clave».

Y entonces me acordé de la ilustración. A los pies de un alquimista matemático del emblema de Maier yacía una hoja con apuntes, en la que había precisamente esa misma estrella inscrita en un círculo. El mismo círculo que trazaba sobre el muro con un gran compás, en el que había inscrito un triángulo, circunscrito en otro círculo. Y entonces lo ligué todo: Karel me había hablado de aquella anécdota sobre cómo empezó a esbozar su teoría Kepler. Justamente todo había empezado inscribiendo la misma figura que estaba representada en el emblema: un círculo en el que había inscrito un triángulo, en el que a su vez se inscribía otro círculo. La figura por la que Kepler encontró la misma proporción que entre las órbitas de Saturno y Júpiter.

James se había lucido: «La música tiene la clave». Y la clave estaba ya clara.

Llamé a Karel.

—¿Dijiste que Kepler pensaba que cada planeta emitía un sonido? —pregunté nada más respondió al teléfono.

—Sí, así es —indicó sorprendido por mi repentino interrogatorio.

—Y ese sonido se representará con notas musicales. ¿No es así?

—Justamente es así.

—¿Dónde las puedo encontrar?

—¿Has encontrado una pista buena? —preguntó Karel.

—Creo que lo tengo. Solo necesito saber con qué notas representó Kepler el sonido que emitía Saturno y Júpiter.

—Las notas están en *Harmonices Mundi*, la obra de la que te hablé. He estado estudiándola —dijo Karel eufórico.

—¿Entonces?

—Dentro de una hora termino las clases. Ven a mi casa.

Colgué el teléfono. Una hora era demasiado tiempo para esperar.

Consulté en mi iPhone y ahí estaba. Tras cuatro o cinco entradas *Harmonices Mundi* a mi disposición en pdf, y las escalas asignadas a cada uno de los planetas.

Pero ahora que tenía la clave, ¿cómo haría para introducir la música en mi teléfono y al fin poder abrir el archivo adjunto que me había remitido James?

Sin duda, necesitaba la ayuda de un músico que conociese algo de informática.

Me vestí rápidamente y me dirigí a la casa de Karel.

Llamé, pero aún no había regresado. Lo esperé en una pequeña cafetería que estaba enfrente de su casa. Me tomé un café o tal vez dos, no sé.

Karel estaba tardando más de lo que había prometido. Entonces fue cuando vi a Zdenka. Iba cargada con una maleta. Llamó también a la casa de Karel y al no obtener respuesta sacó de su bolso una llave y entró.

Antes de que cerrase la puerta, la llamé; pero no me debió oír.

Pagué los cafés y me dirigí a la casa. Llamé al timbre y Zdenka ahora sí que me escuchó.

Subí al apartamento.

—Acabo de llegar —dijo Zdenka al abrirme la puerta.

Parecía sorprendida al verme.

—Te he visto entrar. Estaba en la cafetería de enfrente esperando a Karel —dije.

—He venido a dejar una cosa —dijo visiblemente apurada.

—No te preocupes. Haz lo que tengas que hacer. Si no te importa esperaré aquí a Karel —le dije.

En medio del salón había una maleta de gran tamaño. Parecía que Zdenka llevaba ahí más que una insignificante cosa.

La trasladó a la habitación de Karel y se sentó junto a mí en el sofá del salón. Se sirvió una copa de whisky que se bebió de un trago. Me ofreció una para mí, pero decliné la oferta. El whisky no era mi bebida favorita a las dos de la tarde.

—¿Quieres fumar? —dijo mientras se disponía a encender un pitillo.

—Lo había dejado, ¿sabes? —confesé cogiendo uno.

—Es difícil dejar las cosas —me respondió mientras encendía mi cigarrillo.

La primera bocanada era la peor. Parecía como si una espita de fuego atravesase mi garganta y cuando llegaba a los pulmones se ensanchaba y nublaba mi cerebro.

—¿Vienes para quedarte? —pregunté señalando la maleta.

Zdenka inhaló humo y bajó la vista.

—Karel es un cielo. Es tan dulce. ¿No te parece? —dijo.

—Sí, lo es —respondí.

—No sé qué haría sin él. Tal vez estaría ya bajo el lodo del puente de Carlos.

—¿Por qué dices eso? ¿Tienes problemas?

Zdenka lanzó una carcajada oscura y se sirvió otra copa.

—¿Problemas? Tú no entiendes. Mi vida es una mierda. Y he sido yo la que la he diseñado así.

—Pero, ¿por qué dices eso? Eres una pianista magnífica, tienes talento, todos te admiran. No entiendo —dije tratando de consolarla.

Zdenka me lanzó una mirada cargada de tristeza.

—¿Ves lo que te decía? No entiendes. Mi vida se ha convertido en un callejón sin salida. Novak y yo ya hace años que no somos felices. Él sabe que no estoy feliz a su lado. Me casé muy joven. Él era el director de la orquesta donde yo trabajaba. Lo admiraba. Para mí era como un dios.

Estaba sorprendida. Zdenka estaba sincerándose conmigo sin apenas conocernos. Aunque ella decía que no lo entendía, comprendí la necesidad que a veces tenemos las mujeres de exteriorizar nuestras amarguras, y justo era yo la que estaba delante de ella en ese momento. No sé si conseguiría conmoverme con su tormento, pues aunque ella lo sintiese como el padecimiento más extraordinario, seguro que no era nada comparado con mi desconsuelo. Sin embargo me armé de valor y me resigné a ser su paño de lágrimas.

—¿Y qué ocurrió?

209

Zdenka bajó la mirada y tomó de un trago el resto del whisky que aún quedaba en su copa.

—No sé. Los dioses viven en su mundo y están acostumbrados a que todos les adoren. Cuando me casé tal vez necesitaba eso; alguien a quien adorar y que me adorase. Era todo un caballero y me hacía sentir muy segura a su lado. Con él he ido a lugares y he tratado a gente que jamás hubiese conocido de no estar con él. Si soy una buena pianista es por él. Pero pasó el tiempo y me di cuenta de que los dioses pueden ser tan despóticos y crueles como el propio demonio.

—Lo siento —acerté a decir torpemente. Nunca se me había dado bien consolar a los demás.

—No lo sientas. Es así. Tuve que irme de la orquesta que dirigía Novak. Él no quería de ningún modo dejarme marchar, pero no podía más. Era tan celoso que se enfadaba cada vez que me veía hablar o bromear con un compañero. Tuve que alejarme. Busqué un nuevo trabajo. Tenía aún la esperanza de que tal vez, si estábamos menos tiempo juntos, nuestra convivencia mejoraría. Sin embargo no fue así. Todo ha ido a peor. Me controla las entradas y salidas. Se pone nervioso cada vez que me pongo un vestido bonito. No soporta que hable con nadie que no sea él. Estoy abrumada por su continua persecución.

—¿Y Karel? —pregunté.

A Zdenka se le encendieron los ojos.

—Karel es un buen amigo. Él me ayuda cada vez que lo necesito. Es una de esas personas que tiene la cualidad de hacer que se disuelva toda la tristeza. Con él me siento en paz.

Hablaba de él con la misma pasión con la que yo hablaba de James antes de que muriese, por lo que interpreté que entre Karel y Zdenka había algo más que amistad.

—¿Hay algo entre vosotros? —me aventuré a preguntar.

Zdenka bebió un trago de su vaso y suspiró.

—Una tontería, una ilusión. Me hace sentir viva. No sé si me comprendes. Pero está Novak, él nunca dejaría que me marchase. De hecho, ni yo misma creo que sería capaz de concebir la vida sin él.

Su respuesta me pareció muy ambigua.

—Pero, si te hace sufrir, ¿no sería mejor que le plantases cara y te atrevieses a buscar tu camino?

Zdenka volvió a lanzar una carcajada oscura.

—Tú no lo entiendes. Ahora estoy enfadada. Por eso estoy diciendo todas esas cosas horribles. Pero ya me pasará. Siempre me pasa. Y entonces vuelvo y Novak se alegra, y pasamos una temporada tranquila. Él vuelve a ser caballeroso conmigo, me arropa, me protege, me hace sentir segura. Y entonces pienso que es posible que seamos al fin felices.

—¿Pero Karel y tú?

—Karel es como un pájaro. Es libre.

Zdenka se sirvió otra copa.

—¿No te parece que estás bebiendo demasiado?

—Es posible. ¿Pero qué remedio? Mejor tomar un par de copas que no lanzarme desde el puente de Carlos. ¿No crees?

Al otro lado de la puerta se escuchó el ruido de la cerradura. Karel entró en el apartamento y al ver a Zdenka se sorprendió.

—¿Qué haces aquí? Te he dicho que hoy tenía trabajo. Julia necesita que la ayude en un asunto.

Por el tono de su voz parecía molesto.

—Lo sé. Perdona. Pero no he tenido más remedio que venir. No puedo más.

—¿Y Novak? ¿Sabe que estás aquí?

—No. Le he dicho que tenía un concierto en Karlovy Vary. Cree que pasaré la noche allí.

—¿Pero es que piensas pasar aquí la noche? —preguntó Karel visiblemente confundido.

—Te prometo que no molestaré. Podéis trabajar tranquilamente.

A Karel no parecía gustarle demasiado la idea, pero accedió.

—Está bien. Ya sabes que puedes venir cuando lo necesites. Disculpa por mi reacción. Pero no esperaba encontrarte hoy.

Zdenka se fue a la habitación y nos dejó a Karel y a mí solos.

—Zdenka es una gran amiga. Confío plenamente en ella. Podemos trabajar aunque ella esté aquí.

—Ya veo. Me parece bien —dije.

Le conté a Karel cómo había deducido la clave para poder acceder al mensaje que James me había enviado adjunto al e-mail. Estaba segura de que las notas musicales que representaban el sonido de Saturno y Júpiter abrirían el mensaje. Sin embargo era incapaz de introducir las notas en el móvil.

Karel abrió el mensaje y cuando intentó acceder al archivo adjunto que pedía la clave sonrió.

—James estaba a la última —dijo, y gritó llamando a Zdenka.

—¿Cómo se llama esa aplicación que llevas en tu iPhone para tocar el piano?

Ella apareció en el salón.

—¿Te refieres a esta? —dijo mostrando su iPhone que ahora en la pantalla mostraba un teclado.

—Sí. ¿Cómo se llama?

—No sé. Me la instaló un amigo.

Karel comenzó a trastear con el aparato. Luego cogió el mío.

—Ya lo tengo. Solo hay que marcar las notas.

Sacó el libro de Kepler y se puso a interpretar las dos escalas que correspondían a los dos planetas. Cuando marcó la última tecla se abrió el archivo.

—Ya está. Lo tenemos —dijo eufórico.

Y entonces leí las palabras que James había dejado para mí sin poder evitar que el corazón se me acelerase y me temblasen las manos.

*«Querida Julia:*

*Si has sido capaz de abrir esto, podrás también abrir el lugar donde está la pieza.*

*En las cartas del emperador se revela que una de las piezas está aquí. La legó a uno de sus hermanos unos años antes de morir y ordenó que se construyese un edificio para que la albergase. Le pidió que para ello formase un grupo de devotos que la custodiaran. He podido averiguar que sus custodios se hicieron llamar Los Caballeros de la Estrella, en honor a la forma del edificio que la alberga.*

*Este es el fragmento de la carta que encontré, junto a las otras. Es de Carlos V y va dirigida a su hermano Fernando I, padre de Maximiliano II de Habsburgo que a su vez fue padre de Ana de Austria, que al fin se desposó con Felipe II. Ya ves, el círculo se cierra. Está fechada el año mil quinientos cincuenta y cuatro. Cuatro años antes de su muerte, y dice: "Ordenarás construir una estrella con la forma del sello de Salomón, donde se unen lo masculino y lo femenino, y consagrarás un lugar para cada elemento y en lo más alto custodiarás el fuego".*

*Si lo consigues ve al siguiente paso y que Jeremías te guíe.*

*Tunc step: dvbnlfgs hg 65 olmwlm ni g blfmt».*

James me había tenido dos días dando tumbos por Praga. Si él sabía dónde estaba la pieza por qué no me lo dijo desde el principio. Eso sería demasiado fácil y estaba claro que no era su estilo. Hubiese sido, tal vez, tan sencilllo que podía resultar incluso temerario si alguien sin escrúpulos estaba detrás de aquello e interceptaba uno de los mensajes.

Karel sonrió. Una luz se le encendió en su mirada. Parecía que había reconocido el edificio al momento.

—Sé dónde está la pieza que buscas.

# Capítulo 30

Karel tenía un pequeño utilitario azul.

Condujo hasta las afueras de Praga, cerca de una colina llamada Montaña Blanca. Zdenka insistió en acompañarnos, pero Karel se opuso y al final se quedó en el apartamento.

Karel me contó que allí, en el centro de una amplia zona verde, se erigía un palacete de paredes blancas y techumbre negra. Su planta tenía forma de estrella, de ahí su nombre: Palacete Hvezda, cuyo significado en lengua checa es estrella.

El palacete se hizo construir por el archiduque Fernando de Austria, segundo hijo del hermano de Carlos V, al que según el fragmento de la carta le legó la pieza. Además era tío de Rodolfo II, el rey alquimista.

Se decía que el archiduque era un gran aficionado a coleccionar maravillas traídas de remotos lugares en sus palacios. Fundó la gran colección Ambraser y fue un docto seguidor de las teorías neoplatónicas. Todo cuadraba y todo quedaba en casa. Una gran familia con una gran afición por las artes y que custodiaba un gran secreto.

El archiduque diseñó y supervisó personalmente la construcción del palacete basándose en ideas neoplatónicas. Tenía la forma del sello de Salomón: una estrella formada por dos triángulos que representaban lo masculino y lo femenino.

Estaba construido en cuatro niveles, cada uno dedicado a un elemento. El subterráneo a la tierra; la planta baja al agua; el primer nivel al aire; y el segundo nivel, el más alto, al fuego. Ahí justamente era a donde nos dirigíamos.

Era un momento clave en nuestro camino. Si todo salía como habíamos previsto, seguramente allí encontraríamos la pieza y tal vez mi trabajo en Praga habría terminado.

Sentí una ráfaga de inquietud. Tenía dudas de lo que había ocurrido la pasada noche en mi habitación y no pude evitar hablar de ello.

—Karel, esta mañana, cuando he despertado te he visto salir de mi habitación.

Sonrió y me dio miedo. No recordaba absolutamente nada de lo que sucedió la noche anterior cuando llegamos al hotel. Era consciente de que habíamos bebido, habíamos bailado... pero nada más.

—Anoche no sucedió nada. Te ayudé a acostarte porque estabas muy mareada. Me pediste que me quedara y lo hice. Nos dormimos los dos. Una lástima, ya ves —ironizó Karel y añadió—: Esta mañana me he ido pensando que estabas dormida. Necesitabas dormir, ¿verdad?

Solté una carcajada liberadora. Y aunque no me hubiese importado acostarme con Karel en otras circunstancias, no eran aquellas las más propicias.

—Zdenka es una mujer muy bella. ¿Hay algo entre vosotros dos?

Karel no apartó la vista de la carretera.

—Ella va a abandonar a Novak. Nos vamos a ir juntos. He pedido una plaza en el conservatorio de Viena y ella vendrá

216

conmigo. No tendrá problemas para entrar en una de las orquestas de allí. Es una virtuosa.

—Pero a veces eso es complicado —argüí.

—Es lo mejor. Nos queremos. Estamos destinados a estar juntos.

Karel parecía seguro de sus palabras. Estaba firmemente convencido de que Zdenka lo abandonaría todo por él.

—¿No has pensado que tal vez ella no sea capaz de abandonar a Novak? Cuesta mucho dejar las cosas —dije recordando lo que apenas una hora antes Zdenka me había dicho.

—No. Ella está decidida, va a abandonarlo. No soporta estar con él y lo que sueña es en vivir conmigo. Lo hemos hablado. Es lo que soñamos los dos.

No me atreví a contradecirle y además dudaba mucho que atendiese a razones. Y aunque estaba segura de que Zdenka estaba locamente enamorada de Karel, mi intuición femenina me decía que era poco probable que reuniese el valor para abandonar a Novak. Pesaba demasiado el recuerdo de un pasado feliz y la esperanza de volver a revivirlo. Compadecí a Karel. Sin duda iba a sufrir.

# Capítulo 31

Cuando llegamos al palacete caía la tarde. Un grupo de turistas abandonaba en ese momento el edificio.

Nos dispusimos a entrar, pero un vigilante con cara de pocos amigos nos comunicó que el horario de visitas había finalizado.

Karel intentó convencerlo, sin embargo el vigilante se mostró inflexible y nos cerró las puertas en las narices.

—¿Y ahora qué hacemos? —dije decepcionada.

—Tranquila, entraremos —dijo Karel.

Durante más de media hora permanecimos sentados en un banco situado justo enfrente del edificio.

Los empleados abandonaron el palacete y Karel entonces me pidió que esperase.

Se dirigió decidido hacia uno de ellos. Era el mismo vigilante que nos había prohibido la entrada. Hablaron durante unos minutos y Karel me hizo una señal para que me acercase.

El vigilante indicó que esperásemos.

—¿A qué debemos esperar? ¿Ha cambiado de opinión? ¿Va a dejarnos entrar? —le pregunté a Karel extrañada.

—Eso parece. Me ha dicho que nos abrirá cuando se alejen los otros trabajadores. No verían bien que nos dejase pasar fuera de horario.

—¿Cómo le has convencido? —pregunté sorprendida.

—Le he dicho que eres una historiadora americana, que tu vuelo sale mañana a primera hora y necesitas visitar el palacete. Le he explicado que estás realizando un estudio muy importante sobre los edificios construidos en el siglo XVI en Praga y le he comentado que de ello depende que te den una beca muy importante.

—¡Y ha accedido a ayudarme! Me sorprende tu poder de convicción —dije contenta.

—Sí, la verdad es que se me da bastante bien convencer a la gente —alardeó Karel—. Pero puede que haya ayudado el prometerle dos mil coronas a cambio de hacernos el favor —añadió.

«Ya me extrañaba a mí tanta amabilidad de un funcionario checo», pensé.

El vigilante al fin nos hizo una señal. Caminaba delante, Karel y yo le seguíamos. Abrió una puerta lateral y nos hizo pasar.

Al momento sentí una vibración extraña. Aquel edificio era tan original como enigmático.

Accedimos a una sala central. El techo estaba profusamente decorado con estucos e imágenes alegóricas. La sala tenía doce lados y por unos pasillos se accedía a las habitaciones de forma romboidal que se encontraban en cada una de las seis puntas de la estrella.

El guía nos condujo por una estrecha escalera hacia el segundo piso, donde había una gran sala decorada con mosaico y cubierta por un techo de madera de forma hexagonal. Los vértices del hexágono estaban unidos por radios, que formaban seis triángulos iguales, dividido a su vez por triángulos y rombos.

No sé qué significado tenía aquello, pero sin duda el que lo concibió era un experto geómetra.

El vigilante nos mostró las habitaciones de los extremos de la estrella, todas ellas presididas por una chimenea de piedra.

—¿Qué estamos buscando? —preguntó Karel.

—Buscamos una pieza que representa el fuego, presumiblemente un tetraedro de piedra.

—¿Y qué símbolo representa el fuego?

—Un triángulo como el que representaba Maier en su emblema.

—Pues mira ahí arriba.

Karel tenía buena vista. El hexágono del techo estaba dividido en seis triángulos, todos divididos a su vez por tres triángulos y tres rombos, excepto uno que estaba formado por cuatro triángulos.

—¡Es el desarrollo del tetraedro! —exclamé al darme cuenta.

—¿Cómo?

—Sí. ¿Nunca has jugado a los recortables en el colegio? En el mío nos hacían montar figuras geométricas de papel. Si cogiésemos los cuatro triángulos que hay ahí arriba, podríamos formar una figura tridimensional: el tetraedro, el símbolo del fuego. Justo lo que buscamos —dije llena de alegría.

—Ya. Pero no creerás que la pieza que buscamos está ahí arriba.

—No sé. Pero en el fragmento de la carta que nos envió James decía que el fuego se custodiará en lo más alto. Esta es la planta más alta, consagrada al fuego. Y lo más alto de aquí es eso de ahí arriba —dije.

—No, no creo que esté ahí arriba, ni tan siquiera creo que esa techumbre sea la original.

El vigilante nos miraba con cara extrañada. Parecía que no entendía muy bien el inglés y no podía seguir nuestra conversación. Karel se dirigió a él en checo y ahora fui yo la que no entendí nada.

—¿Qué le has dicho?

—Le he preguntado si el techo es original. Parece que no tiene ni idea.

De pronto se escuchó un estropicio en la planta de abajo. Era extraño, pues el vigilante había cerrado la puerta cuando habíamos entrado. El vigilante fue a ver lo que ocurría y nos dejó solos. Antes de desaparecer por las escaleras le pidió a Karel que no tocásemos nada.

—Fíjate —dijo Karel señalando la figura del techo—. Cada uno de los lados del hexágono coincide con la base de cada uno de los triángulos que forman las puntas de la estrella. En cada punta hay una habitación.

Así era. Era evidente. Hacía unos minutos el vigilante nos las había mostrado.

—El triángulo en el que está el desarrollo del tetraedro nos está señalando esa habitación —dijo Karel señalando una puerta.

Antes de que pudiera reaccionar, Karel ya estaba dentro.

Era idéntica a las otras que nos había mostrado el vigilante.

—Estoy seguro de que aquí se custodia la pieza. ¿Dónde esconderías tú el fuego? —dijo con ojos divertidos.

Los dos dirigimos la mirada hacia una gran chimenea de piedra que presidía la estancia.

Karel se acercó.

—¿Qué ves?

—¿Una chimenea?

—Exacto, una chimenea de piedra muy bonita.

Era cierto. Era bonita. Tan bonita como las otras cinco que estaban en las otras cinco habitaciones.

—¿Y?

—¡Fíjate en las pilastras!

Dos grandes pilastras de piedra en forma de voluta enmarcaban la chimenea. Karel empezó a palparlas. Yo seguía sin encontrar nada raro en ellas.

—Por aquí tiene que haber algo —dijo.

De pronto sus ojos se iluminaron. Yo lo miraba expectante. Me cogió la mano e hizo que mis dedos recorrieran las pilastras.

—Parece que hay surcos grabados en la piedra —dije.

—Eso es. Cada pilastra representa un monocordio.

—¿Cómo? ¿Y qué es eso? —pregunté.

—Un instrumento musical de una sola cuerda. Lo utilizó Pitágoras para definir los intervalos musicales; y curiosamente Kepler mantuvo una larga relación con un filósofo inglés llamado Robert Fludd que aplicó las divisiones del monocordio para desarrollar una visión cósmica.

—¿Qué estás diciendo? No entiendo nada.

Karel sacó su iPhone y me mostró una imagen de una barra graduada con una voluta y extraños símbolos.

—Este grabado es de la obra de Fludd, *Utriusque Cosmi*. Representa a El Gran Músico afinando el monocordio que condensa la armonía musical con los elementos aristotélicos y los siete metales. Están representados de arriba abajo. He estado trabajando con esa obra.

—Pues sí que parece una afortunada coincidencia —dije sorprendida.

—No. No lo es. James sabía que estaba trabajando en ella.

—¿Qué quieres decir?

—James sabía que yo conocía el significado de este grabado. Él se aseguró que lo conociese. Él mismo me sugirió que estudiase la relación entre Fludd y Kepler.

—¿James sabía que necesitaríamos conocer el monocordio de Fludd para encontrar la pieza? No entiendo de qué nos puede servir esto —dije perpleja.

—Ahora verás. Solo tenemos que tocar la música apropiada. La música de las esferas.

Karel guió mi mano por una de las pilastras.

—En el grabado de Fludd están representados los elementos y los siete metales ordenados de abajo hacia arriba.

—Así es —observé.

—Pero fíjate, en este caso las pilastras representan un monocorde invertido. Así, tendremos que buscar de arriba hacia abajo.

Mientras hablaba mi mano acariciaba la piedra guiada por Karel, y efectivamente, al tocarla se captaba cómo en aquellas volutas se habían hecho unas incisiones transversales.

—Eso que tocas ahora son los intervalos. El primero: Terra; el segundo: Aqua; el tercero: Aer; y el cuarto: Ignis.

—¿Ignis?

—Fuego, y ahora permanece quieta —dijo sujetando mi mano fuertemente.

Le obedecí. Entonces él soltó mi mano.

Karel empezó a buscar las marcas en la otra pilastra. Y empezó a decir en voz alta otra vez, mientras acariciaba la piedra:

—El primero: Terra; el segundo: Aqua; el tercero: Aer; y el cuarto: Ignis. Presiona fuerte —ordenó.

Le obedecí, y mientras los dos presionábamos la piedra cedió y como movido por un resorte se abrió en la repisa una especie de cajón.

Instintivamente miramos los dos a la vez en su interior. Había una pequeña bolsa de piel ajada y polvorienta que parecía contener algo.

Sin dejar de presionar, Karel metió la mano y sacó con cuidado aquello. Una vez hecho me ordenó que dejase de presionar. Al momento el cajón de piedra volvió a cerrarse con un chirrido hueco.

Karel, con cuidado, abrió la bolsa de piel y sacó un tetraedro tallado en piedra del tamaño de un puño.

—¿Es esto lo que buscamos? —dijo sonriendo.

—Exactamente eso —respondí exultante.

Abandonamos la habitación y bajamos las escaleras satisfechos. Había costado, pero al fin lo habíamos conseguido.

Cuando llegamos a la planta baja, justo en los pies de la escalera, encontramos al vigilante tendido en el suelo con una gran brecha en la cabeza.

—¿Qué ha ocurrido? Nos habíamos olvidado de él —dije impresionada.

—Debe haber caído por las escaleras —dijo Karel.

Los dos corrimos en su ayuda. Se encontraba inconsciente y aunque respiraba no fuimos capaces de hacerlo reaccionar.

—Tenemos que llamar a alguien. Necesitamos una ambulancia —dije preocupada al ver la herida tan fea que tenía aquel señor en la cabeza.

Antes de que Karel pudiera sacar el móvil de su chaqueta, unas extrañas sombras se abalanzaron hacia nosotros.

Lancé un grito ahogado. Un extraño hombre vestido de oscuro y con los ojos del color de la sangre estaba sujetándome con sus manos por el cuello. Intenté zafarme de mi atacante con mi golpe maestro: rodillazo en las partes nobles. Pero no funcionó. Aquel mastodonte era mucho más fuerte que yo, y cada movimiento que hacía para liberarme solo servía para que me presionase con más fuerza. Empezó a faltarme el aire, y cuando creía que iba a morir el hombre me lanzó al suelo de bruces. Sentí un gran dolor.

El hombre me cogió de los brazos y me inmovilizó sentándose de rodillas sobre mi espalda.

—No se mueva y no sufrirá ningún daño —le escuché decir al gigantesco bárbaro mientras un dolor insufrible me ahogaba.

El hombre me pegó una cinta adhesiva en la boca, que por el golpe tenía ensangrentada, y me ató las manos detrás de la espalda. Al fin se levantó y de un tirón hizo que me incorporase.

Karel estaba en el suelo inconsciente. Parecía que también le habían dado una buena paliza.

Cuando vi aquello intenté gritar y dar patadas. Sin embargo no sirvió para nada. El hombre me arrastraba hacia fuera del palacete. Otro hombre amordazó a Karel y lo trajo a rastras.

Fuera, un coche de gran cilindrada esperaba. Nos metieron a ambos en el maletero y el coche arrancó a toda velocidad.

# Capítulo 32

En medio de una oscuridad claustrofóbica sentí el cuerpo de Karel a mi lado. Seguía inconsciente, y en aquellas circunstancias hubiese deseado estarlo yo también. Mi cuerpo se zarandeaba en aquel pequeño reducto, golpeándome contra las paredes del maletero y contra el cuerpo de Karel. Sentía como la sangre resbalaba por mi garganta y con aquella maldita cinta que me habían pegado en la boca no podía casi respirar.

La impresión de agobio aumentaba por segundos. Sentía que mi corazón se desbocaba y también una creciente sensación de ahogo. Estaba muy asustada. No sabía quiénes eran aquellos tipos ni a dónde nos llevaban. Aquello tenía muy mala pinta.

De repente una inmensa sacudida hizo que me golpease en la cabeza otra vez.

El automóvil se había detenido. En el exterior se escuchó un largo pitido, como si fuese la sirena de un tren. Entonces comprendí que el viaje aún no había terminado.

Intenté tranquilizarme pese a lo grave de la situación. De repente el coche reanudó la marcha e hizo un quiebro inesperado que hizo que mi cuerpo se apretujara contra una de las paredes del maletero. Noté cómo un borde afilado como un cuchillo se clavaba en mi pierna y un gran dolor me hizo llorar.

El vehículo siguió circulando ahora mucho más despacio. Se escuchaba el ruido del tráfico, parecía que estábamos en la ciudad. Intenté tranquilizarme y pensar. Habría algún modo de salir de allí.

Haciendo una contorsión acerqué las manos de mi espalda al borde afilado que minutos antes se había clavado en mi pierna. La pierna me ardía de dolor, sin embargo sentía un miedo tan salvaje que me hacía olvidarlo.

Froté las cuerdas contra el borde afilado y conseguí romperlas. Instintivamente me llevé las manos a la boca y al fin pude quitarme la cinta que estaba ahogándome.

Zarandeé a Karel y conseguí librarle de las cuerdas y quitarle la cinta de la boca. No reaccionaba, así que le di dos soberanos bofetones y al fin se espabiló.

—¿Qué ocurre? ¿Dónde estamos?

—Shhhh, no grites. Estamos atrapados en el maletero de un coche.

—¿Y la pieza?

—La tenía en mi bolso —conseguí responder.

—Nos han dado una buena paliza ¿verdad? ¿Quiénes son esos? ¿Dónde nos llevan?

No le respondí. No tenía ni idea y estaba aterrorizada.

De pronto el coche se detuvo, se escuchó la puerta de un garaje y el coche rodó unos cuantos metros más, hasta detenerse.

El motor del coche dejó de vibrar.

Se escucharon unos pasos. Estaba sobrecogida. Todo aquello era un disparate y pensé que estábamos perdidos. Pero cuando uno de los hombres abría el maletero, Karel propinó una patada al portón que hizo que le golpease en la barbilla de modo brutal.

El hombre cayó de espaldas y se escuchó un ruido hueco, como si se hubiese roto un melón.

Karel salió de un salto del maletero mientras yo me quedaba tendida boca arriba, tal como una cucaracha, moviendo brazos y piernas de modo descoordinado.

Al verme de semejante guisa, Karel tiró de mi brazo para ayudarme a salir de aquel reducto.

Los otros dos hombres debieron de escuchar algo y bajaron del coche de modo apresurado.

Karel corrió hacia una esquina de aquel garaje, cogió una barra de hierro y como una exhalación propinó un garrotazo a la cabeza de uno de ellos. El hombre se desplomó sangrando.

El tercer hombre, sorprendido, sacó una pistola.

Yo estaba temblando. No podía estar sucediéndonos aquello. Sin embargo Karel no parecía amedrentarse. Avanzaba firme hacia él. Se respiraba la tensión.

El malo quitó el seguro del arma y le ordenó entre gritos que soltase de inmediato la barra de hierro.

Justo en ese momento estaba a mi lado el otro señor malo, al que Karel había golpeado con el maletero. Era el mastodonte que me había amordazado en el palacete e intentaba levantarse del suelo. Lo miré con desdén y no pude resistir la tentación de golpearle con fuerza en sus partes nobles. Mi golpe maestro ahora sí funcionó. Observé satisfecha cómo el muy cretino se revolvía en el suelo de dolor sin parar de gritar.

Karel, aprovechando la confusión, propinó un trancazo monumental al hombre armado y la pistola se resbaló de sus manos hasta precipitarse contra el suelo y dispararse en su propia dirección.

La bala le atravesó la rodilla e hizo que se derrumbase entre grandes gritos mientras un reguero de sangre empapaba sus pantalones.

Grité aterrorizada.

Karel corrió a por la pistola, se la puso en la sien al atacante al que yo había machacado, que era el único que parecía estar en condiciones de poder defenderse y le ordenó que se metiese en el maletero. Cerró el portón de un golpe y lo dejó atrapado.

Mi bolso estaba en el asiento de atrás del coche, lo cogimos y Karel me llevó en volandas fuera de aquel garaje mientras yo no paraba de gritar.

Cuando salimos a la calle corrimos sin parar hasta que llegamos a una gran avenida.

El corazón me latía a ritmo vertiginoso y al fin atrapamos un taxi que nos condujo hacia la estación.

Durante todo el camino estuvimos mirando hacia atrás. Parecía que nadie nos seguía. Entonces me relajé y lloré.

Al llegar a la estación, Karel llamó a Zdenka y le dijo que íbamos a abandonar la ciudad.

—¿Vas a venir conmigo? —le pregunté sorprendida.

—No tengo más remedio que adelantar los planes. Le he pedido a Zdenka que se reúna con nosotros en la estación dentro de una hora. Debemos irnos cuanto antes. No podemos quedarnos aquí. Si nos han seguido, ella también corre peligro.

—¿Y qué te ha dicho?

—Que vendrá –respondió y lanzó un suspiro de alivio.

# Capítulo 33

El próximo tren a Viena partía en diez minutos. Yo había pasado por el baño para revisar mi labio superior, que estaba visiblemente hinchado y me escocía; sin embargo estéticamente no era tan desastroso como sospechaba, incluso me sentaba bien. Otro asunto era la herida de la pierna. Aunque era poco profunda, no tenía buen aspecto. La desinfecté con un poco de agua y unas toallitas antisépticas que llevaba en mi bolso y apliqué un improvisado vendaje.

Habíamos comprado tres billetes y Karel esperaba en el andén a Zdenka.

—¿Estás seguro de que va a venir?

—Sí. Ha dicho que vendrá.

Pasaron los minutos y Zdenka no apareció. Karel estaba realmente preocupado. Llamó varias veces por teléfono, pero Zdenka no le respondió.

—Vamos. Puede que se lo haya pensado mejor y no venga —le dije al ver que el tren iba a partir.

Karel me miró con una expresión triste.

El tren partió hacia Viena a la hora programada. El paisaje sublime, el silencio rotundo y Karel abatido.

Karel siguió intentando ponerse en contacto con Zdenka durante todo el viaje, sin éxito.

Cuando llegamos a Viena, cogimos un taxi. Karel dijo que tenía un amigo que nos proporcionaría alojamiento.

Ninguno de los dos llevábamos equipaje, por lo que decidimos detenernos en unos grandes almacenes situados en el centro de la ciudad para comprar un poco de ropa con la que cambiarnos y los enseres básicos para el aseo.

El teléfono de Karel sonó. Por su expresión deduje que era Zdenka.

—¿Estás bien? —le preguntó nada más descolgar el teléfono.

En la cara de Karel se dibujó el alivio.

—Dice que está bien —me comunicó al advertir que estaba atenta.

Karel se alejó y siguió hablando durante unos cuantos minutos, luego volvió.

Su cara seguía apenada.

—Está bien. Está en su casa con Novak. Parece ser que cuando nosotros nos fuimos la llamó Novak. Se enteró de que aquello de Karlovy Vary era un cuento. Ella se fue enseguida. Le he dicho que tenga cuidado y que no vaya a mi apartamento por si acaso.

—¿Crees que los que nos atacaron saben dónde vives?

—No sé. Pero está claro que nos siguieron hasta el palacete. Han estado vigilándonos.

—Si la relacionan con todo esto, podría estar en peligro —dije preocupada.

—Con Novak al lado, imposible —dijo lanzando una sonrisa amarga—. No te preocupes por ella. Novak la protegerá.

El amigo de Karel tenía un pequeño apartamento cerca de Stephansplatz.

Cuando Karel lo llamó, le dijo que no se encontraba en aquellos momentos en la ciudad. Estaba de gira y no volvería en unos días. Le dijo que podríamos utilizar su apartamento el tiempo que necesitáramos. Nos dio la dirección de su casera para que nos facilitase una llave.

A la casera no le hizo mucha gracia que ocupásemos el apartamento en la ausencia de su dueño. Sin embargo, no tuvo más remedio que acceder tras hablar con el amigo de Karel por teléfono.

Las vistas desde el salón del apartamento eran preciosas, sin embargo la nevera estaba totalmente vacía.

Mientras yo me duchaba y me cambiaba de ropa, Karel bajó a comprar unas cuantas provisiones.

Estaba cansada y angustiada por lo que nos había ocurrido en Praga.

No sabía exactamente qué había pretendido James enrolándome en aquel asunto tan intrincado y cada vez estaba menos convencida de querer seguir con todo aquello.

Karel volvió con dos bolsas grandes de comida. Parecía que tenía miedo de que pereciésemos de hambre.

Me ayudó a curarme la herida de la pierna. Karel señaló que no era necesario poner puntos, dijo que no era muy profunda y curaría en poco tiempo.

Cocinamos unas salchichas y una ensalada, y aunque ninguno de los dos teníamos demasiado apetito dimos buena cuenta de una botella de vino blanco ligeramente dulce.

—¿Quiénes crees que eran esos tipos que nos han atacado? —preguntó Karel.

—No sé. No entiendo nada. James me advirtió que alguien poderoso está detrás de todo esto. Sin embargo no alcanzo a comprender —dije abatida.

—James y también el viejo Josef —dijo Karel.

—Sí, también Josef nos advirtió.

—Accedí a ayudarte porque creía que así ayudaba a James. Él ha hecho mucho por mí. Sin embargo no estoy muy convencido de que sea sensato correr tantos riesgos por algo que ni tan siquiera sospechas qué valor tiene.

Karel estaba muy serio.

—Tal vez tengas razón. A cada momento dudo, pero me siento en deuda con James. Él ha dado su vida por esto, y creo que es justo que llegue hasta el final para averiguar si valió la pena.

—¿Si valió la pena qué? ¿Perder la vida? —preguntó escandalizado Karel—. Dudo que nada sea tan valioso que merezca perder la vida.

Yo pensaba lo mismo, fuese lo que fuese lo que estaba buscando, dudo que valiese la pena pagar con tu vida por ello; pero James lo había hecho y yo no podía obviarlo.

—Aquí estamos a salvo. Confío en que los matones que nos enviaron no hayan podido seguir nuestra pista, ¿qué piensas hacer ahora? —preguntó Karel.

Le miré melancólica y no supe qué responder.

Seguimos bebiendo vino.

—¿Estás triste por lo de Zdenka?

—No. Más bien decepcionado, pero no pasa nada —dijo intentando quitar hierro al asunto.

—Tal vez sea lo mejor. Hablé con ella, ¿sabes?

Karel levantó sus enormes ojos claros.

—¿Y qué te dijo?

—Me dijo que te quería, pero le resultaba muy difícil abandonar a Novak. Había recuerdos que no podía borrar.

—¿Eso te dijo? —preguntó Karel tensando el rostro.

—Sé que no debo inmiscuirme, pero creo que lo mejor es que te hagas a la idea y sigas tu camino.

—¿Que la olvide?

Se hizo un silencio. Tal vez me había excedido haciendo de consejera de quien no me había pedido consejo.

Karel puso más vino en su copa y en la mía, y suspiró mientras se acomodaba en el sofá. Sus rizos se desparramaban insolentes sobre su frente.

—Tal vez tengas razón. Debería de olvidarla. Igual que tú deberías de olvidar a James —dijo con tono hastiado.

—*Touché* —respondí rendida y le alcé la copa de vino para brindar.

Tomamos más vino, Karel me contó sus descubrimientos en su investigación. Parecía ser que las matemáticas y la música habían ido unidas a lo largo de toda la historia. Sostenía que todo buen músico debía poseer un estricto sentido matemático del tiempo para poder interpretar y concebir la música. Sus cejas encuadraban peregrinamente unos ojos efusivos y vibrantes. Hablamos sobre su trabajo y sobre el mío, me contó algunas anécdotas con sus alumnos y yo le conté algunas con los míos, me habló de su vida en Praga y cuánto adoraba esa ciudad. Yo le hablé de Nueva York... Charlamos y reímos hasta que el sueño nos venció.

Cuando desperté a la mañana siguiente, Karel había preparado un desayuno opíparo. En medio de la mesa había una inmensa tarta Sacher, todo un atentado contra mi silueta, y se respiraba un exquisito aroma a café.

—Ya has despertado. Tienes que probar esto —dijo entusiasmado mientras daba cuenta de la tarta y sin pedirme parecer me sirvió un trozo. Él tenía los labios llenos de chocolate.

—¿Sabes ya quién es ese Jeremías que te tiene que guiar para averiguar el siguiente paso?

—Tengo una leve sospecha.

—¿Es más guapo que yo?

No pude dejar de reír.

—No. Supongo que no.

—Entonces, si no lo es, ¿te quedarás conmigo?

Sonreí mientras comía chocolate.

—¿Has averiguado ya el código del mensaje, verdad? —quiso saber.

—Creo que sí.

—¿Vas a irte?

—Sí —respondí y lancé un suspiro.

—¿Me vas a decir a dónde?

—No.

—¿Y cuándo?

—Hoy mismo. Si me quedo más peligra mi figura —bromeé.

Sus ojos claros expresaban una franca comodidad.

—¿Lo has pensado bien? —dijo cogiéndome las manos. El tacto de sus dedos largos y suaves me produjo un agradable escalofrío y entonces caí en la cuenta de que de verdad no me había parado a reflexionar sobre mi decisión.

—Me preocupa lo que te pueda ocurrir —susurró.

Yo le miré con ternura y él continuó hablando mientras acariciaba mis manos.

—Podríamos quedarnos los dos aquí en Viena una temporada. Mi amigo me buscaría trabajo en cualquier orquesta y podríamos intentar olvidar juntos, podríamos comer tarta de chocolate todos los días, incluso podríamos ir a la ópera.

Sonreí.

—Es una oferta muy tentadora, pero no sé si funcionaría. Mi metabolismo no sería capaz de procesar tanto chocolate.

Los dos nos reímos.

—¿Eso es un no? —dijo con voz impostada.

—Debo continuar. James me lo pidió. Fue lo último que hizo y no puedo negarme.

Solté mis manos de entre las suyas y le acaricié el rostro. Karel era un cielo.

—¿Y tú qué piensas hacer? —le pregunté.

—Tendré que sobreponerme de tu rechazo —ironizó y los dos reímos. Yo le abracé durante unos segundos y al separarnos él tensó su rostro para explicar—: Pasaré unos cuantos días aquí. Pero pronto voy a volver a Praga.

—¿Estás seguro?

—Sí. Estoy seguro de que necesito estar con Zdenka.

Lo comprendí y lo compadecí. Karel tenía encendida en su pecho la misma brasa que me consumía a mí. Un fuego que solo se podía apagar con las caricias del ser amado y los dos lo teníamos crudo.

# Parte IX: Aqua

## Capítulo 34

El mensaje de James concluía así: «*Si lo consigues ve al siguiente paso y que Jeremías te guíe. Tunc step: dvbnlfgs hg 65 olmwlm hi g blfmt*».

«Curiosa retahíla», pensé nada más verlo. En latín tunc step significa exactamente «siguiente paso», por lo que era de suponer que la retahíla sería un código que contendría un mensaje que me guiaría hacia mi nuevo destino.

Jeremías debía guiarme, pero Jeremías no era un hombre como supuso Karel, sino un libro. *El libro de Jeremías*, el segundo libro profético de la Biblia, en el que se utilizó por primera vez el código Atbash, que era la palabra cifrada en hebreo de Babilonia. Era un simple código por sustitución, en el que cada letra del alfabeto se reemplazaba por la que correspondía ordenándolas inversamente.

Descifrarlo me costó exactamente cinco minutos. Aquella retahíla correspondía a una dirección y a un nombre, solo tenía eso: Weymouth St. 65 - London - Sr. T. Young. No era poco si consideraba cómo solía gastárselas James.

Acababa de aterrizar en Heathrow cuando sonó mi móvil. Era Peter. De nuevo me interrogó sobre mi paradero y me preguntó cuándo pensaba volver a Nueva York. Me reprochó no haberle llamado los últimos días y me contó que había contratado a un nuevo becario, lo que no me hizo ninguna gracia.

En el aeropuerto tuve que cambiar moneda. Los euros no servían en aquel país. Cogí un taxi, y por algo más de cincuenta libras me llevó a la dirección indicada conduciendo al revés.

La dirección que me proporcionó correspondía a un edificio de apartamentos de ladrillo rojo. En los bajos había una tienda de ropa. Miré en los telefonillos con la esperanza de encontrar alguno que se correspondiese con el nombre de T. Young, pero no hubo suerte. Entonces decidí preguntar en la tienda, pero la dependienta no supo darme razón de aquel nombre.

—No conozco a nadie del edificio con ese nombre. Tal vez tenga la dirección equivocada —dijo y fue cuando caí en mi error.

Había cambiado las letras, pero no los números. El 65, si utilizaba el mismo procedimiento que en el alfabeto e invertía su orden del 0 al 9, en realidad correspondía al 34.

Salí de la tienda y apenas unos pasos atrás, justo en el 34, se alzaba una bonita casa de tres plantas de estilo victoriano que puede que en otro tiempo perteneciese a alguna familia acomodada de la ciudad y que, a juzgar por los telefonillos, ahora se dividía en apartamentos. Busqué entre ellos el nombre que llevaba anotado, y eureka. James se había portado bien por una vez.

Una voz de mujer me respondió, le dije que era Julia Robinson y que quería hablar con el señor Young. La señora me hizo subir a su apartamento.

Cuando la vi creí estar viendo a la reina de Inglaterra. El mismo pelo blanco cardado, el collar de perlas blancas, las gafas... si no fuera por la bata rosa hubiese dudado.

—Tiene usted un gran parecido...

—Sí. Todos me lo dicen. La Reina —dijo sonriendo sin dejarme acabar la frase.

—Soy Julia Robinson y busco a Young... T. Young.

—Soy Tracy Young, pero dudo que me busque a mí. Tal vez buscará a Timothy. Es mi hijo.

—Sí, eso es, Timothy —dije dando por supuesto que buscaba a alguien de sexo masculino.

—Ya no vive aquí. Pasó una temporada después de lo de su divorcio, pero hace unas semanas se trasladó a un apartamento cerca de la universidad. ¿Es usted amiga suya?

—Bueno. Es amigo de un amigo mío y creo que tiene algo que darme —respondí.

—Amiga de un amigo. Vaya. No parece usted de aquí —dijo mientras se ajustaba las gafas a la diminuta nariz.

—No, soy americana.

—¿Americana? Vaya.

—¿Me podría usted facilitar el teléfono de Timothy? Es importante —le pedí un poco ansiosa.

—Sí. Cómo no. Pero pase, por favor —respondió amable.

La decoración del apartamento era típicamente inglesa. Destacaban la tapicería con grandes estampados a juego con las cortinas y los pequeños portafotos con las imágenes de la familia real. Era el escenario perfecto para un capítulo de Benny Hill.

La señora me facilitó el teléfono de Timothy e insistió en que tomase un té con ella. No tuve más remedio que acceder. Me contó que su hijo trabajaba en el Imperial College y estaba especializado en física teórica. Decía que lo había pasado muy mal con su divorcio, parece ser que su mujer se largó con un vendedor de seguros de la City y se llevó a los dos niños. La mujer contaba apenada que apenas había visto a sus nietos después de lo del divorcio. Me pregunté qué relación tendría con James.

Nada más despedirme de la señora llamé al teléfono que me facilitó. Me respondió una voz grave y, tras identificarme, quedamos en veinte minutos en el Café Consort, en el Royal Albert Hall.

Cogí otro taxi que me llevó con rapidez a la cita. Timothy Young aún no había llegado, por lo que le esperé en una mesa próxima a la entrada. Cuando llegó, a la hora convenida haciendo gala de una estricta puntualidad inglesa, vino directamente hacia mí. En un principio me sorprendió su poder de deducción, hasta que reparé en que no había otro cliente en la cafetería.

—Soy Timoty Young. ¿Es usted Julia Robinson?

—Sí, soy yo. Encantada de conocerle.

El señor Young se sentó enfrente de mí.

—¿Ha pedido ya? —preguntó mientras se desprendía de su abrigo y de la bufanda.

—No. Aún no. Acabo de llegar.

—¿Le apetece tomar algo?

—Sí. Un café estaría bien —dije accediendo a su invitación.

El camarero nos sirvió dos cafés, acompañados de dos galletitas de mantequilla envueltas con un papel plastificado con los colores de una falda escocesa.

—Como supongo que ya sabrá, soy amiga de James y creo que usted tiene algo para mí.

El señor Young me miró de soslayo y no tardó en responder.

—Efectivamente. James me dijo que vendría a buscarme. De hecho estaba esperándola —afirmó con calma.

—Ha recibido usted un e-mail para mí, ¿no es así? —le inquirí nerviosa.

Llevaba algunas horas en pie y estaba decidida a liquidar aquel asunto rápidamente. Sin embargo, el señor Young parecía no tener la misma prisa.

—Sí, así es. Lo recibí hace unos días —reconoció tímidamente.

—Pues si fuera tan amable —apremié.

El señor Young tomó un sorbo de café con parsimonia y me miró con detenimiento.

—No tan deprisa —dijo tajante.

—¿Qué quiere decir?

—Acabamos de conocernos. Tal vez antes de darle el mensaje debería usted demostrarme que es quien dice ser.

—¿Cómo? ¿Quiere que le enseñe mi pasaporte? —me sorprendí.

—Sería una buena prueba —sentenció irónico.

—Si insiste —dije un tanto molesta y lo extraje de mi bolso.

Al cogerlo una media sonrisa se dibujó en su rostro, y entonces caí en la cuenta de que la foto de mi pasaporte no era precisamente la más favorecedora que me habían tomado. En un ataque de rabia se lo arrebaté de las manos.

—Veo que es quien dice ser —dijo sin que se borrase la sonrisa burlona.

—¿Va entonces a darme ya el mensaje? —insistí.

El señor Timothy tomó otro sorbo de café con tranquilidad.

—Tiene usted mucha prisa —observó y pasó a limpiarse la comisura de los labios con la punta de una servilleta de papel.

Pensé en la madre del señor Timothy, a la que acababa de conocer, y ya que me pareció una señora encantadora puse en tela de juicio su filiación.

—Vamos a ver, señor Timothy, si usted es quien dice ser tendrá un mensaje de James para mí. Le habrá encargado que me lo dé. ¿No es así? —intenté aclararme.

—No exactamente —reveló.

Yo permanecí en silencio intentando no mostrar mi exacerbación. Timothy Young vestía con un impoluto estilo que no le favorecía nada y que contrastaba con sus cabellos desordenados y una incipiente barba.

—Pues si es tan amable de aclararme la situación —reclamé con parquedad.

—La situación es la siguiente. No entiendo qué juego se llevan entre manos usted y el señor James. Sin embargo, como amigo suyo que soy, no tengo más remedio que seguir al pie de la letra sus indicaciones. Usted está en lo cierto. James me ha pedido que le dé un mensaje, pero antes me ha encargado que le muestre una cosa.

—¿Y? —pregunté sorprendida.

—James me ha pedido que antes de darle el mensaje le enseñe mi investigación.

—¿Su investigación? —no entendía lo que me estaba diciendo aquel señor.

—Trabajo en el departamento de Física del Imperial College. Mis colegas y yo estamos investigando en un campo que ha abierto el profesor Pendry en colaboración con un

242

grupo de científicos de la Universidad de Birmingham y de la de Dinamarca.

—¿De qué se trata? —pregunté curiosa.

—De magia —soltó sin más.

—¿Cómo?

—La magia de la ciencia —indicó severo.

No pude más que dar un respingo de incredulidad y, ajeno a mi reacción, el señor Young se levantó de la mesa y pagó las consumiciones, mientras se enfundaba la chaqueta y la bufanda nuevamente.

Salimos de la cafetería. Ahora el que tenía prisa era él, y yo lo seguía a paso apresurado.

—Creía que la magia y la física eran incompatibles —dije intentando seguirle.

—Aparentemente así es —respondió mientras accedíamos por un hall enorme a la facultad de física del Imperial College.

Señaló un enorme cartel que colgaba del techo, en el que aparecía su foto en tamaño descomunal junto a una inscripción: «Metamateriales, los nuevos horizontes de la óptica».

—He ahí la magia —dijo satisfecho.

Observé la foto del cartel y lo observé a él, y aunque no había duda de que se trataba de la misma persona, en el cartel figuraba intachablemente peinado, acabado de afeitar y con una sonrisa que mostraba unos dientes estupendamente alineados. Sin duda estaba codeándome con la estrella de la facultad.

Seguimos avanzando por el hall, sorteando estudiantes, profesores y bedeles. Todos saludaron al señor Young con deferencia, indiscutiblemente era un hombre respetado en aquel lugar.

—Este es mi laboratorio —dijo abriendo la puerta de una gran sala donde trabajaban algunos estudiantes entre una maraña de extraños aparatos eléctricos—. Hemos conseguido materiales que hacen que las ondas de la luz pasen alrededor de ellos sin poder ser reflejadas.

—¿Y eso tiene alguna utilidad? —pregunté sin llegar a comprender.

—¡Hemos descubierto la invisibilidad!

—¿La invisibilidad? —pregunté incrédula.

—Así es, la magia de la ciencia —respondió orgulloso.

—Eso es fantástico —acerté a decir, aunque me costaba creer aquello.

—No. No es fantástico, lo maravilloso es que es real —respondió el señor Young.

Salimos del laboratorio y nos dirigimos a un pequeño despacho.

—Aquí hablaremos con más calma —dijo invitándome a pasar.

—Me ha dejado usted petrificada. No sabía que la ciencia avanzaba tan rápido —admití mientras me sentaba en un sillón de piel verde, convencida de que James había diseñado aquel plan para que me encontrase con los tipos más extravagantes del planeta.

—Ahora estamos investigando en el campo de los metamateriales plasmódicos —el señor Young siguió hablando, ajeno por completo a mi escepticismo mientras me mostraba complicados cálculos y algunas fotos— para conseguir ocultar objetos tridimensionales a plena luz del día.

—Eso parece muy interesante. ¿Pero tiene usted idea de por qué James tenía tanto interés en que me mostrase su investigación?

—No sé qué asunto se llevan entre manos ustedes dos. Pero recibí instrucciones precisas. Dijo que debía de mostrarle mi investigación antes de entregarle el mensaje.

Entre los dos se hizo un silencio mínimo que tal vez el señor Young detectó como incómodo, así que retomó la charla.

—Por cierto, ¿cómo está mi amigo James? ¿Sigue con sus enigmas?

Aquellas inocentes palabras hicieron que una vez más mi pecho se cubriera por una gran capa negra. Los enigmas de James seguían, quien no seguía era él.

—Ocurrió algo terrible. James ha muerto —anuncié apenada.

El señor Young se conmocionó visiblemente.

—¡Oh! Lo siento.

Más lo sentía yo y tener que explicar tantas veces lo de su muerte comenzaba ya a pesarme. Cada vez tenía menos fuerzas.

—La versión oficial dice que fue un accidente, pero a estas alturas tengo serias dudas —dije intentando guardar la compostura.

—¿Cómo fue?

—Ya le digo que oficialmente fue un accidente de circulación. Sin embargo ese mismo día envió una serie de mensajes para que yo los recogiera. Todo señala que no fue un accidente. Alguien lo amenazaba y cumplió su amenaza.

—¿Y sabe por qué? —el señor Young estaba sorprendido.

Suspiré e intenté explicarle.

—Creo que su investigación había desvelado algo que a alguien le interesa que esté oculto.

—¿Y cree usted que el mensaje que debo de entregarle ayudará a desvelar eso que alguien quiere que esté oculto? —preguntó arqueando las cejas.

—Así lo creo.

El señor Young quedó pensativo por un momento.

—¿Y sabe de qué se trata?

—Exactamente no. Parece ser que un rey español hace unos cuantos siglos se apoderó de unas piezas que no le pertenecían. Según parece, tenían el poder de abrir una especie de secreto y se encargó de diseminarlas por muchos lugares poniéndolas a recaudo de poderosos familiares con el encargo de custodiarlas.

—Esa leyenda me suena —apuntó misterioso el señor Young.

—¿A usted también? —pregunté irónica, pero él no parecía estar para ironías.

—¿Tiene usted la menor idea de dónde está metida? —me advirtió con el semblante hierático.

—Me temo que no —reconocí.

El señor Young se recostó sobre el sillón y dijo:

—Presumo que se trata de esa vieja leyenda de la que nadie ha podido comprobar su veracidad ni nadie conoce su secreto.

—¿Entonces puede usted ayudarme? —pregunté esperanzada.

—Tal vez. Pero sospecho que no estamos seguros aquí. ¿Cree que alguien le ha podido seguir?

—No lo creo —dije confundida.

—Será mejor que vayamos a mi apartamento —zanjó levantándose de la silla.

# Capítulo 35

Salimos del edificio y apenas a dos manzanas el señor Young tenía un pequeño apartamento en la planta baja de otro edificio típico inglés. Contaba con un salón con cocina que se abría a un pequeño jardín interior, un baño, una habitación y un pequeño despacho donde se amontonaban cientos de libros y hojas de papel repletas de anotaciones y cálculos.

No parecía un hogar, excepto por un par de muñecos articulados que había encima del sofá.

Me invitó a que me sentase mientras retiraba los muñecos.

—Son de mis hijos. Pasaron el fin de semana conmigo y cuando vienen dejan sus cosas esparcidas.

Me costó imaginármelo en su papel de padre.

—No se preocupe —dije acomodándome.

El señor Young fue a la cocina y volvió con una bandeja con dos tazas y una tetera.

—Creo que James estaba en un buen lío. Y creo que también lo está usted —dijo vertiendo agua caliente sobre una bolsita de té.

—¿Por qué lo dice?

—Es obvio que el asunto en el que está enfrascada no tiene buena pinta. Yo le recomendaría que volviese a su país y olvidase este asunto.

Aquellas palabras me sonaban y no me apetecía lo más mínimo volver a escucharlas.

—Sí, ya he oído eso antes. Sin embargo he decidido continuar hasta el final. Si es tan amable le agradecería que me diese el mensaje de James. Estoy muy cansada, acabo de llegar a Londres y ni tan siquiera tengo aún hotel. Usted lo comprende, ¿verdad? —dije visiblemente molesta.

El señor Young intentó disculparse.

—Lo siento, no era mi intención importunarla. Sin embargo creo que James no era consciente de lo peligroso del asunto. De hecho usted misma me ha mencionado su sospecha sobre el asesinato de James.

Parecía que sabía de lo que estaba hablando, sin embargo no me apetecía seguirle el juego. Si tenía que decirme algo, que lo hiciese ya.

El señor Young sacó su iPhone y me reenvió el mensaje.

—Ya tiene lo que quiere —dijo al escucharse el sonido del nuevo mensaje en mi móvil.

—Eso parece —afirmé y comprobé haberlo recibido.

El mensaje de James, como de costumbre, era escueto y sin ningún sentido aparente. Solo dos palabras: NEWTON's AEnigma. Y contenía un archivo adjunto que, como ya era tradición, debía de abrirse con una clave que yo no tenía.

—De todos modos, creo que debería abandonar ahora que aún está a tiempo. Puede que si continúa sea demasiado tarde —sentenció.

—Le agradecería que fuese claro conmigo. No tengo ánimos para continuar escuchando insinuaciones intimidatorias. Si usted está convencido de que esto es muy peligroso, le agradecería que me informase en qué se basa para hacer tales afirmaciones.

De verdad que estaba muy cansada. No soportaba a este hombre con su estirado comportamiento, y lo que me pedía el cuerpo era salir de allí cuanto antes.

El señor Young tomó un sorbo de té y de pronto se le encendió la mirada.

—Señorita Robinson, James estaba hurgando donde no debía. Esa leyenda de la que me ha hablado no es tan fantasiosa como parece. Ahora comprendo por qué James quería que le enseñara mi investigación.

—¿Qué quiere decir?

—¿Entiende usted por qué hubo tantos hombres que perdieron la cabeza buscando la piedra filosofal?

—Ni idea, tal vez porque les sobraba el tiempo y decidieron invertirlo buscando una quimera. Considero que todo lo relacionado con la alquimia es paparrucha de locos ociosos —manifesté antes de dar un resoplido de fastidio.

—¡Lo ve! —soltó como si esperase exactamente esa respuesta de mí.

—¿Qué quiere que vea? —pregunté confundida.

—Señorita Robinson, usted no puede continuar con una investigación que no se cree. Esto no es un juego. Esto no es fantasía. ¿Lo entiende?

—No —reconocí con cara de fingido abobamiento, pues él estaba acabando con mi paciencia.

—Escúcheme bien. Soy profesor en el Imperial College de Londres. Mi especialidad es física teórica. ¿Cree que soy un chalado ocioso?

No sabía hasta dónde quería llegar con su pregunta.

—Es evidente que no. Su formación científica le preserva de caer en los juicios basados en suposiciones. El pensamiento de la ciencia está basado en pruebas y datos contrastables. La ciencia es objetiva —afirmé categórica.

—Eso nos enseñó Newton, ¿verdad? —se lamentó irónico.

—Newton y muchos otros. Lo que caracteriza a la ciencia es precisamente eso. Es analítica, metódica, clara, precisa, sistemática y verificable; es lo que la diferencia de la creencia y la opinión —dije hastiada.

—¿Eso parece, verdad? Sin embargo, la ciencia no se basa en verdades irrefutables; si fuese así no avanzaría —apuntó.

—¿Qué quiere decir? —increpé.

—¿Qué persona en su sano juicio podría creer que existe una piedra con el poder de transformar el plomo en oro? ¿Qué persona con formación científica podría suponer que existe una sustancia capaz de dotar a los seres humanos de inmortalidad?

—Creo que nadie en su sano juicio podría pensar semejantes barbaridades.

—¿Y quién en su sano juicio afirmaría que la invisibilidad es posible?

—Eso es diferente —interrumpí.

—¿Por qué?

—Hace unos años nos hubiésemos reído de eso; pero es así, es posible y ese descubrimiento es fruto de la investigación científica, no de la fantasía —argumenté.

—Entonces usted, señorita Robinson, el problema que tiene es el de la legitimización —afirmó con sorna.

—Yo no tengo ningún problema —protesté molesta.

El señor Young estaba acabando con mi paciencia. No tenía ninguna intención de seguirle el juego, sin embargo él era de ese tipo de personas que sabía bien cómo lanzar el cebo, y yo de las que, aunque intentaba resistirme, no podía evitar picar.

—Por supuesto que sí que lo tiene. Cree en la invisibilidad porque un grupo de señores que se llaman a sí mismos científicos le han dicho que existe y pueden probarlo. Es usted muy dogmática, señorita Robinson —dijo con cinismo.

—¿Dogmática? —pregunté hostigada. Él me estaba sacando de mis casillas y lo sabía, por eso continuó a lo suyo.

—Sí. El dogmatismo es el mal que ha asolado la evolución científica a lo largo de la historia. La iglesia con su brazo inquisitorial protegiendo verdades irrefutables, los imanes velando por la palabra de Alá, los dictadores defendiendo sus sistemas políticos, las personas que niegan la posibilidad de una realidad distinta a la que conocen... todo eso es fruto del dogma. De suponer que existe una verdad irrefutable y defenderla hasta la muerte.

—De verdad, señor Young. No entiendo por qué me dice eso.

El tipo era de un pesado que rayaba lo irritable. Me estaba juzgando sin conocerme, y la verdad es que ni me apetecía que me juzgase ni que me conociese.

—Señorita Robinson, ¿sabe usted dónde hubiésemos acabado mis colegas y yo de haber vivido hace tan solo cuatro siglos? —preguntó de manera retórica y agregó—: Yo se lo diré. En la hoguera como Giordano Bruno y tantos otros, o condenados a la reclusión como Galileo.

Eso dijo y en ese momento no pude evitar pensar: «Dios, por favor, chamúscalo con tu rayo todopoderoso». Tras este insano pensamiento intenté cortar aquella absurda conversación.

—Mire, sinceramente no entiendo qué relación tiene todo lo que me está diciendo con James y conmigo.

—James quería que le mostrase mi investigación —continuó con su tono insolente— para hacerle comprender que tal vez existe una posibilidad de que todo lo que usted

251

llama paparruchas y desprecia con tanta vehemencia tenga algo de verdad.

«Ahhh...», pensé para mis adentros. El señor Young, el mismo engreído que tenía en el hall de su facultad un cartel con su foto tamaño extra y de manera ardorosa defendía su punto de vista, me llamaba a mí vehemente.

—No lo creo —me defendí sin mucho entusiasmo.

—Ya veo que es usted difícil de convencer, pero ¿y si en vez de decírselo yo se lo dijese el padre de la ciencia?

—¿Quién? —pregunté confundida.

—Lo tiene en el mensaje que le dejó James. ¿Tal vez si se lo dijese Newton lo creería?

—¿Newton?

—El mismísimo Isaac Newton dedicó parte de su vida a la búsqueda de la piedra filosofal. Durante horas y horas se encerraba en sus laboratorios para desarrollar experimentos alquímicos y registrar concienzudamente los resultados. Dedicó muchos años a su estudio. Todos sus escritos fueron ocultados, incluso se ha llegado a decir que quemó parte de ellos antes de morir.

—¿Y eso qué prueba?

—Lo que prueba es que James quería que usted investigase la obra de Newton. En ella debe haber alguna referencia a las palabras que él menciona y puede que estén en sus escritos sobre alquimia.

—¿Sabe lo que significan exactamente las palabras que James me ha enviado en su mensaje? ¿El enigma de Newton?

El señor Young comenzó a reír.

—No sé. Puede ser cualquier cosa. Newton, como ya le he dicho, dejó muchos escritos sobre variedad de disciplinas. Una parte de los que hacen referencia a la alquimia se subastaron en Sotheby's en el año 1936. La mayoría fueron comprados por un economista llamado John Maynard Keynes, otros fueron a parar a lugares tan dispares como el King College, Cambridge, Ginebra o Jerusalén. Tal vez deba echarle un vistazo al Newton Project.

—¿Newton Project? ¿Y qué demonios es eso?

—El Newton Project fue promovido en 1998 con el fin de intentar localizar, catalogar y publicar todas y cada una de las obras de Newton, con el fin de conseguir una Opera Omnia de su legado; la Royal Society contribuye con una generosa beca a este quehacer.

—Parece muy interesante. Así que, si no he entendido mal, ese proyecto intenta recopilar todas las obras conocidas de Newton. Por lo tanto, si Newton dejó su enigma por escrito debería estar en ese proyecto, o tal vez no —aventuré.

—Efectivamente, puede que se encuentre o tal vez no. Pero podría usted intentarlo. Tal vez eso le ayude a reflexionar sobre cómo un hombre de la talla intelectual de Newton pudo permitirse el lujo de perder el tiempo con paparruchas.

«Touché», pensé pero no lo dije por orgullo.

—Le invitaría a que se alojase aquí, pero ya ve que no tengo casi espacio —se excusó el hombre.

Me sentí liberada. No creería en serio aquel tipo que me apetecía lo más mínimo pasar mi estancia en Londres en su casa.

—No se preocupe. Me las arreglaré. Ya ha hecho bastante por mí, buscaré un hotel y si preciso de su ayuda le llamaré —dije intentando zanjar la conversación y, de paso, poner distancia a nuestra relación futura.

Sin embargo, el señor Young se creía responsable de mi bienestar.

—No. De ningún modo. Tengo un buen amigo que es dueño de uno de los hoteles más bonitos de la ciudad y, además, casualmente es miembro de la Royal Society. Seguro que está encantado de alojarla en su hotel y ayudarle en su investigación.

Aquella idea no me entusiasmó; temía que su amigo fuese tan insufrible como él.

Por mucho que insistí en que no se molestase por mí, el hombre llamó a su amigo y en cuestión de media hora me encontraba de nuevo a bordo de un taxi, camino a mi destino con mis escasas pertenencias y con todo un enigma que resolver, planteado ni más ni menos que por Newton: el padre de la ciencia, como muy bien se había encargado de recalcar el señor Young. Dudé de estar a la altura. Pensé en James y deseé que estuviese ahora mismo a mi lado, solo por el placer de darle un buen pescozón. Esta vez había sido excesivamente cruel conmigo.

Eran las once y media de la mañana cuando el taxi se detuvo enfrente de un espectacular edificio victoriano situado en una amplia avenida.

«Mandarin Oriental Hyde Park», anunciaba en dos fulgurantes placas doradas grabadas bajo lo que parecía un abanico sobre la base de sendos pilares que enmarcaban la entrada.

Un botones, equipado con casaca roja y sombrero de copa, se apresuró a abrirme la puerta del taxi. Pagué al taxista y el botones insistió en llevarme la bolsa.

El recepcionista me estaba esperando. Me registré y me acompañaron a la habitación.

Cuando abrió la puerta me quedé asombrada.

—Su suite tiene vistas a Hyde Park —dijo el botones descorriendo las cortinas de unos enormes ventanales.

Un manto de verdor irrumpió en la estancia decorada en tonos crema, beige y dorados. En los techos, lámparas de araña; y en los suelos, maderas nobles.

En aquella «discreta» habitación había un amplio salón con una original chimenea, que se abría a una pequeña terraza privada y un dormitorio con un baño de mármol negro y marfil.

Todo aquello supuraba un refinado clasicismo inglés tan escandalosamente lujoso que pensé apurada que de ningún modo podía pagar un alojamiento así. Aquello era más grande que mi apartamento de Nueva York. Tal vez no había sido buena idea acceder a la invitación del señor Young.

El botones pareció leerme el pensamiento.

—Acomódese a su gusto y si necesita algo no tiene más que marcar el uno en el teléfono. Tiene un mayordomo a su disposición. Lord Tyler ha insistido en que le solicitemos que acepte ser su invitada mientras dure su estancia en Londres. Para él será todo un honor.

Aquello me pareció excesivo. No podía permitirme tanta generosidad de un desconocido. A punto estuve de marcharme de allí; sin embargo, estaba tan cansada que pensé que por un par de días no pasaría nada.

—Dígale que el honor será mío.

Me di una ducha y me cambié de ropa. Pensaba almorzar y pasarme la tarde comprándome trapitos. Todas mis pertenencias se habían quedado en el hotel de Praga y solo llevaba lo poco que compré en Viena con Karel. Me propuse que si tenía que enfrentarme con el enigma del padre de la ciencia en aquella ciudad de estirados dandis, iba a hacerlo perfectamente vestida.

Antes de salir del hotel pregunté en recepción dónde estaba la mejor zona de *shopping* en Londres. El recepcionista, un chico vestido con un impoluto traje, sonrió mirándome de arriba abajo; hasta un simple recepcionista de hotel se daba cuenta de la evidencia: necesitaba urgentemente renovar mi vestuario.

El chico sacó un mapa de debajo del mostrador, lo extendió y rotulador en mano me mostró con entusiasmo dónde se encontraba el meollo de la moda en la capital británica.

Aunque tenía marcadas en el mapa varias zonas, me centré en Regent y Oxford Street. Antes de empezar mi periplo de compras hice acopio de energías con un buen almuerzo en un coqueto pub, pedí una crema de queso con espárragos y un plato de cuscús con pechuga de pollo. Bebí cerveza Porter, creo que fueron dos pintas, porque cuando salí me encontraba un poco mareada, aunque con un puntito alegre que me llenó de energía.

Seis vestidos, cuatro vaqueros, tres faldas y una docena de blusas; además de dos pares de botas, tres pares de zapatos, dos blazers, una chaqueta, un abrigo, mucha ropa interior, un neceser con cosméticos, un frasco de mi perfume preferido y algunos complementos fueron el botín de la tarde.

Cuando regresé al hotel, pasadas las seis y media, tendí la ropa sobre la cama y la miré satisfecha. La colgué cuidadosamente en las perchas y cerré el armario. Misión cumplida. Ahora, con el armario bien surtido, por fin podría enfrentarme a cualquier reto.

# Capítulo 36

Eran las siete en punto cuando sonó el teléfono de mi habitación.

—Señorita Robinson, soy Harry Tyler —comenzó a decir en perfecto inglés una voz masculina—, el amigo del doctor Timothy Young. Quería darle la bienvenida a mi hotel e invitarla a cenar.

La voz sonaba afable, así que accedí a la primera.

—Será un placer —respondí.

—Entonces le espero a la ocho en punto en el bar.

—De acuerdo.

Me tumbé en la cama y repasé mentalmente todo lo que me había dicho el doctor Young. Newton, la alquimia, la Royal Society y un enigma. Todo eso solo para poder abrir el mensaje de James que me conduciría a la siguiente pieza, que presumiblemente se encontraba en algún lugar de Londres. Me estaba cansando antes de empezar. Parecía todo demasiado complicado.

A las ocho en punto estaba franqueando las puertas del bar ultra-trendy del hotel, perfectamente vestida y calzando unos imponentes tacones. Iba con poco entusiasmo, pues me afligía tener que volver a lidiar con otro estirado dandi de la calaña del doctor Young, aunque su voz había insinuado lo contrario cuando hablamos por teléfono. A pesar de mis temores, me sorprendió gratamente lo que vi.

—Señorita Robinson, es un placer tenerla aquí —dijo con naturalidad un atractivo individuo mientras abandonaba una de las mesas del bar—. Soy Harry Tyler —añadió y me extendió su mano.

Cuando le respondí entregándole la mía, la cogió poderosamente y se acercó a mi mejilla para darme dos besos. Olía muy bien.

—Siéntese y tomaremos un aperitivo antes de pasar al restaurante.

Nos sentamos y un camarero se acercó.

—Dile a John que le prepare a la señorita uno de sus cócteles especiales —dijo el señor Tyler sin permitirme meter baza en el asunto.

—Quería agradecerle su generosa invitación. Tiene usted un hotel muy bonito —manifesté con deferencia.

—No tiene ninguna importancia, es para mí un placer que se aloje aquí. Sabe, ni tan siquiera es ya mi hotel.

—¿Ah, no? Creía…

—Mi bisabuelo lo construyó en 1889 y abrió sus puertas como el club de caballeros Hyde Park Court. Diez años más tarde sufrió un devastador incendio que destruyó gran parte del edificio, y tres años después, en 1902, se reabrió con el nombre de Hyde Park Hotel. Fue glorioso, era el hotel más grande, nuevo y lujoso de la época. Ha sido y sigue siendo el hotel favorito de la familia real británica. Mi familia lo regentó, hasta que en 1996 el London Mandarin Oriental Hotel Group nos compró por un buen puñado de libras. Ya sabe, todos tenemos un precio.

—Sería un muy buen puñado —observé.

—Mi familia accedió a cambio de conservar parte del accionariado y la gerencia del mismo. Por eso yo estoy aquí. Si no hubiese sido así, tal vez estuviese ahora en alguna isla paradisíaca disfrutando de la pesca y la navegación.

—Pero aquí tampoco se está mal —apuntillé divertida.

El camarero se acercó y me sirvió un llamativo cóctel.

—Está delicioso —dije sorbiendo de la pajita que sobresalía de un cúmulo de hielo picado teñido de color violeta.

—Es el cóctel Hyde Park. Es una invención de nuestro barman, sin duda el mejor de la ciudad. Lleva dry gin, zumo de lima, moras silvestres de Hyde Park y un toque secreto.

Seguí sorbiendo de la pajita mientras observaba a aquel curioso, adinerado y cautivador personaje que siguió contándome, sin dejarme que pronunciara palabra, las venturas y desventuras de su aristócrata familia. Tenía un aire a Harry Connick júnior: castaño, ojos claros, labios voluptuosos, rondaría los cuarenta y era obvio que era consciente de su irresistible atractivo; pero era capaz de disimularlo con una espontaneidad pasmosa.

Cuando pasamos al restaurante estábamos en el capítulo de la última boda real británica y todos los eminentes y reales personajes que pasaron por allí. Una deliciosa música sonaba en el comedor.

Como era de esperar pidió por mí, y mientras un plato se sucedía a otro: pastel de setas y alcachofas, carne afrutada, tarta de queso británico, vino blanco de Borgoña y tinto del Valle del Ródano, desde la mesa para dos junto al inmenso ventanal, presencié las luces del atardecer sobre Hyde Park, mientras sonaba «Claro de luna» de Debussy y entonces, sin querer, me acordé de James. Deseaba tanto que estuviese conmigo que, pese a todo lo que había comido, un inmenso agujero se abrió otra vez en mi estómago.

Lord Harry Tyler, como lo llamaban todos los empleados del hotel, atisbó quizá una sombra oscura en mi mirada. Adivinó tal vez mi abrumadora nostalgia y al fin dejó de hablar.

Durante unos segundos posó su mano sobre la barbilla y permaneció en silencio mirándome fijamente.

—Creo que estoy hablando demasiado. Discúlpeme, soy muy tímido.

—¿Muy tímido? —dije y comencé a reír.

—Sí, de verdad —afirmó riéndose él también—. De pequeño mis padres estaban preocupados. Era un niño retraído y poco hablador. Incluso me llevaron al médico por eso.

Yo no paraba de reír. Me parecía verdaderamente gracioso que dijese eso con tanta naturalidad. Él aprovechó el quiebro para cambiar el trato.

—No te rías. Es verdad. Todo un ejército de psicólogos, logopedas y terapeutas poblaron mi infancia.

—No lo puedo creer.

Aquel tipo, además de un atractivo arrebatador, poseía un gran sentido del humor. ¿Qué más se podía pedir?

—Como te lo digo. Por eso hablo tanto. Ya ves, el tratamiento funcionó —me reveló casi susurrando.

Me arrancó una carcajada y él rio conmigo.

—No te lo tragas, ¿verdad? —dijo moviendo ligeramente la cabeza.

—No —respondí aún con la risa en la garganta.

—Chica lista —dijo levantándose de la mesa y haciendo una graciosa reverencia para ayudar a levantarme.

Salimos del restaurante y Lord Harry sugirió que podíamos dar un paseo por Hyde Park. Aunque mis zapatos no eran los ideales accedí sin pensarlo dos veces. Hacía una noche magnífica, factor poco frecuente en Londres según parecía, y no era cuestión de desaprovechar esa condición.

Seguimos paseando. Me contó cómo conoció a Timothy cuando estudiaron física en Cambridge.

—¿Y se puede saber qué hace un físico regentando un hotel? —pregunté sorprendida.

—Ya ves, el linaje obliga. No es cierto eso que dicen de que el dinero te da libertad, es justo lo contrario. Timothy, mi compañero de humilde origen, ha podido consumar su sueño y trabajar en lo que le apasiona. Yo, sin embargo, tengo que conformarme con financiarlo.

—Es un fastidio ser rico —observé con ironía.

Harry sonrió con resignación.

—Bueno, ya he hablado bastante de mi vida —dictó con resolución y cogiéndome del brazo continuó—: Debemos hablar de lo que Timothy me dijo que te interesaba.

—¿Y qué es eso que presumes que yo quiero saber? —respondí dejándome llevar del brazo.

—Timothy me ha contado que estás realizando una investigación en la que Newton y la Royal Society juegan un papel importante. No sé si sabes que el propio Newton presidió la sociedad. Y como ya supondrás, soy un miembro distinguido de la Royal Society, y no precisamente por mis grandes aportaciones personales al campo de la ciencia y del conocimiento, sino más bien por las onerosas aportaciones que ha realizado mi familia desde su fundación.

—Algo de eso me mencionó Timothy y estaría encantada si me pudieses ayudar.

—Soy todo oídos.

Al fin Harry cumplió lo prometido y estuvo unos minutos en silencio; así pude contarle a grandes rasgos el lío en que andaba metida y lo importante que era para mí encontrar la clave que James me había dejado.

—Newton's AEnigma. ¿Esas palabras tienen la clave? —preguntó.

—Sí. Es imprescindible que las descifre para poder proseguir.

Harry parecía pensativo.

—Timothy me dijo que existía un proyecto sobre Newton —dije.

—Newton Project —se adelantó—. Supongo que Timothy ya te habrá hablado sobre él.

—Así es.

—Pues estás con la persona adecuada. Ya ves, Timothy ha estado muy acertado al traerte hasta mí. Me apasiona el proyecto. Es una tarea que empezó en 1998. Mi padre y sus amigos de la Royal Society participaron activamente en su puesta en marcha. El objetivo era digitalizar y poner a disposición del mundo todos los escritos de Newton. La Royal Society sigue contribuyendo a esta tarea. Si existe algo parecido a un enigma entre los documentos del Newton Project, sé quién puede ayudarnos a encontrarlo —dijo entusiasmado.

—Es todo un alivio saberlo —respondí agradecida.

—Sin embargo no puedo garantizarte nada. Newton tiene una obra vastísima y gran parte de ella está perdida. Esperemos que tu enigma no lo esté.

—Esperemos.

Nos despedimos en la recepción del hotel y prometió acompañarme por la mañana a la sede de la Royal Society. Parecía que aquel asunto le divertía sobremanera.

Ya en la habitación me tumbé sobre la inmensa cama, hundí mi cabeza en la almohada de plumas y me dormí con una sonrisa dibujada en el rostro.

# Capítulo 37

A la mañana siguiente pedí el desayuno en la habitación y estuve ojeando el cuaderno de James y la información que tenía en mi móvil. El cuaderno contenía información inconexa. Estaba convencida de que para poder avanzar necesitaba sin ninguna duda descifrar su último acertijo: «Newton's AEnigma».

Eran las diez y media pasadas cuando Lord Harry llamó a mi habitación. Diez minutos más tarde nos dirigíamos a la Royal Society con su llamativo Aston Martin descapotable.

La Royal Society tenía su sede principal en un portentoso edificio de Carlton House Terrace, junto a St. James's Park.

En un bonito salón junto a la entrada nos esperaba un caballero de pelo cano e impoluto vestuario que leía ensimismado *The Times*, sentado en un sillón orejero.

—Te presento a sir Bryan Ponty —dijo Harry.

El caballero se levantó y me dio la mano.

—La señorita Julia Robinson viene de la Universidad de Columbia de Nueva York. Está interesada en la figura de Newton. Le he hablado del Newton Project y le he dicho que conocía a la persona idónea que podría ayudarle —aclaró Harry.

—Será un placer. Me alegra que a una joven tan bella le atraigan estos temas. Pero en concreto, ¿qué es lo que le interesa de nuestro amigo Newton? —preguntó sir Bryan.

—Le interesa un enigma. Creemos que está relacionado con los escritos sobre alquimia que dejó Newton —se adelantó Harry.

—¿Un enigma? Newton dejó muchos, y más en sus escritos alquímicos —reprochó sir Bryan mirándonos con recelo.

—Seguro que tú das con él. Es crucial que encontremos la solución. Solo tenemos dos palabras: «Newton's AEnigma»; son la clave para que la señorita Robinson puede avanzar en su investigación —resolvió Harry sin dejarme intervenir.

—¿Y se puede saber de qué trata esa investigación de la que solo conocéis dos palabras? —preguntó el caballero con desconfianza.

—Se trata de una clave para abrir un mensaje —reveló Harry.

—Claves, mensajes, enigmas... ¿se trata de una investigación seria, supongo? —dijo sir Bryan frunciendo el ceño.

Harry y yo nos miramos con complicidad.

—La investigación más seria con la que me he topado en mi vida —respondió solemne Harry.

Sir Bryan sonrió.

—Si tú me lo dices no tengo más remedio que confiar en vosotros. Sin embargo dos palabras no es mucho, y ya os he dicho que Newton dejó muchos enigmas en su obra, podría ser cualquier cosa.

Sir Bryan nos llevó a la biblioteca que se ubicaba en el primer piso del edificio. Era una agradable estancia de techo dorado en el que se representaban algunos frescos. En ella había un apartado solo para Newton.

—Este es mi territorio. Llevo años investigando la obra de Newton. Es uno de los autores que más escritos ha dejado. Su obra contiene tanto obras científicas como religiosas y por supuesto tratados de alquimia, que es según parece lo que os interesa.

—Así es —dijo Harry.

—Aquí tenemos algunas de sus obras más importantes, sin embargo la mayoría de ellas están aún muy dispersas. Toda su vida ocultó sus obras de alquimia. No estaba bien visto dedicarse a esos menesteres en esa época; y parece ser que él se entregaba a ella con una perseverancia casi obsesiva. Cuando murió dejó parte de sus obras en el Trinity College de Cambridge, otra parte pasó a manos de su amigo Conduitt, casado con su sobrina Catherine Barton. Con el Newton Project se pretende recopilar toda la obra y publicarla para que esté al alcance de todos.

—¿Qué cree que trataba de descubrir con su dedicación a la alquimia? —pregunté.

—Eso sí que es todo un enigma —expresó sir Bryan.

—¿No lo sabes? —inquirió mordaz Harry.

—Ya ves lo poco que sé. Toda la vida estudiando a Newton y esa faceta suya de alquimista y aún no he podido deducir qué es exactamente lo que pretendía encontrar.

—Tal vez la piedra filosofal, el elixir de la vida eterna, la transmutación de los metales y de las almas... lo que todos —conjeturó Harry.

—Newton ha sido uno de los científicos más brillantes de la historia. No era como todos. No lo olvides —rebatió severo.

—Sin duda tenía un lado oscuro —apuntó Harry divertido—. Está documentado que perteneció al movimiento

265

Rosacruz, como su admirado Bacon, y estaba muy bien relacionado con los círculos masónicos.

—Los círculos masónicos fueron muy frecuentes en determinadas épocas. De hecho la Royal Society se puede considerar heredera de estos movimientos. Su origen se remonta a las primeras reuniones que organizaban un grupo de filósofos naturales y científicos con el objeto de intercambiar puntos de vista sin la presión de una institución sobre ellos. Robert Boyle, uno de esos primeros hombres, recoge en su correspondencia referencias a estos primeros encuentros que él llamaba de nuestro Colegio Invisible.

—¿Colegio Invisible? ¿Y aún los somos? —preguntó Harry.

—¿El qué? ¿Invisibles? Es obvio que no. Ahora nos exhibimos como pavos reales.

Harry rio.

Sir Bryan se sentó enfrente de un ordenador de la sala, se enfundó las gafas y accedió con sus claves a la base de datos del Newton Project.

—Tiene un buscador muy potente. Si algún documento contiene esas dos palabras lo encontrará en milésimas de segundo. Lo que hace un siglo a un investigador podía llevarle años, ahora las máquinas lo resuelven en un santiamén —dijo sir Bryan y bajó sus lentes hasta la punta de la nariz.

Harry y yo nos sentamos junto a él expectantes.

La búsqueda arrojó tres entradas: dos que hacían referencia a la Sección segunda del Tratado de la Revelación de Newton y un tercero que reseñaba el Quinto artículo de míster Leibnitz; los tres escritos se encontraban en la Universidad de Sussex.

En unos segundos accedió a los tres documentos y los examinamos con detenimiento. Ninguno de ellos parecía que contenía la clave a la que se refería James.

—Creo que no es esto lo que busco —expresé afligida.

—Volvamos a intentarlo —sentenció sir Bryan.

Una vez más se sentó frente a la pantalla y ahora inició su búsqueda en el catálogo, por palabras clave pero no tuvo éxito. Volvió a intentarlo por título y por notas, con el mismo desalentador resultado. Parecía que la tecnología no estaba facilitándonos las cosas.

—Parece que estaba equivocado. Deberemos hacer la búsqueda al modo tradicional.

—¿Cómo? —pregunté.

—Como siempre se ha hecho. Cogiendo los libros y revisándolos uno a uno.

—Pero eso nos puede llevar mucho tiempo —protesté.

—No tanto como si tuviésemos que viajar hasta donde están en realidad. Toda la obra está digitalizada y podemos acceder desde aquí.

—Pero aunque sea así, hay miles de obras —dije.

—No se me ocurre otra manera.

Aquello que proponía sir Bryan me pareció una tarea titánica; sin embargo tenía razón, no había otra manera.

Harry, al verme desanimada, sugirió:

—Nos centraremos en las obras de alquimia.

Sir Bryan hizo la búsqueda y se arrojaron ciento ocho resultados que correspondían a otros tantos libros y tratados repartidos por medio mundo.

—Esto va a ser costoso —protesté.

—Y divertido —añadió Harry.

Nos repartimos el trabajo y cada uno se puso en un ordenador para revisar cada uno de los tratados que había encontrado sir Bryan. Estuvimos así mucho tiempo, sin comer, beber ni tan siquiera hablar, cada uno ensimismado en su trabajo.

Aunque veía difícil encontrar lo que estaba buscando entre aquel maremágnum de tratados y documentos tenía que reconocer que aquel lugar web era increíble. Todas las obras estaban digitalizadas. Era apasionante poder acceder a ellas y visualizar en la pantalla del ordenador las páginas manuscritas del puño del mismísimo Newton.

Llevábamos cerca de cinco horas frente a los ordenadores cuando escuchamos la voz de Harry.

—¡Eureka! —exclamó eufórico.

Sir Bryan y yo nos levantamos con rapidez de nuestras sillas para acudir junto a Harry.

—Creo que lo he encontrado. «Verses at the end of B(asil) Valentine's mystery of the Microcosm».

Según la información era una obra de Isaac Newton cuyo original se encontraba en el King's College de Cambridge. Pertenecía a la colección que Keynes adquirió en Sotheby's. Parecía que lo compró a un tal Heffers por siete libras y diez chelines.

En él había varios extractos de versos sobre diversos productos químicos y sobre los planetas que simbolizan los metales. En las últimas páginas, después de una pequeña ilustración en la que se representaban unos perros persiguiendo liebres en un círculo, unos misteriosos versos titulados «The above mentidoned AEnigma», o sea, «El enigma mencionado arriba».

—Esto se parece a lo que estamos buscando —dije con alegría.

Empezamos a leer y dimos con una especie de enigma en forma de poema, que decía así:

*Five books alone of God's indighting*
*Moses the surch left us in writing*
*But this by very few attended*
*To practise what's therein commanded*

*The Patriarch's all both deaf & dumb*
*Comprise it in one only sum*
*One witness too loudly proclaims*
*Who's good for nought is voyd of brains*
*Fifty is more then five in tale*
*And yet they'r only twice in all*
*Howere the end a thousand close h*
*He's mighty wealthy this who knows.*
*Five things in life do this declare*
*And five in death were also there*
*The sentence is pronounct by four*
*One makes the garland & no more.*

Leímos varias veces el enigma. Según la opinión de sir Bryan, era una receta para elaborar la piedra filosofal. Una de tantas esparcidas por toda la literatura alquímica, por eso no encontrábamos un sentido claro de los versos.

Tras varias lecturas, y cuando ya estaba convencida de que aquel tampoco era el enigma que buscaba, me di cuenta de algo. En el margen derecho había una serie de símbolos que parecían números romanos.

Al final de la segunda línea, que decía: «Moses the surch left us in writing» había dibujada una V; en la quinta: «The Patriarch's all both deaf & dumb», cuatro letras, VITR; en la séptima: «One witness too loudly proclaims», una I; al final de la novena: «Fifty is more then five in tale», dos letras, LV; al final de la undécima: «Howere the end a thousand close h»; en la decimotercera: «Five things in life do this declare», VIIOV; en la decimocuarta: «And five in death were also there», VTRLM; en la decimoquinta: «The sentence is pronounct by four», VI-TRI-O-LVM; y en la última: «One makes the garland & no more», la letra O.

No eran números romanos. Entonces lo vi claro.

—No son números romanos. Son letras. Las letras de la palabra *vitriolum* —exclamé pletórica.

—¿Vitriolum? —preguntó Harry.

—Vitriolum. ¡Eso es! —exclamó sir Bryan.

—¿Qué significa? —preguntó Harry.

—*Visita Interiora Terrae Rectificando Invenies Occultum Lapidem Veram Medicinam* —aclaró sir Bryan.

—¿Cómo? —insistió Harry con cara de estupefacción.

—Su traducción del latín sería «Visita el interior de la tierra y rectificando encontrarás la piedra oculta, que es la verdadera medicina». Esto confirma lo que ya sospechábamos, sin duda se trata de una receta alquímica —expliqué contenta.

—Pero, cuál es su significado. No entiendo —Harry seguía confundido.

—Hay muchas interpretaciones. Puedes tomártelo al pie de la letra o interpretarlo como un paso iniciático, una visita a los infiernos para purificarte y tras rectificar, es decir purificarte una y otra vez, encontrar la perfección o, como aquí dice, la piedra oculta, la verdadera medicina —dijo sir Bryan.

Me sorprendí al ver cómo Newton, el padre de la ciencia mecanicista, el que yo creía que era la encarnación de la objetividad, el que promulgaba que toda ciencia debía de basarse en cálculos matemáticos a partir de la experiencia de hechos observados, también se rendía ante el embrujo de la alquimia con absoluto descaro.

—¿Será la clave? —pregunté.

Harry me miró.

—No tienes más que comprobarlo.

Saqué mi iPhone y accedí al correo de James. Harry y sir Bryan esperaban expectantes. Al cabo de unos segundos introduje la palabra VITRIOLUM, y en un segundo, al fin, estaba ahí el mensaje. James había jugado fuerte en aquella ocasión.

Leí en voz baja sin poder evitar que me temblasen las manos. La carta decía así.

«*Querida Julia:*

*Otra vez lo has conseguido. En la última carta te contaba cómo Carlos V ordenó a su hermano guardar la pieza que representaba el fuego en Praga. Así lo revelaba el manojo de cartas que encontré y que cambiaron mi vida*».

*Una lágrima se escurrió por mi mejilla. Pensé que James, mientras escribía este mensaje, no era consciente de cómo la cambiaría hasta el punto de aniquilarla. Con esfuerzo me recompuse y seguí leyendo.*

«*La tercera pieza se encuentra en algún lugar de esa ciudad, que un día fue reinada por sangre española.*

*Carlos V legó como dote a su hijo Felipe II, para que se lo ofreciese a su futura esposa María I de Inglaterra, hija de su tía Catalina de Aragón, aparte de noventa y siete cofres de oro americano sin cuñar, una de las piezas junto a una inquietante carta.*

*La carta está fechada a principios de julio de 1554, semanas antes de la boda de su hijo Felipe II con María I de Inglaterra y apenas dos años antes de su muerte. En esta le dice textualmente:*

*"Te lego el agua, para que nuestro reino sea invencible en ella; custódiala en las entrañas cubiertas por la techumbre sagrada más elevada y salvaguárdala con un ejército invisible".*

*Puede estar en cualquier sitio. Seguro que tú das con el lugar.*

*El doctor Young te ayudará, no te fíes de nadie más*».

Y, como siempre, terminaba con un tunc step que decía exactamente: «*Al César lo que es del César*» y una retahíla de letras.

¡Cómo le gustaba jugar a James!

Leer las cartas de James me producía la ilusión de sentirlo vivo. Era un espejismo doloroso, que me hacía sentir una acaparadora melancolía que me empujaba a buscar más y más.

—¿Has encontrado lo que estabas buscando? —preguntó Harry interrumpiendo mis pensamientos.

—Creo que sí. Muchas gracias por vuestra ayuda —dije ocultando su contenido y tratando de que mi voz no mostrase mi amargura.

—Ha sido todo un placer. De hecho si necesita cualquier otra cosa, no dude en acudir a mí —añadió sir Bryan amablemente.

Volvimos al hotel. Sir Bryan no quiso acompañarnos pese a que Harry insistió en invitarle.

Comimos y yo me fui a mi habitación. Tenía mucho trabajo que hacer y estaba ansiosa por empezar cuanto antes.

# Capítulo 38

La pieza que buscaba era la que representaba el agua. Un icosaedro, según la geometría de Platón. Y estaba convencida de que la información que me conduciría al lugar sagrado donde se custodiaba estaba en el cuaderno de James. Sin embargo, cuando puse manos a la obra comprobé que no era tan sencillo como parecía: el cuaderno de James era un auténtico embrollo.

Estuve media tarde documentándome sobre aquella misteriosa reina llamada María I, a la que el emperador había legado una pieza y su propio hijo.

Tras leer varias biografías sobre María Tudor comprendí que el Gran Emperador era tan ambicioso como poderoso. Deseaba extender y perpetuar su imperio y, según parecía, las piezas jugaban un papel importante en ello.

Anhelaba fervientemente anexionar Inglaterra a sus dominios. Era un punto clave que le ayudaría a mantener en cinto a los príncipes holandeses y los ambiciosos franceses. Por eso el matrimonio pactado entre su hijo Felipe, un joven y apuesto príncipe, con una reina poderosa, pero no tan joven ni agraciada.

Era una jugada política, era obvio; pero tal vez no salió como el emperador planeó.

Esa noche volví a cenar con Harry, que esperaba en la terraza tomándose uno de los cócteles que preparaba su experto barman. Sin dejarme otra vez decidir sobre mis ingestas alcohólicas pidió para mí lo que le pareció, que otra vez me tomé sin rechistar porque estaba delicioso.

—¿Has llegado a alguna conclusión que te haga avanzar? —preguntó mientras agitaba el contenido de su copa con un largo palillo de bambú.

—He estado investigando sobre el matrimonio entre Felipe y María.

—Bloody Mary, igual que el nombre del cóctel que ahora nos tomamos. Significa María la Sanguinaria —explicó Harry mientras tomaba un sorbo de la copa.

—¿Así la llamáis?

—Así la llamaron en su época. Cuando llegó al poder restauró el catolicismo y ejecutó a cerca de tres centenares de disidentes.

—Fue dura con sus contrarios —observé.

—Implacable, diría más bien —puntualizó.

El camarero se acercó, junto al doctor Timothy Young. Harry se levantó para recibirlo.

—Disculpadme el retraso —dijo acomodándose en nuestra mesa.

—He invitado a Timothy para que nos acompañe esta noche. Tenía muchas ganas de saber cómo va tu investigación —aclaró Harry.

Estaba sorprendida, creía que el hombre se había desentendido de mí; y, por otra parte, casi que lo hubiese preferido a pesar de la sugerencia de James en su carta, al advertirme que solamente confiara en el doctor Young.

Se había sentado entre Harry y yo. Se interesó por mi investigación y tomó otra copa de aquel cóctel sanguinario, que Harry le había pedido sin preguntarle primero. El doctor Young parecía contento esa noche.

Le resumí escuetamente el hallazgo y le hice partícipe del nuevo enigma que James me planteaba. A medida que mi relato avanzaba, su porte estirado iba relajándose.

—Ya ve, doctor Young. Al fin y al cabo la invisibilidad que usted busca la busco yo en forma de ejército —dije.

Entonces observé cómo sus miradas se tensaron en segundos y se hizo un silencio pesado.

—¿Ocurre algo?

Se acercó un camarero y cuchicheó algo al oído de Harry, quien se levantó de golpe de su sillón.

—Siento mucho tener que dejaros. Será un momento. Debo resolver un pequeño problema con el personal —dijo mientras se alejaba.

El doctor Young y yo nos quedamos solos.

—¿Tiene el mensaje aquí? Me gustaría leerlo —pidió.

Saqué mi iPhone y se lo mostré.

Él se enfundó las gafas y lo leyó en silencio. Cuando terminó la lectura me devolvió el iPhone, se quitó las gafas y las depositó encima de la mesa.

—Parece que no está siguiendo las indicaciones de James al pie de la letra —observó con semblante serio.

—¿Qué quiere decir?

—Lo que dice al final: «El doctor Young te ayudará, no te fíes de nadie más».

Aquello me hizo pensar que tal vez había metido la pata.

—¿Estoy haciendo mal fiándome de Harry? Usted mismo me condujo hasta él. Suponía que Harry es de su plena confianza —protesté.

275

—No se altere. Ha sido solo una observación. Harry es de mi plena confianza, con él estará tan segura como conmigo —dijo cogiéndome las manos.

—Me alivia saberlo. Por un momento creí...

—No. Olvídese. Harry le ayudará y yo también.

Seguía aprisionándome las manos entre las suyas. Eran muy grandes y estaban frías. Al fin me soltó.

—¿Han ido a la Royal Society? ¿No es así?

Asentí mientras sorbía de la pajita mi cóctel escarlata.

—¿Y no le han dicho cómo llamaban los primeros fundadores a la sociedad? —dijo mirándome fijamente.

Entonces una bombillita se encendió en mi mente y me acordé de lo que había mencionado sir Bryan.

—¡Nuestro colegio invisible! —exclamé sorprendida y el doctor Young sonrió satisfecho—. ¿Cree entonces que tiene alguna relación la Royal Society con todo esto?

—¿Y si no por qué razón llevarla directamente hasta Newton en la primera pista? Estoy convencido de que tienen mucho que ver.

Harry regresó.

—¿Seguimos hablando mientras cenamos? —sugirió.

Los tres nos levantamos de las butacas del bar y nos dirigimos hacia el restaurante, para cenar en la misma mesa de la otra vez, justo al lado de la ventana.

Harry, amablemente, me apartó la silla para que me sentara. Luego se sentaron ellos dos. Otra vez Harry pidió para los tres, era un anfitrión muy dominante. El doctor Young parecía contento y Harry, como siempre, copó la conversación.

—Cuando has llegado estaba contándole la historia de María Tudor —dijo Harry.

—Pues continúa. Yo también te escucho —dijo el doctor.

—Le contaba cómo se ganó a pulso el sobrenombre de la Sanguinaria. Fue una reina amargada y enfermiza. Su memoria no es muy apreciada entre nosotros. Era hija legítima del Rey Enrique VIII y Catalina de Aragón. Sus padres tuvieron un tormentoso matrimonio que llevó al rey a pedir la nulidad eclesiástica. Estaba obsesionado con tener un descendiente varón y Catalina no se lo dio. El Papa le negó la nulidad y fue entonces cuando Enrique VIII rompió las relaciones con Roma y se erigió como líder del anglicanismo.

—Sí, el rey se casó con varias mujeres después de Catalina. Ana Bolena, Jane Saymour... hasta seis creo recordar —añadió divertido el doctor Young.

—Catalina era hija de los reyes católicos de España. Vino a Inglaterra tras casarse con el hermano de Enrique VIII, el príncipe Arturo, heredero de la corona; pero este murió a las veinte semanas del matrimonio y dejó a Catalina viuda y sin descendencia. Por eso Enrique, que era el siguiente en la línea sucesoria, se casó con ella.

—Tuvieron muchos hijos, pero morían tras el parto. Solo pudo sobrevivir María —añadió el doctor.

Me divertía aquello, dos dandis ingleses expertos en física explicando historia a una historiadora americana.

—María fue educada por los más grandes sabios de la época y en la más profunda fe religiosa. Su madre llevó hasta la corte a Luis Vives para que le enseñase latín. Se decía que ella sabía griego, música y ciencias —dijo Harry.

—Pero estaba claro que su padre no les dio buena vida —añadió el doctor Young.

—Las infidelidades eran una constante en el matrimonio de sus padres. Hasta que el rey se enamoró de Ana Bolena y repudió a Catalina, que fue confinada en un castillo. Tras anular su matrimonio, María fue declarada hija ilegítima, eliminada de la línea sucesoria, expulsada de la corte y obligada a servir como dama de compañía de su hermanastra Isabel, hija de Ana Bolena.

—No le dejaron visitar a su madre, ni tan siquiera asistir a su entierro —aclaró con tono afligido el doctor Young.

Estaban graciosos los dos quitándose la palabra para explicarme la desgraciada vida de aquella reina. Ni siquiera los entrantes deliciosos con ostras, pollo y crema de rábano picante impidieron que siguieran narrándome la historia.

—Antes de su muerte, Enrique VIII la vuelve a incluir en la línea sucesoria por detrás de su hermanastro Eduardo, que sucederá a su padre. Tras la muerte de su hermanastro, y no sin dificultad, al fin fue proclamada reina —siguió explicando Harry.

—Y como había estado educada en la fe católica restauró las relaciones con Roma y persiguió a los protestantes. Ejecutó a cerca de trescientos. De ahí su apodo de Sanguinaria.

—Sí. ¿Pero y Felipe II? ¿No aparece en la historia? —interrumpí, un poco harta de la cháchara de aquellos dos físicos parlanchines. Nos iban a servir ya el plato principal, a base de queso parmesano, huevos de codornices, ahumados, coliflor y otra vez rábano picante y aún no había aparecido el personaje principal.

Los dos rieron.

—No seas impaciente —me dijo el doctor Young, que al fin se había decidido a tutearme mientras me acariciaba de nuevo la mano. La suya seguía pareciéndome grande y fría, aunque muy suave.

Harry me sirvió más vino, ahora tinto de Piamonte y siguió hablando. Estaba empezando a notarme un tanto mareada.

—Tenía treinta y siete años y empezó a buscar marido. Muchos nobles, príncipes e incluso reyes se ofrecieron; pero ella se fijó en el retrato del príncipe Felipe hecho por Tiziano y se enamoró de él.

—Era guapo —observó el doctor Young mientras luchaba con los ahumados.

—Y joven —añadió Harry.

—¿Y? —pregunté.

—Pues que se casaron aunque muchos consejeros ingleses no estaban de acuerdo con esa unión —dijo Harry.

—¿Felipe también estaba enamorado de ella? —pregunté.

Los dos empezaron a reír.

—Por supuesto que no. Según sus propias palabras no sentía ningún deseo carnal hacia ella, era un matrimonio puramente político —aclaró Harry.

—Pero su padre, el emperador, puso en juego mucho por ese matrimonio. Le legó incluso una de las piezas —observé.

—Y más cosas. Cuentan cómo Carlos V, a punto de abdicar para que su hijo no tuviese menor rango que María Tudor, le cedió también los reinos de Nápoles y Jerusalén; y no contento con esto, el consejero real, en el discurso ante el Parlamento con objeto de la boda, requirió a Felipe II que reconstruyera el Templo.

—¿ A qué templo se refiere? No entiendo —pregunté confundida.

—Presumo que al Templo de Salomón. El que contiene el arca de la alianza y un día fue destruido —dijo Harry.

Observé a Harry y fruncí el ceño. Parecía que aquello se complicaba.

—El Templo de Salomón era la metáfora del restablecimiento del catolicismo en Inglaterra. Creo que el consejero quiso pedir a Felipe que ayudase a reestablecer el catolicismo.

—Pero lo importante era que Felipe no deseaba a María. Él estaba enamorado de su hermanastra Isabel —esclareció el doctor Young.

Me hizo gracia. Aquello parecía un folletín y los dos físicos dandis parecían pasárselo en grande.

—¿Pero Isabel dónde estaba en esa época? —pregunté, hecha un lío entre tanto amorío y tanto vino.

—Isabel estaba encerrada en la Torre de Londres, desde pocos meses antes de la boda de su hermanastra con Felipe. Hubo una revuelta, pues había un sector que no miraba con buenos ojos esa boda y encerraron a Isabel, por si se les ocurría nombrarla reina —aclaró Harry.

—Su madre, Ana Bolena, había tenido aún peor suerte que la madre de María. A ella Enrique VIII la ejecutó sin piedad —dijo el doctor Young.

—Y Felipe pidió a su ya esposa, la reina María, que liberase a su hermana. Dicen que Isabel tenía un retrato de Felipe en sus aposentos.

—¿Y por qué hizo eso? —pregunté.

—Estaba claro. Aunque María estaba locamente enamorada de Felipe, él no la amaba. Se sentía atraído por su hermana. Y, como era evidente que la salud de María no era muy buena, pensó en casarse con ella si moría la reina. Como ocurrió poco tiempo después.

—¿Entonces la pieza?

—Bien la podría haber tenido María y habérsela legado a Isabel tras su muerte —aventuró el doctor Young—. Si su esposo se lo aconsejó, ella no dudaría ni un segundo en complacerle.

—¿Pero al final se casaron Isabel y Felipe? —pregunté confundida.

—No. Felipe la rechazó. Dicen que fue por presiones de sus consejeros. Isabel no quiso abrazar la fe católica y se mantuvo en el protestantismo. Poco tiempo después, Felipe se casó con una princesa francesa —dijo Harry.

—Isabel se sintió despechada. Es mítico el aborrecimiento que sentía por el rey español —aclaró el doctor Young.

—¿Y la pieza pudo quedarse aquí?

—Si esa pieza era importante para Felipe, estoy seguro de que Isabel no consintió devolvérsela —dijo Harry.

—Las mujeres sois así —observó el doctor Young con cierta sorna, antes de lucir una radiante sonrisa que le sentaba bien.

Llegaron los postres: una tarta de chocolate con mermelada de fruta de la pasión y helado de jengibre. Me pareció un pecado.

Luego pasamos de nuevo al bar, donde un pianista tocaba jazz y tomamos unas copas de champagne.

—Pero entonces, ¿qué tiene que ver con todo esto un ejército invisible? —pregunté.

Los dos se miraron.

—Eso tendrás que averiguarlo tú —dijo Harry despiadadamente y el doctor Young levantó los hombros.

Ahora los físicos querían jugar a los acertijos.

—La pieza que busco representa el agua. Un elemento que debían de dominar los gobernantes en esa época si querían mantener su hegemonía —dije tratando de analizar el acertijo.

—Sí, parece lógico. Inglaterra se hizo grande gracias a que se convirtió en una potencia marítima —dijo Harry.

—Era básico poseer una buena flota, cuando la mayor parte del comercio y las guerras se daban en ese elemento, y más siendo una isla —apuntilló el doctor Young y tomó un sorbo de la copa de champagne.

—¿Y creéis que la pieza contribuyó a ello? —pregunté intentando establecer una conexión racional.

—Sir John Hawkins y sir Francis Drake eran marinos importantes de la época. Son legendarias las enfrentas marítimas que mantuvieron los corsarios ingleses con los navíos españoles que volvían cargados de oro de las Indias. Y lo hacían con el beneplácito de su gobierno —reveló Harry.

—Es decir, que la reina les apoyaba —intenté aclarar.

—Sí. Exactamente. Después de que Felipe rechazara a Isabel, esta de la noche a la mañana se convirtió en la más poderosa en el mar. Tradicionalmente habían sido los navíos españoles y portugueses los que dominaban, pero Isabel armó una de las flotas más modernas de la época —explicó Harry, experto—. Pero Felipe no se quedó con las manos cruzadas. Él, mientras veía cómo el poder marítimo de la reina inglesa aumentaba, proyectó uno de los planes más ambiciosos de su reinado. Fraguó la formación de la flota más grande y poderosa que hasta el momento se había visto. Y todo con un objetivo: destronar a Isabel.

—Destronarla y restablecer el catolicismo, no olvides lo importante que era la religión en aquella época. Y, tal vez, arrebatarle de paso la pieza que se negaba a devolverle —aclaró el doctor Young.

—Eso es una leyenda —replicó molesto Harry y el doctor tensó su mirada.

—Es una leyenda que debe saber —respondió con tono severo—. Recuerda que nos hemos comprometido a ayudarla.

Se hizo el silencio y en mi cerebro comenzaron a surgir conexiones que hasta el momento ni sospechaba. Aquello empezaba a cuadrar. Tomé un largo trago de champagne y disfruté las burbujas que hormigueaban en mi garganta. El pianista seguía arrancando notas de jazz y por un momento creí estar por buen camino.

—Estáis hablando de la Armada Invencible, ¿no? —pregunté.

Los dos asintieron.

—Según la historia —indicó Harry— la Grande y Felicísima Armada, como la bautizó Felipe, fue derrotada por los elementos. Sin embargo, según la leyenda, Isabel tenía una carta ganadora en su dominio. Tenía la pieza y alguien a su lado que sabía explotar su poder.

—John Dee —desveló el doctor Young con intencionada voz cavernosa.

—¡John Dee! ¿El famoso ocultista? —pregunté sorprendida.

—El mismo John Dee.

Todo aquello empezaba a inquietarme y me pregunté cómo dos físicos dandis sabían tanto de historia, y cómo conocían tantos detalles de una presunta leyenda que me estaba complicando la vida y había acabado con la de James.

# Capítulo 39

Por un momento me sentí insegura. Harry, ajeno a mis pensamientos, continuó con su disertación.

—John Dee era mucho más que un ocultista. Era un experto matemático, conocía a la perfección el álgebra, era experto en navegación, era un notable astrónomo, conocía todos los fundamentos de la astrología y de todos es sabido que practicaba la alquimia. Fue amigo y colaborador de Tycho Brahe y estuvo en Praga no se sabe bien con qué oscuro propósito.

—¿Creéis entonces que todo esto tuvo algo que ver con la derrota de la Armada Invencible? —pregunté tímidamente temiendo su respuesta.

—No se sabe a ciencia cierta, lo indudable es que John Dee conocía perfectamente los secretos de la naturaleza —reveló el doctor Young.

—Se dice que poseía una bola de cristal donde consultaba el futuro —añadió Harry.

—¡Una bola de cristal! —exclamé escandalizada.

Aquello era demasiado para mí y por un momento me pareció que me estaban tomando el pelo.

—Pero vosotros sois científicos. No creeréis en leyendas, ¿verdad? —inquirí.

Una vez más se miraron.

Harry se recostó en su sillón y despreocupadamente lanzó:

—Las leyendas son leyendas, a veces son fruto de la fantasía, otras de la conveniencia.

—¿Qué quieres decir? —pregunté aturdida.

—Quiero decir que a veces la historia que está escrita es más fantasiosa que algunas leyendas.

Empezaba a dolerme la cabeza, tal vez eran las burbujas del champagne, o tal vez la verborrea infinita de aquellos dos dandis que contra todo pronóstico empezaban a resultarme de lo más atractivos.

—Entonces ya he podido deducir que también John Dee pudo estar en el ajo. Tal vez él formaba parte del ejército invisible que dice la carta —solté con fingida despreocupación y continué—: Según la carta, la pieza debe de estar escondida en algún lugar sagrado y especifica que ese lugar es el de la techumbre más alta. Es fácil adivinar que estará en una iglesia, en una abadía o en un monasterio; algún lugar sagrado que tuviera mucha importancia en la época.

—Westminster tal vez —presumió el doctor Young.

—O tal vez Saint Paul —aventuró Harry.

—O All Hallows by the Tower, tiene también una torre muy alta —argumentó el doctor.

—Ya veo que hay muchas posibilidades, pero ¿cuál era el lugar más importante en aquella época? —pregunté.

Los dos físicos se miraron. Ambos tenían los ojos vidriosos. Si hubiese podido ver los míos, estarían igual; tanto como la bola de cristal de John Dee.

—¿Tenéis algo más que contarme sobre la leyenda?

Los dos permanecieron mudos. El piano dejó de sonar y como parecía que la noche iba a tocar a su fin me levanté del sillón y los dos me miraron.

—Estoy muy cansada.

—Sí, yo también lo estoy. Mañana tengo que madrugar, tengo clase a primera hora en la universidad —dijo el doctor.

Nos despedimos y yo me fui a mi habitación con la cabeza llena de datos y un temor que no era capaz de conformar en mi mente.

Me deshice de los tacones y me recosté en la cama, saqué mi iPhone y volví a leer el fragmento de la carta:

*«Te lego el agua, para que nuestro reino sea invencible en ella; custódiala en las entrañas cubiertas por la techumbre sagrada más elevada y salvaguárdala con un ejército invisible».*

Entonces se escucharon tres golpes secos en la puerta de la habitación.

Por unos instantes me sobresalté. Descalza fui hacia la puerta y al abrir me encontré de bruces con Harry, cargado con dos copas y una botella de champagne.

Sonreí por ver la poco original escena que me tenía preparada el dandi seductor, y me pregunté cuántas veces habría utilizado aquella manida artimaña para colarse en las habitaciones de sus huéspedes de género femenino.

—¿Qué quieres? ¿No crees que ya hemos bebido demasiado champagne? —dije bloqueando la puerta con mi cuerpo, emitiendo el tono más áspero que pude arrancar de mi garganta y luchando a la vez por no exteriorizar la irrefrenable risa burlona que me producía aquella ridícula situación. Temía romper a reír de un momento a otro.

—¿No te apetece beber más? —preguntó mientras delicadamente esquivaba el bloqueo al vencer mi imaginaria barrera sin el mínimo miramiento.

Me quedé plantada con la puerta abierta viendo cómo mi visitante penetraba en mis posesiones de manera desvergonzada. Aquello evidenciaba que era un experto en el manejo de la manida artimaña, y que a tenor de los hechos, funcionaba a la perfección.

Al presenciar sus actos, me di cuenta de que lo había subestimado, pero no me rendí:

—Lo siento, Harry. Pero no me apetece beber más. De hecho estaba ya acostada. Tengo un terrible dolor de cabeza y quiero descansar.

El dandi seductor dejó las copas y el champagne en la mesilla, y retrocedió unos pasos hasta llegar a mi altura. Suavemente aparté mi mano de la puerta y la cerró.

—Es preciso que hablemos. Creo que he tenido una iluminación —dijo de modo misterioso mientras me cogía del brazo para conducirme hasta el sofá.

Los hechos estaban transcurriendo de tal modo que manifestaban con claridad que el dandi seductor era todo un profesional en el arte, y como en realidad el terrible dolor de cabeza no era tal y siempre me había caracterizado por mi naturaleza indulgente, decidí que era inútil luchar contra su estudiada maniobra y resolví ceder con el fin de contemplar un portentoso despliegue de ingeniosas estrategias encaminadas a lo que cualquier mujer, bebida o no, percata con solo una mirada.

—¿Y esa iluminación te ha venido así de pronto, mientras cargabas el champagne y las copas? —pregunté mientras Harry descorchaba la botella y llenaba las copas.

Él me lanzó una radiante sonrisa y comprendí que en aquella lucha era el indiscutible vencedor.

—Brinda conmigo, preciosa. Creo que estamos muy cerca de resolver el enigma.

Le miré sorprendida y accedí a tomar una copa más. Si de verdad estábamos tan cerca, tal vez la ocasión lo merecía.

—Mañana debemos visitar el British Museum. Sospecho que allí encontraremos una pista —dijo.

—¿Y qué se supone que vamos a buscar allí? —pregunté con curiosidad.

—Una bola de cristal —anunció con una sonrisa.

Las burbujas me hicieron cosquillas en la lengua y el beso de Harry me supo a uva ligeramente picante. Notar sus labios pegados a los míos no me sorprendió, tampoco sentir sus manos rozando mi hombro y deslizándose hacia mis pechos. No me sorprendió cuando su mano se escurrió entre mis piernas mientras su cálida boca no paraba de besarme. No me sorprendió cuando con delicadeza me quitó el vestido y se deshizo de mis medias, acariciándome las piernas hasta los tobillos y subiendo otra vez. No me sorprendí al verme a mí misma buscando sus labios con mi boca. No me sorprendí cuando noté que estaba tan excitada que mi cerebro pedía a gritos encontrarme con su piel, ni cuando notaba mi respiración entrecortada resonar en la comisura de su apetecible boca suplicando con los ojos más roces y caricias, ni tampoco cuando al fin hizo que me derritiese de placer.

No me sorprendió; era lo que esperaba, lo que deseaba desde el mismo momento en que lo conocí, y me encantó sucumbir ante los irrebatibles encantos de aquel atractivo y dominante dandi.

# Capítulo 40

Cuando desperté estaba sola en la cama. Me levanté y me asombré al ver que sobre la mesa del salón estaba servido el desayuno junto a un ramo de rosas rojas y una nota.

Leí la nota y sin casi probar el desayuno me dirigí al baño, me duché y me vestí rápidamente.

Aunque la noche anterior había bebido demasiado, recordaba perfectamente todo lo sucedido; y de pronto fui consciente de que en todo aquel tiempo que estuvimos Harry y yo en mi habitación, no había pensado ni tan solo por un instante en James. Comprendí que lo había traicionado, y lo más doloroso es que era incapaz de sentirme triste.

Cuando bajé al hall el recepcionista me indicó que Harry estaba esperándome en el bar. Estaba sentado en un taburete. De espaldas a la puerta, mantenía una acalorada discusión telefónica con alguien.

—Te he dicho que está todo controlado. Esta misma tarde tendrás lo que quieres. Tienes mi palabra —le escuché decir.

Me senté en un taburete, a cierta distancia para que me pudiese ver y no interrumpir su intensa conversación. Al verme terminó con su interlocutor y se levantó del taburete.

—Cada día los clientes son más exigentes —dijo mientras se acercaba a darme un beso.

Estaba guapísimo vestido con unos vaqueros y una camisa azul añil.

—Te indiqué en la nota que te pusieras ropa cómoda —dijo señalando el considerable tacón de mis botas y mi precioso bolso a juego.

—Voy cómoda. También llevo vaqueros como tú —dije tirando el balón fuera.

—Pero esos zapatos y ese bolso, no sé si serán muy adecuados —protestó.

—No te preocupes. Soy una experta en su manejo sobre cualquier terreno —respondí con altivez.

—Si tú lo dices —sonrió poco convencido.

El botones tenía preparado el Aston Martin de Harry en la puerta del hotel.

Arrancó el motor y, sorteando el tráfico londinense, en apenas diez minutos estábamos frente al Brithis Museum, en la entrada de Great Russell Street.

Su fachada neoclásica nos proporcionó un sobrio recibimiento.

El césped estaba salpicado de turistas tumbados en busca de los rayos de un tímido sol.

Sorteamos la muchedumbre y accedimos por las escaleras hasta el gran atrio circular, una gran plaza cubierta por una cúpula de vidrio y acero.

Sin permitirme siquiera que me sorprendiese por aquel magnífico edificio, Harry me empujó hacia una galería situada a la derecha, en la que una impresionante sala alargada de suelos de madera forrada de estanterías exhibía miles de libros, astrolabios, instrumentos científicos, monedas, artefactos religiosos, esculturas y objetos curiosos de civilizaciones antiguas.

—Esta sala fue construida para acoger los más de setenta mil libros de la biblioteca del rey Jorge III, además de la colección de objetos que se presume fue el origen del British Museum.

—¿Y qué se supone que vamos a encontrar aquí? —pregunté al detenernos enfrente de una vitrina.

—Mira —señaló Harry.

Observé varios objetos misteriosos de dudosa utilidad.

—Se trata de los instrumentos mágicos de Dee —reveló.

Había tres discos pardos hechos de cera y uno dorado con unas misteriosas inscripciones, una especie de espejo hecho de piedra pulida color negro y una pequeña bola de cristal.

Entonces recordé las palabras de la noche anterior y sonreí.

—¿No querrás que crea de veras...?

No me dejó terminar de formular mi pregunta.

—Estos objetos pertenecieron a la biblioteca de sir Robert Cotton, dicen que los adquirió junto a unos manuscritos.

Me acerqué para observarlos detenidamente.

—El disco grande se llama «El Sello de Dios». Sobre él, Dee colocaba la bola de cristal durante sus sesiones de contacto con los ángeles.

Me giré con incredulidad hacia Harry, lo que decía no tenía ni pies ni cabeza. No entendía qué relación podía tener todo aquello con la pieza que buscábamos.

—Fíjate, el motivo principal es una estrella de cinco puntas, enmarcado en un heptágono que a la vez está enmarcado por una estrella de siete puntas, contenida en otro heptágono inscrito dentro de una circunferencia.

—¿Sabes qué significa?

—No tengo ni idea. Pero conozco una catedral que posee una estrella tan sugestiva como esta.

—¿A qué te refieres?

—Creo que la techumbre sagrada más elevada que se encontraba en Londres en época de María Tudor estaba en Saint Paul —anunció triunfante.

—¿Saint Paul? Creía que la catedral era más moderna —dije sorprendida.

—Y lo es —aclaró Harry.

—¿Y eso lo has deducido viendo estos sellos? —pregunté sin poder evitar un tono de burla.

Harry rio.

—No, más bien consultando libros de historia. La actual Saint Paul se construyó en el siglo XVIII sobre la vieja catedral gótica, que se destruyó en un gran incendio que arrasó media ciudad. Dicen que la vieja catedral tenía la aguja más alta de Europa —me reveló.

—¿Crees que puede estar ahí?

—Isabel II y John Dee visitaron la catedral un año después de la derrota de la Armada Invencible. John Dee volvía de su viaje por Cracovia y Praga. ¿No te parece extraño? Una protestante junto a uno de los más famosos alquimistas de la historia pisando suelo católico justo después de haber derrotado a quien una vez la rechazó.

—¿Crees que esa visita tiene que ver algo con la pieza?

—No sé. Creo que debemos averiguarlo —dijo Harry decidido.

# Capítulo 41

El exterior de la Catedral de Saint Paul no me impresionó en absoluto, pero su interior provocó en mí un grato estremecimiento.

—El diseño de la catedral, después del gran incendio que asoló la antigua, es de Wren —dijo Harry.

—¿Wren?

—Christopher Wren. Fue un arquitecto y científico brillante. Fue masón, amigo de Newton y miembro de la Royal Society.

—¿El colegio invisible?

—Eso es. Veo que estás despierta.

Caminamos por la inmensa nave central hasta llegar bajo la cúpula donde una inmensa estrella dibujada con piedra de mármol señalaba el centro de la catedral.

Harry sacó un iPhone. Me mostró dos imágenes: en una de ellas estaba dibujado el plano de la catedral, en la otra lo que según dijo era el plano de la catedral antigua. Con su dedo señaló el acceso a la cripta.

—¿Quieres que vayamos a la cripta? —pregunté un tanto asustada. No me apetecía nada bajar a aquel lugar y enfrentarme una vez más a mi claustrofobia.

—*«Te lego el agua, para que nuestro reino sea invencible en ella; custódiala en las entrañas cubiertas por la techumbre sagrada más elevada y salvaguárdala con un ejército invisible»* —respondió Harry parafraseando el contenido de la carta de James.

—No tengo más remedio, ¿verdad? —dije en tono lastimoso.

—Me temo que ahí encontraremos lo que buscamos.

Lo seguí a regañadientes. Sin embargo la experiencia no fue tan penosa como recelaba.

El acceso, por unas cortas escaleras, daba paso a una estancia blanca e iluminada con luz tenue que no me provocó sensación de agobio.

Nos dirigimos a la nave sur, al extremo este de la cripta. Allí una simple piedra señalaba la tumba de Wren, en la que rezaba un misterioso epitafio en latín.

—*Lector, si monumentum requiris, circumspice* —leyó Harry.

—Lector, si buscas un monumento, mira a tu alrededor —traduje.

—Esto parece una instrucción —dijo Harry sonriendo.

Caminamos por aquella espaciosa cripta y justo en el centro, rodeado de ocho columnas, había un sarcófago de mármol negro sobre una pilastra de piedra. En el techo, una cubierta redonda en la que se abrían ocho pequeños orificios a través de los que se colaba la claridad del día lanzando haces de luz.

—Es la tumba de Nelson. Murió en la batalla de Trafalgar en 1805. Estamos justo debajo del coro de la catedral —explicó Harry—. Mira esto, si sobreponemos los planos de la nueva catedral y la antigua, justo aquí, en los tiempos en los que la pieza presuntamente llegó, estaría el centro de la catedral con la aguja más alta de Londres.

—Pero no veo señal alguna de que aquí pueda estar la pieza —dije apesadumbrada.

Harry también parecía decepcionado. Desde los días en los que Isabel I pisó su santo suelo, la catedral había sufrido un sinfín de desgracias: incendios, saqueos, reconstrucciones... si alguna vez albergó la pieza, parecía que el tiempo había borrado las pistas para encontrarla.

Subimos otra vez a la catedral y Harry hizo que subiésemos a la Whispering Gallery. Desde allí observamos la maravillosa perspectiva de la cúpula y el suelo estrellado, debajo del cual habíamos estado hacía tan solo unos minutos.

—Este es el lugar, estoy seguro —susurró Harry con fastidio.

—Parece lógico. Sin embargo...

—Creo que debe haber una explicación. Durante el reinado de María Tudor sin duda esta catedral era la que poseía la aguja más alta, pero después de su muerte ocurrió lo del rayo.

—¿Qué estás pensando?

—Cuando Isabel y Dee la visitaron aún no habían reemplazado la aguja de la catedral. De hecho jamás se reemplazó. Un siglo después pasó lo del incendio. Creo que tal vez no vinieron a esconder la pieza.

—¿Qué quieres decir?

—Puede que viniesen a llevársela.

Aquello tenía su lógica. Puede que Isabel decidiese coger la pieza y esconderla en algún otro lugar. ¿Pero dónde?

Volvimos al hotel. Harry insistió en que comiese con él, sin embargo no me apetecía. Tomé un frugal sándwich en el bar y fui a mi habitación. Estaba desilusionada. Aquello nos había alejado más de la pieza, si no estaba allí debíamos empezar otra vez de cero.

Decidí revisar página a página el caótico cuaderno de James. Seguro que había pasado algo por alto. Y de pronto encontré un curioso grabado con una misteriosa inscripción. Una especie de zigzag en vertical, como muchas W unidas entre sí. ¿Cómo había podido pasar por alto aquello? Era el símbolo del agua en lenguaje alquímico. Lo había visto en un escrito de Newton la mañana anterior. Y debajo, el dibujo de la planta de una catedral. Entonces me di cuenta. Era el plano de la catedral en la que se encontraba la pieza.

Aquellos planos no tenían nada que ver con los planos que había llevado Harry. Eran de una catedral de doble cruz latina. Ni la antigua ni la nueva Catedral de Saint Paul poseían esa planta.

Encendí el ordenador y comencé a buscar los planos de cada una de las iglesias y catedrales de Londres, pero después de casi dos horas de búsqueda me rendí. Ninguna coincidía con el dibujo de James.

Agotada y un poco frustrada decidí bajar al bar a tomar un café, necesitaba estimular mis neuronas.

Estaba cruzando ya casi el umbral de las puertas del bar cuando me abordó el camarero.

—Hola, señorita Julia, lord Harry está dentro tomando una copa con un caballero. ¿Quiere unirse a ellos?

—No, gracias. No quiero molestarles. Solo deseo un café y volver a mi habitación cuanto antes. Tengo trabajo.

El barman sonrió y me preparó un café bien cargado.

Me apostillé en un extremo de la barra. Harry y otro caballero estaban tomando una copa mientras charlaban en la otra punta del bar. Dos grandes floreros y muchas mesas repletas de gente se interponían entre nosotros. Él no se dio cuenta de que estaba allí, ni yo lo hubiese hecho de no habérmelo advertido el camarero.

El café en Londres no era mejor que en Nueva York. Pese a que una reluciente cafetera italiana escupía nubecitas de vapor, no conseguía sacar un líquido lo suficientemente oscuro y potente como para poder despejarme las ideas.

Ya me disponía a levantarme cuando el caballero que hablaba con Harry se levantó de la mesa, y cuál fue mi sorpresa al advertir que no era otro que el señor González.

Venía directamente hacia mí y por un momento creí que la sangre iba a helarse dentro de mi cuerpo, sin embargo pasó de largo. Ni tan siquiera reparó en mi presencia.

Entonces lo comprendí todo. Harry, la acalorada conversación de la mañana, su generosidad, su infinito interés por ayudarme...

Salí del bar. Caminaba llena de miedo, temiendo encontrarme de bruces con el señor González. Si Harry tenía relaciones con él, ya no estaba segura allí. De hecho, nunca lo había estado. Estaba aterrorizada y decidí que debía abandonar el hotel cuanto antes.

# Capítulo 42

En diez minutos hice la maleta y salí del hotel con ella camuflada en la gran bolsa del abrigo que me había comprado en Oxford Street hacía dos días.

Cogí un taxi, y cuando el conductor me preguntó dónde quería que me llevase dudé por unos segundos. Sin embargo, sabía que no tenía otra salida.

A las cuatro de la tarde, en punto, estaba aporreando el timbre del apartamento del doctor Timothy Young, muerta de miedo.

El doctor estaba en casa y al verme con la maleta se sorprendió.

—¿Qué te ocurre? ¿Piensas mudarte aquí? —bromeó al verme.

Pasé sin que me diese su permiso y cerré la puerta tras de mí.

—Estás pálida, ¿te ocurre algo? —preguntó confundido.

No le respondí. De hecho no estaba segura de si ir allí había sido una buena opción.

—Ahora mismo acabo de hablar con Harry. Ha llamado preguntando por ti. Parecía preocupado, dice que has dejado la habitación del hotel sin decir nada. ¿Os habéis peleado?

Parecía ser que lord Harry tenía una buena tropa de informadores que prestos le habían dado cuenta de mi ausencia.

—James, en su nota, dijo que solo confiase en ti. ¿Puedo hacerlo? —dije a punto de llorar.

—Por supuesto. ¿Qué ocurre? —dijo abrazándome al ver cómo me desmoronaba.

Me sentía traicionada y me sentía una traidora. La noche anterior había estado en los brazos de Harry y sus caricias me habían hecho olvidar a James. Su afecto había calmado ese oscuro y desgarrador vacío que sentía todo el tiempo, y ahora otra vez me hundía en un torbellino de tristeza.

—Debemos de irnos cuanto antes. Estamos en peligro —dije aterrorizada.

Timothy no preguntó. Recogió cuatro cosas de su apartamento y llamó a un taxi, que tardó en llegar.

Cuando intentábamos salir, advertimos que un coche negro demasiado lujoso para que su dueño tuviera amigos que viviesen en los humildes apartamentos de aquella calle, aparcaba en la acera de enfrente.

Dos señores de complexión considerable bajaron del coche y cruzaban la calzada con paso decidido hacia la puerta del apartamento de Timothy.

—¿Me han seguido? —pregunté.

Timothy alzó los hombros.

—Ven, saldremos por el jardín trasero. Hay una tapia que da a un callejón.

El doctor Young me ayudó a saltar la tapia y a subir por ella mi maleta, que contenía mis adquisiciones en las tiendas de moda de la ciudad, y de las que no pensaba desprenderme.

Después de saltar, sin que milagrosamente se me rompiese ningún tacón, Timothy me señaló un Volkswagen escarabajo pintado de fucsia.

—No pensarás en serio huir con eso —dije rebelándome a aquello.

—¿Ves algún otro coche por aquí?

—Pero, ¿este coche es tuyo?

Cuando me di cuenta estaba sentada en el suave asiento de piel rosa combinada con crudo de aquel vehículo new-trendy, mientras el doctor Timothy Young hacía el puente con una pericia más propia de un adolescente macarra que de un catedrático de universidad.

—¿No podríamos robar algo más discreto? —protesté.

El motor empezó a ronronear y el doctor sonrió.

—Solo serán unas manzanas. Hasta el aparcamiento de la universidad. Allí tengo mi coche.

Condujo esquivando el tráfico de taxis negros, buses rojos y coches de todos los colores.

Aparcó enfrente de la universidad y bajamos Thimoty, mi maleta y yo. Cuando estábamos entrando por la puerta, vimos cómo el inconfundible Aston Martin de Harry y el coche que minutos atrás se había detenido enfrente de la casa de Timothy avanzaban por la avenida.

Fuimos corriendo por las escaleras que conducían al sótano en busca del coche de Timothy.

—No sé si es buena idea. Creo que Harry te conoce demasiado bien y sabe cuál es tu coche —dije agobiada.

—No te preocupes. Juego con la ventaja de que también lo conozco demasiado bien, aunque no sé por qué debemos huir de él.

En unos segundos estábamos saltándonos todos los semáforos de Londres a una velocidad supersónica mientras un ejército de bobbies tomaba buena nota de la matrícula del anticuado coche de Timothy, seguido del llamativo Aston Martin de Harry y del coche negro con los misteriosos conductores.

—Creo que si sigues conduciendo así, en diez minutos tendremos a toda la policía de Londres detrás de nosotros —previne al imprudente conductor.

—No te preocupes. Solo serán unas manzanas —dijo sonriendo.

Aquello de las manzanas ya me sonaba, pero en aquellas circunstancias no tuve más remedio que callar.

Timothy cumplió lo prometido y apenas en dos manzanas los bobbies habían hecho su trabajo hasta bloquear el paso al vistoso coche de Harry; sin embargo el coche negro seguía pisándonos los talones.

Timothy cambiaba continuamente de carril de manera brusca, pero el coche negro no se separaba.

—Ahora verás —dijo acelerando.

Tras cruzar Southwark Bridge a toda velocidad la distancia entre los dos vehículos comenzó a aumentar, y Timothy aprovechó para desviarse repentinamente por una especie de laberinto de callejones que parecía no tener salida.

Después de cinco minutos esquivando peatones, ciclistas, puestos de verduras y flores salimos otra vez a una calle ancha y al fin pudimos advertir que habíamos despistado al coche negro.

Timothy no bajó la guardia hasta que llegamos a las afueras de la ciudad.

—¿Sabemos hacia dónde huimos? —preguntó.

—Tú sabrás —respondí sorprendida.

Entramos en el aparcamiento de lo que parecía un centro comercial tras comprobar que ya nadie nos seguía.

—Aquí podremos hablar tranquilos —dijo aparcando el coche.

Respiré aliviada.

—Creo que me merezco una explicación. ¿Por qué estoy huyendo de mi mejor amigo? —preguntó.

Recordé las palabras de la carta de James y confié en él. Le conté todo desde el principio, sin dejarme nada, y tras mi relato pudo hacerse cargo de la situación.

—Entonces, ¿crees que Harry también va detrás de la pieza? Y yo como un tonto le he servido la presa en bandeja —se lamentó Timothy.

—Tú no tenías ni idea, ni yo tampoco fui todo lo discreta que hubiese debido ser.

—¿Y ahora? —preguntó Timothy.

Le enseñé el cuaderno de James y el plano de la planta de aquello que parecía una catedral. Los ojos de Timothy se iluminaron.

—Anoche estuve pensando, consulté en internet, creo que James también lo sabía.

—¿Qué quieres decirme? —pregunté.

—La techumbre más alta de aquella época era la de la Catedral de Saint Paul; sin embargo en mil quinientos sesenta y uno, mucho antes de la derrota de la Armada Invencible, un rayo alcanzó la aguja de la catedral, que estaba fabricada en madera. La quemó y jamás fue reemplazada.

—¿Quieres decir?

—Quiero decir que si Isabel I tras la derrota de la Armada depositó la pieza bajo la techumbre sagrada más elevada no fue en Saint Paul.

—No. ¿Y entonces?

—Salisbury. La catedral de Salisbury es la que aún tiene la aguja más alta de toda Inglaterra.

Sacó su iPhone y buscó la planta de la catedral. Y allí estaba: coincidía exactamente con la que James había dibujado en su cuaderno.

—¡Lo tenemos! —dijo triunfante.

# Capítulo 43

Tras un poco más de una hora de conducción a través de una carretera que surcaba un verde llano llegamos al pueblo.

Durante el camino pude pensar en Harry, en James y en cómo me arrepentía ahora de haberme lanzado a los brazos del dandi traidor y haberme convertido también en una traidora de la memoria de James.

No había estado en la cama con otros hombres después de lo que sucedió. Era incapaz de dejar de pensar todo el tiempo en James. Todo el tiempo menos el que pasé entre los brazos de Harry. Él fue el único que me hizo olvidar, y yo no quería olvidar. Por eso le odiaba.

En la entrada del pueblo nos recibieron algunas casas de terracota roja con ventanas blancas y tejados negros, y más en el centro las típicas casas claras con nervios de madera oscura y grandes ventanales con vidrieras plomadas.

Al fin divisamos la imponente aguja de la catedral gótica.

Las calles del casco antiguo pobladas de pequeños comercios eran encantadoras. Cruzamos el arco de las murallas y aparcamos el vehículo en una plaza próxima a la catedral llamada de los Coristas.

En el centro de una extensión de césped se erigía la catedral. Me impresionó y una vez más deseé estar junto a James y que él pudiese disfrutar, como estaban haciéndolo mis ojos, ante aquella extraordinaria construcción; y sin querer, se me escapó un suspiro.

—Es asombrosa, ¿verdad? —dijo Timothy.

—Lo es —confirmé.

La impactante edificación de estilo gótico acentuaba su magnificencia al situarse en medio de la explanada de verdor. El tejado fosco, la caprichosa fachada formada por alargados capiteles sobre los que despuntaba una grandiosa torre que remataba en una elevada aguja, que como una punta de lanza ligeramente inclinada se encumbraba hacia el cielo.

Recorrimos el camino de tierra que atravesaba aquel prado verde y cuanto más nos acercábamos a la catedral más imponente me parecía.

Entramos por una puerta lateral y avanzamos a lo largo de la nave central, donde inmensas columnas se elevaban formando en sus terminaciones arcos ojivales, hasta las bóvedas de crucería surcadas de nervios que partían el cielo en secciones triangulares. A ambos lados, vidrieras multicolores escupían rayos de luces que se reflejaban en el agua de una moderna pila bautismal situada en el centro de la nave.

La catedral era inmensa.

—Si la pieza está aquí, ¿cuál será su escondrijo? —me pregunté en voz alta.

Saqué el cuaderno de James y busqué la página donde había encontrado el dibujo. Timothy miraba hacia arriba asombrado.

—Es impresionante lo que pueden hacer los hombres con un poco de piedra y unas piquetas —se asombró.

—Aquí utilizaron mucho más que un poco de piedra —apuntillé, sin dejar de mirar las páginas del cuaderno.

Sobre el dibujo de James había una pequeña señal.

—Creo que sé dónde está —exclamé decidida.

Avanzamos cruzando el coro presidido por un soberbio órgano y, tras el presbiterio, llegamos a la Trinity Chapel donde encontramos un indicio de aquello que veníamos a buscar.

Al final de una de las naves laterales un inmenso mausoleo de piedra albergaba los cuerpos de la familia de un tal sir Thomas Gorges. Y justo encima de su escudo de armas se posaba grácil un icosaedro de piedra y sobre él, rematando la tumba, un dodecaedro: la quintaesencia de los cielos.

—¿Tienes idea de quién era este caballero? —pregunté.

Timothy sacó una guía que nos habían dado en la entrada y en apenas diez segundos me dio toda la información que necesitaba para confirmar que aquel era el lugar.

Parece ser que el tal sir Thomas Gorges fue un noble pariente de Ana Bolena, caballero de cámara de la reina Isabel I; y su esposa Helena, marquesa de Northampton, cuyo cuerpo también descansaba en el mausoleo, fue dama de honor de la reina. Aquí dice que trabó gran amistad con la reina, hasta el punto de que Isabel I fuese madrina de su primer hijo. Según parece la pareja disfrutó de un gran aprecio por parte de la reina.

—Sin duda existe relación. Podría estar aquí —afirmó Timothy.

—Sí, pero ¿dónde? —me pregunté en voz alta.

Volví a dar un vistazo al cuaderno de James por si acaso se me había pasado por alto algún detalle, pero aparte de las señales de zigzag invertido, no había nada más.

—¿Qué buscamos? —preguntó Timothy.

—Buscamos un icosaedro como ese —dije señalando la figura que coronaba los escudos de armas del mausoleo.

—¿Y representa? —preguntó Timothy.

—Según la simbología platónica, representa el agua —respondí.

—¿Y dónde hay agua en una catedral? —preguntó Timothy.

—¿Agua? ¿Qué quieres decir? —pregunté apartando los ojos del cuaderno.

—Quiero decir que en una catedral el agua está en un lugar...

—¡En la pila bautismal! —exclamé sin dejar que acabase la frase.

Pero aquello no encajaba con lo que acabábamos de ver.

—La pila que hay en la entrada es muy moderna —alegué.

—Según la guía, se sustituyó en el año dos mil ocho, sobre el lugar que albergaba la original.

—Echémosle un vistazo —dije.

La pila bautismal tenía forma de estrella de cuatro puntas y por cada una de ellas fluía un caño de agua que se vertía sobre unos sumideros practicados en el suelo.

Intenté averiguar el mecanismo de aquello por si encontraba alguna pista.

—Es curiosa, ¿verdad? —escuché en mi cogote.

Un anciano sonreía detrás de mí.

—Lo es —respondí devolviéndole la sonrisa.

Era un señor bajito, con el pelo cano, vestido con un traje de chaqueta oscuro cruzado por una pintoresca banda color azul chillón.

—¿Es usted guía de la catedral? —le pregunté al ver la extravagante indumentaria.

—Así es. ¿Desea que le desvele los secretos de una de las catedrales más soberbias de Inglaterra?

Timothy sonrió al escucharle y preguntó:

—¿Sabe usted dónde está la antigua pila bautismal de la catedral?

—¿Cuál de ellas?

—¿Hay varias? —me sorprendí.

—Por supuesto, exactamente hay tres.

—¿Y se conservan todas aquí? —le pregunté sin ocultar mi interés.

—Por supuesto, ¿quieren verlas?

El anciano comenzó a caminar despacio, dando pasos muy cortos y arrastrando los pies. Nosotros le seguimos. Sacó de su bolsillo una enorme y pesada llave y comenzó a hurgar en la herrumbrosa cerradura de una puerta ubicada a pocos pasos de la tumba de sir Thomas Gorges.

Al fin pudo abrir y tras rotar una clavija, cuya antigüedad no supe aventurar, se iluminó una estrecha escalera.

Timothy y yo le seguimos.

Apenas fueron diez escalones los que bajamos cuando comencé a sentir una fastidiosa sensación de ahogo. Timothy se percató de mi entrecortada respiración y me cogió de la mano.

—¿Te encuentras bien?

—No es nada —mentí sin poder evitar resoplar.

Seguimos bajando mientras el corazón seguía acelerándose y el olor a humedad se acentuaba.

Al fin dejamos de descender y llegamos a una pequeña estancia.

El anciano accionó un interruptor y una luz amarillenta iluminó el centro de la sala.

—¡Aquí están! —exclamó orgulloso y con lentitud se acercó hacia nosotros—: Hay tres. La primera data del siglo

XIII, es la original y fue tallada por el maestro cantero que labró también el pórtico de la entrada principal; la segunda data del siglo XVI, se trajo aquí como regalo de una poderosa familia; y la tercera, de hierro, es de principios del siglo XX.

La primera era un trozo de piedra desgastado, parecía muy antigua. La tercera era demasiado moderna. La segunda fue la que copó toda nuestra atención. Estaba hecha de piedra y tenía forma de cáliz.

—Fíjate en esto —dijo Timothy, señalando unas incisiones muy curiosas que presentaba en sus laterales.

—Son figuras geométricas —dije sorprendida.

Había estrellas, triángulos...

—Fíjate en la cenefa.

En la base de la pila había una cenefa formada por triángulos equiláteros que la cruzaba de forma longitudinal.

—Mira. Su silueta forma la señal de zigzag invertido del cuaderno de James.

La luz ambarina proveniente de la vieja bombilla que iluminaba tenuemente los muros de piedra, junto al profundo olor a humedad, procuraba un ambiente místico que se encargó de romper la estrepitosa melodía del móvil del anciano.

—Perdonen, tengo que dejarles. Me espera un grupo de escolares en la entrada para una visita guiada. Les dejo solos, pueden tomar las fotografías que deseen. Solo acuérdense de apagar la luz cuando salgan —dijo y comenzó su marcha con la prisa que su pesado paso le permitía.

—Un momento. ¿Sabe exactamente cuándo trajeron esta pila a la catedral? —preguntó Timothy interrumpiendo la lánguida retirada del anciano.

—Exactamente no sé la fecha, pero en la guía pueden encontrar la información. La pila se ubicaba exactamente aquí arriba —dijo señalando con el dedo—. La encargó un caballero inglés que precisamente está enterrado en esta misma catedral, con ocasión del bautizo de uno de sus hijos cuya madrina iba a ser la mismísima reina Isabel I de Inglaterra.

Aquello tenía buena pinta.

—¿Recuerda el nombre del caballero? —preguntó Timothy.

—Por supuesto, pueden ver ustedes su tumba junto a la Trinity Chapel. Sir Thomas Gorges era su nombre. Era primo segundo de la reina, y la que fue su esposa, Helen Snakenborg, originaria de Suecia, fue dama de honor de la reina y una de sus más íntimas amigas. Cuando la reina Isabel se enteró de sus amoríos, encarceló a sir Thomas Gorges en la Torre de Londres por una buena temporada. Los historiadores no se ponen de acuerdo. Unos dicen que fue por celos hacia su primo del que esperaba más que lealtad, otros dicen que los celos los sentía por la bella y delicada Helen a la que quería retener a su lado. Fuera como fuese, la reina sentía más que aprecio por la pareja y al final consintió la relación y se reconcilió con ellos.

—Gracias por la información —respondió un sonriente Timothy.

—De nada, y ya saben, acuérdense de apagar la luz cuando se vayan —dijo el anciano y desapareció entre la penumbra.

—¿Sientes como yo que estamos en el buen camino? —preguntó Timothy una vez se desvaneció el anciano.

Asentí pletórica. Todo parecía cuadrar, sin duda allí estaba la pieza. Solo nos quedaba averiguar con exactitud dónde.

Timothy siguió inspeccionado la pila bautismal y de pronto se le iluminó la mirada.

—Mira esta inscripción, «Aqua diaphanus est». ¿Sabes lo que significa? —preguntó como si estuviese ante un gran enigma.

—¿Que el agua es transparente?, por ejemplo... —dije en tono sobrado, me parecía una obviedad y no entendía su mirada de fascinación.

—¿Y qué significa ser transparente?

—Ser transparente, cómo te diría yo... algo es transparente cuando deja ver a través de él —me sentí ridícula definiendo tal perogrullada y lo dejé patente en mi tono irónico.

—Muy bien, y por lo tanto eso mismo que es transparente no se ve...

—Claro. Si está limpio no se ve —apuntillé con una sonrisa cínica.

—Entonces podemos decir que algo totalmente transparente sería invisible.

—¡Invisible! —exclamé—. No es lo mismo...

—No lo es, pero parecido —afirmó Timothy.

—Tú eres el físico especializado en óptica, así que tú sabrás —dije nada convencida.

—Mira esto, fíjate bien —dijo señalando uno de los triángulos de la cenefa que parecía que se había desconchado y dejaba ver un material brillante.

—¿Qué es?

—Es calcita. Labraron la piedra y embutieron incrustaciones de calcita y luego las taparon con arcilla —desveló Timothy.

—¿Y para qué hicieron eso?

—¿Te acuerdas de lo que decía la carta? «Te lego el agua, para que nuestro reino sea invencible en ella; custódiala en las entrañas cubiertas por la techumbre sagrada más elevada y salvaguárdala con un ejército invisible».

—¿Y?

—Tengo una corazonada, creo que he encontrado el ejército invisible —dijo Timothy mientras sacaba una llave y friccionaba con ella en el contorno de los triángulos.

—¿Te refieres a esos triángulos?

—No, me refiero a la calcita —respondió sin dejar de limpiar los triángulos.

—¿A la calcita? No entiendo nada.

Estaba realmente confundida. No captaba lo que me quería decir.

—En el laboratorio de la universidad hemos estado investigando con metamateriales para obtener la invisibilidad, hasta que nos dimos cuenta de que la calcita, un mineral que se encuentra en abundancia en forma natural, posee una interesante propiedad que lo hace mejor para nuestros propósitos que los metamateriales.

—¿Y cuál es? —pregunté intrigada.

—La capacidad de polarización de la luz.

Cuando más hablaba con Timothy más me sonaba a chino todo lo que me decía.

—¿Y eso en qué consiste? —pregunté con cara de boba.

—Es simple, cuando un rayo incide en la calcita se desdobla en dos. Si unimos dos prismas de calcita en forma piramidal los rayos de luz polarizada son refractados y el objeto que coloquemos entre los dos cristales desaparece.

—Parece magia —me sorprendí sin acabar de comprender.

—Ya te lo dije el primer día: la magia de la ciencia —respondió triunfante.

—¿Y eso que tiene que ver con nosotros?

—Ahora lo verás. James era un gran tipo, sabía esto y por eso quería que te ayudase. Ahora lo veo claro.

Timothy siguió frotando hasta que dejó al descubierto la banda de mineral de calcita que estaba debajo de los triángulos.

311

—Ahí está, ¿lo ves?

Me acerqué a la banda y no vi nada, solo calcita.

Timothy hizo lo mismo en el otro lado y apareció otra banda igual.

Con la camisa limpió la superficie y entonces todo tomó sentido. La base era ahora de láminas de calcita transparente y, como una caja de cristal, se podía ver nítidamente su interior hueco.

—¿Lo ves ahora? —preguntó Timothy.

—No veo nada. Ahí dentro no hay nada.

—Entonces todo va bien —respondió sonriendo Timothy.

Dio un pequeño golpecito a una de las finas láminas de calcita, la soltó abriendo la base y no sé si por arte de magia o de ciencia apareció en su interior la pieza.

Timothy estaba exultante.

—¿Es esto lo que buscabas? —dijo cogiendo la pieza en su mano.

—Sí —respondí exaltada y no pude más que darle un apasionado beso.

Pese a la lobreguez de aquella sala, pude advertir que Timothy se había ruborizado y me sorprendí ante tal reacción.

Obviando con naturalidad la incomprensible turbación del doctor en física, me apoderé de la pieza y la deposité en mi bolso, junto al resto de ellas, advirtiendo que este comenzaba a tener un peso considerable.

Deshicimos nuestros pasos a través de la angosta escalera y acatando las instrucciones del simpático anciano apagamos la luz de la cripta.

Cuando llegué arriba apoyé un brazo contra uno de los muros y respiré hondo, no me gustaban nada las profundidades.

—¿Y ahora que tienes lo que quieres, qué vas a hacer? —preguntó Timothy.

—Debo continuar. He de averiguar el siguiente paso y encontrar las otras piezas —dije recuperando la respiración.

—¿Y crees que vale la pena?

—Es lo que quería James —respondí decidida.

Timothy me miró con resignación.

# Capítulo 44

Cruzamos la nave central. Ahora la visión del santuario había cambiado.

Había anochecido y por las vidrieras ya no se colaban rayos de sol, solamente negrura y sombras.

Franqueamos el pórtico y, avanzando a través de un camino de tierra que recorría el prado de césped, dejamos atrás la siniestra silueta de la catedral, envuelta en un velo de niebla ante un cielo teñido de tonos anaranjados.

Ya casi alcanzábamos el coche de Timothy cuando divisamos un lujoso vehículo negro estacionado justo al otro lado del parque.

—¿No te suena ese coche? —pregunté a Timothy.

—Es el mismo de esta mañana —respondió confirmando mis temores.

—Pero es imposible que nos hayan seguido. ¿Cómo han sabido que estábamos aquí?

—No sé, pero salgamos de aquí pronto. Esto no me gusta nada.

Arreciamos el paso y Timothy puso en marcha el motor. De pronto las luces del coche negro se iluminaron.

Solo había una salida de aquella plaza y justamente era la que el automóvil negro estaba bloqueando.

Timothy aceleró y decidió cargarse la barrera que impedía el paso al parque que rodeaba la catedral. El vigilante, que aburrido leía el periódico apostado en la garita, salió gritando.

Cruzamos por el césped sorteando los árboles, bancos y fuentes mientras el coche negro nos seguía. Todo el parque estaba cercado por un muro de piedra.

—No ha sido buena idea meternos aquí —dije.

Timothy conducía a toda pastilla.

—¡Cuidado! —grité al advertir que iba a arrollar a un grupo de ancianas que se dirigían hacia la catedral.

Por suerte, reaccionó con rapidez y tras dar un volantazo salvó a las ancianitas de pelo blanco de una muerte segura.

Rodeamos la catedral y por fin encontramos una salida en el extremo sur del recinto, que también estaba protegida por una barrera que Timothy no dudó en llevársela por delante.

Fuimos a parar a un estrecho callejón bordeado por casas bajas de ladrillo rojo, donde daban algunas puertas de garaje; y como una exhalación, tras sortear una camioneta cargada de cajas y dos ciclistas, cruzamos un puente sobre un río.

El vehículo negro seguía nuestros pasos y de pronto apareció otra barrera en nuestro camino. Era un paso a nivel y los semáforos parpadeantes y la estruendosa sirena indicaban que debíamos detenernos.

—¡No estarás pensando...! —grité.

Y sin poder acabar la frase presencié cómo Timothy se cargó otra barrera de aquella ciudad.

Estábamos en el centro de la vía. Una de la ruedas se había quedado enganchada entre los raíles, Timothy pisaba a

315

fondo el acelerador sin conseguir que el coche se moviese ni un milímetro y entonces vimos cómo el tren se nos venía encima.

—¡No! —grité con todas mis fuerzas al ver cómo íbamos a ser arrollados.

Fue un segundo, tal vez menos, un fuerte olor a rueda quemada y una atroz sirena sonando en mis oídos; sin embargo me pareció toda una vida.

El vehículo salió pitando un segundo antes de que el tren cruzara.

Tomamos el serpenteante camino de salida del pueblo a gran velocidad, tuve que cogerme del asiento cuando tomaba las curvas sin dejar de temblar.

Me giré y parecía que nadie nos seguía ya. De momento nos habíamos librado del vehículo negro, sin embargo Timothy seguía conduciendo con rapidez y entonces me puse a llorar como una niña.

—Lo siento, pero no llevo pañuelo —dijo Timothy confundido por mi reacción.

—¿Dónde vamos ahora? —pregunté aún convulsa.

—Debes salir cuanto antes del país.

En apenas veinte minutos estábamos estacionando el coche en el aparcamiento del pequeño aeropuerto de Southampton.

Sacamos mi maleta y Timothy cerró con llave su abollado automóvil. Empezamos a caminar. A cada tres pasos yo miraba hacia atrás, tenía la sensación de que estaban siguiéndonos.

Cuando entramos a la terminal, las pantallas señalaban las próximas salidas. Dentro de una hora salía un avión dirección a Edimburgo, los próximos dos vuelos serían a las 19:55 hacia Jersey y a las 20:15 hacia Glasgow.

—Vamos a alquilar un coche —dijo Timothy.

—¿Un coche? ¿No es mejor coger un avión? —protesté sin entender.

—No. Si alguien viene siguiéndonos pensará exactamente eso y es justamente lo que no vamos a hacer.

Aunque no me contó nada más sobre su plan, di por sentado que tenía uno para librarme de mis perseguidores y como yo no tenía ninguno decidí apoyar el suyo sin rechistar.

Alquilamos un pequeño Chevrolet y Timothy condujo poco más de media hora por la autopista.

Cuando llegamos al puerto de Portsmouth eran pasadas las ocho de la tarde. Intentamos conseguir un billete hacia Francia en uno de los muchos ferris que entraban y salían del puerto, pero fue imposible. El próximo ferry hacia Caen salía a las cinco y cuarto de la mañana siguiente. Era todo un fastidio, y más considerando que hacía apenas una hora habíamos tenido a alguien siguiéndonos. Estaba realmente asustada.

—No te preocupes. Aquí no nos encontrarán.

Buscamos un hotel cerca del puerto donde pasar la noche. Dejamos el coche en un aparcamiento cubierto y pedimos dos habitaciones.

En el bajo del hotel había un pub donde servían fish & chips y cerveza, lo que sirvió para aliviar el hambre. Desde nuestra mesa se divisaba el mar y una inmensa torre de acero en forma de vela color blanco. Las gaviotas volaban muy bajo y se sentía un intenso olor a mar.

Timothy se levantó de un brinco de la mesa y fue a la barra. Alguien leía el *Financial Times* y parecía que algo le había llamado la atención. Negoció por unos minutos con el lector y vino a la mesa con el periódico. Tenía una expresión afectada.

—¿Ocurre algo? —pregunté.

Timothy no me contestó, estaba como enajenado y tenía la cara descompuesta.

—¿Te sientes bien? ¿Ocurre algo? —pregunté una segunda vez.

—Nada que te incumba —respondió de manera brusca.

Me sumergí en mi plato de fish & chips y miré la espuma de las olas por la ventana.

Timothy de pronto dobló el periódico y dejó de leer. Estuvo un rato en silencio, sin probar bocado y mirando, como yo, hacia el mar. Al fin dijo algo.

—Disculpa por mi reacción —dijo con un tono más tranquilo.

Levanté los hombros.

Abrió de nuevo el periódico y me mostró una foto de un señor sonriente que aparecía en primera página. La foto mostraba a un atractivo ejecutivo en un despacho de una gran empresa. Había sido nombrado el hombre más exitoso del año.

—En la casa de este exitoso vendedor de seguros viven ahora mi mujer y mis dos pequeños.

Lo miré sorprendida.

—¿Hace mucho?

—Seis meses. Apenas veo a los niños un par de veces al mes desde que Linda decidió marcharse. No se puede decir que está siendo un divorcio amistoso.

—Lo siento mucho —dije con tono compasivo.

—La relación con Linda estaba muerta hacía tiempo. Tal vez fui yo el responsable o ella. No sé. Evolucionamos a ritmos diferentes y dejamos de tener intereses comunes. De hecho dejamos de interesarnos el uno por el otro. Pero lo de los niños ha sido un duro golpe. Tienen seis y ocho años. No comprendo cómo ha sido capaz de jugar con mi afecto por ellos para conseguir un acuerdo ventajoso. Estamos aún en pleito y mientras esto dure ella está utilizando a mis hijos como arma.

—Es muy cruel de su parte. Debe de ser muy duro para ti.

—Lo es —respondió y lanzó un suspiro.

Miré a Timothy con pesar. Sus ojos estaban tristes.

—¿Sabes que esta ciudad fue la base de la Marina Real Británica hasta hace pocos años? Visitamos el pasado verano el museo marítimo con los niños. Les encantó.

Los ojos de Timothy se iluminaban cuando hablaba de sus hijos.

Salimos del pub y nos sentamos en la terraza. El sol estaba hundiéndose bajo un mar oscuro. Timothy se encendió un cigarrillo y me invitó a fumar. Una brisa fría y salobre se estrelló contra mi rostro e hizo que me estremeciese.

Permanecimos en silencio mirando el devenir de barcos de pescadores que volvían a tierra después de una larga jornada. Tenían el casco pintado de colores y hacían sonar sus sirenas al acercarse a puerto.

La silueta de Timothy se recortaba en aquel sereno escenario. El codo apoyado en el borde de la mesa, la mano en su barbilla y la mirada perdida entre las olas.

Permanecimos largo rato sumidos en silencio en nuestras propias miserias, hasta que nos dirigimos de nuevo al edificio del hotel.

—Ahora intenta dormir un poco —dijo Timothy al despedirme en la puerta de mi habitación.

Intenté hacer lo que Timothy me dijo, sin embargo no pude. Tenía miedo de estar sola.

Me levanté de la cama, llamé a la habitación de Timothy y él me dejó pasar.

Cuando sonó la alarma del móvil a la mañana siguiente, abrí los ojos y me conmoví al ver el cuerpo de Timothy arrebujado en el suelo con un cojín. Aquel tipo, al fin y al cabo, no resultó ser tan odioso ni antipático. Incluso había llegado a caerme bien.

# Parte X: Aer

## Capítulo 45

El viaje en el ferry estaba siendo tranquilo, la despedida de Timothy triste. La última noche me dejó un buen sabor de boca y la sensación de que pudo haber una interesante relación entre nosotros si las circunstancias hubiesen sido distintas.

James seguía en mis pensamientos y, lejos de perder intensidad, su constante recuerdo aumentaba mi sentimiento de impotencia.

Leí una vez en un periódico la entrevista a un sesudo escritor que decía que si querías sentirte vivo debías de poner un amor imposible en tu vida. Estaba totalmente en desacuerdo, nada más lejos de la realidad. Cada día me sentía más muerta. Notaba una añoranza tan abrumadora que hacía que agonizara. No era capaz de disfrutar de nada. Cada canción, cada paisaje, cada amanecer que despertaba en mí algún sentimiento se convertía en motivo de sufrimiento. La pesadumbre de no poder disfrutarlo junto a James llenaba toda mi existencia. Añoraba su voz, su risa, su mirada y sobre todo su tacto; y eso me producía una honda punzada en el pecho tan dolorosa como desesperante.

Me senté en la cafetería de popa. Desde mi mesa podía ver cómo una cola de espuma perseguía el barco hasta romper la azul uniformidad del mar. Abrí una vez más el último mensaje de James y leí las instrucciones que me llevarían al siguiente paso. Decía así: «Al César lo que es del César» y una retahíla de letras.

Sonreí al leer sus palabras. El código que había utilizado no era otro que el cifrado del César, llamado así porque lo empleaba Julio César para enviar mensajes secretos a sus legiones. Era uno de los procedimientos criptográficos más sencillos. Consistía en sustituir una letra por otra situada un número determinado de lugares más allá en el alfabeto.

No sé por qué James se molestaba en codificar sus mensajes y luego utilizaba procedimientos tan simples. Incluso un niño de seis años sería capaz de descifrar aquel escrito.

El camarero me sirvió un café y yo saqué una hoja de papel y un bolígrafo. Empecé a probar desplazamientos y en apenas tres minutos aparecieron las letras. El mensaje era: «Tertre cincuenta y seis».

«Diáfano», pensé; y la verdad es que esperaba algo así.

Llegué a la pequeña terminal del puerto de Caen cerca de las diez de la mañana. Cogí un taxi que me llevó a la estación de tren de la ciudad.

A las once menos diez, después de tomarme un café, ya estaba en el tren rumbo a París. El paisaje verde, salpicado de casas de tejados de pizarra al pasar por Lisieux, campos de trigo cerca de Evreux y cada vez mayor concentración de núcleos urbanos y construcciones industriales nos acercaron por fin a París.

No era aún la una cuando llegué a la estación de San Lázaro. Ahí cogí el metro dirección Montmartre y tras hacer transbordo en Pigalle me apeé en Anvers, donde salí a la superficie y pisé por primera vez asfalto parisino.

La sensación no pudo ser mejor. Una calle repleta de comercios de souvenirs, brasseries, cafés y decadentes tiendas de fotografía desembocaban en una plazoleta donde se ubicaba un colorido tiovivo que conformaba la base de dos escalinatas gemelas bordeadas de césped que alcanzaban el Sacré Coeur, solemne y blanco.

Miré las escaleras, evalué mis tacones y la maleta y decidí ir en busca del funicular.

Ya arriba contemplé una bella postal de París en la que se delineaba la torre Eiffel y la torre de Montparnasse despuntando sobre un enjambre infinito de tejados, a la que un violonchelista se encargó de ponerle banda sonora, por lo que no pude hacer otra cosa que suspirar.

Al rodear la basílica, en una de las calles laterales me encontré con un mercadillo de delicatessen francesas: vinos, foie-gras, patés, quesos... Todo muy apetecible; sin embargo tenía prisa, así que sorteé a los sibaritas transeúntes y tras llegar a una plaza arbolada atestada de pintores comprendí que aquel era mi destino: la mítica Place du Tertre.

Ahora solo tenía que averiguar a qué se refería James con «cincuenta y seis», dado que la numeración de las casas apenas llegaba a la veintena.

Mientras rodeaba la plaza cargada con mi maleta varios pintores me abordaron. Me los quité de encima como pude y seguí en mi búsqueda del cincuenta y seis, y entonces me di cuenta de que todos los artistas que ocupaban la plaza tenían un papel del ayuntamiento, una especie de autorización, y estas tenían un número.

Busqué y al fin encontré. El puesto número cincuenta y seis de la Place du Tertre la ocupaba un señor de mediana edad ataviado con una graciosa boina que tenía expuestos varios retratos pintados a carboncillo.

Me acerqué a él.

—¿Un retrato, madame?

—No, gracias.

—Una señorita tan bella no debería irse de Montmartre sin un buen retrato —objetó con un cargado acento francés.

—Gracias, pero en realidad estoy buscando a una persona. Busco a alguien que creo que pinta aquí, en el puesto cincuenta y seis, y es amigo de James.

—Yo pinto aquí, pero me temo que entre mis amistades no hay ningún James —respondió el señor.

—Oh, lo siento. Seguiré buscando —manifesté un tanto contrariada.

Ya me iba, arrastrando mi maleta y pensando que tal vez debería buscar otro sentido al número cincuenta y seis, cuando el señor me detuvo.

—Espere un momento, madame. Puede que busque a Fabrice.

—¿Fabrice?

—Sí. Fabrice comparte el puesto conmigo. Él ha estado aquí por la mañana, acaba de terminar su turno.

Pensé que el tal Fabrice era una esperanza.

—¿Y sabe dónde puedo encontrarlo?

—Sí. Claro. Vive aquí cerca. Si quiere puedo llamarlo y decirle que hay aquí una bella señorita buscándole —dijo en tono adulador el pintoresco personaje.

—Si fuese tan amable, me haría un gran favor —respondí agradecida.

El señor sacó su moderno móvil que contrastaba notablemente con su trasnochado aspecto y llamó al tal Fabrice.

—Me ha dicho que espere. En media hora estará aquí —dijo tras intercambiar con su interlocutor telefónico algunas frases en francés.

Fue un alivio escucharlo.

—Gracias. Lo esperaré en aquel café. ¿De acuerdo?—dije.

—Vaya tranquila, cuando venga le indicaré dónde está —me tranquilizó el amable señor.

Me senté en la terraza de un café donde siguieron abordándome pintores callejeros a los que me costó trabajo ahuyentar.

Tras un café y media hora embebida por la bohemia estampa de aquella mágica plaza, apareció un espigado tipo con un perfil más bien aguileño que se acercó hasta mi mesa.

—Hola. ¿Eres tú quien buscas a un amigo de James que pinta en el puesto cincuenta y seis? —preguntó a bocajarro.

—Yo misma —respondí.

—Bien, pues soy yo. Permíteme que me presente, soy Fabrice, ¿y tú eres?

—Encantada, soy Julia Robinson —dije extendiéndole la mano.

Fabrice se sentó en la terraza y pidió un café. Era un tipo que rondaría mi edad: alto, delgado, con un perfil desmesurado, barba de tres días y un cabello oscuro y lacio que caía con gracia sobre unos intensos ojos claros.

Con ademán nervioso me preguntó cuatro o cinco convencionalidades sobre mi viaje, sobre el tiempo, sobre si era la primera vez que visitaba París... y le interrumpí. Mi paciencia tenía un límite.

—Creo que tienes un mensaje de James para mí —dije sin más.

Fabrice me miró severo.

—Así es. Llevo días esperando a que aparezcas —afirmó emulando mi tono impertinente.

—¿Serías tan amable de entregármelo? —le pedí rozando el desafío.

Fabrice, sin más, desenfundó su móvil y me envió el mensaje de James.

Lo abrí y allí estaba otra vez, para no cambiar la costumbre, una frase sin pies ni cabeza que debía descifrar si quería llegar al meollo del mensaje. Aquello empezaba ya a cansarme.

Tenía sueño, me dolían los pies, aún no tenía hotel y me apetecía darme una ducha y cambiarme de ropa; así que intenté irme cuanto antes de allí.

—Gracias. Debo irme —dije austera.

—¿Irte?¿Dónde? —preguntó Fabrice sorprendido.

—Tengo que buscar hotel, llevo todo el día viajando y estoy cansada —respondí.

—No puedes irte —resolvió.

—¿No? ¿Por qué? —pregunté extrañada.

—James me ha dado instrucciones precisas. Debes de alojarte en mi casa.

—¿En tu casa? —aquello cada vez me chocaba más.

—Sí, eso decía James en su mensaje.

Eso era bueno, ahora tenía que alojarme en la casa de un desconocido por mandato de James. Intenté librarme de tal obligación.

—No te preocupes. James no se enterará y yo prefiero alojarme en un hotel —dije levantándome de la mesa y cogiendo mi maleta.

—Insisto. Vivo unas cuantas calles más abajo. Te ayudaré con la maleta —dijo levantándose de la mesa mientras hacía una señal al camarero para abonar las consumiciones.

Ante tal determinación hice un último y desesperado intento de librarme del suplicio.

—Creo que no lo has entendido. Es muy amable por tu parte, pero prefiero alojarme en un hotel —dije mientras intentaba arrebatarle la maleta de la que segundos atrás se había apoderado.

Fabrice, pese a mi esfuerzo, no la soltó.

—En mi casa estarás mejor que en un hotel. Te lo aseguro. James ha insistido mucho en que te aloje en mi casa y creo que debo hacerle caso. Además tenemos que hablar. No me gusta lo que James me ha contado y necesito que me aclares algunas cosas.

Ante tal resolución no tuve más remedio que ceder, así que me rendí y dejé que me condujese a través de las calles rumbo a su casa.

Tras bajar varios tramos de escaleras que previamente había salvado con el funicular, agradecí que el tal Fabrice hubiese puesto tanto empeño en usurparme la pesada maleta y que fuese él quien la arrastrase por aquellos accidentados callejones.

Al fin llegamos a un edificio de fachada clara.

El apartamento era muy agradable, aunque olía a trementina: tonos serenos, grandes ventanales, suelos de madera y muebles con un aire retro... la mala noticia era que solo había una habitación.

Miré con recelo el sofá y temí que sería mi lecho durante mi obligada estancia allí.

Fabrice pareció adivinar mis pensamientos.

—Puedes instalarte en la habitación. Te haré sitio en el armario.

—Me parece mucha molestia. ¿No crees que sería mejor que buscara un hotel? —escuché decirme a mí misma otra vez sin causar el mínimo efecto en aquel obstinado personaje.

—Ni hablar. Además, no será ninguna molestia —respondió inflexible.

Me instalé, me cambié de ropa y allí estaba Fabrice, esperándome en el salón con una copa de vino decidido a aclarar las cosas.

Me costó poco resumirle todo lo que había sucedido hasta el momento, omitiendo por supuesto los datos que no aportaban nada a la acción, y que por cierto eran el noventa y nueve por ciento de lo acaecido.

—Entonces, toda esta aventura que me has contado es la búsqueda de unas piezas legendarias cuyo significado desconoces y por las que presuntamente han asesinado a James y casi a ti —dijo y se frotó con un gesto nervioso su ampulosa nariz.

—Más o menos —respondí y tomé un sorbo del delicioso vino de Bourgogne que me había servido mientras me recostaba en el sofá observando cómo su cara cambiaba de color.

—Pues no sé si es buena idea que te quedes aquí —resolvió, asustado.

Fabrice dejó la copa encima de la mesa y empezó a dar cortos paseos por el salón mientras decía:

—Soy un simple pintor. Ni siquiera conocía personalmente a James. Y todo esto me parece muy peligroso. No quiero verme mezclado en un asunto tan rocambolesco. Y creo que tú deberías dejar las cosas como están y marcharte a tu país. No le veo buena pinta al asunto. Lo siento.

Contra todo pronóstico aquello me pareció divertido. Estaba enfrente de un tipo que minutos antes insistía en alojarme en su casa en contra de mi voluntad y ahora no sabía cómo echarme de allí.

En una actitud benevolente decidí atajar su agonía.

—No te preocupes —dije levantándome del sofá y dejando la copa de vino encima de la mesa—. Ahora mismo recojo mis cosas y desaparezco de aquí. Gracias por el vino. Ha sido un placer conocerte.

Me dirigí a la habitación donde minutos antes había dejado mi maleta.

Fabrice seguía dando vueltas alrededor del salón mascullando palabras en francés, entre las que entendí una que repetía con cierta insistencia: «*merde*».

Mientras recogía mis cosas me acordé del mensaje de James y, pese al evidente nerviosismo que mostraba, decidí preguntarle:

—¿Sabes lo que puede significar La Barca de Isis?

—La Barca de Isis. ¿Por qué quieres saberlo? —dijo deteniéndose en seco.

—Es la clave que me ha dejado James para poder abrir el mensaje y continuar con todo esto que te asusta tanto.

Fabrice me miró un tanto avergonzado.

—Todo parisino sabe lo que es La Barca de Isis —dijo mientras se le iluminaba la mirada.

—¿Ah, sí? ¿Y qué significa?

—París, *mon amour*. París —respondió en un ataque de arrogancia.

—¿París? Creía que Isis era una diosa egipcia. No entiendo la relación —dije confundida.

—Y lo es. Una diosa a la que los parisinos adoraron en tiempos antiguos.

—Parisinos adorando dioses egipcios, no me cuadra —protesté extrañada.

Fabrice intentó aclararme las cosas.

—A principios del siglo pasado, en las excavaciones que realizaron para construir el metro, encontraron frente a Notre Dame una gruta en la que había una virgen negra. Era Isis.

—¡Isis en París! ¿Y quién se supone que la trajo?

—Se cree que los legionarios romanos expandieron el culto a la diosa por todo el imperio. Algunos historiadores dicen que el nombre de París se debe a la diosa. La barca a la que hace referencia sería el lugar donde la encontraron: L'ille de la citê. Un trozo de tierra flotando sobre el río Sena como una barca.

—Es una historia muy bonita. Solo falta que cuadre —dije.

Fabrice me sonrió. Parecía que se había tranquilizado.

Pensé que si París era la clave, aquella vez resultaba demasiado sencillo. No podía ser que el mensaje de James estuviese detrás de esa palabra. Me esperaba tener que visitar alguna catacumba o explorar durante horas en un polvoriento archivo.

Sin poder esperar ni un minuto más, saqué el móvil y tecleé las cinco letras; y para mi sorpresa allí estaba. James se estaba volviendo blando.

*«Querida Julia:*

*París es la ciudad a la que soñábamos viajar algún día. Tú ya estás aquí.*

*En una de las cartas que encontré se relata cómo Felipe II tiene intención de desposarse con la joven Isabel de Valois. Para ese matrimonio, entre otras riquezas hace entrega a la madre de la novia, Catalina de Médici, del aire. Era una condición que impuso la reina para consentir el matrimonio.*

*Dice textualmente: "Vuelve a su linaje aquello que se le arrebató. Custódielo para que mi descendencia pueda heredar pureza y claridad".*

*Catalina de Médici fue sobrina y protegida del Papa Clemente VII, a quien las tropas de Carlos V le arrebataron las piezas en el saqueo de Roma.*

*Esa pieza para Catalina de Médici era mucho más que un símbolo y conocía a la perfección su poder, por eso la insistencia de que la pieza llegase antes de que se celebrase el matrimonio.*

*Catalina fue una de las mayores mecenas de la época y su afición a las artes y la adivinación fueron famosas.*

*Tras la muerte de su padre, Felipe II es el legítimo heredero de la última pieza, y por explícitas instrucciones del emperador debe legarla a quien considere que merece tal privilegio.*

*En sus cartas da instrucciones claras de dónde Catalina de Médici debe custodiarla: "Que las estrellas sean su lecho y la iluminen para que su poder se utilice con rectitud".*

*Te prevengo para que te des cuenta de que a estas alturas las amenazas serán muchas. Pero estoy seguro de que las vencerás y encontrarás la pieza.*

*Sé cuidadosa y no te fíes de nadie.*

*James».*

Y, como de costumbre, terminaba con un tunc step que decía simplemente 23:23.

Cuando terminé de leer la carta, Fabrice estaba sentado en el sillón apurando a pequeños sorbos la copa de vino que minutos atrás había dejado casi llena sobre la mesa.

Yo seguí recogiendo mis cosas en silencio, sin mencionarle un ápice de su contenido.

—No hace falta que recojas —escuché decir al nervioso y espigado personaje.

—No te preocupes. Estaré bien —respondí sin dejar de recoger.

En realidad no me apetecía nada involucrarlo en aquel asunto.

—Insisto. Me he comportado como un estúpido. Me he puesto muy nervioso —dijo mientras venía hacia mí. El tal Fabrice era realmente alto.

330

—Tienes todo el derecho. Es más, creo que no es estúpido, es sabio por tu parte no querer involucrarte en un asunto tan turbio.

Fabrice siguió tomando sorbos de vino.

—Creo que quiero involucrarme. Pienso que si James te ha llevado hasta mí es porque estaba seguro de que podría ayudarte, y lo voy a hacer —sentenció decidido.

A aquellas alturas de la conversación ya no sabía si seguir recogiendo y largarme o quedarme.

Suspiré, me senté en el sofá y bebí vino en silencio junto a Fabrice.

El vino estaba llegándome hasta los pies. Hacía horas que no había probado bocado y me estaba mareando. Fabrice pareció adivinar mi estado de creciente inanición, se levantó del sillón y se dirigió hacia la cocina.

Llenó la mesa de platos de queso, foie, panecillos y fruta que diluyeron en gran parte el mareo que me había producido la ingesta desmesurada de vino de Bourgogne.

Antes de que sirviese el café me adormecí en el sofá.

Cuando desperté me encontré arropada por una manta y eran ya más de las cinco.

—Al fin has despertado. Creía que dormirías toda la tarde —dijo divertido.

Sentí un poco de bochorno pues jamás me había ocurrido quedarme dormida en casa ajena antes del café.

—Lo siento, estaba muy cansada —me disculpé entre bostezos.

—Está bien. Si ya estás descansada y te apetece te puedo llevar a un sitio que seguramente te impresionará.

No pude negarme. Hubiese sido un delito estar en París y quedarme en aquel sofá un minuto más.

# Capítulo 46

Fabrice se enfundó un abrigo largo, una gorra y un pañuelo de lana e insistió en que yo también me abrigase.

Cuando salimos del apartamento agradecí haberle hecho caso. Aquella tarde refrescaba en París.

Cogimos el metro en Pigalle y tras hacer un trasbordo llegamos a Trocadero. Salimos a la superficie y al girar la esquina contemplé anonadada aquella maravilla.

—Es la primera imagen que debería tener cualquiera que visita por primera vez París —dijo con una sonrisa radiante.

Era impresionante. La inmensa mole de la Torre Eiffel se recortaba sobre un cielo añil manchado de tonos anaranjados.

Suspiré una vez más observando aquella maravilla y deseé estar otra vez junto a James.

Fabrice detectó mi nostalgia y pasó su brazo alrededor de mis hombros.

Bajamos en silencio las escaleras surcadas por paulownias floridas mientras anochecía en París y la Torre Eiffel se iluminaba con mil luces que al pasar por el puente de Jena se reflejaban en el agua.

En la orilla del Sena decenas de *bateaux* iban y venían repletos de turistas que lanzaban los flashes de sus cámaras sobre aquella magnífica imagen.

Fabrice se obstinó en que embarcásemos en uno de ellos.

—¿Sabes? Todas las primaveras mi madre me llevaba hasta aquí, subíamos al batobús y llegábamos hasta la parada de Saint Germain de Prés en el Pont des Arts. Visitábamos la iglesia de Saint Germain y me compraba una caja de *macarons* en la pastelería Ladurée de la calle Bonaparte. Es uno de los sitios más mágicos de París. Luego volvíamos a embarcar y llegábamos hasta Notre Dame, donde nos comíamos los macarons sentados en la explanada de la catedral.

—Parece un plan delicioso —le dije viendo cómo se le iluminaban los ojos.

Las vistas de París desde el batobús eran preciosas. Pero de pronto sonó mi móvil.

—¿Sí? —pregunté.

Al otro lado del teléfono sonó la voz de Peter, reprochándome otra vez que siguiese en Europa e insistiendo que volviese a Nueva York. No tuve más remedio que colgarle. Sus amonestaciones empezaban a ser ya insidiosas.

Bajamos en el port des Saints-Pères junto al pont des Arts y enfilamos la rue Bonaparte; allí Fabrice me invitó a que probase los macarons de la pastelería de Ladurée.

Una fachada verde manzana con rótulos dorados albergaba unos tentadores escaparates repletos de singulares caprichos hechos de azúcar, que nos dispensaron en una cajita rosa con unos lazos pequeños de color fucsia. Caminábamos un poco más con nuestro apetecible estuche entre las manos de mi singular acompañante cuando nos topamos de frente con la iglesia de Saint Germain.

Allí Fabrice decidió abrir el arca de sus calóricos anhelos. El azúcar y las almendras de los macarons se

333

derritieron en mi lengua y atravesaron peligrosamente mis papilas gustativas para dirigirse, a través del torrente sanguíneo, directamente a los incipientes michelines alrededor de mi cintura mientras él seguía deleitándose en la narración de sus recuerdos infantiles. Entonces fue cuando temí seriamente que aquella verborrea nostálgica se alargase lo que quedaba de tarde y derivase en disquisiciones de la índole del sabor de las nubes o el aroma de los granizados de limón. Así que, sin más, decidí romper aquella magia parisina repleta de reminiscencias cándidas hechas de papeles de seda, lacitos de colores y azúcar glasé. No pude resistirlo y entré a saco:

—Necesito que me ayudes. Estoy más desorientada que nunca.

Fabrice dejó de hablar y con un macaron verde pistacho entre los dientes me miró con ojos interrogantes.

—La carta que James me ha enviado es la clave para encontrar una de las piezas que faltan para completar este desconcertante puzle. James habla de Catalina de Médici. Parece ser que ella es la clave de todo.

Se recompuso y su nariz aguileña se retorció graciosamente.

—Pero primero debemos acabarnos los macarons. Sería un sacrilegio desperdiciar esta delicia —respondió.

Con resignación miré la caja donde aún quedaban al menos media docena de dulces y sin rechistar me zampé mi ración, consciente de que cada una de aquellas «delicias» harían más imposible embutirme en los ceñidos vestidos que había adquirido en Londres.

El boulevard arbolado de Saint Germain, eje principal del Quartier Latin, se extendía infinito entre tiendas, brasseries y cafés.

Fabrice iba narrándome las vicisitudes de aquel boulevard y sus míticos cafés. Explicaba cómo en el café de Flore los intelectuales de la talla de Apollinaire, Sartre, Hemingway, Beauvoir, Lacan, Camus, Boris Vian o Brigitte Bardot habían ocupado durante horas sus asientos de piel roja entre humaradas de tabaco y conversaciones sesudas.

Cuando menos nos dimos cuenta giramos por la rue Saint-Jacques y al llegar al Petit-Pont, a cuya orilla se extendía una fila de tenderetes color verde oliva atestados de curiosos que ojeaban sus libros y pinturas, una vez más me sorprendió París.

Las torres cuadradas de Notre Dame se alzaban formidables y cómo no, volví a sentir una contundente punzada de nostalgia al recordar otra vez a James.

Mis ojos por momentos amenazaban con inundarse de lágrimas, y Fabrice al captar mi tristeza soltó un estruendoso «Oh la lá» que me hizo sonreír.

—¿Es bonita, verdad? Me encanta ver la reacción de la gente cuando la ve por primera vez —dijo, tal vez, para romper aquella incómoda situación.

—La verdad es que impresiona —respondí con la voz aún ahogada por la emoción.

—¿Has oído hablar del síndrome de Stendhal?

—¿Quién no? —reconocí intentando deshacer el nudo que me oprimía la garganta.

—Stendhal lo experimentó cuando visitó por primera vez la Santa Croce de Firenze allá por el año 1817. Lo escribió en su libro; pero no fue hasta 1980 cuando una psiquiatra, después de registrar más de cien casos entre turistas que visitaban la ciudad maravillados ante tantas obras de arte, lo catalogó científicamente con ese nombre.

Lo escuché con atención, sin embargo ambos sabíamos que lo que a mí me ocurría no tenía nada que ver con las obras de arte. Mi nostalgia era mucho más primaria.

Nos acercamos a la catedral para observarla de cerca. Los tres tímpanos de las puertas de la fachada principal, abigarrados de miniaturas con forma humana; el gran rosetón que culminaba el centro como un ombligo imaginario; las gárgolas asomándose hasta desafiar la gravedad; los arbotantes que, como una maraña de patas, sostenían el coro; aquel cielo azul intenso cuando las luces de París tiñeron de tonos amarillos y sombras la catedral, para evocar una escena de la novela de Víctor Hugo... todo se quedó grabado en mi retina.

—¿Vamos a entrar? —pregunté a mi acompañante.

—Tal vez después. Antes quiero que conozcas a alguien.

Cruzamos la gran explanada sorteando el bullicio de turistas, vendedores y viandantes. Justo al principio de la plaza unas escaleras amenazaban con llevarme a las entrañas de la ciudad.

Resoplé ante el rótulo que anunciaba Crypte du Parvis.

—Tengo pavor a los sitios cerrados, sobre todo a los subterráneos —advertí a Fabrice.

—No te preocupes. Verás que no ocurre nada —respondió intentando tranquilizarme mientras me arrastraba escaleras abajo.

La sensación de sequedad en la boca, sudores y temblores fueron menos intensos de lo habitual, por lo que pude aguantar sin rechistar.

Fabrice trató de explicarme el significado de aquel montón de piedras, paraíso de un arqueólogo pero carente de interés para una historiadora especializada en historia moderna como yo; sin embargo, aguanté estoicamente sus explicaciones hasta que apareció en escena un veterano guía que parecía a todas luces el responsable de que yo estuviera allí.

—*Monsieur* Davin, le presento a la doctora Robinson —dijo Fabrice.

Monsieur Davin me extendió la mano y me saludó enérgicamente. Sus pelos canos se alborotaban sobre unos contundentes ojos azules.

—Es un placer tenerla aquí, *madame* Robinson. ¿Es la primera vez que visita París? —preguntó el anciano.

—Sí, así es —se adelantó Fabrice—. Y además está muy interesada en la figura de Catalina de Médici y creo que tú eres uno de los más notables expertos de París.

—No exageres, *mon amie* —interrumpió riendo—. Solo he escrito un par de artículos en la revista de la Sorbona. Pero es verdad que es una figura apasionante y muy injustamente tratada por la memoria histórica.

—¿Ah sí? —intervine interesada y monsier Davin me miró con cierto asombro. Tal vez no comprendía la razón de mi interés.

—Se le recuerda como la Reina Negra, fue despiadada con sus enemigos pero tuvo sus luces y como buena Médici fue una gran mecenas de las artes —la extrema delgadez de monsieur Davin contrastaba con sus poderosas manos, que se movían ajustadas a sus palabras—. ¿Exactamente qué faceta le interesa de su vida?

—Tal vez su relación con la astrología —dije a bocajarro, sin medir la dimensión del efecto que tendrían en mi interlocutor esas palabras.

—¡Vaya! —exclamó excitado—. Eso se merece una reposada charla frente a un buen café.

Monsieur Davin, tras ataviarse con un abrigo gris, nos condujo de vuelta a la superficie, lo cual agradecí profundamente.

Cruzamos el Pont de l'Archevêché y nos sentamos en la terraza de un café del Quai de Montebello, desde donde la visión de Notre Dame iluminada en tonos ocres tras los puestos de láminas y libros antiguos y las barcazas atracadas en el Sena no podía ser más idílica.

—Así que está interesada en la relación de Catalina de Médici con la astrología —dijo monsieur Davin mientras vertía un sobre entero de azúcar moreno en su café.

—Así es —corroboré.

—Y se puede saber cuál es el origen de su interés —preguntó monsieur Davin sin apartar los ojos de los remolinos de su taza.

—Puramente especulativo. Estoy realizando una investigación y para avanzar necesito conocer todo lo que se refiere a esta reina y su relación con las artes astrológicas.

—Ardua tarea me encarga, madame —se quejó con una sonrisa encantadora.

Durante unos minutos se hizo el silencio en la mesa, pero al fin el anciano se decidió a hablar.

—Catalina nació en Florencia en el seno de la familia de los Médici. Era hija de Lorenzo II de Medici y la francesa Magdalena de la Tour de Auvernia, condesa de Boulogne. Quedó huérfana a las pocas semanas de vida, y aunque el rey francés quiso que fuera educada en su corte, su tío, el Papa León X, se obstinó en que fuese educada en Florencia. Su educación, como puede imaginar, fue exquisita. A la muerte del Papa León X su otro pariente, el Papa Clemente VII, la alojó en el palacio Médici de Florencia. Hasta que a los catorce años fue desposada con el hijo del rey francés, Enrique, duque de Orleans, y cometió el error de enamorarse locamente de su esposo.

Monsieur Davin hizo una pausa para tomar un sorbo de café que me dio la oportunidad de intervenir.

—¿Por qué un error? —pregunté de manera instintiva, aunque de sobra intuía ya la respuesta.

—En aquella época, entre la nobleza el matrimonio y el amor no tenían nada que ver. Lo suyo era simplemente una conveniencia política y económica.

—Me hago cargo —respondí casi avergonzada por la pregunta.

—Enrique tenía varias amantes, incluso presumió de reconocer públicamente a una hija ilegítima que tuvo con una de ellas. Enrique, a los diecinueve años, después de la muerte de su hermano y convertirse en el delfín heredero al trono de Francia, sentó cabeza y se enamoró locamente de Diana de Poitiers, mientras ignoraba totalmente a Catalina.

—Debió sufrir mucho —apunté.

—Así es. No hay nada más doloroso que el rechazo de la persona a la que amas, y ella tuvo que vivir con eso —suspiró el anciano como si hubiese experimentado aquello de lo que estaba hablando—. Sin embargo, no olvide que Catalina era inmensamente rica e inmensamente culta. Se rodeó de los mejores artistas, adivinos, arquitectos y sabios de la época. Y con estos entretenimientos trató de apaciguar su dolor.

—¿Adivinos? —pregunté interesada.

—Adivinos, nigromantes y astrólogos. Catalina estuvo diez años sin engendrar hijos, mientras que su marido el rey Enrique II ya había probado su fertilidad engendrando una hija ilegítima. Hubo incluso voces en la corte que insinuaron al rey que la repudiase pues era necesario asegurar la línea sucesoria de la corona. Así pues probó con toda clase de remedios hasta que apareció en escena el mítico Nostradamus, quien le recetó un brebaje que hizo que rápidamente se quedase encinta. A partir de ahí, Nostradamus fue un habitual de la corte. Incluso vaticinó la muerte del rey con todo lujo de detalles.

—¿Y se cumplió?—inquirí con curiosidad.

—Hasta la última referencia. Si no recuerdo mal, decía así su pronóstico: «*El joven león al viejo ha de vencer, en campo del honor, con duelo singular. En jaula de oro sus ojos sacará, de dos heridas una, para morir muerte cruel».*

—Y de hecho, en las fiestas del desposorio de su hija Isabel de Valois con Felipe II de España, el rey participó en un torneo luchando contra el duque de Montgomery, con tan mala suerte que la lanza de este se clavó en el yelmo del rey y le produjo una fea herida en el ojo, que pocos días después le provocaría la muerte.

—¡Es impresionante! —no pude evitar exclamar.

—También el florentino Cosme Ruggieri era un habitual de Catalina —continuó monsieur Davin, que se explicaba como una enciclopedia—. Se dice que él fue el precursor de la construcción de la Torre Astrológica del Jardín de les Halles. Hay rumores que señalan que el astrólogo predijo algo sobre la reina que le impulsó a abandonar el Palacio de Tullerías y a trasladarse a l'Hotel d'Abret. Jamás desveló que fue aquello que Cosme Ruggieri predijo, pero allí empezó a construir un palacio en el que erigió una enorme torre para que los astrólogos pudiesen ver las estrellas sin salir de la residencia.

De pronto todo empezó a cuadrar y mi cabeza empezó a procesar la información. «¿Y si aquello que la impulsó a construir la inmensa torre no fue una predicción del astrólogo, sino una instrucción de su yerno?», pensé.

—¿Y la torre aún está en pie? —pregunté de manera precipitada.

—Es lo único que queda del palacio, madame —respondió sorprendido ante mi repentino interés.

—¿Y se puede visitar?

—Por supuesto. Está en el jardín de les Halles, junto a la Bolsa de Comercio. A la vista de todos.

—Gracias, monsieur Davin. No sabe lo útil que me ha resultado su información —dije levantándome de la mesa precipitadamente.

Monsieur Davin parecía sorprendido por mi reacción.

Nos despedimos del anciano y bordeamos el Sena hasta cruzar el Pont Neuf, y en pocos pasos llegamos al jardín de les Halles.

Estaba emocionada, asustada... un torbellino de sentimientos me hacía avanzar sin pensar. Fabrice seguía mis pasos sin hablar, intuía que algo importante estábamos a punto de descubrir. Y todo ello, por un momento, me hizo olvidar la nostalgia.

# Capítulo 47

Una inmensa columna dórica se elevaba adosada al edificio de la Bolsa de Comercio. Su forma se asemejaba a la columna de Trajano en Roma. Estaba cubierta de lazos labrados con las letras H y C entrelazadas. Las iniciales de los reyes: Catalina y Henrique. Tal vez Catalina pensó unir en piedra, para toda la eternidad, aquello que no pudo unir en vida.

—¿Sabes qué decía D'Alembert? —Fabrice también se dio cuenta del detalle.

—Pues no. Ni tan siquiera sé quién es ese tal D'Alembert.

Fabrice sonrió.

—D'Alembert fue uno de los máximos exponentes del movimiento ilustrado. Creó la *Enciclopedia* junto a Diderot.

—Ahh —atiné a responder avergonzada por mi ignorancia. Si James hubiese estado aquí seguro que me hubiese propinado una buena reprimenda.

—Dijo que la arquitectura es la máscara embellecida de nuestras mayores necesidades. Tal vez Catalina también lo pensaba así. ¿Crees que puede ser este el lugar? —preguntó.

—Estoy casi segura.

Tenía que ser este el lugar, pero no veía rastro de un octaedro, símbolo del aire. Tal vez dentro. ¿Dónde demonios estaría?

En la base tenía una especie de portezuelas de hierro. Era evidente que ese era el acceso, o tal vez desde dentro del edificio de la bolsa a la que estaba adosado. Pensé en forzar la puerta, pero un enorme cerrojo me hizo desistir. Además tampoco sería lo más adecuado vista la concurrencia de gente en los jardines. Avisarían a la policía y acabaría detenida.

Mi cabeza bullía. Necesitaba entrar a la columna para poder encontrar la pieza. ¿Pero cómo?

Fabrice me observaba unos pasos atrás.

—¿Qué tal si volvemos mañana? —se atrevió a sugerir—. Si venimos pronto la bolsa de comercio estará abierta y alguien nos podrá ayudar. La columna ha estado aquí durante años, no creo que esta noche se esfume.

Creí que tenía razón. Si quería acceder a ella debía de buscar procedimientos más ortodoxos.

Eran más de las ocho de la tarde y las brasseries y cafés comenzaban a llenarse de gente.

Cenamos en un bistró junto a Pompidou, al borde de la fuente Stravinsky y sus coloridas esculturas mecánicas que bailaban sobre el agua mientras un gran mural de Jef Aérosol junto a Saint Merry nos mandaba callar.

El menú, delicioso: escargots, confit de canard, foie y un mi-cuit de chocolat que me hizo sentir culpable.

Comimos, bebimos, Fabrice habló y yo escuché. Hablaba de la simbología de la columna en arquitectura. Había estudiado Bellas Artes en la Sorbona y afirmaba que la columna era el emblema de la razón. Además de un adorno era un símbolo, una memoria del modelo natural, evocaba el origen arbóreo o mineral rememorando el tronco de madera o el menhir.

Y pese a su interesante conversación mi cabeza estaba en otro lugar.

Volvimos al apartamento en metro. Allí Fabrice siguió hablando, me sirvió vino y al final me quedé dormida.

Nos levantamos temprano y desayunamos frugalmente.

A las nueve en punto estábamos otra vez a los pies de la Columna Astrológica. La luz del día me permitió ver detalles que no había observado.

—Fíjate, Fabrice, hay un barco labrado en piedra.

—Es el escudo de armas de París —aclaró pacientemente.

—Es evidente que tiene alguna relación con la barca de Isis que mencionó James. Sin duda este es el lugar. Si pudiésemos abrir esa maldita puerta —me quejé.

—Creo que tengo una idea.

Entramos a la bolsa de comercio y un conserje nos cortó el paso.

—¿Desean algo, *messieurs*?

—Quisiéramos visitar el edificio. ¿Es posible? —preguntó Fabrice.

—Lo siento, monsieur. Pero no se permiten visitas al edificio —dijo bruscamente el conserje.

—¡Oh, qué contrariedad! —exclamó teatralmente Fabrice.

El conserje intentó acompañarnos hasta la salida, pero Fabrice no se rindió.

—¿Y la columna? ¿Sería posible visitar la columna astrológica?

—Tampoco, monsieur. Lo siento —dijo el conserje sin parar de caminar guiándonos hacia la puerta.

—¿Ni tan siquiera dar una ojeada? —dijo Fabrice sacando ahora de la cartera un billete.

El conserje se detuvo en seco y nos lanzó una mirada cómplice.

—Bueno. Tal vez, si es poco tiempo. Pero deberán ir acompañados —respondió el conserje mientras cogía el billete y lo introducía en su bolsillo.

Fabrice me sonrió triunfante.

El conserje entró en una habitación y salió de ella acompañado con un chico vestido con un mono azul.

—Es Michel. Se encarga del mantenimiento, y a veces tiene que hacer trabajos en la columna. Él les acompañará.

Seguimos a Michel, que llevaba un manojo de llaves de considerable peso y tamaño. Llevaba el pelo rapado. No tendría más de diecisiete años.

Nos plantamos delante de la portezuela y con un girar de cerrojo se abrió ante nuestros ojos una estrecha escalera espiral.

Michel miró con mordacidad mis tacones.

—Son ciento cuarenta y siete escalones, madame, ¿está segura de que quiere subir? —dijo con una pincelada de cinismo.

La verdad es que no estaba segura. Más que nada porque el lugar parecía claustrofóbico y tenía miedo de ahogarme allí dentro.

—Por supuesto, chico —dije adelantándome a Fabrice en un ataque de vanidad.

La escalera era tal y como prometía: estrecha, lúgubre y claustrofóbica. Los escalones estaban desgastados y nos guiábamos por la iluminación de una linterna que llevaba Michel y cuyos rayos se perdían a cada peldaño.

Empecé a resoplar. Aquello estaba siendo demasiado, y más con tacones. Por un momento pensé que debía mesurar mi estilo. Decididamente, debía comprarme unas trainers para estos casos.

Después de subir los dichosos ciento cuarenta y siete escalones, apareció una escalera móvil que trepamos para llegar a una puerta trampa que daba a la plataforma de observación. Fue en ese justo momento cuando creí notar la mano del adolescente en el centro de mi pompis, me giré airada y allí estaba aquel pollo sonriendo mientras me sobaba el trasero.

Cuando al fin llegamos a la plataforma caí en la cuenta de que entre mis numerosas dolencias también se encontraba el vértigo.

Como de costumbre, comencé a sudar, resoplar y a sentir un incómodo ataque de aturdimiento.

—¡Qué vistas tan magníficas! —exclamó Fabrice sin reparar en mi empalidecido rostro.

Traté de recomponerme respirando profundamente varias veces, y aunque tenía ganas de llorar y las piernas me temblaban tal como *une feuille face à*, me esforcé para que mis acompañantes no advirtieran mi patético estado.

Tras unos minutos con la vista perdida en el horizonte y sin atreverme a mover un solo músculo, la sangre volvió a irrigar de nuevo mi cerebro.

Con movimientos cautos escudriñé cada centímetro cuadrado de aquella plataforma buscando el lugar que pudiese albergar la pieza.

—Saben. Ya es la segunda vez en esta semana que subo a la torre —dijo Michel encendiéndose un cigarrillo.

Ni Fabrice ni yo le hicimos mucho caso.

—Ayer mismo vino un señor con acento español que insistió en subir también. No entiendo a qué viene tanto interés de repente —dijo haciendo circulitos con el humo del cigarrillo mientras se apoyaba temerario sobre la roída verja del balcón.

Aquello me alertó.

—¡Ah, sí! ¿Y le dejaste acceder? —le pregunté.

—¡*Est claire*! —exclamó con cara de pillo y tono chulesco—. Pagó más que ustedes, saben. Quería subir solo. Venía acompañado de unos amigos grandotes, pero a esos no les dejé subir.

—¿Y subió solo?

—Sí. Parecía muy contento cuando bajó. Me dio una buena propina. Pude invitar a mi chica a un buen restaurante y luego tomarnos unas copas a su salud.

—¡Merde! —exclamé con un francés perfecto.

Fabrice se sorprendió.

—¿Ocurre algo?

—Mira esto —le dije señalando una oquedad que había justo en el centro de la plataforma circular.

Fabrice se arrodilló. Había un agujero en el que encajaba perfectamente un octaedro. Alrededor había restos de arenilla. Era evidente que se nos habían adelantado.

Derrotada bajé las malditas escaleras haciendo acrobacias para no acabar rodando por ellas.

Michel cerró la portezuela y como quien no quiere la cosa dejó caer:

—Saben. El señor de ayer me pidió que si venía alguien preguntando por la torre le informase. Sobre todo si se trataba de una señora americana. ¿Es usted americana, no?

Aquel Michel estaba pasándose de listo.

—Y si lo haces te dará una buena propina, ¿lo he adivinado, verdad? —pregunté enfadada.

—Sí, algo parecido —respondió Michel limpiándose las uñas con la punta de una de las llaves.

Saqué la cartera de mi bolso y le mostré un billete. Michel rodó la cabeza. Saqué otro y al fin Michel extendió la mano.

—Me dio este teléfono. Pero no le digan que se lo he dado yo. No me gustaron nada las pintas de sus amigos

347

grandotes —dijo entregándome un trozo de papel arrugado que se sacó del bolsillo del mono.

—Tranquilo, no te mencionaremos para nada —le prometí a sabiendas de que si llegaba a utilizar el teléfono el señor con acento español supondría que me lo había entregado el muchacho, pero Michel parecía carecer de una sola brizna de poder deductivo.

Volvimos sin mediar palabra. Fabrice no se atrevió a preguntarme por el señor de acento español que se nos había adelantado y al que le interesaba tanto encontrarme; y yo no estaba para demasiadas explicaciones.

Montmartre al mediodía era encantador. Llevaba en el bolso la hoja arrugada con el teléfono que me dio Michel y todas las piezas que había encontrado hasta el momento.

Si, como todo indicaba, el señor González se había adelantado nada me quedaba por hacer ya en aquella ciudad.

—¿Y ahora qué? —preguntó Fabrice sirviéndome una copa de vino.

—No sé. Llamar a este teléfono supone meterme en la boca del lobo, y ya sabes que no me gustan los lugares cerrados y menos si están llenos de dientes afilados —le respondí derrotada.

# Capítulo 48

A los pocos minutos de llegar al apartamento sonó el timbre.

Fabrice fue a abrir y sin más preámbulos se plantaron ante mí los muchachotes del señor González. Sin duda había subestimado a Michel. Sabía perfectamente cómo ganarse una propina doble.

—Señorita Julia Robinson, el señor González desea reunirse con usted —me anunciaron educadamente aquellos dos corpulentos paquidermos.

Estaba detrás de la mesa, justo al lado de la ventana. Miré un jarrón que había cerca y valoré lanzárselo a la cabeza y saltar después por la ventana; sin embargo la altura era considerable.

Miré la cara de pánico de Fabrice entre las dos gigantescas moles que se acercaban a mí pesadamente y comprendí que tampoco él, con su cuerpo débil, podría hacer mucho para zafarme de los dos robustos cerriles.

Así pues, ante la evidencia de mi inferioridad manifiesta de fuerza, rehusé la idea de la lucha abierta y me metí de lleno en la vía de la negociación diplomática.

—¡Ah, sí! ¿Y qué es exactamente lo que desea el señor González? —les pregunté en un ataque de altivez muy poco adecuado.

—Solo nos ha indicado que le espera para comer en el hotel en el que se aloja. Quiere hablar con usted.

Comprendí que aquellos muchachotes tenían claro que me iban a llevar con ellos sí o sí.

Valoré por unos segundos la proposición y opté por ir por mi propio pie y consciente. No me apetecía nada que me propinasen un golpetazo en la cabeza antes de la hora de la comida.

A los cinco minutos estábamos Fabrice y yo en el asiento trasero del mismo Maybach negro que me llevó a la cita de Madrid.

No me había dado tiempo a cambiarme, sin embargo no desentoné cuando accedí al lujoso restaurante del Hotel George V, aunque Fabrice, he de confesarlo, un poco sí.

El señor González estaba sentado de espaldas. Lo reconocí por sus cabellos canos. Ocupaba una mesa para dos y fue cuando intuí que Fabrice no estaba invitado.

Antes de que pudiésemos verle la cara hizo una señal con una mano. Uno de sus matones retuvo a Fabrice y a mí me condujo hasta él.

—Siéntese, señorita Robinson. Es un placer volver a verla —dijo amable.

Los dos matones se llevaron de allí a Fabrice, que tenía la cara trastornada por el pánico.

—No irán a hacer daño a Fabrice, ¿verdad? Puedo ponerme a gritar ahora mismo y en unos minutos se presentará aquí la policía. No sé si sabrá que la policía francesa es una de las más eficientes del mundo —amenacé visiblemente nerviosa.

—No es necesario que se moleste, señorita Robinson. Mis chicos lo cuidarán bien —dijo intentando tranquilizarme.

El maître se acercó a nuestra mesa y nos recomendó varios de sus platos especiales. Dejé que el señor González pidiese por mí, no tenía ningún apetito. Él se recreó en la carta, pidió consejo con un perfecto francés y al final se decidió por un delicioso assortiment de fruits de mer seguido de un filet de turbot sauvage grillé.

Nos sirvieron las delicias sin que mediásemos palabra. Estaba convencida de que era una estrategia para desesperarme, y la verdad es que estaba dando resultado.

—No ha probado bocado —dijo el señor González—. El maître se va a enfadar.

Aquel señor era más cínico de lo que podía soportar.

—No me apetece comer. Usted me ha citado aquí para hablar y es eso lo que estoy dispuesta a hacer —dije con el tono más desagradable que me permitía mi educación.

El señor González pidió un café y una copa de coñac.

—Traiga lo mismo para la señorita —ordenó al camarero desafiando mi paciencia.

Cuando, con toda la parsimonia que se pueden permitir los especímenes con dinero y poder, se hubo tomado su café y estaba degustando su coñac se dignó a hablar.

—Señorita Robinson, está usted ahora mismo en una posición de desventaja —dijo con una leve sonrisa triunfal.

—¿De desventaja? No creo que eso sea así —alegué sin dejarme avasallar.

—Ninguna de las piezas que posee sirven de nada sin la que yo tengo ahora —dijo mientras metía la mano en el bolsillo y luego dejaba encima de la mesa el octaedro tallado en piedra que James me había encargado encontrar en París.

Era perfecto, como las otras tres piezas que tenía en mi poder. Del tamaño aproximado de un puño e impecablemente cincelado.

351

Barajé cogerlo de un zarpazo y salir corriendo. Y entonces mi cerebro comenzó a anticipar los acontecimientos: El señor González gritaría: «¡Atrapen a la ladrona!», y yo ataviada con mis habituales tacones correría como un antílope a través de los decimonónicos salones esquivando a estirados maîtres, sorprendidos camareros y estupefactos botones. Ante mi velocidad y audacia, el señor González, al verse vencido, dirigiría su mano a la chaqueta de donde seguro sacaría su revólver Colt 38 y empezaría a disparar a diestro y siniestro. Con un poco de suerte no haría blanco y yo saldría del hotel como un rayo para coger el primer taxi y escaparme de las fauces del maligno.

También podía ser que acertase y me hiriese de muerte; o no, pero que me persiguiese con su veloz automóvil. Y otra cuestión a tener en cuenta era la situación en la que dejaba al pobre Fabrice. Seguramente sería torturado hasta el hartazgo por los matones del señor González.

Por estas y otras razones deseché la idea y creí conveniente optar una vez más por la vía del diálogo.

—Es solo un trozo de piedra y como usted bien ha dicho no sirve de nada sin las que yo poseo —respondí desafiante, y procuré proyectar una sonrisa tan cínica y triunfal como la de él, pero me temo que eso era imposible, no estaba entrenada.

El rostro del señor González no abandonó su gesto insolente. Daba la sensación de que a lo largo de su azarosa vida había negociado con contrincantes mucho más fuertes que yo, sin que ni siquiera se le hubiese arrugado un ápice la corbata.

Sin embargo, me esforcé por no dar la mínima muestra de flaqueza.

—Querida señorita, intuyo que sabe cuál es el siguiente paso. Lo que tal vez no sospeche es que yo también lo sé —dijo templado.

Eso sí que había sido un golpe bajo. Tragué saliva para ocultar mi irritación. Si aquello era verdad, significaba que no podría quitármelo de encima hasta que consiguiese lo que quería. Así que opté por escuchar sus condiciones.

—Sabemos que usted ha estado recibiendo mensajes de su amigo James. Nos dimos cuenta enseguida y pusimos en marcha a nuestro equipo informático, que ha sido capaz de interceptar el último mensaje que ha recibido.

El muy villano hablaba en plural. ¿Quiénes serían esos que sabían y se dieron cuenta? ¿Quién demonios estaba con él en este avispero?

Debía averiguarlo. Necesitaba saber quiénes eran los que estaban detrás de la muerte de James y por qué razón lo mataron.

—Sabe, siempre me ha apasionado la figura de Felipe II —dijo el señor González.

—¿Ah, sí? —respondí sin mucho entusiasmo.

—Se casó cuatro veces: la primera vez en tierras de España, la segunda en Inglaterra, la tercera aquí en París y la última en Praga. Curioso, ¿no? —dijo y acabó sonriendo.

Pensé que sí lo era. De hecho, aunque no el orden, la ubicación de las piezas coincidía y entonces comprendí cómo el señor González y sus hombres habían conseguido dar conmigo en estos lugares. Sin embargo no mostré la mínima sorpresa.

—Le hemos dado muchas oportunidades para dejar el asunto. Si no recuerdo mal, incluso le di en Madrid un billete para que volviese a su casa. Pero usted es muy tozuda. Insiste en continuar.

No le respondí. Aquel señor me producía un estado de irritación próxima a la furia.

—¿Pero qué espera encontrar? ¿No se da cuenta de que todo esto se le escapa de las manos? Ni tan siquiera sabe lo que busca.

—Sí lo sé —dije en tono firme.

—¿Ah sí? —inquirió con una ironía que me enfureció.

El señor González sabía perfectamente cómo sacarme de mis casillas.

—Sí. Busco a los asesinos de James. A los que una noche irrumpieron en su casa y se lo llevaron a la fuerza. A los mismos que registraron cada milímetro de su apartamento. Los mismos que estaban amenazándolo durante semanas —cada frase era más elevada, más irritada hasta llegar a un estado de molesta cólera.

—Pero, señorita, cálmese. No sé si se da cuenta de que está gritando y todos están mirándonos —suplicó.

Di un vistazo a mi alrededor. A través de los candelabros de cristal y centros de hortensias verdes pude vislumbrar que efectivamente así era. Una ancianita con un llamativo tocado había dejado en suspensión una cucharada de Soufflé Amaretto à l'abricot, mientras me miraba con la boca abierta; unos caballeros de pelo engominado habían cortado su conversación para observarme; y una mesa repleta de finas chicas me miraban con el rabillo del ojo. A todos les debí parecer horriblemente maleducada; pero a mí, en aquel momento, su apreciación me importaba exactamente el equivalente a un rábano.

—Sí, señor González. Sí sé lo que busco. Busco a los que han estado persiguiéndome sin tregua después de fingir un accidente y matar a James —dije ya en tono sosegado sin dejar de mirar a sus ojos, que ya no me daban miedo.

El señor González quedó inmóvil. Ni tan siquiera pestañeaba. Pero al fin, tras limpiarse la comisura de los labios con la servilleta, se levantó de la silla.

—Creo que está usted muy nerviosa y sigue sin comprender nada de lo que está sucediendo. Le ruego que me acompañe sin armar escándalo.

En ese momento, mientras le miraba, me apeteció levantarme y probar con él mi golpe maestro. Sin embargo me retuve y, como una buena chica, le hice caso y salí sin armar alboroto del restaurante.

Llegamos a la recepción. Allí los matones esperaban.

Entonces el señor González, con un tono de voz que se deslizaba hacia el averno, se dirigió a mí:

—Las instrucciones que le voy a dar van a ser muy claras. Desde ahora estamos juntos en esto. Cada movimiento que realice será vigilado por mis hombres. Tendrá mi pieza cuando lleguemos al destino final y entonces poseerá lo que busca y yo también. Todos ganamos. Espero que cumpla su parte y no intente engañarme. Las consecuencias para usted serían muy poco deseables. Así que sea razonable y permita que mañana vayamos juntos a nuestro destino. Usted y su amigo pasarán aquí la noche, él quedará libre mañana a las diez. Cuando me reencuentre con usted.

Casi me muero de miedo.

El señor González, al que minutos antes había estado a punto de propinarle una patada en los mismísimos, ahora me dirigía una amenaza de libro, y yo, tan valiente minutos atrás, temblaba ahora como un canario dentro de las fauces de un gato.

El señor González desapareció de mi vista, pero no los dos matones talla armario que según parecía se iban a convertir en mi sombra.

Mis nuevos amigotes, con la misma delicadeza que un mozo de mulas, me condujeron a través de los historiados pasillos del hotel. Bajamos unas escaleras que de repente comenzaron a tornarse lóbregas y entonces, sin más, mi corazón empezó a acelerar. ¿En qué celda inmunda tendrían prisionero a Fabrice? ¿Qué torturas le habrían propinado para arrancarle información? La inquietud se apoderó de mí. Tal vez debería haber hecho caso al señor González cuando nos vimos en Madrid. Debía de haber cogido el billete que me ofreció y haber vuelto a New York. Ahora tal vez ya era demasiado tarde y al pobre Fabrice, a estas alturas, ya le habrían arrancado todas las uñas de los pies.

Bajamos más y más, y todo empezó a ser sombrío, lúgubre, nebuloso... y al abrir unas puertas de madera fosca sentí un fuerte olor que me era familiar.

Cloro, el cloro perfumado de una inmensa piscina de mármol rodeada de murales que evocaban los jardines de Versalles.

—¿Qué significa esto? —me sorprendí.

Fabrice estaba tendido en estado semiinconsciente en un inmenso jacuzzi.

Me acerqué apresuradamente hacia él. Ni tan siquiera se había dado cuenta de que habíamos entrado y, cuando estaba casi a un palmo de su cara, vi cómo de la comisura de los labios le pendía un hilillo de baba.

—¡Fabrice! ¿Qué te han hecho? —exclamé aterrorizada.

Fabrice, en ese momento, abrió los inmensos ojos azules que tenía situados justo al fondo de su extraordinaria nariz y sonrió con la expresión más bobalicona que un pintor parisino puede manifestar.

—Tranquila, tranquila...

—Creí que te habían torturado. Creí que te habían arrancado las uñas —dije, aún presa de mis pavorosas figuraciones.

—Lo siento, me había quedado dormido y estaba soñando. ¡Qué bien se está aquí! —respondió el muy imbécil.

Fabrice salió del jacuzzi y aún turbada por el miedo me abalancé sobre su cuerpo mojado y lo abracé con fuerza.

—No pasa nada. Tranquilízate —dijo Fabrice—. Estos señores me han tratado con mucha amabilidad.

Fabrice se vistió con un albornoz blanco y los dos armarios nos llevaron a una de las habitaciones del hotel.

—Tenemos la orden de acompañarles a recoger su equipaje al apartamento del caballero. Pero me temo que no será posible que se queden allí. Tenemos instrucciones de que pasen esta noche en el hotel.

Fabrice y yo nos miramos. Él se puso su ropa y dejamos que aquellos muchachotes cumplieran su misión.

# Capítulo 49

Ya de vuelta al hotel y mientras Fabrice hacía una lista de todos los champagnes, foies, ostras, langostas y caviares que había decidido pedir al servicio de habitaciones y cargar en la cuenta del señor González con el fin de que nuestro cautiverio fuese lo menos angustioso posible, según sus palabras textuales, procedí a analizar el contenido del tunc step que determinaría mi último destino, sin poder evitar una risa floja por ver cómo Fabrice había conseguido despojar de dramatismo aquella incómoda situación; sin dudas su conducta aparentemente relajada era un mecanismo de defensa de su nervioso cerebro.

—¿Te parece bien un Dom Pérignon o prefieres un Perrier Jouët? —preguntó leyendo la carta.

—¿Cuál es más caro? —pregunté sin dejar de pensar en el tunc step.

—Tienen precios similares. ¡Ambos son prohibitivos!

—Pues pide una botella de cada —respondí con la intención de no aguarle la fiesta.

Fabrice accedió con una complacida sonrisa infantil.

Antes de que un ejército de camareros llamase a la puerta, ante la estupefacción de nuestros amigotes que la custodiaban, ya había conseguido descifrar el código, reconozco que esta vez con gran esfuerzo. James se había aplicado en esta ocasión. Aunque estaba satisfecha por haber averiguado aquello preferí no decirle nada a Fabrice, que se encontraba con el ánimo exaltado materializando su travesura.

La tropa de camareros dispuso los manjares en la terraza privada de la habitación. Un gran ramo de rosas rojas y una hilera de velas presidían la mesita de hierro. Fueron el marco ideal de una postal confeccionada por un cielo añil y una amalgama de tejados grises de los que sobresalía la figura de la torre Eiffel iluminada.

Jamás había probado el caviar de beluga búlgaro, y a tenor del precio que marcaba en la carta del servicio de habitaciones intuí que pocas veces más tendría la ocasión; tampoco desmerecieron su costo los foies, langostas y ostras de Cancale.

Todo delicioso. Tengo que confesar que hasta el champagne, que usualmente me provocaba dolor de cabeza, me sentó bien.

—¿Qué piensas hacer mañana? —preguntó Fabrice mientras sorbía un trago de champagne de su copa.

Lo miré extrañada. Creía que mis planes estaban totalmente prefijados y que él lo tenía claro.

—¿Qué quieres decir? El señor González no me ha dejado mucho donde elegir. Supongo que no tengo alternativa.

—¿Y por qué no llamamos a la policía? Nada nos impide comunicarnos con el exterior. Y si les contases todo lo que ha sucedido podrían protegerte —dijo.

—Descartado —manifesté rotunda.

—No entiendo. Todo lo que me has contado es de sobra sospechoso, yo creo que existen indicios suficientes para valorar la muerte de James como un asesinato. Sería lo más razonable y lo menos arriesgado. La policía se encargaría de todo, es su trabajo —insistió Fabrice.

En ningún momento pensé en recurrir a la policía. No creía tener pruebas sólidas del asesinato ni de las persecuciones a las que había sido sometida. Incluso ahora que estaba retenida en contra de mi voluntad, si lo denunciaba, tal vez les parecería extraño encontrarme en el penthouse de aquel hotel de cinco estrellas, gran lujo de París, comiendo ostras y bebiendo champagne.

Estaba convencida de que si iba con el cuento de que unos malos malísimos no paraban de perseguirme para arrebatarme unas piezas de piedra que guardaban un secreto milenario y además les contaba que por ellas asesinaron a mi amigo James, seguramente me enviarían derechita a algún sanatorio mental. Y la verdad es que no tenía tiempo para el asueto en aquel momento. Esperaría a tener pruebas más contundentes, y tenía la convicción de que cada vez estaba más cerca.

—No insistas, Fabrice. Aún no es el momento. Creo que puedo solucionarlo sin ayuda. Y no te preocupes, el señor González me necesita para conseguir lo que sea que busque, y si no me garantiza tu seguridad y la mía no le ayudaré —expresé con determinación.

Fabrice me miró resignado.

—Está bien. Entonces, si todo es como dices, esta será nuestra última noche juntos —anunció con tono apocalíptico.

—Todo señala que así será —me lamenté con una brizna de nostalgia.

Fabrice físicamente no era mi ideal. Demasiado delgado, demasiado alto, demasiado francés. Pero su desenvoltura y esa actitud casi infantil que le arrastraba a hacer travesuras me recordaba a James. Por eso me sentía bien a su lado. Y él adivinó mis pensamientos.

—¿Lo quisiste mucho, verdad?

Miré el cielo, los tejados, la torre. Aquel marco idílico en el que estábamos y en el que deseaba ardientemente haber estado con James. Todos los momentos que pudimos vivir juntos se esfumaron aquella mañana, toda posibilidad de ser felices se desvaneció tras aquella fatídica llamada telefónica que me anunció su muerte. El pecho se me llenó de niebla y sentí una profunda tristeza.

—Así es. Pero no quiero hablar de ello. Aún recuerdo cada gesto, su tacto, su voz. Y cada vez que lo recuerdo siento rabia y tristeza —respondí.

—No te mortifiques. Siento haberlo mencionado. Pero ya verás que el tiempo cura esa herida. Todo es muy difícil al principio, pero algún día podrás recordarlo sin sufrimiento.

Miré a Fabrice. Aunque sabía que estaba en lo cierto, en aquel momento recordar a James sin sufrimiento me pareció una traición. Sería como borrarlo poco a poco de mí y eso jamás me lo permitiría.

# Parte XI: Caelum

## Capítulo 50

Aunque me estaba convirtiendo en una experta en interpretar códigos, este no había sido nada fácil; es por eso por lo que estaba segura de que el señor González no tenía ni idea de cuál era el siguiente paso y, aunque, tal vez intuyese el destino, no podía saber quién era el contacto. Se había marcado un farol. Por eso había venido a buscarme. No quería arriesgarse a perder el premio final.

El tunc step de la carta simplemente decía 23: 23. Aquello podía ser cualquier cosa: una hora, las veintitrés horas y veintitrés minutos; unas coordenadas, 23º 23'; veintitrés es un número primo; veintitrés son el número de pares de cromosomas que tiene la especie humana... numerosas ocurrencias me pasaron por la cabeza. Hasta que pensé en la numeración de la Biblia. Abrí el iPhone, busqué a qué cita se refería la 23: 23 y *voilâ*... «Lo que Dios ha creado».

Como buena *boy scout* enseguida me vino a la cabeza la historia que nos repetían junto a la hoguera un verano tras otro.

Esa frase correspondía justo al primer mensaje que transmitió Samuel Morse desde el Capitolio a Baltimore.

Sin duda, para descifrar el mensaje debía de utilizar el código Morse, que por cierto me sabía de memoria gracias a los campamentos de verano de mi infancia. ¿Pero dónde demonios estaba el mensaje?

Me devané los sesos, di mil vueltas al último correo de James, y por fin até cabos.

El cuaderno de James, esa maraña de anotaciones inconexas, era la clave. James había sido perspicaz. Aunque interceptaran los mensajes, si no tenían en su poder el cuaderno era imposible de averiguar. Busqué y allí, frente a mis narices, justo en la página veintitrés, había una orla con pequeñas rayas y puntos que enmarcaba la página. En diez segundos lo descifré y averigüé cuál era mi destino y mi contacto: «La Sapienza. V. Sacheri» y fin del mensaje.

Sonreí al averiguarlo: no podía ser otro mi destino que Roma. Estaba ya anunciado.

El señor González se presentó, como había prometido, a las diez en punto en el hotel. Fabrice quedó liberado a esa misma hora del opulento cautiverio; y yo, tras una breve despedida, me marché con el señor González con el corazón en un puño, pero exquisitamente vestida.

Con su Maybach negro salimos de la ciudad. Atrás quedó la torre Eiffel, el Sena, los macarons y Montmartre. El miedo suavizó un sentimiento de nostalgia de una ciudad que aún no había abandonado.

Tras pocos quilómetros llegamos a un pequeño aeropuerto. Allí nos esperaba el jet privado del señor González.

—Si no adivino mal, nuestro destino será Roma. ¿No es así? —me preguntó el señor González nada más embarcar en el pequeño avión.

363

Asentí. Él dio las instrucciones necesarias y en pocos minutos ya estábamos en el aire. Tras una hora y veinte minutos de vuelo y varias copas de champagne, durante las que el hombre intentó sonsacarme dónde demonios tenía escondidas las piezas y hasta qué punto conocía el contenido del secreto que narraba la leyenda, llegamos a Roma.

De manera sorprendente, un Maybach idéntico al que nos había llevado al aeropuerto en París nos esperaba en la puerta de la terminal de llegadas y, sin ninguna dilación, nos condujo al centro de la ciudad.

El señor González había reservado una suite en un fabuloso hotel al final de las escalinatas de la Plaza de España. Hassler, se llamaba el hotel; y una vez más me sorprendí ante tanto lujo, acostumbrada como estaba a hoteles funcionales y asequibles, tal como correspondía a mi estatus socioeconómico.

Estaba intrigada por saber cuáles iban a ser sus condiciones y, mientras picoteaba unas uvas de la gran bandeja de plata que habían dispuesto junto a dos copas y una botella de vino sobre una mesita en la soberbia terraza de la suite supuse que como cortesía, traté de evaluar cuál sería la tarifa a pagar por aquella magnífica vista sobre los tejados de Roma.

—¡Maravillosa panorámica! ¿No le parece? —opinó el señor González interrumpiendo abruptamente mis pensamientos.

Lo era. Una de las panorámicas más sublimes que había visto. Un cielo azul pálido rasgaba un tapiz abigarrado hecho de tejados, cúpulas y campanarios que se extendía hasta el horizonte para fundirse en una trinchera malva. Sin embargo, no le respondí.

El señor González se dirigió a la mesita y llenó las dos copas de vino. Se acercó de nuevo hacia mí y me ofreció una.

El vino era blanco, casi dorado, fresco y con un suave gusto afrutado.

364

—Le voy a dejar las cosas claras antes de empezar. Usted tiene un pergamino y unas piezas que no le pertenecen. He ordenado que registren cada milímetro de todos y cada uno de los alojamientos que ha ocupado estos últimos días y, por desgracia para usted, no he podido dar con ellos.

—¿Por desgracia? —pregunté extrañada.

—Si los hubiese encontrado esté segura que usted y yo ahora no estaríamos aquí hablando de esto —dijo en un tono amenazador que no me gustó ni un pelo.

—¿Ah, no? —inquirí desafiante.

El señor González sonrió de forma sibilina. Parecía que le divertía la situación.

—Usted estaría de vuelta a Nueva York. Sin embargo ha sido muy astuta y ha conseguido guardar a buen recaudo sus hallazgos. Supongo que habrá alguien más ayudándole —dijo enfadado.

Continué con la táctica de no responder. No quería aguarle la fiesta a aquel gánster que ni tan siquiera sospechaba que todo su preciado tesoro estaba guardado en mi inexpugnable bolso; que por cierto, se encontraba abandonado, sin escolta, encima de la cama de aquella lujosa suite.

En mi interior rugió una sonora carcajada que no exterioricé. Aquel personaje, pese a su apariencia feroz, en el fondo me parecía un memo, que seguía con su palabrería jactanciosa.

—Su amigo James descubrió algo que jamás debería haber visto la luz, sin embargo su obcecación le hizo dar con ello. Nadie sabía que esas cartas existían y de haberlo sabido se habrían destruido hace mucho tiempo —dijo, mirándome con soberbia.

—¡Ojalá hubiese sido así! ¡Ustedes lo mataron para obtenerlas! —exclamé de manera impulsiva. Aquel personaje sacaba lo peor de mí.

Permaneció en silencio mirándome fijamente. Su rostro estaba tenso, sus ojos supuraban maldad.

—Ha ido usted muy lejos, sin embargo aún hay marcha atrás. Mi oferta sigue en pie. Simplemente entrégueme las piezas y el último mensaje de James y márchese a Nueva York. Le prometo que jamás volverá a saber de mí.

Contemplé los tejados de Roma, la cúpula de San Pedro, el remolino de gente que se desparramaba en la escalinata de la plaza de España; me observé a mí misma enfrente de aquel indeseable que había hecho añicos mi vida junto a James. Sopesé su ofrecimiento y sentí rabia. Y eso fue lo que salió de mis labios.

—Como usted bien ha dicho las piezas están a buen recaudo y he llegado muy lejos para conseguirlas. No pienso dar marcha atrás. Necesito saber por qué murió James.

El señor González se sentó y sacó de la chaqueta una pitillera. Me ofreció un cigarrillo y me invitó a tomar asiento.

Nada me apetecía menos que sentarme con aquel mentecato a fumarme un cigarrillo mientras Roma bullía a nuestros pies y la repulsión hormigueaba en mi estómago. Sin embargo, me mostré templada y sumisa.

—Todo es muy complicado y a la vez muy sencillo. Sabe que existe una leyenda, pero no tiene ni idea del secreto que encierra. James sí lo sabía. Lo supo siempre, por eso se tomó tantas molestias en ocultar su descubrimiento —dijo mirándome fijamente.

—¿Y usted sabe cuál es el secreto?

—Lo sé yo y lo sabe más gente —respondió enigmático—. Observe esta ciudad. ¿No le parece mágica?

Asentí con la cabeza y lo miré con recelo. El señor González se estaba poniendo trascendental.

—Es mágica y poderosa. Durante muchos siglos ha sido el centro del poder, un poder que ha unido lo terrenal y lo celestial. En algún lugar de esta ciudad se encierra el secreto y hay mucha gente que mataría y moriría por él. ¿Lo entiende?

Negué con la cabeza. No entendía qué clase de secreto era más importante que la vida.

Sonrió con una mueca tan perversa como solo podía ser la del propio Lucifer y a continuación aspiró el humo de su cigarrillo, que expulsó en una bocanada densa.

—Durante siglos ha existido un poder que ha vertebrado reinos, ha sometido a hombres y ha enriquecido haciendas con la sola arma de la palabra.

—¿A qué se refiere? —cuestioné mirándole a los ojos.

—Me refiero a la Iglesia de Cristo.

«Impresionante», pensé. Ahora el señor González se ponía místico.

—¡La Iglesia de Cristo! ¿Qué tiene que ver con todo esto la Iglesia?

—Todo —proclamó y seguí sin entender—. Usted tiene la clave para poder acceder al siguiente paso. Debe comunicarse con su contacto y buscar el lugar. Cuando lo localice, allí estaré yo. No intente engañarme, no lo va a conseguir sin mí. No olvide que yo tengo la pieza que falta. En ese momento, si lo desea, podrá entregarme las piezas, volver a Nueva York y olvidarse de todo. Si se empeña en seguir puede que no haya vuelta atrás.

El señor González tenía las ideas claras, y aunque yo no tanto sí sabía que si quería llegar al final debía de compartir mi descubrimiento con él. También sabía que podía liquidarme. Pero no me importaban sus amenazas, no tenía otro remedio que seguir. Lo que no entendía muy bien era cuál iba a ser nuestro grado de intimidad en los próximos días.

—Entonces, hasta que ocurra eso, ¿soy libre? —pregunté desorientada.

El hombre profirió una carcajada ante mi ingenuidad.

367

—Si lo desea puede quedarse aquí, yo me alojaré en otro hotel. Tengo que contactar con unas personas. Muévase con total libertad por la ciudad, pero sepa que estará bien vigilada.

No pude más que lanzar una risa desdeñosa, aunque mi corazón latía con fuerza debido al miedo y la aversión hacia aquel personaje.

# Capítulo 51

No eran aún las tres de la tarde cuando me presenté en la universidad de La Sapienza, no sin antes pasarme por la Vía Condotti, que se ubicaba justo enfrente del hotel, y adquirir varios pares de zapatos y algún que otro modelito de corte italiano. Una tentación que no pude reprimir ni en aquel momento tan delicado.

El escueto mensaje de James decía: «La Sapienza. V. Sacheri».

Después de hablar con varias secretarias averigüé que un tal Vittorio Sacheri impartía clases en esa universidad. También averigüé que aquel trimestre se encontraba en periodo de investigación y que solo aparecía por allí una vez al mes. Tras mucho insistir, una de ellas accedió a darme su teléfono y su dirección.

Estaba empeñada en seguir con todo aquello y, aunque era consciente de haberme convertido en la marioneta del señor González, nada tendría sentido si no llegaba hasta el final.

Llamé al teléfono que me habían dado y el mensaje desesperanzador de la operadora me hizo saber que el móvil estaba apagado o fuera de cobertura. Insistí varias veces, sin embargo la voz no varió la sentencia. Desalentada, cogí un taxi con el que atravesé media Roma a una velocidad vertiginosa sorteando automóviles, scooters y Vespas de todas las tonalidades posibles. En aquella ciudad el tráfico era tan rápido como en Praga, sin embargo lo estimé menos furibundo. Podría calificarlo más bien como un atolondramiento frenético y, pese a estar bien sujeta con el cinturón de seguridad, los vaivenes del coche hacían que me zarandease de un lado a otro en el asiento trasero del taxi.

Nos adentramos en el Trastévere y aunque la estrechez de las calles era evidente, el taxista no menguó ni un ápice la velocidad. Al fin se detuvo frente a un decrépito edificio ubicado en un angosto callejón y suspiré.

Llamé al timbre varias veces y tras mucho insistir me abrieron el portal.

El exterior del edificio no falseaba su interior. Un descuidado patio daba paso a una escalera de paredes desconchadas y un tanto mugrientas.

Subí hasta el último piso del edificio, que carecía de ascensor, y tras dejarme casi el dedo en el timbre me abrió el que dijo llamarse Vittorio Sacheri.

Llevaba el pelo revuelto, los ojos hinchados y vestía un pantalón de algodón a rayas y una camiseta gris que identifiqué claramente como un pijama; por lo que deduje que su cara de fastidio y su tono insolente se debía a la molestia que le había originado al sacarle de la cama a aquellas horas de la tarde.

Enseguida supe que nos habíamos visto en alguna otra ocasión, sin embargo no supe identificar ni cuándo ni dónde.

—¿Nos conocemos? —preguntó el tal Vittorio al verme plantada como un pasmarote delante de su puerta.

—No sé, tal vez —dudé por un momento—. Soy Julia Robinson, amiga de James.

A Vittorio Sacheri le cambió la expresión en unos segundos.

—Pase, pase —dijo en un hilo de palabras atropelladas.

La puerta se cerró a mis espaldas.

El apartamento, al contrario que la escalera, era luminoso y estaba limpio.

—Perdone por recibirle así. Me acosté ayer muy tarde y estaba echándome una siesta. Ya sabe, una costumbre que tenemos los mediterráneos —aclaró al ver mi gesto de incomodidad.

—No se preocupe —me apresuré a decir—. La verdad es que ha sido una desconsideración mía presentarme por sorpresa, pero he llamado varias veces a su móvil y no me ha respondido. Creo que James le dejó algo para mí.

Vittorio Sacheri era un hombre muy atractivo incluso recién levantado y en pijama. Tenía el pelo jaspeado en gris, la mirada contundente y la mandíbula robusta y cubierta de una incipiente barba plateada.

—En unos minutos me pongo presentable y estoy con usted —dijo mientras se dirigía a la habitación.

—Espere si quiere en la terraza. Hoy hace un día precioso —añadió.

Le hice caso y salí a la terraza. Una enredadera de hiedra se fundía con una buganvilla violeta que cubría gran parte del muro lateral. Desde allí se divisaba la torre de una iglesia y una calle empedrada bordeada por edificios en tonos terracota y ocre. Hacía un día caluroso en Roma. Me acerqué al balaustre y contemplé la panorámica.

—Esa torre es la de la basílica de santa María en Trastévere. En su interior están los mosaicos más bellos de Roma —dijo el señor Vittorio, que salía a la terraza hecho un pincel y con unos vasos de refresco en la mano.

Me invitó a sentarme mientras dejaba los vasos entelados por el frío encima de la mesa. Me llevé el vaso a los labios y sentí un sabor fuerte y ácido.

—¡Está fuerte! —rio al ver mi mueca—. Es limoncello. Fresco, pero potente. Como somos los italianos —dijo bromeando y le reí la gracia sin mucho entusiasmo—. Así que viene en busca del mensaje de mi amigo James. He estado esperándola durante días. De hecho tenía ya pocas esperanzas de que apareciese.

Pese a que el lugar era perfecto para pasar una soleada tarde tomando limonada y hablando de banalidades, pensaba zanjar aquel asunto con la máxima celeridad posible. No podía permitirme el lujo de implicarlo en aquel asunto tan turbio, más de lo que ya lo había hecho al ir a verlo. Así que intenté ir al grano y evitar en todo lo posible que se interesase.

—Necesito que me entregue el mensaje cuanto antes —le dije tomando un sorbo del limoncello.

El señor Vittorio Sacheri lanzó una sonrisa flemática. Cuanta más urgencia intentaba infundirle, él más pausado se mostraba. Me creí responsable. Pensé que tenía una curiosa habilidad para conseguir que los hombres hiciesen justo lo contrario de lo que yo les pedía.

Vittorio Sacheri sacó su móvil.

—James me envió un correo muy perturbador. De hecho durante semanas he estado intrigado. He estado esperándola impaciente para que me aclarase su contenido —dijo.

—¿Ah, sí? —pregunté pretendiendo no darle mucha importancia.

—James me anunció que vendría usted y me dio instrucciones precisas para que le entregase el mensaje y le ayudase en su empresa. Sin embargo no alcanzo a comprender por qué no le envió él mismo el mensaje y en qué quiere exactamente que le ayude.

—No sé. Tal vez cuando me transmita el mensaje le pueda aclarar sus dudas —dije.

El señor Sacheri no parecía muy convencido de facilitarme el mensaje sin más. Su móvil, donde hipotéticamente estaba el mensaje de James, reposaba en la mesa y según parecía Sacheri no tenía ninguna intención de utilizarlo.

—Sí, por supuesto. Pero antes quisiera que me explicase a qué viene tanto misterio.

—No entiendo —dije simulando una confusión que no era tal.

—No sé. Tal vez sean imaginaciones mías, pero me ha parecido extraño todo esto. Hace unas semanas recibí el misterioso mensaje de James. Le respondí preguntándole a qué venía aquello y no he obtenido respuesta. Le he llamado varias veces, pero nada, su teléfono parece siempre apagado.

Me di cuenta de que no me entregaría el mensaje si no le proporcionaba alguna información. No sabía lo que James le había escrito, pero sin duda era lo suficientemente inquietante como para que se hubiese tomado tantas molestias.

—Tengo que darle una mala noticia. Es sobre James —anuncié fulminante.

Él estaba expectante y yo trataba de escucharme a mí misma con distancia. Me sonaban mis palabras, me sonaba la situación, se había repetido ya demasiadas veces estas últimas semanas. Sin embargo fui incapaz de expresar la fatídica noticia con entereza.

—Ha muerto —dije con la voz rota.

Aunque lo dijese mil veces, cada vez sentía la misma sensación de ahogo, el mismo nudo en la garganta y esa pertinaz punzada en el pecho.

Vittorio Sacheri se mostró contrariado.

—¿Cómo es posible?

—Ha sido un accidente. Por eso no le respondió a sus mensajes —me apresuré a decir intentando que Sacheri no viera más allá.

—Pero... No puede ser. ¿Cuándo ocurrió?

—Hace unas semanas —dije intentando omitir que fue el preciso día en que le envió el mensaje a él y a todos los demás.

Él estaba realmente apenado y no parecía reaccionar.

—Señor Sacheri, necesito el mensaje para seguir con la investigación que llevaba entre manos James y la necesito con urgencia. Están esperándome y no tengo mucho tiempo.

El hombre se enfundó las gafas, cogió su smartphone y buscó en su correo.

—Ya, ya lo tengo —dijo al fin.

Respiré aliviada.

Saqué mi iPhone y le di mi dirección electrónica para que me reenviase el mensaje.

Él había ya tecleado mi dirección, ahora solo faltaba que pulsase a enviar. Sin embargo se detuvo y me miró por encima de las gafas.

—Esto es todo muy incongruente. No le parece extraño que James, justamente antes de morir accidentalmente, me envíe un mensaje para que usted lo recoja. En el mensaje habla de una leyenda, de una pieza. Creo que debe de darme una explicación convincente —dijo y se quitó las gafas.

Parecía que mi estrategia de apremio no había dado resultado. Así que me di por vencida y le conté las cosas como eran, o casi. No me dejó otra opción.

—¿Quiere decir que James ha sido asesinado por buscar unas piezas que esconden un secreto, y que quien usted supone que es el asesino la ha traído hasta Roma secuestrada y ahora la vigila? —preguntó estupefacto.

—Más o menos —respondí con una tranquilidad tan pasmosa que me impresionó.

—Pues permítame que le diga que ha sido usted una temeraria presentándose así en mi casa. Si le han seguido me tendrán ya localizado, por lo que estoy tan en peligro como usted —dijo visiblemente molesto.

—Lo siento. No respondía al móvil, no tenía otra opción —me disculpé.

Al fin el señor Sacheri pulsó el botón enviar mientras decía:

—No voy a separarme de usted hasta que averigüe lo que James ha descubierto. ¡Ni lo sueñe! —dijo amenazante mientras se terminaba de un trago el vaso de limoncello.

No supe si sonreír, resoplar o sollozar. Lo cierto era que el último mensaje de James había llegado a mi correo.

Otra vez el mal hábito de James de enviarme palabras sin sentido aparente hizo que se dibujase en mi rostro una sonrisa asfixiada por la incertidumbre. «Kefás», decía aquella vez el mensaje que debía descifrar y una vez más no supe por dónde empezar.

El señor Sacheri me miraba expectante.

—¿Cuál es el misterioso mensaje de James? —preguntó de manera espontánea.

—No tan deprisa —le respondí lacónica.

Le expliqué el procedimiento. No podría leer el mensaje hasta que descifrara el acertijo.

—Ah —profirió Sacheri decepcionado.

Se levantó y fue a la cocina a por más limoncello. Hacía una tarde calurosa en Roma.

—Kefás es el acertijo —le dije a Sacheri.

—¿Kefás? —preguntó sonriendo.

Asentí.

—«Tú eres Simón, hijo de Jonás y yo te llamaré Kefás» —dijo Sacheri mientras llenaba mi vaso de limoncello.

—¿Es una cita bíblica?

—Mateo dieciséis.

—¿Kefás? —pregunté ahora yo.

—Es el nombre que le impuso Jesús al apóstol Simón Pedro, también conocido como san Pedro. Kefás significa piedra en arameo.

—Piedra —dije pensando que tal vez podía ser la respuesta.

Introduje la palabra, pero no surtió efecto. Probé también con roca, Simón, Pedro, san Pedro, Simón Pedro... con la misma suerte.

Sacheri adivinó mi decepción.

—Se dice que Jesús también predicaba en griego, y piedra en griego es...

—Lithos —dije introduciendo la palabra que hizo que se abriese el mensaje.

*«Querida Julia:*

*Ya estás en Roma.*

*Roma es la ciudad que alberga el secreto y hasta que el ejército imperial de Carlos V saqueó la ciudad y arrebató las piezas al Papa Clemente VII, solo los obispos de Roma habían sido sus custodios como herederos de Pedro, que lo trajo desde el Gólgota de Jerusalén.*

*Kefás ha sido la palabra que ha abierto el mensaje y la cita bíblica dice: "Y ahora yo te digo: Tú eres Pedro, y sobre esta piedra edificaré mi Iglesia; los poderes de la muerte jamás la podrán vencer. Yo te daré las llaves del Reino de los Cielos: lo que ates en la tierra quedará atado en el Cielo, y lo que desates en la tierra quedará desatado en el Cielo". (Mt. 16, 18-20).*

*La leyenda dice que las llaves del Reino de los Cielos son las piezas que fueron otorgadas a Pedro para que este edificase, sobre el secreto que ellas encierran, la Iglesia, que no podrá ser vencida por los poderes de la muerte.*

*Te falta la última pieza de este galimatías. Es la pieza que representa el cielo, cuando la localices el secreto se abrirá y, según dicen las cartas, Pedro lo custodió y jamás debe ver la luz.*

*Todos los custodios han sido conscientes del poder del secreto, por eso el hermetismo con que lo han guardado siglo tras siglo. Cuando Carlos V arrebató las piezas y conoció el secreto, se obsesionó por la alquimia y con él todos los que las poseyeron, pues a esta se le atribuía el poder de vencer a la muerte.*

*Mis investigaciones dicen que el secreto no es más ni menos que la muestra de la infalibilidad de la muerte, que la iglesia trata por todos los medios de vencer y sobre la que asienta el dogma de la fe.*

*La ubicación del secreto está en las escrituras. En las cartas Carlos V dice que el propio Pedro lo dejó escrito: «Subió al cielo y está sentado a la diestra de Dios». (1 Pe. 3, 21-22).*

*Pedirte precaución a estas alturas es pueril.*

*Hasta siempre,*

*James».*

Una sensación desgarradora me desbordó. Si todo era como parecía aquel sería el último mensaje de James. Jamás podría ya esperar que me dijese nada más.

Una vez y otra sonaba dentro de mí su última frase... «Hasta siempre», un hasta siempre que me sonó tan amargo como un hasta nunca; y no pude más que llorar.

El señor Sacheri se mostró desconcertado al ver brotar de mis ojos las lágrimas. Sacó un pañuelo y me lo dio.

—Lo siento —dije, ya más recuperada.

—No se preocupe —quiso tranquilizarme, pero se notaba desorientado.

El contenido de la última carta de James era tan inquietante como descorazonador. Daba pistas de la ubicación del secreto y de su contenido, pero para mí significaba mucho más. Hasta ahora, saber que James había enviado unas cartas que había repartido por media Europa y que se dirigían a mí, me daba la esperanza de seguir sintiéndolo vivo. Ahora ya todo había terminado. Ese era su último mensaje. Lo último que había escrito para mí.

Tal vez debería dejarlo ya. Darle las piezas al señor González y marcharme de allí. James había muerto y saber la razón por la que le mataron no le devolvería la vida. No tenía claro de tener ya fuerzas para continuar con todo aquello.

—¿Me permite leer la carta? —preguntó Sacheri al ver mi expresión.

Dudé por unos instantes. Tenía claro que Sacheri no iba a separarse de mí y casi me gustaba la idea. No me apetecía seguir con todo aquello sola. Así que le entregué mi iPhone.

Sacheri leyó mientras yo le miraba con detenimiento.

Terminó de leer y suspiró; y entonces fue cuando observé sus ojos. Brillaban con un fulgor peregrino.

—Debemos ponernos en marcha ya. Si detrás de esto está quien imagino, no hay tiempo que perder —dijo Sacheri.

# Capítulo 52

Como no podía ser de otra manera, Sacheri conducía una Vespa que, a tenor del mate de su pintura roja, debía de tener algunos años.

Subió, se colocó un casco de estética dudosa y me invitó a que hiciese lo mismo.

—¿No pretenderá que suba ahí? —pregunté ataviada con mi bolso y mis zapatos *stiletto* que acababa de adquirir en la Vía Condotti.

—¿Si no prefiere usted ir caminando? —respondió Sacheri.

Subí e intenté acomodarme en la parte del asiento que me correspondía, que no era mucho. Sacheri, tras una serie de vibraciones, arrancó y con una habilidad increíble condujo a través del tráfico apresurado de Roma.

Las sacudidas y convulsiones de su conducción hicieron que me aferrara literalmente a su cintura.

Tras esquivar buses, tranvías y automóviles cruzamos el Tévere por el ponte Garibaldi y lo bordeamos hasta volver a cruzarlo por el ponte Vittorio Emanuele. Dejamos el Castello di Sant'Angelo a la derecha. Al girar por la Via della

Concialiazione, emergió la gran cúpula de la basílica de san Pedro.

Tras callejear accedimos a un patio rectangular en el que estaban estacionados algunos vehículos. Sin duda, nos encontrábamos en el Vaticano, pero no sabía dónde exactamente.

—¿Se puede saber a dónde vamos? —dije cuando al final Sacheri apagó el motor y pude bajar y quitarme aquel horrible casco.

—Este edificio alberga los museos vaticanos, la biblioteca y el archivo. Debemos ver a alguien —respondió mientras aseguraba su Vespa con un candado.

Lo seguí sin rechistar. Accedimos por una puerta lateral y tras hablar con un vigilante salió una mujer ataviada con una bata blanca.

Tras saludarse efusivamente nos presentaron:

—Es Loredana Gilardino, la secretaria general del Archivo Secreto Vaticano.

Era elegante, alta y bella. Rondaría los cincuenta. No me extrañó que se mirasen con picardía ni que intercambiasen algunas bromas. Sin embargo me hizo sentir fuera de lugar.

No tenía ni idea de qué llevaba Sacheri entre manos, ni para qué demonios habíamos ido allí, ni por qué quería hablar con aquella mujer; con todo, me dejé llevar.

Loredana nos guio a través de unas salas de paredes decoradas con frescos y suelos de madera, nos cruzamos con varios sacerdotes y algunos guardias suizos ataviados con sus pintorescos uniformes.

—Le he pedido que nos deje acceder al búnker y consultar la correspondencia del Papa Clemente VII.

—¡El búnker! ¿Qué es eso? —pregunté desconcertada.

380

—Es la cámara secreta de los archivos del Vaticano. Es donde se ubican los fondos más valiosos del mítico Archivo Secreto Vaticano —aclaró Sacheri.

—¿Y para qué vamos allí?

—Si los Papas eran los custodios del secreto, Clemente VII, al perder las piezas, seguro que mencionó el hecho a alguna persona de su confianza, y si tenemos suerte tal vez podría darnos alguna pista.

Me pareció que aquella alternativa, aunque turbia, era mejor que no hacer nada.

—¿Y nos va a dejar acceder?

—Sí. Seguro. Ella es la responsable administrativa del Archivo. Solo tiene que pedir autorización al prefecto. Creo que ha ido a hablar con él.

Esperábamos en una sala junto a una puerta de madera pintada de blanco.

Loredana salió y nos dio unas tarjetas identificativas que nos prendimos de la solapa. Caminaba con elegancia y seguridad, moviendo con armonía sus caderas mientras su melena fluctuaba a la cadencia de cada paso.

Nosotros la seguimos por una serie de estancias suntuosamente decoradas y por pasadizos hechos de librerías repletas de volúmenes antiguos, hasta llegar a un ascensor de madera que no me inspiró demasiada confianza. Tras descender varios pisos se abrió la puerta.

Estaba realmente inquieta. Aunque tenía una inmensa curiosidad, mi pecho estaba alterado y notaba que por segundos me faltaba el aire.

Todo estaba en penumbra, solo unos pilotos de seguridad iluminaban la estancia con una luz pastosa que no dejaba ver más allá de unos pocos metros.

Loredana, sin temor alguno, se adentró en las tinieblas. Sus pisadas resonaban alejándose en las sombras y de pronto sonó un chasquido. Como las fichas de un dominó, se encendieron las luces que revelaron ante nuestros ojos un inmenso laberinto de estanterías.

Al ver aquello al fin respiré. La claridad hizo que mi cerebro olvidase que estaba en un profundo sótano.

Loredana seguía moviéndose con seguridad por aquel entramado de cajas amarillentas.

—¡Esto es inmenso! —exclamé.

—Tenemos más de sesenta y cinco quilómetros de estanterías, más de ciento cincuenta mil documentos. Casi toda la historia de la cristiandad está aquí abajo —dijo.

—¿Casi toda? —pregunté.

—Napoleón saqueó en dos ocasiones el archivo y lo trasladó a París. Fue un acto criminal. Cajas enteras se perdieron por el camino. No pudo recuperarse todo. Lo que se salvó aquí está. Hay catalogados más de mil incunables, incluso tenemos catalogados algunos papiros bíblicos del inicio de la cristiandad.

—¿Tienen catalogados? ¿Quiere decir que no todos los documentos lo están? —pregunté y Loredana rio.

—Eso mismo he querido decir. Hay quilómetros de estanterías con cajas enteras de manuscritos que no han sido estudiados. Pero, no se preocupe, estamos en ello. La Santa Sede invierte todos los años una cantidad nada despreciable para seguir investigando y mantener todo esto libre de las polillas —dijo al ver mi cara de asombro.

Seguimos caminando y de pronto Loredana se detuvo.

—¿Se puede saber cuál es el interés que les mueve a consultar la correspondencia de Clemente VII?

No supe qué responder, por lo que permanecí callada esperando que Sacheri viniese en mi ayuda. Sin embargo el silencio parecía perpetuarse en la enorme estancia hasta que, al fin, Sacheri dio un paso al frente.

—Académico. Puramente académico, querida Loredana. No podía ser de otro modo —dijo cogiéndola de las manos galantemente.

—No podía ser de otro modo —pronunció Loredana con tono estricto—. Confío en tu profesionalidad.

—No podía ser de otro modo —reiteró Sacheri, mordaz.

Loredana sonrió y tras colocarse unas gafas se dirigió a una de las estanterías, consultó un papel que sacó de su bolsillo y señaló hacia un lugar indeterminado de aquel barullo de volúmenes y cajas.

—Deben de ser estas. Lo siento, pero no están clasificadas. Deben de estar tal y como el secretario del Papa las dejó —dijo enfundándose unos guantes blancos.

Sacó unas cajas de la estantería y las depositó en un carrito, con el que volvimos sobre nuestros pasos.

—Aquí estaréis bien —dijo Loredana encendiendo la luz de una habitación pintada totalmente de blanco en la que había una amplia mesa y media docena de sillas.

—Si necesitáis algo solo tenéis que llamar al interfono —dijo mientras señalaba un mecanismo ubicado en una de las paredes.

—Os dejo solos. Y ya sabéis, si descubrís algo interesante no olvidéis compartirlo conmigo —dijo para luego alejarse y cerrar la puerta con llave a su salida.

Miré a Sacheri asombrada.

—¡Nos ha encerrado! —exclamé con tono trágico.

Sacheri se rio.

—No pretenderías que nos dejase campar a nuestras anchas por el lugar más secreto de la humanidad. Fíjate bien —dijo y señaló hacia unas cámaras que estaban instaladas en las cuatro esquinas de la habitación—. Nos tiene encerrados y vigilados.

Miré desolada las cámaras, mientras Sacheri no paraba de reír ante mi asombro.

En el carrito que Loredana había conducido hasta allí había más de ocho cajas. Encima de la mesa había dos pares de guantes blancos, en un extremo una gran lupa sujeta a un brazo articulado y poco más.

Sacheri se enfundó los guantes y me invitó a que hiciese lo mismo.

Con una delicadeza extrema, Sacheri abrió una de las cajas y comenzó a ojear su contenido.

Se trataba sin duda de la correspondencia del Papa Clemente VII. Había un montón de hojas amarillentas depositadas sin orden ni concierto.

—Escribían siempre dos cartas, una para el destinatario y otra para el archivo —me informó Sacheri.

Leímos alguna, dirigida a algunos reyes, cardenales y obispos.

Sacheri abrió otra caja.

—Aquí están las cartas recibidas por Clemente VII.

Sus ojos emitían un chispeante fulgor, sin duda estaba disfrutando con todo aquello.

Empezó a sacar hojas y remitentes tan notables como Francisco I de Francia, Enrique VIII de Inglaterra, el Emperador Carlos V, Maquiavelo, Miguel Ángel, Cellini, se sucedían entremezclados con otros personajes de la curia.

—Aquí debe haber alguna mención. Estoy seguro —dijo Sacheri.

Pensé que tal vez tuviese razón, pero leer todas aquellas cartas, aunque apasionante, era un trabajo titánico y no estaba segura de si contábamos con el suficiente tiempo.

—Debemos sistematizar —dije resuelta—. Sería conveniente clasificarlas por orden cronológico. Es imposible que podamos leerlas todas.

Sacheri pareció estar de acuerdo y nos pusimos manos a la obra.

Después de cuatro horas, apenas habíamos clasificado tres cajas y aún quedaban otras cinco por abrir.

—¿Te apetece comer algo? Podemos parar y seguir mañana —dijo Sacheri y se frotó el tabique nasal.

Tenía cara de cansado, sin embargo yo me encontraba en plena forma. Aquello me estaba resultando excitante, pero no quise abusar.

—Está bien. Paremos si quieres. Nos vendrá bien comer algo.

Sacheri llamó por el interfono y respondió una voz ronca indudablemente masculina.

Al cabo de unos minutos se presentó Loredana, que no tenía ni una célula de su cuerpo con un ápice de masculinidad.

—Veo que estáis avanzando —dijo al abrir la puerta y ver el desbarajuste que teníamos montado en aquella habitación.

—Ya ves. Deberás de pagarnos cuando tengamos todo esto organizado —bromeó Sacheri.

—Ahora mismo iba a tomar algo. ¿Si queréis acompañarme? —nos invitó ella.

Salimos de la habitación y Loredana cerró la puerta tras nosotros.

Caminamos a través de aquel archivo laberíntico y al fin alcanzamos el ascensor que nos llevó de nuevo a la superficie.

Estaba ya anocheciendo en Roma.

Cruzamos el patio de entrada al archivo y salimos a una calle llena de comercios de souvenirs que exponían en sus escaparates toda clase de imaginería religiosa y otros objetos un tanto más profanos como gorras, paraguas, bolsos e, incluso, un almanaque con imágenes de sacerdotes y seminaristas que no pude más que detenerme a inspeccionar.

Loredana se puso a mi lado y lanzó una sonrisa.

—¡¿Guapos, verdad?!

Por un momento me sentí avergonzada al saberme sorprendida ante tremenda y superficial debilidad, creí que a una señora de la talla de Loredana le parecería frívola mi actitud; sin embargo Loredana, no percatándose de mi confusión, cogió el calendario y empezó a pasar las páginas hasta septiembre, donde un morenazo de ojos oscuros sonreía por encima de su alzacuello.

—Este ha estado trabajando más de medio año bajo mis órdenes en el archivo. Hace dos semanas que terminó con su noviciado y lo han destinado a una misión en Sudamérica. Una lástima. Me alegraba la vista todas las mañanas —dijo y sonrió con naturalidad.

Me reí con ella.

Entramos a una pequeña cafetería y los tres pedimos café.

Me encantaba el café italiano. Era oscuro, fuerte y amargo, nada que ver con el americano.

Sacheri comentó a Loredana las dificultades que estábamos teniendo para encontrar las cartas que buscábamos y lo costosa que estaba resultando la clasificación. Le dijo que solo organizarlas podría llevarnos un día más, y luego leerlas para tratar de encontrar la información que buscábamos podía llevarnos otro par de días.

Era la primera noticia que tenía de aquello y me desanimó. Tal vez deberíamos probar otro método. Sin embargo estaba a merced de Sacheri. Él debía mostrarme el camino.

Loredana quiso saber más sobre nuestra investigación, y Sacheri le dio unas pinceladas del objetivo de lo que presuntamente era un importante proyecto de colaboración entre la universidad de Nueva York con la universidad de la

Sapienza. Todo falso pero convincente, por lo que ella se mostró comprensiva. Le dijo que mañana mismo pondría a nuestro servicio un ayudante. Pensé que si nos prestaba uno la mitad de atractivo que el mes de septiembre del almanaque, tal vez el trabajo sería más llevadero.

Aquella noche Sacheri me invitó a salir. Cenamos en un restaurante del Trastévere. Nos sentamos en la terraza, en una estrecha calle adoquinada con sampietrini y con los muros tapizados de varias especies de plantas trepadoras.

Comimos una pizza cocinada a la leña que me pareció la más deliciosa que jamás había probado, tomate con queso de búfala, carpaccio y no sé cuántas cosas más. Lo que sí recuerdo es que entre los dos nos tomamos una botella de vino tinto.

Hablamos, reímos y terminamos tomando unas copas en un café cerca de San Francisco de Ripa, donde había música en directo y un ambiente un tanto bohemio. El gin-tonic, escuchando la voz rasgada de un cantante de pelo cano acompañado del sonido del saxo, me sentó la mar de bien; incluso tuve ganas de bailar.

Sacheri me llevó al hotel con su Vespa y a la mañana siguiente vino a recogerme.

A las ocho estábamos a las puertas del Archivo y Loredana, puntual, nos abrió y nos condujo hasta nuestro reducto en las entrañas secretas del Vaticano.

Como había prometido nos proporcionó un ayudante, cuyo aspecto nada tenía que ver con mis fantasías del mes de septiembre; o al menos el de aquel año. Tal vez, antaño, como cinco o seis décadas atrás, hubiese tenido alguna oportunidad en el almanaque del momento.

Nuestro ayudante tendría al menos ochenta años y Loredana, al ver la cara que puse al verlo, me advirtió:

—El Padre Justino es uno de los archiveros más experimentados del Vaticano. Le he contado vuestro proyecto y está muy interesado en ayudaros.

No me reconfortó en absoluto saber aquello. Seguro que el mes de septiembre hubiese trabajado con más energía. Sacheri le dio las gracias y en diez minutos ya estábamos otra vez manos a la obra.

El Padre Justino, cuya piel era tan fina como la de los pergaminos que estábamos manipulando, se movía con soltura entre los papeles.

En apenas cuatro horas teníamos todo aquel maremágnum clasificado por orden cronológico. Hicimos entonces una pausa y subimos al mundo real donde lucía un luminoso sol.

Loredana estaba esperándonos. Fuimos a tomar un bocado a la misma cafetería del día anterior y allí Sacheri le agradeció la ayuda del Padre Justino y le informó que ya no necesitaríamos su colaboración, por lo que suspiré aliviada.

Loredana parecía contrariada. Le había pedido el favor al Padre Justino y este estaba muy interesado en ver el resultado final de nuestra investigación. Sin embargo Sacheri insistió y Loredana al fin accedió, libre de toda vehemencia.

Ya de vuelta, Sacheri sugirió que empezásemos a estudiar las cartas fechadas cerca del saqueo de Roma. La fecha clave era seis de mayo de mil quinientos veintisiete. Y así lo hicimos.

Algunas cartas estaban borrosas y costaba un horror descifrarlas; sin embargo con paciencia fuimos leyendo una tras otra, sin que en ninguna de ellas encontrásemos la mínima mención a las piezas ni el lugar donde estaban ocultas. Aquello era más difícil de lo que supusimos en un primer momento.

Eran ya más de las seis de la tarde cuando al fin Sacheri emitió un grito esperanzador.

—¡Aquí está! ¡Lo sabía! —exclamó loco de contento.

—¿Qué has encontrado? —pregunté levantándome de mi silla para acudir junto a él.

Los ojos de Sacheri brillaban con intensidad.

—Mira. Esta carta es de ocho meses después del saqueo. El mismo Carlos V es el remitente y le dice al Papa Clemente que está muy apenado por la actuación de sus tropas en Roma. Le pide disculpas formales y le informa de su intención de llevar luto en recuerdo de las víctimas.

—¡Sorprendente!

—Sí lo es —dijo Sacheri—. Es de una impostura desmedida el envite del emperador. El Papa Clemente VII había intentado liberarse de su dominación al dar su apoyo a Francia y originar un conflicto. El ejército del emperador luchó contra el francés en el norte de Italia, y de hecho lo derrotó. Pero al no haber fondos para pagar a las tropas, estas se amotinaron y se dirigieron a Roma donde solo unos pocos soldados de la Guardia Suiza guardaban la ciudad. El ejército del emperador masacró a casi toda la Guardia Suiza en las escalinatas de la basílica de san Pedro, tan solo sobrevivió medio centenar de hombres que protegieron al Papa y lo condujeron a través del Passetto al Castello di Sant'Angelo, para ponerlo a salvo. Tres días de estragos hicieron que se desvalijasen palacios, iglesias y monasterios, y cuando al fin cesó el saqueo y Clemente VII se rindió y pagó un cuantioso rescate a cambio de su vida, tras siete meses de cautiverio, el arte y la economía del Vaticano estaban tocados de muerte.

—Una jugada maestra —apunté.

—Sin duda lo fue. El emperador Carlos, con un lance, había fortalecido la posición de su imperio y se había apoderado de las codiciadas piezas, cuyo legítimo valedor no era otro que el Papa; que desde ese momento se convirtió en un complaciente aliado.

—¿Y no hace ninguna mención a ellas en la carta? —pregunté.

Sacheri sonrió.

—Escucha este pasaje: «Las llaves del Reino de los cielos estarán a buen recaudo mientras mi imperio sea fuerte y lucharé para que así lo sea».

—En la carta de James habla de las llaves del reino de los cielos. De hecho dice que las llaves del Reino de los Cielos son las piezas y fueron otorgadas a Pedro para que este edificase, sobre el secreto que ellas encierran, la Iglesia, que no podrá ser vencida por los poderes de la muerte.

—Así es —dijo Sacheri.

Hicimos fotos de la carta y, a sabiendas de que estábamos muy cerca, dejamos el trabajo para el día siguiente.

Loredana, como siempre, vino a liberarnos de nuestro cautiverio y aquella tarde insistió en invitarnos a cenar.

Sacheri me llevó de vuelta a mi hotel y quedamos en que yo misma acudiría con un taxi al restaurante convenido a las nueve en punto. Esto último lo dijo varias veces: «Recuerda, nueve en punto». Capté la indirecta, estaba rogándome puntualidad en la cita.

A las ocho y veinte, casi cuarenta minutos antes de la hora prevista, me sorprendí a mí misma pidiendo un taxi en la recepción del hotel.

Las manecillas doradas de un reloj insertado en el panel de madera oscura de la recepción, indicaba que por primera vez en mi vida, si el tráfico de Roma lo permitía, iba a llegar puntual a una cita. Pero, lejos de disfrutar de mi logro, aquello me hizo sentir insegura. En mi cabeza no paraba de resonar la incertidumbre de qué haría durante el tiempo de espera. No estaba acostumbrada a esperar y me inquietaba llegar demasiado pronto.

El conserje, ataviado con una chaqueta azul con puntas doradas y una corbata verde oliva, descolgó el teléfono y me invitó a que esperase en el bar hasta que llegara el taxi.

Me senté en una butaca estampada del enorme café *lounge* rebozado de terciopelo rojo y porcelanas de Limoges mientras un pianista arrancaba apacibles notas a un enorme piano de cola.

Estaba abstraída en la música cuando el botones me avisó de que en la puerta había un coche esperándome.

Crucé la recepción con paso decidido y cuando llegué a la puerta me encontré de frente con uno de los matones del señor González. Entonces fue cuando comprendí que el coche que me esperaba no era ningún taxi, sino el Maybach negro que ya me era tan familiar.

El corpulento matón me invitó a entrar al Maybach y mis piernas, cubiertas de unas finas medias color cristal, empezaron a temblar sobre los stiletto.

—Buenas noches, señor González, ya casi me había olvidado por completo de usted —solté decidida al abrirse la puerta del coche.

El hombre sonrió lleno de cinismo.

Me aposenté junto a él sin siquiera rozarlo, el espacio lo permitía, y el coche arrancó.

A través de los cristales, haces de luces anaranjadas desfilaban como gusanos de luz volando a velocidad de vértigo.

—¿Dónde quiere que le lleve? —preguntó el señor González.

—Voy a cenar con unos amigos. No hace falta que me lleve a ningún sitio. Prefiero coger un taxi —dije.

—¿Llama usted amigos al señor Sacheri y a la señora Loredana Giraldino, secretaria general del Archivo Secreto Vaticano? —preguntó con ironía.

—Veo que no pierde usted el tiempo y me vigila con cautela como me prometió —le reproché.

—Yo siempre cumplo mis promesas —respondió desafiante.

Se hizo un silencio breve, demasiado escueto para mi gusto, y el señor González reincidió en su ofensiva.

—Simplemente he venido para recordarle que estoy vigilándola de cerca, y espero que no involucre a más personas de las que ya lo están. No olvide que la señora Giraldino es empleada de confianza del Vaticano y allí hay mucha gente interesada en que todo esto no llegue a buen puerto, ¿me entiende?

—En absoluto —respondí provocadora.

Surgió otro silencio corto, tanto que me pareció fugaz.

—Simplemente se trata de advertirle que puede ser peligroso confiar en quien no se debe —dijo, en tono fingidamente resignado.

El coche se detuvo.

—Es aquí —me informó el hombre.

Miré por la ventanilla y efectivamente el coche se había detenido enfrente del restaurante que me había indicado Sacheri. El señor González estaba bien informado sobre mis planes.

—Sus amigos estarán aguardándola. No les haga esperar —dijo en tono malicioso.

Bajé del Maybach negro y cerré de un portazo, que a decir verdad no fue tal debido al considerable peso de la puerta y mi limitada fuerza.

El coche arrancó y yo entré al restaurante con el ánimo truncado y un poco harta de tanta falsedad.

# Capítulo 53

Eran las nueve menos cuarto y ni Sacheri ni Loredana habían llegado aún; así que decidí esperar en la barra tomando un vermut.

Sonaba una música suave y se respiraba un ambiente sosegado. El murmullo de conversaciones ajenas y un suave aroma a trufa hizo que de pronto me acordase otra vez de James. Al menos hacía ya cinco horas que no se había presentado en mi mente, y como una bocanada de nicotina embriagó mi cabeza y me abrió una llaga en la boca del estómago que a punto estuvo de provocar que desease llorar.

Vittorio Sacheri apareció impolutamente vestido, con el pelo jaspeado en gris, su mandíbula potente y una sonrisa impecable. Justo en ese momento avanzó hacia mí, me rodeó con sus brazos y me besó con una estrechez que necesitaba.

—¿Estás esperando mucho rato? —preguntó mientras se sentaba en un taburete contiguo al mío.

—No. Solo unos minutos —respondí suspirando aún.

Vittorio se pidió otro vermut y bebió conmigo.

Cinco minutos más tarde apareció Loredana, flotando sobre su rotunda femineidad.

Los tres nos sentamos a una mesa en cuyo centro chisporroteaba la llama amarillenta de una vela.

Vittorio y Loredana se encargaron de pedir el menú, mientras yo me resignaba a escucharles discutir en italiano sobre la conveniencia del vino.

Loredana pareció adivinar mi incomodidad.

—¿Parli italiano? —preguntó.

—Molto poco —acerté a decir utilizando dos de las mil palabras que había aprendido en la guía *El italiano en mil palabras*, y me consolé pensando que aún contaba con las otras novecientas noventa y ocho para producir alguna frase dotada con un mínimo de agudeza.

Loredana, sin embargo, no me dio la oportunidad pues cambió de idioma para hacerse entender.

—Cuéntenme todo sobre su investigación. Quiero saberlo todo —espetó desprovista de toda discreción, casi diría yo rozando la tosquedad.

Sacheri me miró y adivinando mi perturbación se adelantó.

—No hay mucho que contar, querida Loredana. Ya sabes lo esencial. Se trata de un proyecto de colaboración entre la universidad de Columbia de Nueva York y la Sapienza —dijo y mordió un trozo de pan cubierto de aceitunas que nos habían llevado en una cesta.

Loredana no se sintió satisfecha con la respuesta y no evitó seguir sonsacando más detalles:

—Ya te expliqué que se trata de un proyecto sobre el siglo XVI en Europa. Clemente VII protagonizó un enfrentamiento con uno de los hombres más poderosos de la época, el emperador Carlos V. Fruto de ese enfrentamiento, Roma sufrió un saqueo del que tardó décadas en recuperarse —explicó Sacheri.

—Y las tropas insurrectas del emperador sustrajeron gran cantidad de obras de arte que hasta hoy siguen desaparecidas —afirmó Loredana para mostrar que sabía perfectamente de qué estaba hablando.

—Así es —declaró Sacheri.

—Y si no adivino mal, ustedes dos intentan buscar algo cuya pista desapareció en esa época, ¿no es así? —preguntó lentamente.

«Touché», pensé mientras observaba los rostros de Loredana y Sacheri enfrentados y se me formaba un nudo en el estómago.

Loredana arremetió de nuevo:

—Mira, querido Vittorio, sabes que nos une una entrañable amistad; pero estos últimos días, desde que ocupáis el sótano del archivo, no paro de recibir inquietantes instrucciones.

—¿Ah, sí? —murmuró Vittorio.

—El cardenal Ambrogio, uno de los cardenales más poderosos de la curia romana, no sé cómo se ha enterado de que estáis consultando la correspondencia de Clemente VII. Se ha interesado por vuestro trabajo en el archivo, incluso ha informado a las más altas esferas. El propio prefecto del Papa me ha llamado en audiencia para que mañana mismo le ponga al corriente del objeto de vuestras investigaciones. Me ha trasladado que el cardenal Ambrogio ha hablado con el Papa, pues dice no sentirse muy cómodo con unos desconocidos revolviendo viejos papeles en el sótano de su propia casa.

—No entiendo por qué —dijo Sacheri.

—Y he de confesarte que yo tampoco. Por eso te agradecería que me aclarases en qué demonios estáis metidos. Estoy jugándome el puesto por vosotros y mañana debo de librar cuentas al prefecto —dijo visiblemente alterada.

Sacheri me miró abatido, pero intentó capear el temporal.

—Lo entiendo. Siento haberte provocado tantos inconvenientes, pero necesitamos un día más. Estamos a punto de concluir nuestro trabajo en el archivo —dijo tratando de excusarse y conseguir más tiempo.

—Parece que no me entiendes, Vittorio. No os voy a permitir acceder de nuevo al archivo, a no ser que me deis una razón de peso que justifique que me enfrente a mis superiores.

Loredana parecía firme en su decisión. Bebí para engullir mi ansiedad e intuí que no existía salida, por lo que me decidí a hablar.

—Se trata de algo más que una investigación académica. Asesinaron a mi mejor amigo por esto y trato de averiguar quién lo hizo y hasta qué punto valió la pena que él perdiese la vida —dije instintivamente sin calibrar los efectos de mis palabras.

Loredana tensó el rostro y Sacheri emitió una mueca que me hizo ver que aquello que acababa de decir no era lo más conveniente en esas circunstancias.

—¿Cómo? ¿Un asesinato? Explíqueme qué ocurre aquí.

Suspiré profundamente, ignoré por completo la cara de estupor de Sacheri y sin más empecé a largar:

—Soy profesora en la universidad de Columbia. Mi amigo James y yo compartíamos una investigación y algo más. El departamento recibió una beca para que uno de nosotros nos trasladásemos a Madrid, pues la investigación no avanzaba. James estuvo en Madrid algunos meses y descubrió algo tan comprometido que le costó la vida. Según cuenta en sus mensajes, existe una leyenda que apunta a que en un lugar en Roma se esconde un valioso secreto cuyos custodios han sido los obispos desde los tiempos de san Pedro, quien lo trajo desde el Gólgota de Jerusalén. Este secreto jamás ha visto la luz y hay intereses para que no sea desvelado. Está escondido en algún lugar de Roma y para abrirse se necesitan unas piezas que tienen la forma de sólidos platónicos y son conocidas como las llaves del Reino de los Cielos. Carlos V arrebató las piezas al Papa Clemente VII en el saqueo de Roma y las repartió entre sus posesiones por toda Europa. Según sus mismas palabras, ningún mortal merecía atesorar tanto poder. A partir de ese momento, el Papa Clemente VII fue un manso colaborador del emperador. Parece ser que mi amigo James encontró las cartas de Carlos V que revelan el paradero de las piezas. Pero alguien, consciente del poder que encierran, trató de hacerse con ellas. El mismo día de su muerte me envió la primera pista para que continuase con su investigación, he seguido cada una de sus instrucciones hasta llegar aquí, hasta Roma, donde se encuentra la pieza que desvelará el secreto.

Todo aquello salió de mis labios de carrerilla. Mi intuición femenina me decía que debía confesar a Loredana mi verdadera razón, pese a que Sacheri se cogía la cabeza con las manos para simular el mismo fin del universo. El señor González me había advertido taxativamente que no confiara en Loredana; este fue el detonante que provocó que determinara, usando mi arbitraria lógica, que si él se había tomado la molestia de advertirme que no confiara en Loredana sin duda tenía que hacerlo.

Ella recibió mi explicación estupefacta, a Sacheri se le atragantó el vino y fue presa de un agudo ataque de tos y yo, más pancha que un ocho, rematé la jugada diciendo:

—Y le digo, señora Loredana, que no pienso parar hasta averiguar qué provocó la muerte de James.

Eso fue el remate.

Las sonrosadas mejillas de Loredana se tornaron escarlata tal como un tomate maduro, sus ojos chispeaban cabreo italiano y de sus labios salió una retahíla de improperios pronunciados con tanto atino que Sacheri se encogió en su asiento y su metro ochenta y cinco de estatura se redujo al menos un palmo.

De los improperios en cuestión no entendí mucho, pues tuvo la delicadeza de utilizar el italiano para tal menester, sin embargo no pude evitar distinguir algún que otro *porco stupido* y *fiyo della gran mingnotta*.

La progresión del megacabreo de Loredana fue in crescendo hasta que no pudo hacer otra cosa que menguar. Entonces Sacheri aprovechó el inciso en el que Loredana se bebía de un trago la copa de vino italiano que tanto les había costado decidir para explicarme todo, como si por ser americana tuviese el cerebro de una niña de tres años a la que hay que hacerle la traducción de las reacciones emocionales de los adultos.

—Loredana no está enfadada contigo, lo está conmigo —dijo y sus palabras sonaron a: «Papá y mamá están gritándose, pero tú no tienes la culpa. A ti te queremos». Pese a lo estúpido de la situación dejé que Sacheri se explayara a sus anchas, no fuese el caso que interviniendo agravase más aquella espinosa situación—. Loredana ha confiado en mí y nos concedió acceder al archivo con un fin puramente académico, sin embargo el asunto es comprometido y podría acarrearle problemas. Está verdaderamente enfadada y tal vez con razón. Podría perder su puesto.

Escuchar aquello me provocó una rabia incontenible. Loredana mantenía una posición del todo egoísta sin calibrar lo trascendental del asunto. James había muerto por esto y ella solo se preocupaba por su puesto. Así que mi determinación por permanecer en silencio se esfumó y en un hálito de irritación intervine sin tapujos.

—Debe tranquilizarse, Loredana. Siento haberla metido en esto, pero Sacheri es tan inocente como usted. Si está enfadada debe estarlo conmigo pues es mi responsabilidad querer seguir hasta el final con este asunto.

Loredana me escuchaba en silencio. Su berrinche estaba ya en un estado agónico.

—Quiero que entienda que James era la persona más importante de mi vida y este asunto acabó con él. Según la versión oficial, murió en un desgraciado accidente de tráfico, pero el mismo día de su muerte envió varios mensajes de correo electrónico para poner a salvo sus investigaciones. Sospecho que fue asesinado a causa de eso, de hecho llevo semanas tras la pista de sus mensajes y en todo este tiempo he sido perseguida, amenazada y secuestrada. Pero nada de eso me importa. Solo necesito saber quién está detrás del asesinato de James.

Mi voz sonaba ahogada. Loredana al fin reaccionó.

—Me parece un asunto muy peligroso y no sé si debo inmiscuirme en él. Todo el Vaticano conoce la leyenda, pero jamás imaginé que existiese de verdad. Si lo que me ha contado es cierto, entiendo ahora la inquietud del cardenal Ambrogio. Sin duda él sospecha que ustedes van detrás del secreto, y sea cual sea este, la Iglesia saldrá malparada si cae en manos extrañas. Creo que debería abandonar. Desvelar el secreto no devolverá la vida a su amigo y tal vez usted se exponga en vano y cause un daño irreparable a la Iglesia.

La escuché, intentando sobreponerme a la angustia que sentía. Dejarlo todo y volver a mi país como si nada hubiese sucedido no era una opción que barajase mi mente. Así que insistí deseando que pudiese digerir mi determinación.

—No voy a dejarlo y necesito su ayuda. Sin esas cartas nos resultará más difícil descubrir dónde está el secreto. Solo es cuestión de tiempo que encontremos otro modo. No dude que averiguaré quién mató a James y por qué lo hizo.

Creí que con aquello quedaba zanjada la cena, pero mis dos acompañantes italianos me sorprendieron prolongándola como si nada hubiese sucedido hasta que dimos buena cuenta del menú que habíamos encargado.

Ya estábamos en el café cuando Loredana al fin mostró sus condiciones.

—No podemos esperar hasta mañana. Esta misma noche me las arreglaré para que podamos acceder al archivo. Es necesario que trabajemos rápido y cuando amanezca vosotros deberéis de haber abandonado el Vaticano.

—¿Trabajemos? ¿Significa que nos vas a ayudar? —preguntó Sacheri.

Loredana asintió y al fin sentí, por primera vez en aquella noche, una sensación de alivio.

Cuando abandonamos el restaurante tocaban las once. Loredana había ido con su Alfa Romeo, así que subimos con ella.

Conducía como una auténtica romana, pero a los pocos minutos las luces de unos faros se posaron en nuestra espalda.

—¿Me lo habéis contado todo? —preguntó Loredana.

—¿Por qué lo dices? —dijo Sacheri.

—Llevamos un coche negro pisándonos los talones desde que salimos del restaurante.

—¡El señor González! —exclamé alterada.

Loredana enseguida entendió que aquello no era bueno, por lo que pisó a fondo el acelerador y se saltó el semáforo que acababa de ponerse en rojo y luego otro y otro más. Saltarse tres semáforos en rojo no fue suficiente para deshacernos de nuestros perseguidores. Así que Loredana se abrió paso entre el tráfico y subió al bordillo de la acera, que por suerte estaba desierto. El cuentakilómetros marcaba más de 120 quilómetros por hora cuando cruzamos por el Corso de Italia y cerca de la

Vila Borghese, al fin, pudimos asegurarnos que habíamos perdido el coche negro.

Ya en el Vaticano, Loredana accionó el mecanismo de apertura de un aparcamiento subterráneo y, cuando estuvimos a salvo en las entrañas de la fortaleza, frenó en seco y sin soltar el volante se giró violentamente hacia el asiento trasero, en el que me encontraba acurrucada, y espetó:

—¿Quién demonios es el señor González?

Sacheri se adelantó con voz trémula:

—Tenías razón al decir que es un asunto peligroso, comprenderíamos que no quisieras verte mezclada.

Loredana se quitó violentamente el cinturón de seguridad y salió del coche.

—¡Vamos! ¡No hay tiempo que perder!

Sacheri y yo acatamos sus órdenes y la seguimos a través de unos pasadizos de hormigón.

Loredana accionó varias puertas de seguridad y al fin nos encontramos en el archivo. Estaba en penumbra, solo el liviano alumbrado de las luces de emergencias señalaba el camino.

Avanzamos por el laberinto hecho de estanterías.

—¿Quién anda ahí? —se escuchó decir a alguien en la oscuridad.

El corazón me dio un vuelco y miré asustada a Sacheri mientras la luz de una linterna avanzaba hacia nosotros.

—Soy Loredana Giraldino.

La luz detuvo la carrera y se aproximó más lentamente sin dejar de enfocarnos. Era alguien muy alto.

—¡Oh, señora Loredana, perdone, no la había reconocido! —exclamó un joven vestido de guardia de seguridad.

El muchacho estaba sorprendido al ver a Loredana a aquellas horas de la noche.

—Es preciso que acceda al archivo para consultar unos documentos. Estaremos trabajando toda la noche y no quisiera que nos molestase nadie.

El joven hizo un gesto de incomodidad.

—Pero ya sabe que las normas no permiten...

—¡Las normas! —exclamó Loredana en tono autoritario—. Te recuerdo, muchacho, que estás hablando con la secretaria general del archivo. Conozco demasiado bien las normas. Tú limítate a hacer lo que te he dicho y te agradecería que no mencionases a nadie que nos has visto. Ya sabes, tu contrato termina dentro de dos semanas y la renovación está encima de mi mesa.

Loredana tenía una actitud soberbia y el muchacho, del que había apreciado su elevada talla cuando lo vi por primera vez, estaba menguando por segundos. Aquella mujer sin duda tenía un don.

—No se preocupe, señora Loredana. Entendido. No permitiré que nadie les moleste —proclamó en un hilo atropellado de palabras.

Loredana lo miró severa y el muchacho desapareció en la sombra con pasos desequilibrados.

En la habitación todo estaba como lo habíamos dejado esa misma tarde. Los documentos apilados en montoncitos y ordenados por orden cronológico esperaban a ser escudriñados por nuestras manos cubiertas de fríos guantes de látex.

—¡Ponedme al corriente y explicadme quién es ese señor González! —mandó Loredana.

Sacheri le explicó lo poco que sabíamos de él, le contó lo que habíamos encontrado hasta el momento y lo que pretendíamos encontrar, también le mencionó el último mensaje de James.

—¿Puedo darle un vistazo? —me pidió.

Busqué en mi iPhone y al fin apareció. Se me hacían añicos las entrañas al verlo otra vez. Me tragué mi amargura y le di el mensaje.

Loredana lo leyó con suma atención y exclamó un *Mio Dio* que me heló el alma.

—Esto es más grave de lo que me imaginaba —dijo con la cara trastornada.

—¿Qué quieres decir? —preguntó Sacheri desconcertado.

—¿No entiendes? Lo dice en la carta. El secreto no es ni más ni menos que la muestra de la infalibilidad de la muerte que la Iglesia trata por todos los medios de vencer y sobre la que asienta el dogma de la fe.

—Sí, pero... ¿a qué se refiere? —preguntó Sacheri que no alcanzaba a comprender.

—Amigo Sacheri, estamos tras una revelación que si cae en manos inadecuadas minará los cimientos de la Iglesia —sentenció Loredana visiblemente afectada.

Los tres permanecimos en silencio. La luz blanca del tubo fluorescente que iluminaba la habitación acentuaba la lividez del rostro de Loredana.

—¿No lo entendéis? Todo cuadra. En la carta lo dice. Pedro lo trajo desde el Gólgota de Jerusalén y dejó escrito: «Subió al cielo y está sentado a la diestra de Dios».

—¿Qué es el Gólgota? ¿Y qué trajo desde allí? —pregunté.

—Gólgota significa lugar del cráneo, y es donde se presume que está enterrado el cráneo de Adán. El Gólgota también es conocido como el monte Calvario de Jerusalén, donde Jesucristo fue crucificado. ¿No lo entendéis? Está hablando de Cristo.

—¡Cristo! —exclamamos al unísono.

# Capítulo 54

Según las suposiciones de Loredana parecía ser que el secreto era algo íntimamente relacionado con Cristo. Algo que Pedro llevó a Roma desde el propio lugar de la crucifixión de Jesús y sobre el que, según las cartas, se asienta el poder de la Iglesia. Las piezas que había conseguido junto a la que me arrebató el señor González y la que estaba en Roma serían las llaves que abrirían el secreto. Pero qué era exactamente y dónde estaba ubicado seguía siendo un misterio para nosotros.

Loredana creyó que era buena idea seguir leyendo las cartas del Papa en busca de alguna pista sobre la ubicación del secreto por lo que, con su ayuda, estuvimos analizando una por una en busca de una mención a todo aquel asunto.

El tiempo había pasado como si no existieran las horas, eran ya casi las seis de la madrugada, habíamos leído cientos de cartas y aún no habíamos encontrado nada que nos diese la mínima pista. Fue en ese momento cuando yo creí encontrar algo. Era una carta datada en mil quinientos treinta y tres y firmada por un tal Widmanstetter, en la que había un párrafo un tanto inquietante.

*«El Cielo que nos muestra Copérnico es perfecto, tan hermoso como nuestro Cielo de Roma, donde yace el maestro prematuramente muerto, ese que en vida hizo que la naturaleza temiese ser vencida y al morir él, temió morir ella».*

—¿Creéis que ese Cielo tiene algo que ver con la última pieza? —pregunté.

Loredana estaba muda de puro cansancio. Sacheri se levantó de su silla pesadamente, se acercó y leyó minuciosamente la carta.

—Es posible. Creo que vale la pena investigarlo.

Loredana se levantó también para inspeccionar la carta y nos explicó:

—Widmanstetter fue un teólogo alemán que profesaba el humanismo. Se convirtió en secretario del Papa y pronunció una serie de conferencias explicando las novedosas ideas de Nicolás Copérnico al Sumo Pontífice y a los cardenales más próximos. Sorprendentemente la teoría tuvo buen acogimiento entre las autoridades eclesiásticas en ese momento, pese a lo revolucionario e intensamente chocante con la concepción cristiana del mundo.

—¿Crees que Widmanstetter tuvo algo que ver con este buen acogimiento? —preguntó Sacheri.

—Estoy totalmente convencida.

Tomó unas fotografías de la carta y continuamos el trabajo.

—Creo que deberíamos dejarlo ya. Pronto va a amanecer y empezará a llegar todo el personal. No quiero que nadie sepa que hemos estado toda la noche aquí —dijo Loredana.

Estuvimos de acuerdo. En ese montón de cartas poco más íbamos a encontrar.

Loredana y Sacheri creyeron que no era buena idea que volviese al hotel, ni siquiera que fuésemos a la casa de Sacheri. Loredana nos dio las llaves de un apartamento y nos pidió un taxi que nos recogió en el mismo aparcamiento del Vaticano. Durante todo el trayecto estuvimos pendientes por ver si alguien nos perseguía, pero no, nadie parecía seguirnos o eso creímos.

El apartamento estaba al final de la Via di San Giovanni in Laterano, cerca del Coliseo, en un edificio en cuya fachada ondeaba una bandera multicolor.

El interior del apartamento, sin llegar a ser lujoso, era tan acogedor como funcional. Sin embargo eché de menos la suite del hotel Hassler y mi armario repleto de ropa. Otra vez me encontraba en una hermosa ciudad huyendo de no sabía bien quién y con lo puesto, lo que me importunó levemente.

Sacheri pareció adivinar mis temores.

—Loredana me ha dicho que en el armario hay cosas que podrán servirte. Cree que serán de tu talla.

Se lo agradecí. Habíamos pasado toda la noche en vela y estaba realmente exhausta.

—¿Este apartamento es suyo? —pregunté.

Vittorio se rio.

—No. Es de alguien de la plena confianza de Loredana. Aquí estaremos seguros.

Cuando salí de la habitación, Sacheri se había quedado dormido en el sofá con los zapatos puestos, también estaba agotado. Le quité los zapatos y le cubrí con una manta. Me acosté en la cama y no recuerdo lo que tardé en dormirme, pero no fue mucho. Tampoco recuerdo qué soñé, pero me desperté alterada, casi temblando por un gran estruendo.

—Siento haberte despertado. Soy un torpe —dijo Vittorio saliendo de la ducha envuelto en una toalla.

—No te preocupes, de todos modos ya es hora de que me levante —dije desperezándome y viendo cómo la habitación estaba inundada de una luz que evidenciaba que el día estaba muy avanzado.

Me deshice de las sábanas y de un salto me dirigí al baño. Odiaba que un extraño me viese recién levantada, y más si era tan atractivo. Sin embargo cuando ya casi estaba a punto de alcanzar la puerta, Sacheri me bloqueó el paso.

—Mañana será el primer día de la primavera y tú hoy *sei bellísima*...—y sin más me robó un beso.

No supe cómo responder. Agaché la cabeza y él buscó mis ojos apartándome los cabellos de la cara.

—¿Estás llorando? —preguntó acariciando mi rostro.

Un nudo me bloqueaba la garganta. Cada vez que se me acercaba un hombre pensaba en James y recordaba sus labios suaves y dulces. Entre sus brazos me sentía protegida de toda amenaza.

Vittorio me abrazó compasivo.

—No llores. Ahora estás conmigo. Nada malo te sucederá.

Le agradecí sus palabras, pero pensé que lo peor ya me había sucedido y, aunque me sentí aliviada a su lado, temía olvidar el tacto y el aroma de James.

Vittorio preparó algo para comer.

—He cocinado unos tortellini que he encontrado en el armario. La despensa de este apartamento está realmente vacía.

Ataqué los tortellini con fiereza. Desde la noche anterior no había tomado nada y estaba hambrienta.

—¿Loredana y tú tenéis alguna relación? —pregunté a bocajarro.

Sacheri me miró incómodo.

—La tuvimos —respondió mientras jugaba con su tenedor.

—¿Hace mucho?

—Hace muchísimo. Fue la primera mujer que amé, pero ella tenía otros gustos y preferencias. Este apartamento es de su amante.

Miré a mi alrededor y algo no me cuadró, pero preferí no insistir más.

Cuando terminamos con los tortellini, Sacheri preparó café y sacó su iPad para volver a releer las cartas que habíamos encontrado en el archivo.

—¿Crees que Carlos V cuando hablaba de las llaves del Reino de los Cielos estaba hablando del mismo cielo que Widmanstetter?

—Estoy seguro —sentenció—. Creo que debemos averiguar quién es ese maestro que murió prematuramente.

Todo aquello era un enigma, entonces pensé en voz alta:

—La pieza que buscamos representa el cielo. Platón dijo en el Timeo que «El fuego está formado por tetraedros; el aire, de octaedros; el agua, de icosaedros; la tierra de cubos; y como aún es posible una quinta forma, Dios ha utilizado esta, el dodecaedro pentagonal, para que sirva de límite al mundo». Creo que buscamos la quinta forma, el dodecaedro pentagonal. El límite del mundo es el cielo.

Sacheri parecía ausente.

—Sin duda está hablando de un lugar donde yace un maestro que murió joven. ¿Quién puede ser? —dije intentando encauzar aquel jeroglífico.

Sacheri buscaba información en su iPad y parecía no oírme, pero añadió:

—Yace en un lugar hermoso, llamado el Cielo de Roma.

—Y en vida hizo que la naturaleza temiese ser vencida y al morir él, temió morir ella —añadí completando las palabras de la carta.

A Sacheri se le iluminó la mirada y de sus ojos brotó un destello de certeza.

—Lo tengo. ¿Cómo no se me había ocurrido antes? —dijo levantándose bruscamente de la silla.

# Capítulo 55

Era el primer día de primavera. Sacheri y yo habíamos pasado la noche juntos en el apartamento de la amiga de Loredana. Salimos pronto y en la misma puerta paramos un taxi que nos llevó a lo largo del foro hasta la piazza Venezia y a mitad de la Vía del Corso, entre un tráfico inmenso, Sacheri ordenó al taxista parar.

Sacheri caminaba a paso apresurado, como si un asunto le urgiera; y yo intentaba seguirle la marcha con mis stiletto esquivando los molestos sampedrini por los callejones adoquinados, atestados de paseantes, terrazas de restaurantes y tiendas de souvenirs.

De pronto la fachada del Panteón de Agripa apareció ante nosotros. Cientos de turistas se agolpaban en la entrada. Algunos tomaban fotos, otros simplemente observaban aquella maravilla y otros, más ambiciosos, luchaban por intentar acceder al interior.

—¡Ven! —dijo Sacheri abriéndonos paso entre la multitud que se agolpaba en el pronaos.

Me cogió muy fuerte de la mano y con su cuerpo, poco a poco, fue resquebrajando aquella compacta masa de sujetos.

Notaba la respiración de un señor corpulento pegada a mi cuello, el codo de una mujer de sonrisa jovial presionándome sobre las costillas, el olor acre de unos opacos cabellos; total, un agobio que me evocaba idéntica sensación a la que sentía cuando me encontraba en un lugar profundo del que era difícil salir.

Como ya era habitual, comencé a resoplar de manera extenuada, mi piel comenzó a cubrirse de una molesta capa de sudor gélido y mi cabeza se llenó de una cortina de tinieblas.

Gracias a la pericia de Sacheri conseguimos salvar la masa, colocarnos en primera fila de la barrera y llegar a la entrada del edificio. Un empleado vestido con uniforme regulaba el paso y justo cuando nos vio aparecer abrió la cinta para que entrásemos.

La inmensa rotonda clareaba entre la multitud y percibí una sacudida de paz que me permitió recuperar la serenidad y un estado de respiración normalizado.

—¡Este es el cielo! —exclamó Vittorio mirando hacia arriba emocionado.

Alrededor de la rotonda una serie de templetes acogían algunos nichos. La cúpula semiesférica cubría aquella estancia perfectamente circular y en el centro se abría un orificio como un ojo por el que entraba la luz del sol. Miré a través de él y vi el cielo, sin embargo no encontré la pieza.

—Sacheri, estamos buscando un dodecaedro. Según Platón, es la figura que representa el cielo. Es la última pieza, la que desvelará el galimatías. ¿Es que no recuerdas lo que dijo James?

—¡No! —exclamó Vittorio cogiéndome de las muñecas—. No buscamos un dodecaedro, buscamos lo que según los griegos resumía la imagen del cosmos o del cielo. Buscamos una esfera.

Miré a mi alrededor y no comprendí.

—Mira —dijo Sacheri abriéndose paso entre el gentío—. Miguel Ángel dijo que el Panteón tenía un diseño angélico y no humano. La cúpula está hecha de hormigón, tiene forma semicircular perfecta y ha resistido dos mil años.

—¿Sí, pero dónde está la pieza? —me pregunté.

Nos detuvimos frente a uno de los templetes en cuyo interior había una tumba en la que reposaba un sarcófago de mármol blanco.

—Lee la inscripción —me instó Sacheri.

ILLE HIC EST RAPHAEL TIMVIT QVO SOSPITE VINCI RERVM MAGNA PARENS ET MORIENTE MORI

*«Aquí yace Rafael, por el que en vida temió ser vencida la naturaleza, y al morir él, temió morir ella».*

Era exactamente lo que habíamos leído en la carta de Widmanstetter. Sin duda el maestro al que se refería era el gran Rafael. Todo empezaba a tener sentido.

—¡Este es sin duda el lugar! ¿Pero dónde está la pieza? —volví a preguntar.

—Estamos en el Panteón, el templo de todos los dioses. Cuando se construyó, Agripa quiso que fuese una analogía a la esfera celestial. Es el templo de las siete divinidades astrales. Pitágoras y Aristóteles decían que la esfera es la figura perfecta y por eso el cielo debía de tener esa representación. La cosmogonía de Platón se refería al círculo como la forma perfecta porque no tiene principio ni fin. Este edificio es una esfera perfecta. Es la síntesis del cielo y de la tierra. «Como arriba es abajo; como abajo es arriba». Dentro de aquí se inscribe una esfera completa. Has encontrado la pieza que te faltaba: estamos «dentro del cielo».

Entonces me quedé muda. La pintura del Bosco apareció ante mí. Lo habíamos visto en el Prado. No entendí su significado hasta ese momento. Era la representación esférica del mundo, el cielo que pendió de la cabeza de Felipe II en el momento de su muerte. La esfera era la clave.

Y entonces pensé que todas las piezas que había encontrado hasta el momento eran de piedra, del tamaño de un puño y cabían dentro de mi bolso. Aquella, sin duda, no podría guardarla allí.

# Capítulo 56

El chirriar de unos neumáticos resonó en el edificio. El gentío que se agolpaba como una masa compacta en el pronaos del Panteón se abrió como el mar lo hizo en el Éxodo y de entre la muchedumbre surgió un Moisés con el atuendo del señor González.

Más quejidos de ruedas, estridencias de sirenas... un cúmulo de muchachotes de traje negro y gafas oscuras invadió el edificio y todos los turistas, ante su asombro, fueron desalojados con premura.

Sacheri y yo permanecimos agazapados junto a la tumba de Rafael.

Se escuchó un gran golpe hueco al cerrarse las puertas, seguido de un silencio rotundo y luego el edificio se quedó en penumbra. Solo a través del óculo un rayo de luz iluminaba uno de los nichos.

Cuatro individuos se dirigieron hacia nosotros y dos de ellos asieron por los brazos a Sacheri invitándole a acompañarles sin muy buenos modos. Yo no sabía si gritar, correr o simplemente temblar.

Los hombres de negro flanqueaban la entrada. El señor González avanzaba hacia mí con paso pausado y de pronto me encontré pasmada ante la figura de aquel gánster, que bajo la cúpula del Panteón me pareció más corpulento, más duro, más severo...

—Ya has encontrado el lugar. ¡Buena chica! —dijo apartando un mechón de cabello blanquecino de su frente.

Su voz sonaba cavernaria, tanto como la de Marlon Brando en *El Padrino*, o eso me pareció.

—¿Qué van a hacer con mi amigo? —pregunté y mi voz sonó como un quejido estridente.

El señor González no mudó ni por un segundo su dura expresión.

—No te preocupes por él. No sabe lo suficiente para estar en peligro —sentenció irónico.

Intenté no mirarle a los ojos para no mostrar mi aturdimiento, pero sin duda era evidente.

—Esto ha llegado a su fin. Te invito a que me entregues las piezas y te marches. Fuera hay un coche que puede llevarte al aeropuerto. Aún estás a tiempo.

Levanté la mirada y me topé con sus ojos intensos que me producían miedo. Sin embargo traté de mantenerme firme.

—No. Si quiere las piezas deberá explicarme por qué —respondí.

Él sonrió con sarcasmo. Parecía que justamente esperaba esa respuesta. El corazón me palpitaba desbocado. Tenía una sensación de peligro tan abrumadora que me impedía pensar con normalidad y, sin embargo, aún me quedaban fuerzas para permitirme desafiar a aquel monstruo.

Hizo una señal a uno de sus chicos grandotes, quien se acercó y le entregó un pequeño paquete que llevaba guardado en el bolsillo de la chaqueta. El señor González lo abrió con parsimonia, desdoblando cuidadosamente cada uno de los pliegues del envoltorio, y apareció el octaedro que me había arrebatado en París.

—Aquí está mi pieza. Esta, junto a las otras, son las llaves del cielo. Dime dónde están tus piezas y juntos podremos desvelar el mayor secreto de la cristiandad —manifestó grandilocuente—. Existe una leyenda que cuenta que Pedro trajo desde el Gólgota de Jerusalén el secreto que está encerrado en Roma. Pedro fundó una hermandad a la que llamó Iglesia e impuso como dogma el que jamás podría ser vencida por los poderes de la muerte. ¿Lo entiendes ahora?

No entendía nada. Todo lo que me estaba contando lo había leído en la carta de James, sin embargo no entendía la trascendencia, y en realidad tampoco me importaba. La única verdad es que estaba aterrorizada.

El señor González me lanzó una mirada maliciosa.

—Sigues sin entender —dijo con soberbia—. Pedro se erigió en obispo de Roma. Ocultó el secreto y para asegurarse de que jamás viese la luz hizo fabricar unas llaves que guardó hasta su muerte. Se aseguró de que sus sucesores las heredasen y ahora nosotros las tenemos en nuestro poder. Las piezas son las verdaderas llaves del Reino de los Cielos. Las que según lo que nos han contado legó Jesús a Pedro.

Todo cuadraba con las palabras de James en la carta, pero seguía sin entender. Sacheri había desaparecido ya de mi vista. Los hombretones se lo habían llevado en andas. Las manos empezaban a sudarme y creí que iba a desmayarme de un momento a otro, sin embargo intenté mostrarme entera.

—¿Y qué secreto se supone que encierran? ¿Por qué Carlos V las robó y las diseminó por sus posesiones? ¿Y por qué mataron a James? —pregunté con la voz rota. La última pregunta era la única que tenía interés para mí.

Aquel hombre sonrió de manera cínica.

—Paso a paso —dijo con voz rígida—. Tenemos poco tiempo. Pronto los secuaces del secreto vendrán a por él. No están dispuestos a perder la partida. Sin embargo nosotros tenemos ahora las piezas. Si me ayudas te prometo que cualquier cosa que desees estará a tu alcance.

Un estruendo aterrador sonó en la rotonda, las puertas se abrieron de par en par y un haz de luz inundó la estancia.

—¡No creas nada de lo que te dice! —sonó desde la entrada.

Retumbaban los pasos de una figura que avanzaba entre una claridad deslumbrante.

—¡Peter! —exclamé al reconocerlo.

Peter, junto a una docena de carabinieri armados, irrumpieron en la sala.

Los hombres del señor González no se movieron de su sitio, en realidad ni se inmutaron.

Peter se acercó a nosotros.

—Señor González, un placer volver a verlo —dijo irónico.

Yo me colgué de su cuello y lo abracé con fuerza. Al fin estaba a salvo.

—Una verdadera sorpresa verte por aquí. Al fin te has dignado a venir —respondió el señor González.

Peter lo miró con desprecio.

—¡Vámonos de aquí! —dijo Peter cogiéndome de la mano.

En ese momento pensar era más de lo que mi estado me permitía, así que obedecí sin rechistar y empezamos a avanzar a través de la rotonda hacia la puerta.

—¡No tan deprisa! —ordenó el señor González.

Los dos nos detuvimos en seco.

—No creas que va a ser tan fácil despojarme del secreto. Llevo años detrás de él y sabes bien que no os dejaré marchar.

Peter me tenía fuertemente cogida de la muñeca.

—¿Y qué piensas hacer? ¿Liquidarnos a los dos? Ella tiene todas las piezas que te faltan para abrir el secreto. Si la matas jamás sabrás dónde están —dijo Peter.

Inconscientemente me aferré a mi bolso, recelaba que mi vida valía su contenido.

Las puertas de la rotonda se volvieron a cerrar y otra vez se impuso la penumbra.

Observé atónita cómo los hombres del señor González y la docena de carabinieri que había traído Peter parecían estar de acuerdo en apuntarnos a Peter y a mí con sus armas.

—¿Cómo has podido ser tan estúpido para acudir a la policía, Peter? ¿Creías que ellos te iban a ayudar? —el maldito señor González comenzó a reír estruendosamente.

No entendía nada de lo que estaba sucediendo. Todo aquello era totalmente demencial.

—¡Fuera todos de aquí! ¡Dejadnos solos! —ordenó.

Los hombres del señor González y los carabinieri salieron del edificio obedeciendo sumisamente a sus palabras.

—La naturaleza humana no es precisamente prudente. Estás cayendo en el mismo error que tu amigo James —sonrió con desdén.

—¡No hables de él! —respondió airado Peter soltándome la muñeca.

El señor González era un ser despreciable. ¿A qué error se refería cuando hablaba de James? Y Peter, ¿qué sabía de todo aquello? Estaba desconcertada.

—Debemos negociar, amigo Peter. Es preciso que entres en razón. Tu protegida tiene las piezas y tienes que convencerla para que me las entregue. Sabes de sobra que este descubrimiento pondrá patas arriba todo el sistema. El mundo nunca volverá a ser el mismo cuando el secreto vea la luz, y sabes que tenemos poco tiempo. Si ellos llegan se acabará todo.

Seguirán con el engaño para siempre. Sin embargo si lo encontramos antes de que lleguen, nosotros seremos los nuevos custodios. Tendremos el poder para desvelarlo si es necesario.

—¡Eres un miserable! —interrumpió Peter y el señor González sonrió ante su insulto. Peter continuó hablando furibundo, parecía estar fuera de sí—: ¡Tú jamás revelarás el secreto! ¡Jamás mostrarás al mundo el engaño! ¡No te conviene! ¡Solo lo utilizarás para chantajear y extorsionar! ¡No sabes hacer otra cosa!

El señor González rio de nuevo de manera virulenta.

—¡Eres un ambicioso, Peter! ¿De verdad quieres que el secreto vea la luz? ¿Sabes lo que supondría eso? Para ti, una reseña en tu currículum que te haría inmortal para siempre. El descubridor del secreto, te llamarían. Para tu universidad, los honores de tener entre sus miembros al que abrió los ojos a la humanidad y rompió las cadenas de sumisión. ¿Y eso para qué sirve? ¿No entiendes que es mejor mantener las cadenas? Poseer el secreto y a cambio de no revelarlo encontrar aliados sumisos e incondicionales.

Peter estaba nervioso.

—¿Y ella? —preguntó señalándome.

—Ella va a ser una buena chica y nos ayudará a encontrar lo que buscamos. Nosotros le otorgaremos lo que más desea en este mundo y se olvidará para siempre de este asunto. ¿No ves que ni siquiera sabe de qué estamos hablando?

Los dos hablaban como si yo no estuviese presente. Los dos negociaban sobre algo que no alcanzaba a comprender. Los dos se creían los dueños de algo que tenía el poder de hacer manejable a la gente. Y los dos eran conscientes de que yo no tenía ni idea sobre qué iba aquello.

Suspiré.

Peter tenía el rostro desencajado y con ojos ausentes se dirigió a mí:

—Creo que tiene razón. No tenemos otra salida. Es mejor darle las piezas e irnos de aquí.

Le miré a los ojos y vi en ellos una oscuridad que no me gustó. El terror que sentía no había menguado ni un ápice, sin embargo pensé que nada valía la pena si no llegaba hasta el final.

—No pienso revelarle dónde están las piezas hasta que me expliquéis todo. Necesito saber por qué murió James. Las piezas están guardadas en un lugar seguro y os garantizo que jamás las encontraréis. Ahora soy yo la que impongo las condiciones.

Los dos hombres se miraron.

—¿Qué quieres saber? —preguntó el señor González con resignación.

—Primero, ¿quién es usted? Segundo, ¿qué es el secreto? Y tercero, ¿quién y por qué mataron a James? —solté aquello y por un momento me sentí omnipotente.

# Capítulo 57

Un silencio pegajoso se instaló en la rotonda del Panteón. Partículas de polvo chispeaban en el vacío, flotando sobre el rayo de luz que se colaba por el óculo.

Yo esperaba respuestas.

—¿Quieres saber quién soy yo? —dijo al fin el señor González.

El corazón bombeaba en mi pecho a un ritmo frenético. Deseaba con todas mis fuerzas saber quién era aquel perverso sujeto que había hecho añicos mi vida y había alejado para siempre de mi lado a la única persona del planeta que hacía que mi vida no me pareciese vacía. Sin embargo sentía un miedo tan atroz que temí no estar preparada para escucharle. Pero ya era demasiado tarde. El señor González empezaba a hablar.

—Yo, querida Julia, soy el poder. Soy el que mueve los hilos. Yo y algunos más como yo, buscamos aliados para que gente como tú pueda tener una universidad en la que enseñar, un supermercado en el que comprar, una casa en la que dormir... ¿Crees que un planeta con más de siete mil millones de habitantes puede estar en paz y garantizar a todos un bienestar? Unos países dominamos a otros para que la ley de la fuerza bruta no se imponga. Nuestro país es poderoso porque gente como yo lucha por obtener instrumentos con los que obtener aliados. Y todo para que gente como tú pueda levantarse cada mañana y sentirse segura en su casa.

Estaba aterrada al escucharle. Aquel majadero se creía que era una especie de Dios.

—¿Es usted de la CIA? ¿Trabaja para el gobierno? —pregunté inocente y el señor González se rio en mi cara.

—Veo que sigues sin entender. Más bien podríamos decir que la CIA trabaja para nosotros. Pero bien, creo que de esto ya te he dicho bastante.

Aquello me olió muy mal. Una organización invisible que movía los hilos. Me sonó a leyenda de conspiración mundial. Aquello me convenció de que en realidad el tal señor González no era más que un tarado.

Peter se mostraba nervioso. Parecía incómodo con todo aquello.

—Julia, déjalo ya. Dale las piezas y vámonos —dijo alterado.

—No —respondí firme.

En el rostro del señor González se dibujó una sonrisa mordaz.

—No te preocupes, Peter. Tu pupila quiere saber y yo le voy a explicar lo que necesita —dijo mientras Peter se mostraba cada vez más inquieto—. Lo segundo que quieres saber es qué es el secreto, ¿no? —dijo con voz sibilina.

—Sí —afirmé con pretendida seguridad.

Sus ojos mostraban una mancha siniestra y su voz sonaba aterradora.

—Tú misma lo has leído: «El secreto que encierra la Iglesia que no podrá ser vencida por los poderes de la muerte».

Mi pecho se revistió de tinieblas. El señor González conocía el contenido del mensaje de James y continuó hablando mientras mis piernas temblaban de miedo.

—Jesús fue crucificado en una colina a las afueras de Jerusalén, llamada de la Calavera por la forma de las piedras que había en sus laderas. En arameo calavera es gólgota.

—¿Gólgota? En las cartas de James... —creí recordar y no pude evitar pensar en voz alta.

—Jesús murió en la cruz en el Gólgota. Su cuerpo fue sepultado en una tumba que custodiaban los soldados romanos. Pilatos mandó que fuese vigilada porque temía que el cuerpo fuese robado por sus partidarios y se produjesen tumultos en la ciudad. Pero Pedro y un par de fieles discípulos, en un descuido de los soldados, consiguieron sacar el cuerpo de allí. Ellos solamente deseaban enterrar a su maestro en un lugar digno. Y al tercer día, cuando se abrió el sepulcro y se encontró vacío, no tuvieron más remedio que buscar una solución.

—¿Quiere decir?

—Quiero decir que la resurrección fue una invención muy ocurrente de los discípulos más allegados de Cristo. Ellos no pretendían armar tal revuelo, inventaron aquello para no ser castigados por los romanos; sin embargo se corrió la voz. Y el pueblo encontró tan consolador que un joven predicador hubiese resucitado para expiar los pecados de la humanidad y garantizar la vida eterna a todos los hombres, que ya no pudieron dar marcha atrás.

—¿Entonces el secreto es...?

—El secreto es la prueba irrefutable de lo que estoy diciendo —sentenció el señor González.

Una electricidad recorrió mi piel. Aquello era abrumador. Me parecía una locura.

—Pedro fundó la Iglesia sobre el dogma de la resurrección de Jesús. Una Iglesia que los poderes de la muerte jamás podrán vencer. Por eso fabricó las llaves del Reino de los Cielos, y lo que se ate en la tierra quedará atado en el cielo, y lo que desates en la tierra quedará desatado en el cielo. Si se hallan las pruebas de que Jesús murió como un humano corriente, toda la Iglesia pierde su razón de existir.

—¿Y qué tiene que ver la alquimia con todo esto? —pregunté.

El señor González rio.

—Para cualquier cristiano, si existió la resurrección existe la vida eterna y por lo tanto la muerte no puede ser temida. Sin embargo, cuando los reyes y algunos sabios conocieron el secreto fueron conscientes de la vacuidad de la vida y buscaron la vida eterna en otros lugares. La alquimia era la disciplina que podía llegar a darles aquello que la religión no les daría nunca.

—No entiendo nada. Si Carlos V y los demás reyes conocían esto, ¿por qué mantuvieron la farsa? Podían derrotar a la Iglesia cuando quisieran —dije.

El señor González volvió a reír. Sin duda mi monumental ingenuidad le parecía desternillante.

—Todos los grandes gobernantes saben que un pueblo temeroso y devoto es más fácil de manejar. Carlos V guardó el secreto porque era consciente de que la Iglesia de Cristo era el mayor instrumento de dominación con el que podía contar. Siendo el dueño y señor del secreto tendría el mayor y más poderoso ejército a sus pies. Por eso pidió a su hijo Felipe II que construyese el Templo de Salomón, para custodiar el arca del testimonio. Nunca te has preguntado por qué hasta en la aldea más remota y miserable existe un templo lujoso donde adorar a Dios. Los hombres nos obstinamos en creer que somos más que cualquier otro ser vivo. No nos resignamos a la muerte, por eso la gente se aferra a la fe. Y mientras, los poderosos se sirven de ese temor para perpetuar su dominación. Alquimistas, sabios, reyes, masones… todos buscan lo mismo. Poseer un saber que les confiera poder para dominar a nuestros semejantes.

Resoplé. Aquello que acababa de escuchar era tremendo. Si de verdad el secreto desvelaba un misterio de tal naturaleza comprendí que habría muchos interesados en ocultar aquello.

—Si se desvela el secreto se ponen en tela de juicio las bases sobre las que se asienta la Iglesia. Se pondría en duda la resurrección —especulé en voz alta.

—La resurrección sí que existe —exclamó una voz que resonó en la rotonda del Panteón.

Me di la vuelta y mis ojos dieron razón a la voz.

Estaba abrumada por todo lo que me había contado el señor González, por lo que dudé de lo que mis sentidos estaban percibiendo. Una silueta emergió de las tinieblas y rodeado de un halo de luz cegadora avanzaba inexorable. No era posible. Los muertos no resucitan; sin embargo, mis ojos estaban viendo cómo la evidencia se acercaba hacia mí.

Cubrí mi boca con las manos, sin poder evitar que un grito violento surgiera de mis labios.

—¡James!

Corrí a su encuentro. Lo inundé de lágrimas y abrazos. Sentí su cuerpo, tan perceptible y sólido que parecía real, mientras el mío temblaba de estremecimiento.

—Lo siento, no he resucitado. Lo siento —decía su voz.

No pude más que abrazarle. Estaba allí, tenía cuerpo y voz. Más delgado y demacrado tal vez, pero tangible.

Continué abrazada a él. No quería desprenderme de su tacto con el temor de que su cuerpo se volatilizara si perdía el contacto.

Sabía que estaba soñando. Aquello no podía ser auténtico, sin embargo lo deseaba tanto, lo añoraba con tanta fuerza que hacía que mis sentidos sintiesen su piel y su aroma.

Estaba desconcertada. Me di la vuelta y miré a Peter y al señor González, ninguno de los dos estaban sorprendidos por verle allí.

El señor González dio un paso al frente:

—Ya tienes lo que más deseas. Ahora dame las piezas y os dejaré marchar a los dos.

# Capítulo 58

No entendía nada. Sin embargo estuve completamente feliz hasta que poco a poco tomé conciencia de la realidad. Mi cabeza empezaba a asumir que James estaba allí, enfrente mío, tan vivo como yo; y entonces, cuando fui en busca de sus manos, me di cuenta de que estaba esposado.

James me miró a los ojos y me besó antes de susurrar:

—No les des las piezas. Están juntos en esto. Nos matarán si lo haces.

Peter tiró de mi brazo y me separó violentamente de James.

—¡Suéltala! —gritó James.

Peter y el señor González se miraron. Este último avanzó hacia él.

—Sabes que no tienes otra salida.

El señor González introdujo su mano en la chaqueta y sacó una pistola que puso en la sien de James mientras Peter me sujetaba con fuerza por los brazos.

—Querida Julia, nuestro amigo Peter fue el primero en detectar la importancia de la investigación que llevaba entre manos James. Informó a sus superiores y ellos acudieron a mí.

Todo lo que se investiga tiene un dueño, y ese dueño un precio. Menos James. El incorruptible investigador que deseaba publicar sus hallazgos en una revista. Dar a conocer al mundo su descubrimiento. Regalar al mundo el secreto.

La voz del señor González era pérfida y en los ojos de James más que miedo percibí desprecio.

—Dispara si quieres. De nada te servirán las piezas si lo haces —dijo James, inalterable.

Peter seguía sujetándome con tanta fuerza que empecé a sentir dolor.

—¡Tú no tienes voz en esto, no olvides que ya estás muerto! —gritó el señor González.

Me giré atormentada en busca de los ojos de Peter.

—Peter. ¿Qué ocurre? ¡Ayúdanos! —grité desesperada.

El señor González rio estruendosamente.

—Julia, ¿no te das cuenta? Es un cobarde. Nos ha traicionado a los dos —profirió James con los ojos inflamados.

Peter, al fin, aflojó la presión sobre mis brazos y observé cómo sus ojos adquirían un tono turbio.

—Tú fuiste quien la metió en esto al enviar esos correos. Solo he intentado desde el principio protegerla. Te dije que volvieras, Julia. Ellos se hubiesen hecho cargo. Pero no me hiciste caso.

Todo aquello estaba superándome. Mi mente no era capaz de pensar con claridad.

James explotó en un ataque de furia.

—¡Eres un traidor! ¡Confié en ti! Te conté lo que había descubierto y tres días más tarde vinieron a por mí. Te llamé pidiéndote ayuda y tú, en vez de eso, me vendiste.

No me gustaba nada lo que estaba escuchando. No era posible.

—¡No eres más que un loco obstinado! ¡Solo tenías que darle lo que te pedía, pero contigo nada es nunca fácil! ¡Lo complicas todo! —gritó Peter.

Estaba aterrada. Aquello era más de lo que podía digerir.

—Ya está bien de discusiones estúpidas —interrumpió el señor González, que ahora apuntaba a Peter—. Los tres sois unos necios si pensáis salir vivos de aquí si no seguís mis instrucciones. Tú, James, ya estás muerto. Recuerda que tuviste un accidente en España. No fuiste nada discreto y otros iban a por ti. Tuvimos que adelantarnos. Una vez simulada tu muerte tendríamos todo el tiempo del mundo para arrancarte la información sin ninguna interferencia externa, y si entrabas en razones incluso hubiésemos inventado otra vida para ti. Pero lo complicaste todo, y aunque en un principio quisimos que Julia se mantuviese al margen, ella misma le contó a Peter lo que tú le habías legado. Nos dimos cuenta de que si te empecinabas en no revelarnos la información ella misma nos entregaría en bandeja lo que te empeñabas en ocultarnos y, llegado el momento, nos resultarías de ayuda.

—¡He sido solo un peón! —exclamé asqueada.

—Un peón muy útil —puntualizó el señor González con una voz ladina—. Necesitábamos a alguien que tuviese un profundo interés por terminar lo que James empezó. Alguien a quien no le importase poner en peligro su vida para ejecutar su voluntad, alguien que cuanto más le exhortases a abandonar más insistiese en seguir. Para ser justos he de decir que Peter quiso evitarlo; pero todos tenemos un precio, ¿verdad, Peter?

Peter bajó la mirada con cobardía.

—Y ahora ese peón puede morir. Simular el suicidio de una mujer que ha dejado su trabajo desesperadamente y ha huido a Europa después de haber perdido a su enamorado será muy sencillo. En cuanto a ti, Peter, teníamos un trato, si lo rompes correrás su misma suerte —advirtió el gánster.

El silencio se impuso en la rotonda. Me encontraba en estado de shock después de escuchar todo aquello y el señor González sentenció:

—El juego ha concluido. Si no colaboráis todo habrá terminado para vosotros.

Miré aterrorizada a Peter, pero solo vi a un villano.

James me miró y yo me acerqué a él. Se hizo un silencio espeso y abrumador.

Estaba realmente decepcionada con la actitud de Peter. Me había mentido, utilizado, traicionado y lo peor es que yo, ajena a todo, había consentido que se metiese en mi cama.

Lo único bueno de todo aquello era que James estaba allí.

—Si accedemos, ¿qué le impedirá deshacerse de nosotros cuando obtenga lo que quiere? La policía italiana, todos esos hombres de negro... todos están ahí fuera, a su servicio. ¿Cómo puede garantizarnos que saldremos vivos de esta? —preguntó James.

El señor González lanzó una estruendosa risotada, al muy depravado le divertía todo aquello a más no poder.

—No tienes más remedio, amigo mío. Te recuerdo que estoy apuntándote con una pistola. Hasta ahora todo esto no ha sido para ti más que unas vacaciones y para tu amiga un juego. Ahora empieza lo delicado. Si no estás dispuesto a ayudarnos verás con tus propios ojos cómo mis hombres le sonsacan a tu amiga la información sobre el escondite de las piezas. No aguantará ni media hora de interrogatorio y tú lo sabes.

James frunció el ceño y yo lo miré aterrorizada.

—Julia, dile dónde escondes las piezas —exclamó James visiblemente nervioso.

Permanecí inmóvil, no por valentía, sino más bien por puro pánico.

Y entonces el señor González, al ver que no hacía movimiento alguno, me cogió de un brazo y llamó a sus hombres.

Dos mastodontes de las dimensiones de un armario ropero avanzaban hacia mí con gesto ceñudo.

—Lleváosla y haced que os diga dónde demonios tiene escondidas esas malditas piezas —ordenó el señor González enfurecido.

Intenté zafarme de los dos forzudos golpeándoles con fuerza con los puños. Sin embargo solo conseguí hacerme daño.

—¡No! —gritó James—. ¡Quitadle las manos de encima!

Las dos gigantescas bestias me llevaron en volandas unos metros a través de la rotonda y justo en ese momento, aterrada, noté como mi bolso se desprendió de mi hombro y todo su contenido se desparramó por el suelo: las gafas de sol, las de cerca, mi cartera, tres paquetes de pañuelos de papel, un paquetito de toallitas desmaquilladoras, mi pintalabios, los coloretes, la sombra de ojos, mi móvil y cómo no, también cayeron el cuaderno de notas de James, el pergamino y las piezas.

Ahora ya estaba en sus manos, las bazas que tenía por jugar estaban rodando por el suelo del panteón.

—¡Soltadla y marchaos de aquí! —ordenó con sonrisa triunfal el señor González al ver aquel estropicio.

Los dos individuos me soltaron a la vez. Caí como un saco de patatas y, maldita sea, se rompió un tacón de mis stiletto. Aquello me enfureció.

—Porcos stupidos —conseguí articular mientras intentaba levantarme.

El señor González ordenó a Peter que recogiese las piezas. Un reflejo mezquino supuraba de sus pupilas.

—¡Un lugar muy seguro para esconderlas! —me reprochó voceando James.

—Ya sabes, mi bolso es inexpugnable —dije mientras recogía parte de mis pertenencias en un tono un pelín cabreado.

—Creo que será mejor que terminemos de una vez por todas con este asunto. Así no se puede, y al fin y al cabo es solo una investigación —soltó James molesto.

—Está bien —dije mientras me acercaba cojeando.

Lo que acababa de ocurrir nos ponía en sus manos y la rabia que sentíamos ambos había desembocado en una espiral de reproches sin sentido.

El señor González y Peter nos miraban boquiabiertos.

—¡Deberá quitarme las esposas, no puedo trabajar con las manos atadas a la espalda! —gritó James dirigiéndose al señor González.

El hombre estaba pletórico. Ya tenía lo que deseaba con tanto fervor. Con una gran sonrisa, sacó una llave de su bolsillo y liberó a James de las esposas, sin enfundar su enorme pistola.

—¡Saca el cuaderno! —me ordenó James con brusquedad.

Metí la mano en mi bolso y lo saqué obediente.

Él abrió el cuaderno y buscó una página.

—¡Pásame tus gafas! —me volvió a ordenar áspero.

Metí otra vez la mano en mi bolso y las saqué disciplinada.

—El último mensaje que te envié estará en tu móvil, ¿no es así? —preguntó y afirmé.

—¡Pásame el móvil! —me volvió a ordenar malhumorado.

Metí otra vez la mano en mi bolso y se lo entregué.

Empezaba ya a sentirme como una enfermera en una sala de operaciones.

James manipuló el móvil y su última carta apareció en la pantalla. Peter y el señor González nos miraban con curiosidad.

—¡Aquí está la carta! Lo dice al final, ¿lo ves, Julia?

—Sí, sí... acerté a responder —sin saber muy bien a qué se refería.

—La ubicación del secreto está en las escrituras. En las cartas, Carlos V dice que el propio Pedro lo dejó escrito: *«Subió al cielo y está sentado a la diestra de Dios». (1 Pe. 3,21-22).* ¿Lo entiendes?

Negué con la cabeza. James entonces me guiñó un ojo.

—Sí, sí, claro... ya entiendo —balbuceé.

—Esto es el cielo, Julia. El Panteón es mucho más que un templo consagrado a las divinidades celestes. Es lo que se creía en ese momento que había en el cielo: el sol, la luna y los cinco planetas Mercurio, Venus, Marte, Júpiter y Saturno. Es la morada de los dioses. La síntesis del cielo y la tierra. La representación de la esfera celeste que cinco siglos antes había concebido Anaximandro. Reproduce la gnomónica, la semejanza al globo cósmico con el óculo que dota al cielo de luz y oscuridad con la mecánica.

—Ah... —dije por decir algo.

—Pedro viajó a Roma para fundar su Iglesia, y cuando halló este edificio con todo el simbolismo que él encierra encontró el lugar ideal donde depositar el secreto. Así hizo que los discípulos de Cristo, aquellos que robaron su cuerpo y lo custodiaron en tierras de Jerusalén, lo trajeran hasta aquí. Al fin había encontrado un lugar digno para que descansara su maestro. Y entonces escribió aquello de: «Subió al cielo y está sentado a la diestra de Dios».

Todo empezaba a cuadrar, pero algo no vi claro.

—¿Pero qué Dios? Acabas de decir que hay siete dioses en este templo —pregunté confusa.

—Está sentado a la diestra del Dios padre —afirmó categórico James.

Entonces ocurrió algo increíble. Eran exactamente las once de la mañana, la hora sexta de los antiguos romanos, el mediodía solar, y justo en ese momento el haz de luz proveniente del óculo se acopló perfectamente al arco de piedra semicircular encima de la puerta de entrada.

—Ese es el trono de Dios —anunció James señalando el arco iluminado.

—¿De Dios Padre? —pregunté.

—¡De Júpiter! —exclamó James—. Para los romanos era el correspondiente a Zeus, padre y señor del cielo.

Observamos la rotonda. Había siete templetes, uno para cada dios. Nosotros teníamos tres piezas y la del señor González hacía la cuarta. «O nos faltaban piezas o sobraban dioses», pensé.

—Creo que estás mirando en la dirección equivocada —dijo James señalando hacia arriba.

Miré y entonces, al escucharle, comprendí.

—La cúpula representa la bóveda celeste y los cinco niveles de artesonado las cinco esferas concéntricas del sistema planetario. Y recuerda —dijo acercándose a mí y susurrándome al oído—, lo que quede atado en la tierra quedará atado en el cielo y lo que desates en la tierra quedará desatado en el cielo.

James se colocó en el centro de la rotonda. Justo debajo del óculo, protegido por unas pilastras de bronce y un cordón rojo, había un gran desagüe que filtraba el agua. James comenzó a señalar uno por uno todos los templetes. Sacó el cuaderno y me pidió un lápiz. Se arrodilló en el suelo y dibujó en una hoja un círculo con la ubicación de cada uno de ellos. Después dibujó en el centro otro círculo que representaba el óculo, y cuatro círculos concéntricos más, que junto al círculo grande que había dibujado enmarcaban cinco espacios entre ellos, tal y como lo hacía la cúpula que teníamos sobre nuestras cabezas. Trazó una cruz desde la puerta de entrada que pasaba por el centro, luego rodeó los cuatro lugares marcados y me lo mostró.

—En la cúpula el artesonado está formado por veintiocho piezas, siete para cada cuadrante. Recuérdalo —dijo.

Enseguida cogió una de las pilastras de bronce y ante mi sorpresa, y también la de Peter y la del mentecato del señor González, comenzó a golpear el suelo justo en el punto del desagüe. Los golpes resonaban como truenos en aquel lugar llamado cielo.

El desagüe cedió, el suelo se vino abajo y se abrió un boquete de más de un metro de anchura.

Había un pasadizo.

—¡Son las cloacas de Roma! —exclamé antes de llevarme la mano a la boca. De allí salía un hedor nauseabundo.

James me indicó que me quitase el zapato que aún tenía tacón. Yo, infeliz, se lo entregué y él, con un golpe certero, lo arrancó de cuajo.

Aterrorizada miré el descalabro que había perpetrado con mi precioso zapato.

—Así irás más cómoda, o al menos más equilibrada —dijo cogiéndome de la mano e invitándome a seguirle.

Intenté resistirme, aquello no me iba a gustar nada. Sin embargo no tuve más remedio.

—Debajo de Roma no solo hay cloacas —dijo mientras se metía por aquel pestilente agujero.

Sin mucho convencimiento me dispuse a seguir a James.

—¿Vamos a entrar ahí? —preguntó el señor González.

—Si desea desvelar el secreto deberemos bajar —respondió James.

El señor González nos indicó que esperásemos. Llamó a uno de sus hombres, que vino con potentes linternas. Después le ordenó que se marchase.

Todos seguimos a James, que llevaba en una mano una de las pilastras de bronce y en la otra mi móvil que utilizaba a modo de linterna. El señor González, sin guardar en ningún momento su pistola, nos dio a Peter y a mí dos linternas. Caminamos unos pasos a través de un sumidero oscuro en el que había más de un palmo de agua infecta. El intenso hedor, la oscuridad y la estrechez de aquello empezaron a abrumarme. Notaba cómo el corazón se precipitaba en mi pecho y el oxígeno no llegaba a mis pulmones. A punto estuve de caer desfallecida, entonces pensé en mis zapatos y todo aquel agobio se convirtió en cabreo.

Apenas habíamos recorrido diez pasos, que juzgué como quilómetros, cuando James exclamó:

—Aquí hay una señal.

Con la pilastra empezó a golpear violentamente el muro, que cedió para dar paso a un estrecho pasadizo.

Reptamos a través de él y accedimos a una angosta escalera. Bajamos por ella, y aunque parecía no tener fin de pronto una inmensa rotonda se abrió ante nosotros.

James enfocó las paredes de aquella estancia circular. Estaban cubiertas de nichos con inscripciones vegetales y algunos símbolos extraños: peces, círculos concéntricos, cruces antiguas.

—¡Es una catacumba! —exclamó Peter.

—Posiblemente una de las más antiguas de Roma —afirmó James.

Aquella rotonda tenía siete templetes. Los mismos que la rotonda superior. James se situó en el centro y comenzó a caminar dibujando con grandes zancadas su diámetro.

—Esta rotonda es de dimensiones idénticas a la de arriba. Recuerda, lo que es arriba es abajo, lo que es abajo es arriba —volvió a repetir.

James abrió el cuaderno de notas y me señaló el dibujo que había trazado arriba. Todo coincidía.

El señor González no había guardado su pistola y Peter trataba de seguir los razonamientos de James.

—Hay siete nichos, que corresponden a los siete templetes de arriba. Uno para cada uno de los elementos del cielo. Los cinco planetas: Saturno, Júpiter, Marte, Venus y Mercurio. Y los dos astros: El sol, Apolo y la luna, Diana.

Y entonces mi mente se avivó:

—¡Júpiter es el Dios del Cielo, el Dios Padre, el que controla con su rayo desde su trono dorado! En tu carta dijiste que Pedro lo dejó escrito: «Subió al cielo y está sentado a la diestra de Dios».

Ahora lo veía claro, el sol, al entrar por el óculo del panteón, nos había mostrado el trono dorado de Dios y la ascensión al reino de los cielos. El trono que Pedro trató de esconder. Ahora solo debíamos averiguar cuál de ellos allí abajo correspondía al de arriba.

James miró arriba y después miró abajo.

El suelo de aquella rotonda estaba cubierto de polvo. James pasó la mano por él y me instó a que le ayudase. Al limpiar la superficie que estaba cubierta de un polvo grasiento aparecieron las losas ante nosotros. Estábamos como enloquecidos. Aquello era una representación idéntica al artesonado de la cúpula de arriba.

El centro rodeado de veintiocho losas, que se seguían de otra fila concéntrica de veintiocho losas y así hasta completar cinco filas concéntricas que alcanzaban hasta los límites de aquella estancia.

James marcó entonces el lugar que ocupaba la puerta de entrada. Aquel que el óculo había señalado como el trono de Júpiter contó siete losas, las mismas que dijo que tenía cada cuadrante y entonces sentenció:

—Ascendió a los cielos y está sentado a la diestra de Dios —y señaló uno de los nichos.

Los dos nos dirigimos hacia allí. Peter y el señor González nos siguieron, pero no encontramos nada especial. Entonces se me ocurrió decir:

—Platón, en el Timeo, dijo que el mundo físico está basado en la racionalidad, por lo tanto es obra de un demiurgo, una razón ordenadora universal. Todo esto tiene que tener un sentido.

James me miró con alegría y un centelleo apareció en sus ojos.

—¡Dame el pergamino! —exclamó señalando el suelo.

Le miré desconcertada. No imaginaba qué había descubierto. Se colocó en el centro y con el móvil a modo de linterna enfocó el templete que presumiblemente ocupaba el Dios Padre:

—¡Las piezas son las llaves del Reino de los Cielos! Cuando entra la luz por el óculo señalando el trono de Dios marca una línea que recorre las cinco esferas concéntricas del sistema planetario.

James marcó la línea y con las manos limpiamos la superficie.

Seguimos limpiando el suelo y de pronto aparecieron los símbolos ante nosotros, dispuestos tal y como estaban dibujados en el pergamino.

Las losas de aquella línea tenían cuatro oquedades en la que encajaban perfectamente cada una de las piezas.

—¡Aquí están las cerraduras de las llaves! —exclamó triunfante James.

Y entonces fui consciente de que estábamos a punto de abrir el mismísimo Reino de los Cielos.

# Capítulo 59

James pidió a Peter que le entregase las piezas. Peter miró al señor González, quien no había parado de apuntarnos con la pistola ni un solo segundo y este le hizo una señal con la cabeza.

Peter entonces dio un paso al frente, sacó las piezas y las colocó en el lugar que le indicó James.

De pronto, se escuchó un gran estruendo seguido de un desagradable chirrido. Una inmensa nube de polvo invadió la estancia mientras el suelo de la catacumba parecía girar bajo nuestros pies.

Aterrorizada, lancé un grito desgarrador. Parecía que todo aquello fuese a desplomarse sobre nosotros. Me cubrí los ojos y la boca, casi no se podía respirar en aquel lugar.

Todos estábamos tosiendo, cegados por el polvo y sobrecogidos por el ruido; sin embargo, pasados unos segundos, cesó el bramido y todo volvió a la calma.

James enfocó las paredes y descubrimos que una de las losas que cubrían los nichos se había desplazado hasta dejar al descubierto su contenido.

El señor González avanzó hacia ella y con la linterna escrutó en su interior. Sus ojos estaban preñados de anhelo.

Hizo una señal para que nos acercásemos. Había un sepulcro de piedra en el que había labrada una inscripción en arameo.

Peter la leyó en voz alta:

«*Aquí yace Yeshúa, hijo de Yoséf, y, bajo juramento, cualquiera que lo abra caerá sobre él la muerte en un desafortunado fin*».

Aquello me hizo temblar las piernas.

—Sin duda es la tumba de un judío —sentenció Peter—. La tradición del judaísmo prohíbe desenterrar a los muertos. Este epígrafe nos recuerda esa prohibición.

Peter, sin miramientos por la espeluznante advertencia, corrió la tapa del sepulcro y al momento se escuchó un gran estruendo. Del centro del suelo empezó a brotar un líquido denso y de intenso olor. Aquello olía tan fuerte como la gasolina.

—Este líquido huele a... —dije hasta que James me hizo una señal para que guardase silencio.

Peter y el señor González no parecieron darse cuenta. Cegados por la curiosidad enfocaron sus linternas hacia el interior del sepulcro.

Había polvo, telarañas y en el fondo lo que parecían los restos de un ser humano junto a un objeto alargado.

Miramos aquello con asombro. Todo indicaba que teníamos ante nuestros ojos el mismísimo cadáver de Cristo.

El señor González tenía la mirada encendida y Peter estaba como petrificado.

—¿Qué es ese objeto? —preguntó el señor González.

Peter lo cogió con las manos.

Era un rollo de pergamino y estaba en un estado de conservación lamentable, sin embargo se aventuró y con cuidado extremo lo desenrolló un poco.

Estaba también escrito en arameo y empezó a leer:

—«En nombre de Dios, yo Yeshúa, hijo de Yoséf doy testimonio de los hechos que se siguen. Estando junto a mi mujer y mis hijos en Galilea, sentí la llamada de Dios y fui con mi primo Yohannan a través del desierto...»

—¡Basta ya! —exclamó una voz desde la penumbra de la escalera.

Varias siluetas cubiertas con luces cegadoras bajaban los peldaños con rapidez. Cuando se acercaron, pude distinguir entre ellos la figura de un robusto señor vestido con faldas.

El señor González apuntó hacia ellos.

—¡Deténganse! —gritó desconcertado.

Las otras figuras rodearon a la del robusto señor. Eran hombres y estaban armados con unos enormes fusiles.

Por un momento creí que iba a desatarse la tercera guerra mundial e instintivamente me refugié temblando de miedo en una esquina, junto a James.

—Bienvenido, cardenal Ambrogio —dijo el señor González bajando el arma.

—Veo que pese a no estar invitado se congratula de mi presencia —dijo el orondo cardenal extendiendo una mano lechosa y fofa guarnecida con un suntuoso anillo que el señor González no dudó en besar.

Miré hacia la escalera por si irrumpía inesperadamente alguien más. Pero no. Parecía que ya estábamos todos.

—Señor González, he venido acompañado de mi guardia personal y del comandante general del arma de los carabinieri. Todos esperan fuera. Parece ser que hubo una confusión y un general de brigada pensó que debía obedecer órdenes suyas. Ya está todo aclarado, así que mande a sus hombres que abandonen de inmediato el edificio.

El señor González tenía la expresión estupefacta y yo no entendía nada.

—Creo que han encontrado algo que me pertenece —dijo el cardenal al señor González.

El señor González, sin embargo, no cedió:

—Está usted muy equivocado, eminencia. Lo que hay en esta catacumba no le pertenece —dijo con voz pausada.

El orondo cardenal le ignoró y con tranquilidad se dirigió hacia nosotros.

—Ustedes son los que han estado metiendo las narices en nuestros asuntos —nos acusó con vehemencia.

Todos estábamos sorprendidos y nadie pronunció palabra.

El cardenal, con paso firme, se acercó y echó un vistazo al sepulcro y al pergamino, su rostro se tornó blanquecino y comenzó a santiguarse de manera frenética. Sin duda aquello que acabábamos de encontrar superaba con creces sus expectativas.

—¡Lleváoslos! —ordenó enfurecido el cardenal.

Miré aterrorizada a James y luché por no romper a llorar.

—¡Van a matarnos! ¿No es así? —le pregunté atónita.

James bajó los ojos, derrotado. Dos hombres del cardenal se dirigieron hacia mí.

—¡Ni tocarme! ¡Yo sé andar sola! —grité rabiosa.

Los dos hombres se detuvieron y miraron al cardenal, que les hizo una señal de aprobación. Parecía ser que le importaba un rábano que fuese a mi martirio en andas o por mi propio pie.

Comencé a caminar, el suelo estaba cubierto por un fangoso fluido que no paraba de manar por los huecos del adoquinado en los que Peter había depositado las piezas.

Dos hombres más se dirigieron hacia James.

—¡Un momento! —gritó.

El cardenal Ambrogio levantó la vista.

—¿No pensarán liquidarnos, verdad? —preguntó en tono retórico.

Todos los que estábamos allí abajo sabíamos que así era, pero parecía ser que James necesitaba que se lo confirmasen de viva voz.

El cardenal emitió una sonrisa moderada que en medio de su flácido rostro más bien pareció una mueca. Se acercó a James y sentenció desdeñoso:

—Estamos convencidos de que la Iglesia no será destruida por el hallazgo de una tumba de dudoso contenido. No creo que exista técnica capaz de verificar que los posibles restos que se han encontrado pertenezcan a nuestro señor Jesús. Jamás podrán hacer creer a la gente lo contrario a lo que la religión ha grabado en sus conciencias a lo largo de los siglos.

El señor González parecía crispado, sin embargo contraatacó:

—Eso está por ver, eminencia. La ciencia ha evolucionado a pasos agigantados, mientras que ustedes siguen obstinados en permanecer en la Edad Media. Se sorprendería de lo que somos capaces de confirmar científicamente. El carbono-14, la termoluminiscencia... son juegos de niños comparados con las innovadoras técnicas con las que experimentamos. Con solo una molécula de un hueso es suficiente para datar la muerte de cualquier ser vivo con una precisión de horas. Su religión, basada en mitos, ya no tiene cabida en este mundo —dijo con voz amenazante.

—Cállate y recoged los restos —ordenó su eminencia.

Dos hombres del cardenal me cogían muy fuerte del brazo mientras Peter, con cara de pasmo, se encontraba al lado del señor González. El cardenal parecía fuera de sí.

Uno de los hombres del cardenal se dirigió al sepulcro y retiró los huesos. De pronto se escuchó un crujido agudo y un orificio semejante al óculo de la rotonda del panteón se abrió en la cúpula. Por él se coló un intenso rayo de luz que chocó en el suelo e inundó la estancia de una gigantesca claridad.

James me miró de soslayo y yo respondí a su mirada con ojos aterrados.

—Las cartas dicen que Pedro lo custodió y jamás debe ver la luz —me susurró.

Fue un segundo. Al incidir sobre el suelo el rayo de luz provocó que el líquido que escupían las piedras se encendiese en una inmensa llamarada, y aquello que se llamaba cielo se tornó en un soplo en un auténtico infierno.

Los hombres del cardenal me soltaron para ir en busca de su eminencia, que tenía prendida la sotana. En ese instante, James tiró de mí.

Corrimos tanto como pudimos escaleras arriba, mientras a nuestras espaldas se oía una aterradora explosión seguida de una asfixiante nube de humo.

Se oyeron gritos y mis ojos se cubrieron de niebla. No podía respirar y pensaba que íbamos a morir; pero, en medio de la desesperación, sentí el tacto de James y al fin un haz borroso de luz apareció ante nosotros.

Salimos de aquel lugar por el mismo sitio por donde habíamos entrado, sin embargo supe que ya nada volvería a ser igual.

# Capítulo 60

Tenía las piernas cubiertas de barro, los tacones rotos, las manos con polvo y hollín, mi pelo olía a demonios y, por si fuera poco, dos hombres del cardenal nos esperaban apuntándonos con sus pistolas.

James reaccionó fulminante.

—Rápido, rápido. Están abajo, deben ayudarles o morirán todos.

Los dos hombres se miraron desconcertados y bajaron las armas. Entonces James propinó un puñetazo a la nariz de uno de ellos, que comenzó a sangrar mientras James le arrebataba la pistola. El otro, al verse apuntado por el arma que ahora tenía James, soltó la suya y yo aproveché para lanzarle con toda la rabia mi golpe maestro.

James me cogió de la muñeca mientras me lanzaba una mirada de reprobación. Comenzamos a avanzar de espaldas en dirección a la puerta, sin dejar de apuntar a los dos hombres que se revolcaban doloridos en el suelo.

Fue entonces cuando las puertas del panteón se abrieron de par en par y de nuevo una luz inmensa inundó la rotonda. Ahora eran más de una docena las siluetas que avanzaban firmes hacia nosotros, y justo en ese momento salieron del agujero dos hombres más, que arrastraban el cuerpo del orondo cardenal, bastante calcinado.

—¡Cogedles! —ordenó iracundo el cardenal, quien parecía no sentir dolor en su rostro y sus manos.

Estábamos perdidos. Los hombres armados se dirigían hacia nosotros, pero James no soltó la pistola.

Y de pronto ocurrió el milagro.

—¡Soltadles! —ordenó una voz femenina con tono autoritario.

Me di la vuelta y de entre la luz cegadora pude distinguir.

—¡Loredana! —exclamé con alegría.

Detrás de ella, un señor con faldas vestido de blanco que recordaba haber visto en algún otro lugar. A James se le dibujó en el rostro una sonrisa redonda.

—¡Han armado buen estropicio! —dijo el señor sin temer a la pistola que le apuntaba.

—Veo que ha captado la importancia del asunto —dijo James bajando la pistola. Luego me miró, con una sonrisa llena de picardía.

El hombre de blanco avanzaba hacia nosotros. Su mirada era clara y altiva, su paso firme.

—Hoy aquí ha ocurrido algo que jamás debería haber pasado –dijo con una voz cristalina.

Al fin lo reconocí. Era el Papa. No podía creerlo. Se acercó a James, le posó la mano en el hombro y los dos caminaron hacia una esquina de la rotonda. James le dijo algo que hizo que se rompiera su expresión.

Ambos volvieron al centro de la rotonda. Fue entonces cuando el señor de blanco dijo:

—Deben abandonar cuanto antes Roma y olvidarse por completo de este día. Jamás nadie debe de saber lo que ustedes han visto.

Loredana sonrió y yo no entendí nada.

James me cogió del brazo y me lanzó un guiño. Así abandonamos el panteón, con el paso más digno que me permitieron mis destrozados stilettos sin tacones.

# Capítulo 61

Dos horas después de abandonar el panteón volábamos a treinta y cinco mil pies de altura, hacia un destino que James aún no me había revelado.

En mi iPhone los tweets del periódico *Il Messagero* informaban de una gran explosión en los desagües del panteón. Había dos hombres muertos, de nacionalidad americana, y varios heridos, entre ellos un cardenal que se debatía entre la vida y la muerte con quemaduras de tercer grado. Los destrozos no habían afectado a la estructura del edificio.

—¿Crees que los dos hombres fallecidos son Peter y el señor González? —pregunté con tristeza.

Él tecleaba el ordenador en el asiento contiguo al mío. No parecía angustiado, al contrario que yo.

—Peter estaba jugando con fuego. Era un ambicioso y eso ha sido su perdición. No estés triste. No lo merece. Hemos tenido suerte de salir vivos de allí.

Aunque sabía que me había traicionado y por su culpa casi nos habían matado a los dos, no pude más que sentir compasión.

449

James adivinó cómo me sentía y me tomó las manos. Aquello me reconfortó.

—¿Y cómo conseguiste que acudiese el propio Papa? —pregunté.

—Acudió al panteón porque recibió mi mensaje, pero jamás imaginé que viniese en persona. Creí que enviaría a algún hombre de su confianza —dijo con tranquilidad.

—¿Qué mensaje? No entiendo —pregunté sorprendida.

—He estado secuestrado por el señor González todo este tiempo. Los primeros días intentaron sonsacarme información. Luego me dejaron en paz. Entonces comprendí que habían descubierto que te había enviado aquellos e-mails. Lo siento mucho. Te he puesto en peligro.

—¿Pero si no me los hubieses enviado?

—Te los envié porque estaba convencido de que iban a matarme. Estaba desesperado, creí que si moría y tú sabías por qué, mi muerte no sería en vano —dijo James con voz angustiada y yo le miré con tristeza—. Pero estaba equivocado. No me matarían hasta que les llevase al lugar donde estaba el secreto.

—Y hemos llegado hasta el final. Hemos visto con nuestros propios ojos lo que ocultaban las piezas. Supongo que detrás del señor González y Peter hay muchos más, ¿ahora qué les impide deshacerse de nosotros?

Una sonrisa triunfal se dibujó en su rostro y cogiéndome de las manos me dijo:

—Tú me diste la clave. Tú me resucitaste al darme tu móvil. ¿No lo recuerdas?

Yo alcé los hombros. No sabía de qué me estaba hablando.

—El señor González no tuvo la precaución de quitarte el móvil. No pensó que lo pudieses utilizar porque no tenías a

450

nadie a quien acudir. Y yo te lo pedí para buscar el último mensaje que habías recibido.

—Así es. ¿Pero qué tiene que ver eso? —pregunté desconcertada.

—No lo necesitaba, me sabía de memoria el contenido del mensaje. No olvides que yo mismo lo escribí.

—¿Y qué? Sigo sin entender.

James me dedicó esa sonrisa intrigante que le llenaba el rostro de vida. Y con voz bajita me dijo:

—Grabé todo lo que ocurrió, desde el mismo momento en que me entregaste el móvil: la interesante conversación que tuvimos con el señor González en el panteón, las piezas, el pasadizo subterráneo y el hallazgo. ¡Todo! Y allí mismo, antes de salir de la catacumba, mientras Peter y el señor González estaban cegados contemplando lo que habíamos encontrado, envié la grabación a un servidor seguro y después al Vaticano con un aviso. Les informé que la grabación había sido remitida en forma de archivo encriptado y se difundiría de manera viral, por la red y por otros canales de información repartidos por todo el mundo, si no acudían con urgencia al panteón. Pero no imaginé que el cardenal Ambrogio también estaba detrás de esto, a saber con qué oscuro propósito.

—¿Y qué le dijiste al Papa para que nos liberase?

James sonrió:

—Tenías que haber visto su cara. Simplemente le advertí que si alguna vez sufríamos un accidente la grabación se liberaría.

Sonreí al imaginarlo intimidando al propio Papa.

—¿Tú sabías que el suelo de la catacumba ardería? —pregunté y él bajó los ojos.

—¡No tenía ni idea! Pero al leer la inscripción del sarcófago comprendí que los que habían depositado allí el cuerpo no lo habían dejado sin protección. Si alguien se atrevía a incumplir la advertencia, algún artificio se desataría para consumar la amenaza. Al ver aquel líquido y percibir su olor lo comprendí todo. El secreto no podía ver la luz. Con un potente haz, el cielo se convertiría en infierno para aquellos que se atreviesen a profanar el secreto. Justo en ese momento me acordé de la película de Indiana Jones...

James se había lucido.

—No tienes remedio... —dije y suspiré sorprendida.

—Lo importante es que estamos a salvo. Un secreto a voces no es un secreto y carece de valor. Si quieren conservar su poder, no tienen más que rezar a su Dios para que perezcamos de ancianos.

—Pero nosotros somos los que hemos perdido la partida. Somos historiadores, y si el hallazgo era lo que parecía, nuestro deber hubiese sido comprobar su veracidad y publicarlo —dije lamentándome.

—¿Tú crees? —al hablar no paró de teclear en el ordenador.

Me quedé pensativa.

—Julia, la sociedad ha alcanzado un punto de desarrollo tal que posibilita a cada cual discernir entre lo falso y lo verdadero. Hasta Nietzsche, que hizo del ateísmo filosofía, decía que la verdad es el tipo de error sin el cual ciertas especies no podrían vivir... Lo que en realidad se necesita es que algo sea considerado verdadero, no que algo sea verdadero. La gente necesita algo en lo que creer. No importa si es verdadero o falso, lo que cuenta es el poder de sugestión que tiene sobre ellos. El creer los hace más felices, les hace sentir seguridad. ¿Quiénes somos nosotros para arrebatar la ilusión a la gente?

James siempre tenía buenos argumentos. Me hizo pensar que por una parte estaba en lo cierto. Desvelar aquel secreto hubiese supuesto la desesperación de muchos que no tienen otra esperanza. La fe iba más allá de cualquier prueba científica. Y quiénes éramos nosotros para inmiscuirnos en las creencias de los demás. Cada uno era libre de creer en aquello que le hiciese sentir seguro en este mundo plagado de inseguridades. Sin embargo algo me decía que, pese a todo, aquello debería haber sido revelado.

—Sigo pensando que si hubiésemos podido comprobar que ese pergamino era verdadero y fue escrito por la mano de Jesús, el mismo Jesús que fue el inspirador del cristianismo, probaría que desde un principio sus mismos discípulos, aquellos que se comprometieron a difundir su filosofía moral, tal vez no contaron los hechos tal y como sucedieron. Solo leímos dos frases y en ellas decía que tenía mujer e hijos… —objeté.

James me lanzó una sonrisa tranquilizadora:

—Ahora ya nada importa. Todo ha ardido. Pero tal vez la grabación haga pensar a los que tienen poder, si de verdad la Iglesia sigue los pasos de aquel que aman tanto y llaman Jesús. Puede que nuestro hallazgo haya servido para que se replanteen algunas cosas.

Pensé que pese a todas las dudas que me asaltaban, al fin y al cabo, los asuntos religiosos jamás me habían interesado. Nadie me había obligado a creer en nada sobrenatural, y en nada sobrenatural había creído. Sería muy poco inteligente por mi parte poner mi vida en peligro por algo que nunca había formado parte de mi vida. Ahora y desde el principio de aquel asunto, solo consideraba trascendental un elemento de aquel galimatías, y justo estaba sentado a mi lado. Entonces comprendí que era afortunada.

—Creo que tienes razón —me resigné al fin.

—Por supuesto que la tengo —dijo y me mostró la pantalla del ordenador.

Se trataba de la cuenta que la universidad había abierto a nuestro nombre meses antes, para ingresarnos la escueta beca de nuestra investigación. Sorprendentemente, ahora en ella había tantos ceros que me mareé.

—Aún hay muchos secretos que desvelar. Juntos podremos poner en marcha las investigaciones que deseemos —dijo entusiasmado, mientras en sus ojos se encendía una chispa de ensueño.

Lo miré hechizada y él continuó:

—Por cierto, ¿has oído hablar alguna vez del gran misterio que se encierra en...?

No le dejé acabar la frase. Era un embaucador y no iba a permitirle que me embarcase en otra de sus quimeras, o por lo menos no tan pronto.

Para hacerle callar le besé, mientras un cúmulo de mariposas revoloteaba en mi estómago. Él me abrazó tan fuerte que me cortó la respiración. Entonces, al fin, la llaga que tenía abierta en mi pecho se cerró y, por obra de un milagro de sanación, noté un placentero bienestar que hizo que resucitase en mí un sentimiento que se parecía de manera exagerada a la felicidad.

# FIN

# Índice

# Agradecimientos

P ara mis padres, Edmundo y Edelmira, porque por ellos soy lo que soy y hago lo que hago. Para mis hijos, Alex y Borja, porque ellos me inspiran energías para luchar cada día. Para Domingo, por su paciencia infinita, su apoyo incondicional y por ser mi bastión. Para Edmun e Iván, porque siempre apuestan por mí y me animan a lanzarme. For Carme, por sus valiosas aportaciones y su plena confianza en mí. Para Rosa, por dejar que le contase el proceso y querer leer lo que escribo; porque un amigo es un tesoro y más si te valora y te sabe escuchar. Y para todos los amigos, familiares y lectores que me han acompañado en esta aventura.

A todos, gracias.

# Sobre la autora

D elmi Anyó es el seudónimo de Edelmira Añó Añó (Alfarp, Valencia - 1971). Delmi es maestra y licenciada en filosofía. Trabaja en una escuela y es madre de dos hijos.

Ésta es su primera novela publicada.

Web: http://www.delmianyo.com
Facebook: https://www.facebook.com/laspiezasdelcielo
Twitter: @Delmianyo
Blog: http://laspiezasdelcielo.blogspot.com

Made in United States
North Haven, CT
19 July 2023

39294646R00276